Luck be A Lady
by Meredith Duran

危険な取引は愛のきざし

メレディス・デュラン
井上絵里奈[訳]

ライムブックス

LUCK BE A LADY
by Meredith Duran

Published by arrangement with the original publisher,
Pocket Books, a Division of Simon & Schuster, Inc.
through Japan UNI Agency, Inc., Tokyo

プロローグ

通りの向こうの〝所有者のいない土地（ノーマンズ・ランド）〟と呼ばれている公園で、ふたりの少女が縄跳びをしていた。外遊びにはもってこいの日だ。キャサリンでさえ、そう思わずにはいられなかった。明るい日差しが緑の芝生にさんさんと降り注ぎ、少女たちは楽しげだ。ひとりが転ぶと、もうひとりも転んでみせる。そして声をあげて笑いながら、友だちの上に倒れかかった。

キャサリンは窓ガラスに指を押しつけ、落ちた縄を隠した。彼女が七歳になったとき、母は、それくらいの年になったら人前で縄跳びなんてするものではないと言った。でも、あの少女たちは少なくとも九歳にはなっているだろう。三階上からでも、ふたりがきゃっきゃと笑っているのが見て取れる。

何が面白いのだろう。キャサリンにはそういう友だちはいない。

そもそも必要もない。父のオークションハウスでやることがあるからだ。〈エヴァーレイズ・オークションハウス〉に入ることのできる子どもはいない。キャサリンは特別だった。

「何を見ていたんだね？」

彼女は振り返った。父がイーゼルの前に立っていた。イーゼルにはラファエロの手によるものか否かをこれから判断すべき、美しい絵がかかっている。「なんでもないわ」申し訳ない気持ちになって答える。

父は微笑んだ。「さあ、思ったことを言ってごらん」

キャサリンは汗ばんだ手を前掛けで拭き、ポケットの中のルーペを探った。七歳の誕生日に父から贈られたものだ。父がいつも持ち歩いているルーペとまったく同じもの。ベルベットのケースがついていたが、キャサリンはいつも直接ポケットに入れていた。〝商売道具〟と父は言う。本物の競売人は常にルーペを肌身離さず持っている。

ルーペを目に当てると、魔法のように絵の具の端の細かな線が浮かびあがり、描き手が上から下へと絵筆を走らせたことがわかった。

「そこで止めて」父はキャサリンの手首をつかみ、手の動きを封じた。「さて、どう思う？ラファエロ作か、そうでないか」

不安がキャサリンの喉を締めつけた。きわめて重要な判断だ。この絵画は莫大な価値があるかもしれない。だが贋作だった場合、オークションに出したらこちらは大恥をかくことになる。贋作を売った競売人は二度と信用されない。

ルーペに目を凝らしながら、父から教わった古いイタリア絵画に関する知識を駆使して答える。「ラファエロは鉄イオンと植物酸を反応させて作る没食子インクを使ってた。そのインクは時間の経過とともに色が濃くなる。色の濃さからすると、本物かもしれない」

「なるほど」父がつぶやいた。「ほかには？」

父に打ち明けたことはないけれど、キャサリンはこの手のテストで少しばかりずるをしていた。絵を見るのと同じくらい注意深く、父の声音を聞くのだ。そして父がどう判断しているかを推し量る。父の意見はこの世の何よりも大事だ。

もっとも、父もそれをわかっているのかもしれない。答えを促す声からは、何も読み取れなかった。

キャサリンは眉をひそめた。わたしにはできるはず。年齢のわりにはすごく賢いんだから。三歳年上の兄よりも賢い。お父さまがそう言ってくれた。「昔の巨匠はたいてい一気に仕上げる。筆をあげることもないくらい。だけどこれは線が割れてるし、端がくねくね——じゃなくて、わずかにうねってる」彼女はすぐに言い直した。このほうが大人っぽい言いまわしだ。

父がうれしそうな声を出した。キャサリンがルーペをおろすと、父は満面の笑みを浮かべていた。

「で、結論は?」

「これはラファエロの作品じゃない」

父は微笑んだ。「なら、ごみ箱行きかな?」

以前に一度、この罠にかかったことがある。そして、どのように過ちを正されたかも覚えている。有名な画家の作品ではないからといって、駄作とはかぎらない。埋もれた名作に世の関心を向けるのも、競売人の役割のひとつだ。

キャサリンはルーペをポケットにしまい、手袋を取り出した。そしてすばやく手にはめると、イーゼルの上で絵をひっくり返した。こうしてみることで、目が〝完璧さという暴君〟から解放され、いままで見えなかった欠陥が見えることがある。そう父に教わった。逆さにしても、人物像はよくできていた。手も足も見事に描かれている。一見無造作な衣服の陰影もラファエロの作品を思わせた。

「弟子のひとりが書いたものかも」キャサリンは言った。「売る価値はあると思う」

「すばらしい！　なんという鑑定眼だ」父は彼女の頭を撫でた。「となると、目録にはどう紹介したらいいかな？」

「作者は不明ながら、ラファエロの時代、様式のものということがわかるように」キャサリンは答えた。

父はキャサリンを抱きあげ、机の前に置かれた肘掛け椅子に座らせた。業者や個人の顧客が商談の際に座る椅子だ。父はその向かいに座り、微笑んだ。「おまえはわたしの宝物だよ、キャサリン。わかっているかい？」

彼女の心は紙吹雪のように舞いあがった。うっとりとした顔でうなずく。

だが、娘をじっと見つめるうち、父の笑みが消えた。やっぱりわたし、何か失敗をしたのかしら――キャサリンはふいに不安になった。「どうしたの、お父さま？」

「いや、なんでもない。本当におまえは自慢の娘だ」父はやさしく言った。「ただ思ったのだよ……母親似だな、と。きっと本物の美人になる」

キャサリンは唇を噛んだ。お父さまに似ればよかったのに。

「いずれは結婚相手を選ばなくてはいけないだろう」父は続けた。「でも、オークションハウスのことは忘れないでおくれ」

ぞっとして、キャサリンは身を乗り出した。「そんなこと、あるわけないわ、お父さま！」

父は小さく笑った。「結婚相手が、妻には家にいてほしいと望むかもしれない」

「それなら結婚しない！」そもそも結婚になんの魅力も感じない。お母さまは調子のいいときでさえ、愚痴ばかりこぼしている。

「そんなことを言ってはいけないよ、キャサリン」父は微笑みながら机越しに彼女の手をつかんだ。「見る目のある男を探せばいい。価値のあるものを見ればそれとわかり、大切にする男をね」

キャサリンはためらった。「男の人は、自分より知識のある女性を好きじゃないんだって」

「お母さまがそう言ったのか？」キャサリンがうなずくと、父は顔をしかめた。「そんなことはないさ。頭のいい女性を妻にするのはすばらしいことだと思う男だっている」父の目が細くなった。「おまえは頭がいい。男性的な頭脳を持っている。それを無駄にしてほしくない。どうだろう、いずれはおまえにここを譲るというのは？」

キャサリンの息が止まった。〈エヴァーレイズ・オークションハウス〉をわたしに？　頭がくらくらする。ここほど魅惑的な場所はほかにない。どの隅も物陰も、宝物であふれている。宝石や絹で着飾った地位の高い人々が、しじゅう廊下を行き来している。

「でも……お母さまが、ここはピーターが受け継ぐことになるって」兄はいま、ハンプシャーの学校に通っている。母が言うには、重要なことを学んでいるらしい。そうは思えない。キャサリンは絵を見れば本物か偽物かわかるけれど、ピーターにはわからない。こと美術に関しては、兄はまったくの役立たずだ。

「そうだな」父はゆっくりと言った。「形としてはピーターと共有することになる。残念ながら、女性は競売人にはなれないからな。だが、かわいい娘、おまえはここの魂となるのだ。ピーターが商売を請け負うだろう。だが、おまえは芸術を請け負う。忘れてはいけないよ、〈エヴァーレイズ・オークションハウス〉はただの商店じゃない。芸術こそが、われわれの使命なのだ。本物の競売人は誰よりも、芸術家本人よりも、それを理解していなくてはいけない。ピーターに協力し、彼にもそれをわからせてやってほしい」

キャサリンとしては、どんなことにせよ兄に協力などしたくなかった。休暇で帰ってくるたびに、痣ができるまでつねってくるのだから。もっとも、それでオークションハウスが自分のものになるのなら、小さな代償と思える。「芸術家は創作する」彼女はうやうやしく引用した。「われわれがその作品に価値を与える」

「まさにそのとおり」父は彼女の手を取り、淑女にするように甲に口づけした。「かわいい娘。繰り返すが、おまえはわたしの誇りだよ」柱時計が時を告げ、父ははっとして彼女の手を放し、時間を見た。「おっと、また夕食に遅れてしまった。お母さまがいい顔をしないな」

キャサリンはもぞもぞと椅子からおりた。母はふたりが夕食に遅れると不機嫌になる。罰として、キャサリンを次の日一日外出禁止にするときもあった。「明日も来たいわ。連れてきてくれるでしょ?」家にいるのは死ぬほど退屈だ。母はいま体調がいいのだが、となると午後いっぱい友人を訪ねてまわることになる。話題といえば、ドレスか仕事のできない使用人のことばかりだ。

父は立ちあがってコートを着ると、肩越しに答えた。「もちろんだとも。オークションハウスを継ぐとなったら、時間を無駄にしてはいられない。毎日来て、いろいろなことを勉強しなくては」

寒い冬の夜に暖炉の火に当たったかのように、幸せがキャサリンの体にしみ渡った。「たくさん勉強するわ」彼女は約束した。そしてきっと、いま以上に父の自慢の娘になってみせる……。

土曜日は最高だ——部屋さえ見つかればひと晩の宿賃で二日休める。家主は日曜には取り立てに来ないからだ。週末を雨風しのげる屋根の下で過ごせるって、なんて快適なんだろう。母が毛布をかけてくれ、ニックは土曜日いっぱい、それから日曜もほとんど寝て過ごした。そしてようやく目を覚ましたときには、すでに夕闇が落ち、ベッドのそばにはごちそうが置かれていた。

やっとのことで熱がさがったようだ。猛烈な食欲を感じていることからもそれがわかる。おなかが鳴るのを我慢しながらあと二時間、母が戻るのを待つのは、なかなかつらいことだった。母は怒るだろうが、彼は母も半分食べると約束するまで、何も口にするつもりはなかった。

消化しきるのに数日はかかりそうなごちそうだった。チーズ、分厚いパン、羊と豚の二種類の肉――キリストの最後の晩餐だって、こんなに豪華ではなかっただろう。ニックはひと口ひと口を味わい、このために母が何を売ったのかということは考えないようにした。今週はきつかった。普段ニックは波止場で働いているのだが、木曜日に親方はニックの顔を見て熱があるのに気づき、その後二日連続で帰らせた。そのせいで七シリングをもらいそこね、週払いの家賃を払ったら、雀(すずめ)の涙ほども残らなかった。この肉の四分の一も買えなかったはずだ。

何をしたのにせよ母は苦い思いらしく、食事をするうち不機嫌になり、また例の話を持ち出してきた。このところ、母はニックをホワイトチャペルにいる彼の姉のところへ送り込もうとしている。実際、何かにつけてその話ばかりだ。ウーナは受け入れてくれる、もう承諾は取っている、と。

けれどもニックに言わせれば、ホワイトチャペルに行くのは月に行くのと同じだ。彼はここスピタルフィールズで育った。父もここで死んだ。ライエルの酒場を出たところで喧嘩(けんか)に巻き込まれたのだ。この街には友だちがいる。誰もがニックの顔を知っている。母さんはおれが八つ裂きにされてもいいのか？　ホワイトチャペルの連中は自分のことしか考えない。姉貴を通してのウーナの旦那があのあたりの顔役だからって、手加減なんかされっこない。

つながりなんて、ないも同然だ。それくらい、母さんもわかってるはずなのに。

母親がわかっていないふりを始めたことで、ニックは一抹の不安を感じた。それほど切羽詰まった何かがあるのか。状況がいまより悪くなるとでも？　もっとも見たところ、そういう兆候はない。熱もさがったことだし、すぐまた仕事は見つかるだろう。ニックは強いし、一一歳にしては背も高い。しっかり食べたあとなら、親方の目にも頼もしく見えるはずだ。近いうちに〝ロイヤルズ〟に入れるかもしれない。船が荷おろしのため波止場に着いたとき、最初に呼ばれる男たちだ。

日曜日いっぱい、そんなことを思い描きながら寝ていた。だが月曜日に目覚めてみると、胃がずしりと重かった。月曜日は最悪なのだ。家主が家賃の取り立てにやってくる。すでにカーテンの向こう側から声が聞こえてきていた。

「あと一時間だけ」母がミスター・ベルに訴えていた。「あの子、具合が悪いんです」

母の口調にある媚が、ニックは大嫌いだった。ほかの人の前では絶対に使わない口調。街の荒っぽい連中を相手にしているときは、母は常に毅然としている。でもミスター・ベルといるときは、仕方なくおもねるような話し方をするのだ。それが、家賃以上に家主の求めているものだから。彼がスピタルフィールズを支配しているかぎり、こちらは下手に出るしかない。〝闘うときとひれ伏すときをわきまえておかないと〟母はよくニックに言った。〝恥ずかしいことじゃない。生き抜くためには、それが世の習いってものよ〟

言うのは簡単だ。女性は人に媚びても、顔がつぶれることはない。

普段なら、ミスター・ベルはあっさり丸め込まれる。どうしてなのかは考えたくないが。ただ、今日の彼は態度を軟化させなかった。「わかってるんだぞ」ミスター・ベルは言った。「具合が悪いのは誰だ？　おまえか、息子か？　おまえが身ごもってるのは見ればわかるからな」

カーテンのうしろで、ニックは息をのんだ。そして母が否定するのを待った。

だが、母はこう言っただけだった。「だとしたら、どうしてかはご存じでしょう」

衝撃がニックの体を駆け抜けた。それで、母さんは様子が変わったんだ。だから、おれをホワイトチャペルに行かせたがったんだ。それにしても、どうやって赤ん坊の面倒を見るつもりなんだろう？　どうやって食べていくつもりだ？　そもそも父親は誰なんだ？　母さんには、もうふたりも孫がいるっていうのに！

〝どうしてかはご存じでしょう〟

まさか、ありえない！

怒りがこみあげ、ニックはカーテンを勢いよく引いた。ベルは天井が落ちてきたかのようにうしろに飛びのいた。「殺してやる！」ニックはうなった。

「やめて！」母がニックの腰をつかんで引き戻した。見た目よりも力が強い。それにニックは抗（あらが）わなかった。母に痛い思いをさせたくはない。

でも、どうしてわからないのだろう？　この男こそ、諸悪の根源なのだ。「薄汚いくず野郎め。誰彼かまわずちょっかい出すとどういうことになるか、思い知らせてやる」

家主の顔が、熟したプラムみたいな紫色に染まった。ナイフがあればいますぐ思い知らせてやれるのだが、母に抱きかかえられている状況では取り出すこともできない。

「よく聞け、ちんぴら」ベルが吐き捨てるように言った。「いままで我慢してやってたのは、おまえの母親のためだ。だがあとひとことでも言ったら、おまえら、この地区では住めないようにしてやるぞ。橋の下で寝りゃあいい」

「お願い」母が口をはさんだ。「この子、本気じゃないのよ」

「本気さ！」ニックは身を振りほどき、飛び出してドアへ向かう家主の前に立ちはだかった。ベルは方向転換したが、足を踏み出したところで靴が腐った床をぶち抜いた。一瞬腕を振りまわしてバランスを取ろうとしたもののうまくいかず、どすんと尻もちをついた。

当然の報いだろう。家賃の取り立てにはうるさいが、建物には無関心だったつけだ。いま、建物が反旗を翻したのだ。おかしくはなかったものの、ニックはあえて笑い声を押し出した。こういう男たちは、ばかにされることを何より嫌う。太った豚は、受けて当然の軽蔑と嘲りにやたらと敏感なのだ。

案の定、よろよろと立ちあがったベルの顔はさらにどす黒くなっていた。「おまえにはちょっとした教訓が必要だな」コートから短刀を取り出す。刃が物騒な曲線を描いていた。

「やめて！」母がふたりのあいだに入った。「ニック、やめて。それはしまって！」ニックもすでにナイフを抜いていた。「ミスター・ベル、お願い、わたしたちの子どものためにも――」

ニックはびくりとしそうになった——ベルが薄笑いを浮かべてこちらを見なければ、そうしていたに違いない。「おれの子かどうかなんてわからんさ」ベルは母のほうを見ずに言った。「おまえが誰にでも股をおっぴろげることはみんな知ってる」

「でも、あなた、言ったじゃない！」母はニックのことを忘れ、ベルに近づいた。「わたしの面倒を見てくれるって！」

ニックは耳を疑った。「母さん、頭がどうかなったのか？」ベルは結婚している。ちゃんと妻と子どもがいるのだ。

母には息子の言葉が耳に入っていないようだった。「この子には謝らせます。必ず。ニック、頭をさげて！」そう言うと彼の肩をつかみ、押しやった。ナイフが母を傷つけるのではないかと思うと抵抗はできなかったが、ニックは足を踏ん張って、まっすぐ立ったままでいた。ベルが笑いだした。

「こんながきに頭をさげられたって、それがなんだってんだ。おれの靴をなめろ。そうしたら、あの約束をもう一度考えてやってもいい」

約束？　なんの約束だ？　母が手でニックの顔を包み、無理やり自分のほうを向かせた。けれどもニックは身をよじって、その手を逃れた。「母さんはあいつのところへ行くのか？」そう問いつめる。「だからおれをホワイトチャペルにやろうとしてたのか？　おれを追い払いたいのか？」

「ニック、お願い、聞いて」母の顔は涙でぐしょぐしょだった。父の埋葬のときも泣かなかったのに。「わたしはいまや、あなたのお荷物なの。あなたは大きくて、強い子よ。ひとりで生きていける。でも、わたしがいてはだめ。ミスター・ベルはわたしに住む場所をくれるって約束を――」

「一度はな」ベルが冷ややかに言った。「だが、このがきがついてくるのは我慢ならんぞ」

母はニックの手をつかみ、ぎゅっと握った。「わが身のためと思ってもできないなら」早口に言う。「生まれてくる子どものためと思って。ニック、考えて。賢くなって」

「賢い、か。ふん、こいつには似合わない言葉だな」ベルが言った。もっともその声は、ニックには激しい耳鳴り越しにぼんやりとしか聞こえてこなかった。

ベルはスピタルフィールズを支配している。彼を敵にまわして、ここで生き延びるすべはない。生まれてくる子ども――その子を守るのもニックの役目だ。出産間近になったら、母は何もできなくなるだろう。生まれても、赤ん坊が乳離れするまでは――。

自分ならなんとかできる。たくさん稼ぎ、なんとか生活していける。母と子どもを養える。でも、その子どもはベルの子だ。ニックは母から離れた。「こいつの子どものためじゃない」ベルに関わるもののためには、土下座どころか頭をさげる気にもなれない。

「なら、わたしのために」母が小声で言った。

ベルは父の棺代を払った。ニックは思い出して身震いした。くそっ、いったいいつから、このふたりは関係があったんだ？

「五秒だ」ベルはぴしゃりと言った。「おれの堪忍袋が切れるまでな。申し出が有効なのもあと五秒だ、サリー」

「頭をさげて、ニック」母がすがりつくようなまなざしで、まっすぐニックを見つめた。

「あなたを心から愛してるわ。同じようにあなたがわたしのことを愛してくれているなら、彼に頭をさげて。一度だけでいい。わたしのため、お願い、わたしのために、頭をさげてちょうだい」

1

一八八六年九月
ロンドン

「名前はウィリアム・ピルチャーという」兄のピーターが言った。「おまえをじっと見ているのも当然だ。結婚を申し込むつもりなのだから」

キャサリンはシャンパンにむせそうになった。人であふれた部屋の向かい側にいるウィリアム・ピルチャーは、あまり感じのいい男ではなかった。容姿に問題があるわけではない。そこそこ美男子だし、豊かな茶色の髪と均整の取れた体つきをしている。だが背中を丸めて椅子に座るその姿は、詰め物がはみ出した案山子(かかし)のように、どこかだらしなかった。

いま流行りの気だるげな雰囲気を醸し出そうとしているのだろうが、四〇代前半の男がするとなると失笑ものだ。さらに、自信過剰な態度が気に入らない。音楽会が始まった直後から、張りつくような視線を感じた。それ自体は珍しいことではなかった。男性に見つめられることはよくある。けれども三曲目のアリアの頃には、ピルチャーの顔に好色な色が浮かび、彼はようやくキャサリンの視線をとらえたと気づくと、唇をゆがめて薄い笑みを浮かべてみせた。独身女性の夢をふくらませた自分に酔っているのは明らかだった。

キャサリンは鼻を鳴らし、兄のほうを向いた。なぜ今夜の兄が妙に上機嫌なのか、顔を紅潮させ、興奮を抑えられない様子なのか、やっと理解できた。「ピーター」ソプラノ歌手がヴェルディの《おお、わが故郷》を歌いはじめたので、声をひそめて言った。「言っておくけど、あなたに夫を選んでもらうつもりはないから」

兄とそっくりに生まれついたのを悔やむのはこういうときだ。自分と同じ顔がむっとした表情になり、すみれ色の瞳がいらだたしげに細められる。無造作に耳にかけた金色の髪がはらりと落ちてくるところまで同じだった。「探す努力もしていないくせに。ミスター・ピルチャーは花婿候補としては完璧な男性だぞ。セント・ルークスの教区で副委員長を務める資産家だ。それにおまえの条件をのむと言ってる」

仰天して、キャサリンは口を開きかけ――思い直した。ソプラノ歌手が声を落とし、低く、やわらかな調子で歌いはじめたからだ。反論する代わりにプログラムをぎゅっと握り、小さな文字をにらみつけた。〝イタリア音楽の夕べ〟

パーマー卿との婚約が破棄になって、もうだいぶ経っていた。ピーターは新たな相手を探せとせっついてくる。妹の幸せを考えているのだと言いながら。おまえもすでに二七だろう。今年結婚しなかったら一生独身だぞ。父の遺言によれば、結婚することで会社の経営に携われるようになる。それが望みじゃなかったのか？

もっとも実際のところ、兄が考えているのはキャサリンの幸せではないし、会社のことでもない。結婚すればたしかに〈エヴァーレイズ・オークションハウス〉の経営に関わることはできる。だが、兄は妻が仕事をすることを許さないような男性を結婚相手に選んでいるのだ。そうすれば自分が会社を意のままにできるから。いまもすでに政治的野心のために会社の金を横領している。妹は仕事のことで頭がいっぱいだから気づいていないと思っているのだろう。ところが、とうに知っている。

その兄が、キャサリンの条件をのむ相手を見つけたという。〝条件〟というのはパーマー卿とのあいだで交わした結婚契約書の内容だろう。あのときは事情が違った。パーマー卿は見えない敵をあぶり出すのにキャサリンの協力が必要だったし、彼女もピーターの横領に気づいたばかりで、兄を止めてくれそうな有力な味方を求めているところだった。

結局のところ、そんな場当たりの結婚から彼女を救ったのは運命だった。パーマー卿がキャサリンの助手のリラと恋に落ちたのだ。それを知ってキャサリンが感じたのは、ただ安堵(あんど)だけだった。愛のない結婚は望まない。そもそも結婚したいとも思わない。自分は妻には不向きだ。男性の希望や欲求に合わせ、暖炉の前で編み物をしながらじっと夫の帰りを待つなんて無理。キャサリンには自分の仕事、自分の仕事場がある。紳士はそんな妻を許さないだろう。だったら、ひとりでやっていくほうがいい。そしてピーターの横領を止める別の方法を探すのだ。

でも、どうやって？　結婚しなければ、兄に意見する権利もない。

アリアが最高潮に達しようとしていた。ピーターはその機会をとらえ、キャサリンの耳元でささやいた。「あとは誓いの言葉を言うだけだ。契約書には署名済みだし、結婚許可証は簡単に取れる」

彼女は鼻を鳴らした。「すてき。早く花嫁が見つかるといいわね」

「キャサリン――」

鋭い口調に周囲の数人が振り返った。彼女は小さく微笑み、立ちあがるとサロンを出た。兄が追ってきて、廊下でキャサリンの腕をつかんだ。彼女は振り払い、兄に向き合った。客間でおしゃべりをしている客を気にして、注意深く口元に笑みを浮かべる。

「ここはそんな話をする場所じゃないわ」

ピーターはブロンドをかきあげた。はっとして、また髪を撫でつける。いつも身だしなみには人一倍気を遣う、しゃれ者なのだ。「せめて会ってみてくれ」

「ごめんだわ」今夜つきあってくれと兄が甘い口調で頼んできたときに、何かおかしいと気づくべきだった。上流社会も、夫と同じでキャサリンには用のないものだ。ここに集う人々にも用はない。彼らはロンドン社交界においては二流どころであり、〈エヴァーレイズ・オークションハウス〉のオークションに参加したくてもじゅうぶんな資金を持っていない手合いだ。本物の金持ちはいまごろ海外の避暑地にいるか、カントリーハウスで狩猟シーズンを楽しんでいる。

一方のピーターには、この人々と交流する理由が大いにある。彼は政治の世界に打って出ようともくろんでいた。すでに都市事業委員会の議席は手に入れたが、そんなものはロンドンを一歩出たらなんの権限もない。ここにいる二流議員や政治家とお近づきになって、将来への土台がためをしたいのだ。

ピーターは家業には関心がない。それどころか野心のために食い物にしている。けれどもキャサリンにとっては、〈エヴァーレイズ・オークションハウス〉はすべてだった。父から受け継いだ、何よりも大切なもの。〈エヴァーレイズ・オークションハウス〉はキャサリンをキャサリンたらしめる。ただの独身女性——失礼な輩(やから)があだ名するところの〝氷の女王(アイスクイーン)〟ではない。芸術と骨董品(こっとうひん)の専門家。性別にかかわらず熟練した職人なのだ。

兄と共通するものを探すのは、もうあきらめた。「帰るわ」キャサリンは言った。「コートを取ってくれる？」

「会ってもらわないと困る」

キャサリンはクロークに向かいかけたが、ピーターに手首をつかまれた。今度は痣になりそうなほど強く。「よく聞け、キャサリン。これまで我慢してきたが、いいかげんにしろ。ミスター・ピルチャーに約束したんだ。おまえを——」

「妹に乱暴しているところを人に見られるのは、あなたの将来に役立たないと思うけど」

ピーターは手を離した。人前で喧嘩するのも、こういう点では悪くない。

「あなたの約束はあなたが果たせばいいわ」キャサリンは低い声で言った。「わたしは無関係。わたしはどこかときかれたら、ありのままを説明して。自分の勝手な思い込みだったって――実際にそう説明できるならね。まったく、あきれるわ」

ピーターが歯を食いしばった。「自分の将来は考えないというなら、〈エヴァーレイズ・オークションハウス〉の将来を考えろ。会社を継ぐ子どもはほしくないのか？　オークションハウスはどうなる？　もし――」

「やめて」怒りがふつふつとわいてきた。ピーターの好きなようにさせていたら、たとえ子どもができたところで、受け継ぐオークションハウスはなくなっている。すでに資本金にまで手を出しているのだ。兄は本当に会計士のミスター・ワティアーが不正をキャサリンに報告していないと思っているのだろうか？

とはいえ、なんの権限もないままでは兄と対決することもできない。ミスター・ワティアーには他言しないよう頼んだ。いまのところ、不意を突くのが唯一、優位に立てる機会だ。

「自分の子どものことを考えて。自分の伴侶を探して、わたしのことは放っておいて」

「わたしはおまえの幸せを考えているんだ」ピーターが言った。「文なし、家なしの浮浪者になりたくなければ、結婚するしかない」

まったく、何を言いだすのだろう。「わたしは文なしにはならないわ。忘れないで。〈エヴァーレイズ・オークションハウス〉の半分はわたしのものなのよ」

ピーターが浮かべた悦に入った笑みに、キャサリンは胸が騒いだ。「だが、経営には口を出せない。結婚しないかぎり」

その事実を突きつけられるたびに腹が立って仕方がない。父はキャサリンが二七歳まで独身だとは予想もしなかったのだろう。とはいえ、ピーターが職権乱用を始めることくらい、わかっていてもよかったはずだ。

わたしに必要なのは――キャサリンは苦々しく思いをめぐらせた――自分の思いどおりに操れる夫。好きなことをさせてくれる無関心な夫だ。ミスター・ピルチャーはそういう男性ではない。ピーターの息がかかっている。〝わたしの〟息がかかった男性でなくては。

「いずれにせよ」彼女は言った。「脅しても無駄よ」

「脅してなどいない」ピーターが冷ややかに返す。「事実を述べただけだ。結婚しないなら、自分で別の生活手段を見つけてもらうしかないな」

キャサリンは兄を見つめた。「どういう意味？」

彼は肩をすくめた。「オークションハウスは売却するつもりだ」

キャサリンの喉から嗚咽のような声がもれた。

「当然ながら、利益の半分はおまえのものだ」

兄に突然殴られたとしても、これ以上の衝撃は受けなかっただろう。「う……嘘よね。わたしにミスター・ピルチャーの申し出を受けさせようとして言っているんでしょう」

噂をすればなんとやらで、案山子が廊下に現れた。「おや！」驚いた顔をしてみせる。「ミスター・エヴァーレイ、今夜ここできみと会えるとはね。そちらの美しい女性はきっと――」

「あなたとは関係のない人間ですわ」キャサリンは兄から目を離さずに言った。オークションハウスを売却するなんて、はったりに違いない。でも、それにしてはピーターは妙に得意げだ。怒りに声がかすれた。「けれど、兄にはあなたに謝らなくてはいけないことがあるようです」わずかにミスター・ピルチャーのほうへ頭を傾け――それが彼に対してできる精一杯のお愛想だった――向きを変えてクロークへ向かった。

角を曲がる彼女の耳に、ピーターの声が届いた。「妹は恥ずかしがり屋でね。もう少し時間をくれないか」

「あんな美人のためなら」案山子が答える。「必要とあらば、いつまでも待つさ」

キャサリンの体に悪寒が走り、やがて焦りが襲ってきた。兄を思いとどまらせなくては。もう無駄にする時間はない。

ふと、ある考えが浮かんだ。とんでもない思いつきだが、ほかに取る道はあるだろうか？あのピーターでさえも従わざるをえないような男性を知っている。必要なのはまとまったお金と……良識と法を無視する大胆さだ。

「まったくみっともない、大の大人がめそめそ泣くとは」ニック――ニコラス・オシェアはナイフを持ちあげ、ドアの前に立つ手下に合図した。

ジョンソンが酒瓶を持って駆け寄ってきた。少しばかりエールを飲んだくらいでは、口の中に残る苦い味を洗い流すことはできなかった。豚を痛めつけるのはいやな仕事だ。もうひと口、今度は長々と瓶を傾ける。男がひとことも発しなかったら、一滴残らず飲み尽くしていただろう。

「た、たのむ……」

ニックは瓶をおろした。「何をだ？」

「は、はにゃす。しょうひきに、は、はなすから」

「待っていたのはそれだ。嘘の中の真実。ニックはジョンソンに酒瓶を返し、しゃがみ込んだ。

床に倒れている男はディクソンと呼ばれていた。二時間前はいまよりかなり見栄えがよかった。くるぶし丈の上質な毛織のズボンを粋に着こなし、ようやく胸がふくらみはじめたような少女といちゃついていた。どうしてこういうろくでもない男は子どもを好むのだろう。不思議でならないが、往々にしてあることだ。

だが、おかげでニックとしてはそういう連中を痛めつけ、自分のこぶしがもたらした結果を眺めても、なんの罪悪感も覚えずにすむ。ディクソンの顔は、もう美男子とは言えなかった。少女たちも寄ってこないだろう。見ただけで逃げていきそうだ。「ものを食うにも入れ歯が必要になるな」ニックは言った。「さっさとしゃべれば、治療代くらいは出してやる」

ディクソンはすすり泣いた。顔がくしゃくしゃになり、血まみれの口から哀れな声が出たのは、すすり泣いたとしか思えない。「い、言っとくが、あの建物は安全じゃない。わたしは自分の権限で接収したんだ」

ニックは鼻で笑って上体を起こした。またでたらめだ。「ばかを言うな。まだわかってないな。あの建物はホワイトチャペルにある。おれの所有物だ」

「なんだって?」ディクソンは目をぱちくりさせた。「そんなはずは――」

「教区の境界線の問題だな。ホワイトチャペルはあの部分だけ、こんなふうに突き出てるんだ」親指をディクソンの額に押しつける。「セント・ルークスにな。両側の建物はおれのじゃない。だが、おまえが接収したふたつの建物は、おまえの管轄外だ。ホワイトチャペルのもの。おれのものなんだ」

ディクソンがぽかんと口を開けた。顔は恐怖で青ざめている。「それは――」

「知らなかった?」ニックはあとを引き取った。そうなのだろう。ディクソンはこの三年間、ニックの所有地の近くをうろつきまわり、職人労働者住居改良法のもと、低所得者向けに粗雑に建てられた危険な建物の接収を行ってきた。

抜け目のない連中は、その新法に大喜びだった。不動産を格安で手に入れる絶好の機会だからだ。職人労働者住居改良法は新たな所有者に、接収した建物を低所得者向けのまともな住居に建て替えることを義務づけている。だが、その部分を遵守している者はほとんどいない。実際には建て替えた建物を、一般人には払えないような高い家賃で貸し出している。ディクソンのおかげで、家を追い出された人々がホワイトチャペルに流れ込み、ニックの縄張りに不穏な緊張をもたらしていた。

それでも、ニックは文句を言うつもりはなかった。ディクソンが正直に商売しているなら。ところがこのところ、ディクソンは何も問題のない建物まで接収しはじめた。明らかに職権乱用だ。しかもニックの所有する建物にまで手を出したとなっては、さすがに黙っていられなかった。

「最後にもうひとつだけきく」ニックは言った。「誰に雇われてやってる？　つまらないごまかしはするな。裏に誰かいるはずだ。そいつの名前を言え」

「それは……」ディクソンはごくりと唾をのみ込んだ。「どうだろう、わたしが委員会に行く。間違いがあったと説明する。何も知らずに――」

「知ってたやつがいる」ニックはぴしゃりと言った。「そいつの名前を知りたい」

「言ったら殺される」

それは本当かもしれない。「今後はつきあう連中に気をつけるんだな」ニックはふたたびナイフを持ちあげた。「名前はわかってるんだろう」

ディクソンは泣いていた。大きな涙粒が、血の色をした鼻水と混ざった。「ウィリアム・ピルチャー」

その名前には思い当たるところがあった。「セント・ルークスの人間だな？」

「そうだ」ディクソンが言う。「彼は都市事業委員会の委員でもある」

なるほど。職人労働者住居改良法に基づいて、接収の申請を認可している委員会だ。

ニックは鼻を鳴らして立ちあがった。汚職は金持ちの十八番だが、その代償を払うのはいつも貧者だ。

ディクソンがニックの足首をつかんで訴えた。「頼む。なんでもする。彼からわたしを守ってくれ。できるかぎりのことはすると約束するから――」

ニックは足を振りほどいた。「ここはホワイトチャペルだ。ここにはここの掟（おきて）がある」ジョンソンに向かってうなずくと、手下はドアを開けた。

「この男、どうします？」ジョンソンがきいた。

一瞬迷った。だがこの地区では、男に二言はない。「帰してやれ。歯医者に行く金を持たせて」

しばらくして、ニックも部屋を出て階段をおりた。一段一段しっかりとしているし、手を置く手すりは岩のように揺るぎない。彼としても改良法そのものに反対なわけではなかった。かつてはこの建物も接収されて当然の代物だった。崩れかけたぼろ屋で、ひと部屋に八人が詰め込まれていた。少しでも風が吹けば揺れ、雨が降るたび水浸しになった。ほかに住むところのない者だけが、この建物が崩壊して自分たちの墓場となるのは時間の問題と知りながら住んでいた。

そこでニックは口うるさい役所抜きで、ここを修理した。カードゲームで所有権を得ると、自ら改築に乗り出したのだ。まずは前の所有者が最小の空間から最大の家賃を引き出してきた仕切りを取り払い、部屋を新しくして、ひと家族に二、三部屋割り当てた。そうすることで男性の間借り人は一家の長となり、選挙権を得る。ニックは彼らの名前を教区名簿に登録した。次の選挙では、彼らはこぞってニックのために投票した。

こうして彼は、ホワイトチャペルを四年にわたって支配してきた。彼の要求に応じない地元民はいないし、ここの教区から出た委員はニックの建物を接収するくらいなら、自分の家を接収するはずだ。

　しかし、ディクソンが接収した建物は事情が違った。ホワイトチャペルの西の境界線は、隣接するセント・ルークスの教区に親指を立てたように突き出している。セント・ルークスに立つ両側の建物が一年前、立て続けに取り壊しに遭ったのは偶然ではないだろう。ピルチャーは明らかに、この一画に関して何かたくらんでいる。だがホワイトチャペルにまで手を出そうというなら、ただではおかない。

　踊り場で、間借り人が脇によけて一礼した。ニックは通りすがりにうなずき、きれいに磨かれた窓から、ちゃんとした新しい屋根の並ぶ光景を見渡した。この区域全体と、そこを囲む九か一〇の通りは、ニックのおかげで世紀末までしっかりと立っているだろう。日々の改築費用がどこから出ているか——合法的に稼いだものか否か——は間借り人たちにはどうでもよかった。屋根が雨を防ぎ、家賃が妥当であるかぎり、彼らは自らの意思で喜んでニックに頭をさげる。

　それがニックの求めているものだ。力ずくで敬意を集めたところで意味はない。そんなものは本当の敬意ではない。

　通りに出ると彼は足を止め、つんとくるにおいを長々と吸い込んだ。いつも食事をするパブ〈ネディーズ〉から、カキフライのにおいが漂ってくる。だが、今日はいらだちのせいで食欲を感じなかった。

　背後からどたどたと足音が近づいてきた。ニックは振り返ろうともしなかった。〈ネディーズ〉の前でたむろしている男たちは挨拶代わりに手をあげてきたし、彼らの顔に警戒心は見えなかった。この土地、ここの人々はニックのものだ。もし何か危険なことが起きそうなら、彼らは武器を取ってニックを守ろうとするだろう。だが、そんな様子はなかった。

ジョンソンが肩で息をしながらニックに並んだ。このイングランド人の体格は走るのには向かない。だが、アイルランド人が……歓迎されない場所にももぐり込める。ニックは実験的にふたりほど雇ってみた。血縁関係もなく、金だけでどこまで忠誠心が保つものだろうか？

いまのところはうまくいっている。「ピルチャーについて探ってみるか？」ジョンソンは荒い息をつきながら言った。「聞いたことない名前だが、誰か知ってるやつもいるだろう。波止場に行けば、たぶん」

「いまはいい」ジョンソンは誰よりも波止場に詳しかった。かつては〝ロイヤルズ〟――埠頭で毎朝最初に仕事に選ばれる男たち――のひとりだった。彼と最初に出会ったのも波止場だ。ニックが一〇歳か一一歳の頃のこと。

それを思えば、純粋な〝実験〟ではない。楽しい記憶ではないにせよ、一種の連帯感は共有している。波止場での仕事は、積み荷によっては拷問よりも過酷だった。

もう少し気分が晴れてもいいはずだ。ついに裏で糸を引く人物の名前を聞き出したのだから。なのに、なんだか体が汚れた気がする。

金持ちどもめ。金にものを言わせて街を破壊し、堂々と不正を行う。この接収された建物には七六人の間借り人がいる。ピルチャーのような男は彼らの運命など歯牙にもかけない。

「あとをつけるか」ジョンソンが言った。「あいつ、大通りのほうへ向かってる」

ニックは振り返って、よたよた歩くディクソンを一瞥(いちべつ)した。苦笑混じりに言う。

「その巨体で尾行は無理だろう」

ジョンソンが顔を赤らめた。このあたりの、彼となじんできた人々が彼を〝赤面〟とあだ名するのはそのせいだ。耳にピアスをして海賊のように頭をそりあげた巨人が少女のように顔を真っ赤にするのだから、誰もがいささか驚く。「逃がしゃしないさ」

「その必要はない」ピルチャーの取り巻きになど用はない。教区委員は職人労働者住居改良法に基づいていくらでも申請を出すことはできるが、建物を接収するには都市事業委員会の承認がいる。

ピルチャーは委員会に名を連ねている。だが、一票では何もできない。おそらく有力な協力者がいるのだろう。つまり、ニックにも味方が必要だということだ。

ニックは前に向き直り、通りを見渡した。子どもたちの一団が遊んでいる。学校をさぼっているのだろう。教育委員会が幾度諭しても、彼らは抜け出してくる。「最近ミセス・ホリスターをこのあたりで見かけたか？」

「いや」

学校をさぼっている子どもたちに声をかけ、学校へ戻すのがミセス・ホリスターの仕事だ。新しい法律のもと、両親を教育委員会に呼び出す権限も持っている。場合によっては両親に罰金が科せられることもあった。貧しい者たちには払えない額だ。

「おい！」ニックは声をかけた。「おまえたち！」近づいていくと、子どもたちのひとり、トミー・ファーガソンが気づいて、あわてて周囲の少年たちに注意を促した。

彼らは身を寄せて震えあがった。「どうして学校に行かない？」ときおりホワイトチャペルの掟を知らない新参者が、子どもを学校へ行かせずに稼がせるという過ちを犯す。そうなるとドミノ倒しのように、喜んで学校をさぼりだす少年少女が出てくるのだ。

「学校、休みなんです」トミー・ファーガソンが大胆にも答えた。

ニックは彼をじっと見た。「母さんはおまえが嘘をついてると知っているのか？」

少年がたじろいだ。母親のマギー・ファーガソンは船のように頑丈で、生意気な口をきく子には平手打ちをためらわない。「母さんには言わないでください。学校、行きますから！」

「みんなも連れていけ、トミー。五分やる。おまえたちのひとりでもまた通りで見かけたら、次は母さんと話をするぞ」

トミーはリーダーの資質を持っていた。もごもごと謝罪の言葉を口にすると、みなを追い立てるように通りを走っていった。

「あの小さな子は誰だ？」ニックはジョンソンにきいた。ほかの子たちと比べてひときわみすぼらしい少女が、裸足で必死に仲間のあとを追って角を曲がっていった。

「最近住みついた子だな」ジョンソンが答える。「母親はストリッパーで、父親はわからない」

「腕に物乞い用の器を抱えてた。それに靴を履いていなかった」ホワイトチャペルでは物乞いの必要はない。この教区では、両親が学費を払えない場合は無料で教育が受けられるし、生徒が着用を義務づけられている靴も支給されることになっている。「母親と話してみろ。ただし、穏やかにな。たぶん支援を受けられることを知らないいんだろう」

「わかった」

満足して、ニックは帽子を直した。ほかに気になるところはなかった。角の食堂は繁盛しているし、女性たちは洗濯物を干している。そのひとり、ペギー・マロイが笑顔で挨拶してきたので、彼も微笑み返した。男たちは目的地に向かってきびきび歩いている。暇そうに油を売っているような連中はいない。

かつてのホワイトチャペルはこうではなかった。ごみだらけで貧困と暴力にあふれていた。けれどもいまでは通りは整然とし、しっかりとした作りの建物が並び、夜は静かで、教室には空席のない、誰にも誇れる街になった。

ニックは眉をひそめた。このところ、どうも落ち着かない。その理由は自分でもわからなかった。何もかもうまくいっている。実際、裏社会から完全に足を洗ってもいいくらいだ。合法的な事業のほうが莫大な利益をあげている。賭博場は言うに及ばず。もっとも、満足は不注意をもたらす。不注意は失脚につながる。

これが何かの始まりなのかもしれない。セント・ルークスの伊達男が突然縄張りに踏み込んできたということが。

「マロイとほかの連中を集めてくれ」ニックは告げた。「会合を開く」

ジョンソンがうなずいた。「〈ネディーズ〉で?」

「いや。ちゃんとした会合が必要だ」ニックはにやりとした。都市事業委員会は市全体から成っている。ホワイトチャペルも議席をひとつ持っているのだ。だが、めったに会合に参加していなかった。委員であるマロイは委員会の決定を左右するほど影響力を持っていないし、ニック自身あまり関心がなかったからだ。サザークやクラーケンウェルのことはどうでもいい。自分の縄張りはイースト・エンドだ。それ以上ではない。

しかし、そろそろほかの地区にも関心を向ける頃合いなのかもしれない。委員会を味方につけ、ホワイトチャペルの水道の問題に対処する。対立する会社が競合相手の給水を妨害するため、水の供給に支障が起きているのだ。

「教区委員を呼んでくれ」ニックは言った。「提議したいことがある」

いくら待ってもお返事がないことで不安が募り、明日には警察の方に、〈ネディーズ〉というホワイトチャペルのパブを訪ねてもらうよう依頼することを考えているところです。〈ネディーズ〉に行けば、あなたの居場所がわかると聞いていますので。警察の方がいい知らせを持ってきてくださることを期待しております。

知り合いとも言えない立場ですのに、出すぎた真似をどうぞお許しください。

ミス・キャサリン・エヴァーレイ〟

〝キャサリン

知り合いではないと？　このあいだお会いしてから、あなたはどこか頭を強打したのではないだろうか。それとも、あなたとリリーは例のロシア人のろくでなしが逃げたあと少々はしゃいで、ことにあなたは〈ネディーズ〉でバケツ一杯のエールを一気飲みしたから、あの夜のことは覚えていないのだろうか。

もっともそれ以前、当方があなたのオークションハウスのパーティで、あの育ちのよいパーマー卿をぶん殴ったときは、間違いなく正気だったはずだ。あの晩、あなたの手に口づけしたのは間違いだったな。愛らしい唇にキスするべきだった。そうしたら、われわれの出会いを鮮明に覚えていてくれただろうに。残念ながら、あのとき、当方は柄にもなく紳士的だった。

いずれにせよ、あなたとは正式に紹介を受けた仲だと考えている。その点は安心してくれていい。

訪問についてだが、ビジネスの話なら、わざわざ来ていただくには及ばない。おたくのオークションハウスが金持ちを釣りあげる金ぴかの品々には、まるで関心がないのでね。

しかし、あなたがまたホワイトチャペル最高の酒を味わってみたいというなら、リリーの友人にはいつでも扉は開かれている。あれだけ飲めるお嬢さんなら、なおさらだ。もっとも、今度は代金はいただく。ご指摘のとおり、当方はすぐれたビジネス感覚の持ち主だ。稼ぐ機会は逃さない（前回は六パイントは飲んだとか。ネディーはそう言ってる。だが、伝説では一〇パイントにまでふくらんでるよ）

ニコラス・オシェア

追伸
この手紙はホワイトチャペル署長からじきじきに届くはずだ。親切な男だろう？　ホワイトチャペルのおまわりはみな、きわめて友好的だ。こちらが彼らに敬意を払っているからだろうな。ネディーは彼らに飲み代を請求したことがない。が、当方のビジネス感覚が、きみにはおごるなと言っている〟

「これは修復不可能だな」

「そんなこと言わないで」キャサリンは〈エヴァーレイズ・オークションハウス〉の地下室にある作業台の前に立ち、ここ一時間ほど傷んだ画布からニスを慎重にこすり落としていた。いらだちを抑えるには、この作業が何よりだ。いらだちというより、恐れ？　ミスター・オシェアからの手紙を読んで、怒りと震えが同時に襲ってきたのは事実だ。

あんなならず者に手紙を送るなんて、自分は何を考えていたのだろう。彼のことは姪のリラ――思いがけずパーマー卿と結婚することになるまでキャサリンの助手として働いてくれていた女性――を通じてしか知らない。オシェアは悪名高い男で、イースト・エンドの中でももっとも荒っぽい地区を牛耳っている裏社会の支配者だ。どういう気の迷いであんな男に助けを求めようと思ったのか。彼が手紙を燃やしてくれていることを祈るしかない。人の手に渡ったら、身の破滅だ。

とはいえ、すでに身の破滅は迫っている。兄は〈ワティアー会計事務所〉との契約を打ち切ってしまった。いまや会社の金がどうなっているか監視する者は誰もいない。一方で、相変わらずミスター・ピルチャーとの結婚をキャサリンに迫ってくる。昨晩は家に弁護士を呼んでおり、その弁護士が彼女に、いますぐ結婚して経営に関わらないと、ピーターの売却計画を止める手段はないことをこんこんと説明した。

キャサリンはウィリアム・ピルチャーについて少し調べてみた。中流どころの地主で、ピーターの政治的関心を引くような際立った家柄ではない。兄がひいきにする理由はほかにありそうだ。ピルチャーと結婚したら、間違いなく彼は妻が仕事に出ることに反対し、ピーターの意思、または自分の意思に従わざるをえないようにするのだろう。

キャサリンはゆっくりと息を吐き、絵画をしげしげと眺めた。いま、もとのニスははがれて粉状になっている。彼女はブラシを取りあげ、絵の中央を軽くはたいた。すばらしい絵画の一端が現れた。「見てちょうだい、バトン。これでもあきらめる?」

バトンがうなった。「三世紀のあいだ、石けん水で拭かれてきたら――」

「修復できるわ」この絵画はイタリア様式で、いまの流行ではないが、それは関係なかった。本物の収集家は非凡な作品を見ればそれとわかる。競売人の仕事は、そういう作品を発掘することだ。「顔を見た?」暗い色調の絵の中央に描かれているのは、天使の槍(やり)に突き刺されている聖テレサだ。彼女は天を仰ぎ、その表情には壮絶な苦しみとついに訪れる安らぎへの希望が拮抗(きっこう)していた。

バトンは眉をひそめ、眼鏡を直した。ほかの従業員、ことにピーターが顧客をもてなすために雇った無知な接客係たちは、彼のことを〝ノーム(しなびた醜い老人姿の小人)〟と呼ぶ。たしかに異様にずんぐりして、強力な整髪料をつけてもおさまらない灰色のぼさぼさ髪をしている。

だが、キャサリンは幼い頃から彼を知っていた。いま見ても、盛りあがった肩や突き出た額は目に入らない。ただ豊富な知識と、何世紀にもわたって不当な扱いを受けてきた絵画を修復する抜群の能力を持つ男性としか映らなかった。バトンは子どもだったキャサリンが発するつまらない質問にも忍耐強く答えてくれた。ほかの従業員が、父が背を向けるなり、ぐるりと目をまわして彼女を追い払ったときも。

いま、キャサリンは息を詰めてバトンの診断を待った。自分の希望で彼の判断を曇らせてはいけない。ビジネスに愚かなロマンティシズムの入る余地はない。

「もっと明かりがいる」彼が言った。

キャサリンは棚からろうそくを取った。地下室にバトンの作業場を移動させるなど愚の骨頂なのだが、ピーターが接客の場を広げたいと言い張ったのだ。兄は、修復作業は利幅が小さく、時間ばかりかかって採算が取れないと考えている。兄に任せておいたら、すぐに売れる状態の骨董品か美術品でなければ、買いつけを拒否することになってしまいそうだ。

以前は兄のそんな態度に悩んだものだった。商人ではなく芸術の擁護者たるべくふるまうよう、説いたこともあった。でも、いまでは兄をもっとよく理解している。本心は商売から手を引きたいのだ。オークションハウスを売り、優雅に暮らしたいのだ。

けれどもそんなことは許せない。必要とあらばピルチャーと結婚するしかない。でなければ、バトンと！　残念ながら、彼の妻はいまだ健康そのものだ。

ろうそくを作業台へ持っていきながら、キャサリンは罪悪感に襲われて唇を噛んだ。バトンの妻は気立てのいい、親切な人だ。不吉なことを願ってはいけない。

ろうそくの光が、聖テレサの息をのむような表情に当たるべく調整する。バトンは顎をさすった。「知ってのとおり、わしはあきらめるのは好きじゃない」彼が言った。「これはまれに見る作品だ……というか、だったはずだ。だが、左上四分の一がこれだけ損傷していると……」ため息をつく。「皮肉なものだ。いっそ、顔もだめになっていれば……。かつての姿が垣間見えるというところが、なんとも残酷だな」

この絵がかなり粗末に扱われてきたのは間違いない。それでもあきらめる気にはなれなかった。「フォン・ペッテンコーファー法はどう？ 使えないかしら？」

「使えるかもしれん」バトンがためらいがちに言った。「でも、きみの兄上ははっきりと言っている。ひと作品に一週間以上はかけるな、と。きみの言ったやり方を採用するとなると、はるかに時間がかかってしまう」

キャサリンは歯嚙みした。めちゃくちゃだわ、それではただの卸売業者じゃないの！ このオークションハウスで最高の売値がつく商品はバトンが修復したものだ――このところ、キャサリンの手によるものも増えてきてはいるけれど。彼女には傷みの激しい作品の中から価値あるものを見いだす目があり、バトンの指導のもと、修復技術も身についてきた。がくたから美を引き出すこと、不完全なものをもとの汚れのない姿に戻すことは、このうえない喜びだった。

バトンが心配そうにこちらを見つめている。「大丈夫かね？」

彼女は唇を嚙んだ。〝兄は頭がどうかなったみたい。ここを売ると脅してくるの。わたし、どうやって阻止すればいいか、わからないのよ〟

いいえ、わかっている。結婚すればいいのだ。いい男性さえいれば。オークションで売りに出ていればいいのに。

キャサリンは力なく微笑んだ。「大丈夫よ」子どもの頃は、この作業台越しにいつも胸の内を洗いざらい明かしていた。けれども大人となったいま、不用意に家族の内情を他人に打ち明けるわけにはいかない。バトンを厄介な立場に追いやることになってしまう。彼もピーターに雇われている身なのだから。「ともかく、この絵をあきらめることはできないわ。フォン・ペッテンコーファー法を試してみて。兄に何か言われたら、わたしに無理やりやらされたとでも説明すればいいから」そんなことにはならないだろう。兄がこの作業場におりてくることがあるとは思えない。

仕事の予定が書かれた書類をまとめ、階段をあがって店内に戻った。もう三時半だが、まだ確認すべき品が六つ残っている。彼女が〈エヴァーレイズ・オークションハウス〉を夜の一〇時前に出られることはめったにない。

キャサリンはかすかに微笑んだ。父も夕食に間に合ったためしがないことを思い出したのだ。もっとも、父は帰る努力はしていた。一方、彼女のほうは仕事場に残る理由がある。今夜もミスター・ピルチャーが食事に招かれているに違いなかった。このところ、ピーターはやけに彼と近しくしている。

ロビーに入ると、接客係たち――エヴァーレイ・ガールと呼ばれている――のにぎやかな声が聞こえてきた。しゃれた身なりの三人の紳士を取り囲んでいる。中のひとりは公爵家の跡取りだ。こういう営業面はもっぱらピーターの領分だが、見ると兄の姿はなかった。

キャサリンはためらいがちに女性のひとりを手招きした。ミス・スノーという名の、ブルネットの女性だ。「ミスター・エヴァーレイはここにいるお客さまたちのこと、知っているの？」

「あら、ご存じですよ」ミス・スノーが声をはずませて答えた。顔が紅潮している。この手の女性たちの例にもれず、彼女も人目もはばからず媚を売り、街で会ったらこちらには目もくれないであろう男性の気を引こうと懸命だった。「ただ、ほかに約束があるから、わたしたちだけでお相手するようにと言われまして」

「そうなの」未来の公爵とお近づきになる機会を逃すとはピーターらしくない。キャサリンはため息をついた。客の相手をするのは気が重い。

「いずれにしても、お迎えできなかったでしょうね。そんな格好ではなかったから」ミス・スノーは細い眉を片方、意味ありげに持ちあげてみせた。

「どういう意味、そんな格好ではなかったって？」身だしなみという点では、ピーターのいでたちはいつも非の打ちどころがない。

「継ぎあてのあるコートを着て、しかも馬車ではなく、徒歩でお出かけになったんです」ミス・スノーは内緒話でもするように声をひそめて言った。

「あなたには関係のないことよ」そう言いながらも、キャサリンは胸騒ぎを感じていた。

「どれくらい前に出かけたの？」

「ほんの一、二分前です」

本来なら、オークションに出品予定の美術品を客に見せてまわらなくてはならない。けれどもピーターの不可解な行動には何か、彼の秘密が絡んでいそうだ――オークションハウスの将来に関わるような秘密が。兄の弱みをつかめば、対抗手段に使えるかもしれない。

「ミス・エイムズ」キャサリンは声を少し大きくして赤毛の女性を呼んだ。彼女があの中では一番分別がある。「お客さまをよろしくね。わたしも出かけなくてはならないの」

おかしな展開になったものだ。キャサリンはオークションハウスを切り盛りする職業婦人であり、予定表はぎっしり埋まっている。冒険を好む性質ではないし、兄の私生活にはまったく興味がない。本来なら〈エヴァーレイズ・オークションハウス〉で客を案内しているか、クランストン家の蔵書を荷ほどきしていなくてはいけないのだ。

ところが、いま彼女は野良犬や草のはびこる道路の割れ目を避けながら、イースト・エンドをさまよっている。ホワイトチャペル・ロードでは雑踏や、売り子の声に囲まれながらも、まだ怖いとは思わなかった。けれども建物のあいだの細い路地に入っていくと、空気が変わった。ここでは建物が老人のように身を寄せ合い、轍だらけの道に差す陽光をさえぎっていた。側溝では、顔にかさぶたのある物乞いが正体なく寝そべっている。

足を止めて見ると、さび色の顎ひげの先に霜が張りついていた。ホワイトチャペルはみなが思うほど危険な場所ではないと、リラは言っていたはずだ。いや、三カ月前にああいう出来事があったいまでは、彼女もそう考えてはいないかもしれないが。キャサリンとリラはパーマー卿を陥れようとするロシア人に誘拐され、この近くのひとけのない小屋に監禁されたのだ。ふたりがともに勇気と機転の持ち主であり、力を合わせて脱出に成功しなかったら、あのまま誰にも発見されなかったかもしれない。

いや、それは違う。リラの叔父がいずれ助け出してくれただろう。ニコラス・オシェアはイースト・エンドを専制君主のごとく支配している。以前から、そのロシア人には目を光らせていたらしい。キャサリンとリラが脱出するほうが一歩先だったというだけだ。

どうやらミスター・オシェアの支配も、物乞いの面倒を見るところまでは及んでいないようだ。ありがたいことに、キャサリンはもっとまともな地域——困っている人間に手を差し伸べようとする地域で育った。「あなた（サー）」短く呼びかけてみた。

返事はない。酔っぱらっているだけかもしれない。それとも医者を必要としているのだろうか？　九月だというのに、季節はずれに寒い日が続いている。新聞によるとインフルエンザが流行の兆しを見せているということだ。キャサリンはそろそろとあたりを見まわした。女性が窓から身を乗り出し、おそらくは彼女にしか見えない誰かにわけのわからないことを呼びかけている。この男性が医者を必要としていたとしても、手助けをしてくれそうではなかった。

「サー」声を大きくして呼んだ。

男がいきなりジンくさいいびきをもらした。キャサリンはびくりとして、急ぎ足でその場を立ち去った。

通りの半ブロックほど先をピーターが早足で歩いていた。彼女同様、こそこそとした足取りだ。いまのところ気づかれてはいない。フードを深くかぶっているので、振り返ってもたぶん妹とはわからないだろう。でもピーターは自分がどこへ向かっているか、ちゃんとわかっているらしい。上等な趣味と高い野心を持つ兄が、こんなところになんの用があるというのか？

ピーターはありふれた長屋の前で足を止めた。れんが造りの正面はかつてはきれいだったのだろうが、いまでは窓がいくつか割れている。玄関のドアがいきなり開き、見えない手が彼を招き入れたかと思うと、また閉まった。

キャサリンも足を止めた。やはり誰かと会う約束をしていたのだ。よりによって、こんな場所で！

腕を組んで歩く少女たちが、通りがかりにキャサリンをじろじろ見ていった。しみのついた手からして女工だろう。右手に舗装されていない路地があり、一応身を隠せる。彼女は路地に入ると、湿った壁に体を押しつけた。今日着ているコートは質素なものだ。荷物の受け取りをする予定だったからだが、それでも継ぎあてもなければ、しみも裂け目もない。それだけで、このあたりでは目立ってしまいそうだ。

早くして、ピーター。夜までホワイトチャペルにはいたくない。リラは、叔父がこの地に法と秩序を回復したと語っていたけれど、それでもよそ者としてここをぶらつく危険については否定しなかった。

キャサリンはため息をつき、コートの前をかき合わせた。いまさらながら、リラがそばにいてくれたらと思う。彼女が新婚旅行に出たことを恨むわけではない。何しろ彼女にとっては初めての外国旅行なのだから。けれどもキャサリンとしてはいまこそ、頼りになる友人がほしかった。リラがたったひとりの友人なのだ——バトンを別にすれば。普段は〈エヴァーレイズ・オークションハウス〉の仕事が忙しすぎて人づきあいをする暇はなかったし、つきあおうと思っても、同じような身分のほかの女性と共通する話題はほとんどなかった。最新の流行にも噂話にも興味がないし、小説を読む時間はない。一方、骨董市場に対する彼女の考えや贋作の見分け方に関心を持ってくれる人はほとんどいなかった。

自分の仕事には誇りを持っている。生活に目的を、挑戦と励ましを与えてくれるものだ。けれど、そのために孤独はいや増した。子どもの頃は親友がほしくてたまらなかった。その願いはずっと消えることなく、心の片隅にひそかに息づいていた。

鼻の頭に冷たい雨が落ちた。はっとして、曇り空を見あげる。

「誰かから隠れてるのか？」

キャサリンがびくりとしたと同時に、角から見知った人影が現れた。驚いて、一瞬声が出なかった。

人の顔を覚えるのは得意なほうではないけれど、盲目でもないかぎり、リラの叔父を忘れることはできないだろう。女性を惑わす神のいたずらとでも言おうか。浅黒く、男性的な魅力にあふれた容姿。輝く漆黒の髪、高い頬骨、女性のようにふっくらとした唇——これは本来なら欠点なのかもしれないが、野性的な顎と頬がそれを補ってあまりある。そして……わずかにゆがんだ高い鼻が、暴力と無縁でなかった過去を物語っていた。

「ミスター・オシェア」動揺を見せまいと、キャサリンは堅苦しい口調で応えた。彼女自身、美人と言われる。その気になれば美がどういう力を及ぼすか、実際に知っている。だが、その魔力の餌食になるのはごめんだった。

それにしても、こんなところで鉢合わせするなんて、ばつが悪いにもほどがある！

オシェアはれんが塀に肩をもたせかけ、彼女の姿を上から下までじろじろ見た。「ここらをうろつく格好だな。メイドのコートを拝借してきたのか？」

キャサリンはコートの襟をきっちりとかき合わせた。「わたしのよ。侮辱の言葉をありがとう」

黒い両眉がひょいと持ちあがった。「メイドのことをよく思ってないんだな」

彼女は口を開きかけ、思い直して、相手をにらむだけにした。会ったのは二度だけだが、いずれのときも彼はこんなふうに、からかうような表情でこちらを見た。まるでキャサリンを怒らせることが、自分のひそかな楽しみだとでもいうように。彼を前にすると、自分が値踏みされ、笑い物にされ――女として求められているような気分になる。

もっとも、オシェアはわたしを値踏みするような立場にはない。粗野で無礼で、育ちの悪い犯罪者じゃないの。いまみたいに舞踏会にふさわしいような黒の燕尾（えんび）服を着ていたとしても、それは忘れてはいけない。

キャサリンは眉をひそめた。実際、彼は滑稽なほど優雅に着飾っている。襟元にはダイヤモンドの飾りピンが光っていた。「ホワイトチャペルは通りを歩くのにもイブニングドレスが必要だとは知らなくて」彼女はつっけんどんに言った。「今度は間違いなく、舞踏会用のドレスを着てくるわね」

「そうするといい、ダーリン。ただ、天候の変化には注意を怠らないことだ」

「言われるまでもないわ」それに応えるように、また雨粒が顎に落ちた。「雨は好きなの」

オシェアの笑い声は豊かでよく響き、思いのほか美しかった。「なるほど。いまのきみは濡れ猫のように満足げだ」

「詩人なのね、ミスター・オシェア」彼の背後に目をやった。ピーターの姿はない。

「誰を待ってる?」

ささやくような口調に、キャサリンはオシェアに視線を戻した。正装しているにもかかわらず、れんが塀に港湾労働者のように無造作に寄りかかっている。完璧な肉体に崩した姿勢という取り合わせが、やたらと神経に障った。

彼の少し曲がった鼻をじっと見る。唯一の欠点だ。そこにいらだちのすべてを向ける。あの手紙の返事ときたら、実に無礼きわまりなかった。犯罪者のくせに金儲け(もう)の機会を断るなんて。彼を雇い、ピーターを少々脅してもらうつもりだった。簡単な仕事だったはずだ。

「わたしが誰を待っているか、あなたには関心があるわけ?」

「おれの街で? もちろんあるさ」

「あなたの街?」キャサリンは、その傲慢さにあきれて眉をつりあげた。「あなたがここをそう呼んでいること、女王陛下はご存じかしら?」

「女王陛下はロンドンのこのあたりを手放せたら喜ぶだろうよ」オシェアは面白がるように言った。「心配事がひとつ減るというわけだ」

いかにも彼のような男が言いそうなせりふだ。「かもしれないわね。実際、道端に男性が寝転んでいたもの。寒さで死にそうになって」

「ジャックだな」彼はあっさり言った。「ジンであたたまってるから大丈夫さ」

キャサリンは鼻で笑った。「酔っぱらいの名前をあなたが知っていても驚かないわね」

「実は身内なんだ」口調が急に粗野になった。「いとこの旦那だ」

「そうなの、それも驚かないわ」

「こちらは驚くよ」オシェアは言った。「きみが信じるとは思わなかった。次は通りで酔っぱらいを見かけても、無視して通り過ぎることだな」

彼はキャサリンが立ち止まって話しかけたところを見ていたのだ。「つけていたの？」

「見ていたやつがいるのさ。すべて、おれに報告が来る」

なんてこと。キャサリンはふたたびオシェアの背後に目をやった。「密偵を雇っているということ？　どういうわけで？」

「〈ハウス・オブ・ダイヤモンズ〉はこの通りのすぐ先にある」彼は大通りのほうを手で示した。長い指にはまったいくつもの指輪がきらめいた。やたらとけばけばしい。「客は邪魔されるのを嫌う。だから、この通りを入ってくる人間には目を光らせてるんだ」

キャサリンは身をこわばらせてうなずいた。〈ハウス・オブ・ダイヤモンズ〉は賭博場だ。

社交クラブと銘打っているが、違法な娯楽場。だからオシェアもこんな衣装なのだろう。服装規定があると、何かの記事で読んだ記憶がある。人の往来を把握しているくらいだから、彼はこの通りの住人についても知っているに違いない。「あの建物に住んでいるのは誰か、ご存じ？」キャサリンは兄が入っていった建物を指さした。

オシェアは彼女の指先を目で追おうともしなかった。「知っている」

「だったら名前を教えてくれない？」

「断る」とりつくしまのない口調だ。視線はまっすぐにキャサリンに注がれている。息をのむような瞳だった。水銀を思わせる色で、濃く黒いまつげに縁取られている。思わず見入ってしまい、自己嫌悪に陥った。「では、さようなら。わたしは会話をする気分じゃないの」

オシェアは小さく笑って、ばねのように勢いよく壁から離れた。「店の前に止まってる馬車に乗るといい。家まで送るよ」

われながら驚いたことに、キャサリンは笑いそうになった。「必要ないわ」礼儀上、そして彼の姪との友情から、一応つけ加える。「でも、親切な申し出をありがとう」

彼は、キャサリンの首からもうひとつ頭が生えてきたとでもいうように見据えた。

「これは申し出じゃない。ここできみに何かあったら、一帯で捜査が行われる。そうなると、おれの賭博場の商売に差し障りが出るんでね」

キャサリンは眉をひそめた。たしかに理屈は通っている。彼も一応商売人なのだ。だったら、同じ商売人としてわたしに敬意を払ってくれてもいいのに。〝金持ちを釣りあげる〟彼はオークションハウスのやり方をそう呼び、美術作品を〝金ぴかの品々〟で片づけた。

「帰るわ」彼女は苦々しげに言った。「あなたが、あの建物の住人について教えてくれたら」

オシェアが眉をあげた。「あのときあんなにはしゃいでいたのはエールのせいだろうが、きみはしらふでもなかなか威勢がいいな」

腹の立つ男！「どういう意味かわからないわ。わたしはいつでもしらふよ」

失礼きわまりないことに、彼は鼻で笑っただけだった。

「ミスター・ネディーのパブでのことは」キャサリンはぴしゃりと言った。「特別よ。めったにないこと。紳士なら、わざわざ思い出させるようなことは言わないと思うわ。実際、近くに紳士がいたら、あのロシア人がわたしを誘拐する前に助けに現れてくれたでしょうし」

「誘拐されたのはきみだけじゃなかった」オシェアが穏やかに指摘する。

キャサリンは勝ち誇ったように唇の端をあげた。「あなたの姪御さんも危険にさらされていたわね。残念なことに、わたしたちは自力で逃げ出すしかなかった。いずれにしても、そのあとわたしたちのどちらかが羽目をはずしたとしても――わたしはそんなことはしていないけれど、それは無節操からではなく、単に不愉快な出来事を忘れたいという自然な欲求からだったはずよ。当然ながら、そのあとご一緒した人のことも含めて、全部忘れてしまいたかったから」そう言って、当てつけがましく彼をじろりと見た。

オシェアが両眉をあげた。「これはまた、整然とした話しぶりだな。酔ったきみのほうが、おれとしては好みだが」

「言ったでしょう、わたしは酔ってなど――」いらだちのため息とともに言葉を切った。こんなならず者と口論しても仕方がない。それに実際、あの晩の自分は、たしかにいささか羽目をはずしていた。

本当にすっかり忘れてしまえればいいのだけれど。残念ながら、あの晩の終わりにミスター・オシェアの顔立ちや体つきについて、かなり厚かましい発言をしたことははっきり覚えている……。あなたが彫刻としてオークションに出たら、いい値がつく、とかなんとか――。まったく、思い出したくもない。もう二度とお酒は口にしないわ。

キャサリンは腕を組み、彼の肩越しに建物を見やった。「もう行って」

「行くさ。きみを肩に担いでな」

彼女はひるんだ。「冗談でしょう」

いや、本気なのだろう。オシェアはしたり顔で微笑んだ。「楽しんでもらえると思うが。おれの肩について、お褒めの言葉をあずかった記憶がある。酒のせいかと思っていたが正気だったというなら、ミス・エヴァーレイ、きみは本気でおれがいい体をしてると思ったわけだ」

屈辱感が全身に広がった。「最低ね」

「かもしれない。もっとも、最低な男はきみを家まで送るなんて言わないぞ。無理やり馬車に連れ込むだろうな。考えてみろ」いまや本格的に雨が降りだしていた。彼は顔をしかめた。「五秒やる」

キャサリンはもう一度、オシェアの背後の建物を見た。ピーターがどれくらいあそこにいるかはわからない。もう日が落ちはじめている。「いいわ、送って。辻馬車に乗せてもらえばいいから」

「不思議だな」オシェアが言った。「きみがまだ、身ぐるみはがされたことがないとは。よく辻馬車で出かけるのか？」

「あなたよりは辻馬車の御者のほうが、まだ信頼できるというだけ」歯を食いしばって答える。

「きみがおれのほしがるものを持っていると？」オシェアの視線がキャサリンをなぞった。思わず顔が熱くなり、彼女はまた腕を組んだ。「なるほど」彼は笑いをこらえるように唇を引きつらせた。「おれを好き者だと思っているわけだ」

「侮辱されて、うれしそうね」

「考えようによっては、うれしくないこともない」オシェアが顔をあげた。笑みは消えていた。「姪がそんなことを言うはずはない。ということは、きみの妄想だ。キャサリン、きみはときどきおれのことを思い出していたんじゃないか。たとえば夜、ベッドで横になりながら。実はこちらも一度か二度、きみのことを考えたことがある」

キャサリンは口をあんぐりさせた。面と向かってこんな下品なことを言うなんて。〝うぬぼれないで〞と言ってやりたいところだ。

もっとも、オシェアの言ったことはまるっきり的はずれではなかった。どうしてわかるのかしら？　この前会って以来、彼のことをたびたび思い出していた。こういう男性には出会ったことがない。自由で……物腰やふるまいが実に自然だ。

オシェアが小さく息をつき、一歩近づいてきた。路地は広くない。ふたりのあいだはもう数センチしか離れていなかった。彼の体が発するぬくもりを感じられるほどだ。肌寒い空気の中、そのぬくもりは心地よかった。キャサリンは壁に体を押しつけた。心臓が喉元でばくばくしている。「ど、どういうつもり？」

「考えてたんだ——」彼は小声で言い、片手をキャサリンの頬に添えた。そのてのひらはざらりとしてあたたかかった。思わず息をのむ。ジンのにおいがするかと思ったけれど、コーヒーと石けんの香りがした。わずかに伸びた無精ひげまで見える。彼の瞳は草原の霧のような色だった。わずかに緑がかった灰色だ。

自分に腹が立ち、キャサリンは顔をそむけた。「もう帰らせて」

オシェアが親指でそっと彼女の顎の曲線をなぞった。「押さえつけてるわけじゃない」低い声で言う。「残念ながら」

キャサリンは唾をのみ込んだ。「お願い」

「何をお願いなんだ？」オシェアは頭をさげ、彼女の耳元でささやいた。髪に彼の鼻が触れた。鼻が押しつけられている。そう思うと、小さな震えが体を駆け抜けた。「赤くなってるな」意外そうなその口調に、キャサリンの頬はますます赤くなった。「想像してみてくれ、キャサリン。馬車の中でふたりきりになったら、おれはきみに何をするだろう?」

彼女は唇を噛んだ。この手の男の扱いは心得ている。深く息を吸って、まっすぐに相手を見た。

悪魔は自らの手先であるこの悪党に、このうえない魅力的な容貌を与えた。しかもキャサリンは、ありそうにないところに美を発見するのが仕事だ。彼の肉体美には気づかずにいられなかった。それだけではない。彼を見ていると、男性の視線を引きつける力というものがわかってきた気がする。

とはいえ、職業婦人が女の手管を学んだところで意味はない。体の奥のうずきは押しつぶしてしまわなくては。「馬車でふたりきりになったら」キャサリンは言った。「あなたはおなかを抱えて、うめいているでしょうね」

オシェアが眉をひそめる。「どうしてだ?」

「わたしが思いきり、おなかを殴るからよ」

ぷっと吹き出し、彼はあとずさりした。「署長がきみのことを、氷のごとく冷ややかだったと言っていた。違う女性に手紙を届けたんじゃないかと思ったよ。ミス・エヴァーレイはまれにみるホットな女性だと言っておいた」

キャサリンはぞっとした。「嘘でしょう」

オシェアは気だるげに肩をすくめた。彼のことを上流階級の紳士と思う人間はいないだろう。紳士はもう少し堅苦しく、行儀がいい。猛獣のようになめらかで、ぞんざいな動きはしない。「そうかもな。そのホットな気性はおれの前だけ、というほうがかえって好ましい」

キャサリンはぴんと背筋を伸ばした。この男はどうかしている。怒りを何か別の欲求と混同するなんて、勘違いもはなはだしい。「署長さんが見たのは、わたしの嫌悪感まるだしの表情だったんでしょうね」ぴしゃりと言った。「警察が腐敗しているという証拠だもの。ホワイトチャペルの警察署長があなたのような男の使い走りをしているなんて――嘆かわしいわ」

オシェアが片方の眉をつりあげた。「おれのような男? どういう男だと思ってるんだ?」

「当然ながら犯罪者よ。あなたが法を遵守しているとは誰も思っていないでしょう。賭博場を経営してると公言しているんだから!」

彼は小さく舌を鳴らした。「おっと、おっかないな。きみはさぞかし品行方正な人間なんだろう。となると、なぜホワイトチャペルなんかをうろついているのかという疑問がまたしても浮かぶ。ここらはきれいな場所じゃない。きみのようなまっとうな蠅は、はちみつのあるところにしか群がらないものだが」

キャサリンは鼻を鳴らした。「今度は蠅? さっきはわたしを濡れ猫にたとえたわね。ミスター・オシェア、あなたも混乱しているみたい。お気の毒に、きちんとした教育を受けていないからかしら」

「何か間違いがあって」彼は気を悪くしたふうもなく応じた。「きみはここに来た。スラム街見学なら、川の南側に行ったほうがいい。サザークあたりでは愚かな若い女性に何が起きても不思議はないが、少なくともおれの責任ではなくなる」片手をあげ、そっけない口調でつけ加える。「行こう。そろそろお上品な界隈に帰る時間だ」

男性に命令されるほど腹の立つことはない。キャサリンは相手の脇をすり抜けようとした。そのとき、建物のドアが開いた。

やっと！　出てきたのはピーターひとりではなかった。キャサリンは何も考えず、オシェアの腕をつかんで引っ張り、自分の姿を隠した。

彼は肉食獣のように、全身がしなやかな筋肉で覆われていた。紳士はこんな……がっしりとした腕をしていない。

先にピーターが姿を現した。もうひとりは戸口の暗がりに立ったままだ。ふたりはしばらく会話を交わしていた。相手の男の顔は陰になって見えない。「あの男、誰だか知っている？」キャサリンは小声できいた。

オシェアが茶化すように彼女を見る。「きみの兄さんじゃないのか」

「もうひとりのほうよ！」

彼が肩をすくめたとき、キャサリンは自分がまだ相手の腕をつかんでいることに気づいた。顔を赤らめて手を離し、指が勝手なことをしないよう握りこぶしを作った。「知っているなら名前を教えて。お礼は――」

だが男が前に進み出たのを見て、彼女は口をつぐんだ。知っている顔だった。いったいあの案山子はここで何をしているのだろう?

「なんと」オシェアが小声で言った。「これは面白い」

キャサリンは驚いて彼を見た。「ミスター・ピルチャーを知っているの?」

オシェアが振り返った。ふたたび彼女を上から下まで品定めするように無遠慮に眺める。

「やはり、おれたちはじっくり話し合う必要がありそうだな」

3

賭博は違法だ。しかし、〈ハウス・オブ・ダイヤモンズ〉はその存在を隠そうともしていなかった。大通りに面した丸石敷きの前庭の奥に周囲より三階分は高い建物がそびえ、まわりのくすんだ建物とは対照的に、正面には黄金色の石柱が並んでいる。漆塗りの馬車が次々とアーチ型の門を抜け、列を作って、正装した紳士をおろしていく。紳士たちは赤い絨毯の上を歩いて深紅に塗られた両開きのドアの前に出る。だが、真鍮製のノッカーに手を伸ばす前にドアはさっと開いた。

驚いたことに、警棒を振りながら近くの角をぶらぶらしていた警官は、賭博場の客たちの行進を無関心な顔で眺めている。

オシェアが愛情のこもった目つきで建物を見やった。「立派なもんだろう?」

たしかに立派だ。張り出し窓の窓枠はいずれも黒く輝き、赤いベルベットのカーテンが外からの視界をさえぎっている。奥から何かの光が当たっているのか、カーテンは燃える石炭のごとく鮮やかに輝いて見えた。「あえて黒を、つまり悪魔の色を選んだの? それとも偶然?」

彼は笑った。「おいで。裏口から入ろう」

キャサリンはほっとし、オシェアのあとに続いて粗末な建物のあいだを抜ける細い歩道へ進んだ。こんな悪名高い場所に入るところを人に見られるのは都合が悪い。実際、自分が足を踏み入れようとしていることが信じられないくらいだ。

とはいえ、オシェアとの話し合いを望んだのは自分だ。そしていま、ようやくそれが実現した。結局、最初の計画に戻るしかない。このひと月、ほかの解決策は浮かばなかった。事態が深刻になっただけだ。

三回角を曲がると裏口に着いた。ドアは黒く塗られていた。オシェアのノックに応えたのは、黒いお仕着せを着た若い男だった。いかにも凶悪そうな顔つきをしている。赤褐色のぼさぼさ髪、黒い目に薄い唇。「カラン」オシェアが短く言った。「にぎわってるか？」

「そのようで」男はオシェアのほうへ軽く頭をさげ、キャサリンのほうは見ずに脇へどいた。オシェアが同伴している女性のことは無視するように訓練されているのだろう。絨毯敷きの薄暗い廊下に足を踏み入れながら、キャサリンはそう思った。

落ち着かない気持ちで、オシェアのあとについて狭い階段をのぼる。暗い吹き抜けにもれ聞こえてくるどんちゃん騒ぎを耳にすると、自分が崖っぷちに立たされているような気がした。ロンドン一悪名高い賭博場の内部を探索しているのだ――そこのオーナーを案内役に。

良家のレディなら、失神してもおかしくない状況だ。

だが、キャサリンは良家のレディを気取ったことはない。二階に着くと、オシェアは何も書かれていないドアを開けた。騒がしい音とさいころを振る音が突然大きくなった。と同時に、キャサリンの胸に妙な誇りがわいてきた。これこそ、わたしの決意と献身の表れだ。それでオークションハウスを救うことになるなら、たとえ地獄に落ちることになろうと、どこまででもオシェアについていく。

ふたりは正面玄関と同じ毒々しい赤の絨毯が敷かれたバルコニーに出た。そこから見える光景に驚き、キャサリンはもっとよく見ようと手すりに近づいた。

バルコニーからは吹き抜けになった広い部屋が見渡せた。丸天井にはフレスコ画が描かれている。ミケランジェロ風のローブ姿の人物が描かれているが、聖人や天使ではない。ギリシャ神話の神々で、その悪徳が写実的に表現されていた。

「驚いたか？」

オシェアの声が耳元で聞こえた。キャサリンはかぶりを振った。むきだしの胸や性器を見てどぎまぎするには、あまりに多くの絵画を見てきた。「腹が立つわ」彼女は言った。「ミスター・テイラーの手によるものね。才能があることは認める。彼の描いた贋作がときおり収集品に紛れ込んでいるのよ。住所を知っていたら、請求書を送りたいくらい。彼の贋作を見分けるのに要した膨大な時間に対してね」

「おれが言ったのは天井のことじゃない」

「あら」キャサリンは賭博場を見おろした。琥珀(こはく)色の大理石の柱が並び、あいだにはクリーム色と深紅の厚いベルベットの布がかかっている。その下にはクッションのきいたソファと、しゃれたマホガニー材のサイドテーブルが置かれ、客がゆったりと休めるようになっていた。真鍮製の鎖でつるされた巨大なシャンデリアが周囲にやわらかな光を投げかけ、シャンパングラスやダイス、クリスタルのランプをきらめかせている。緑色の布が張られた賭博台がほどよい間隔で配置され、背の高い観葉植物があちこちに置かれて、互いが見えないようになっていた。もっとも、上からはどのテーブルもはっきりと見えた。双眼鏡を使えば、プレーヤーの手も読めそうだ。

〈ハウス・オブ・ダイヤモンズ〉を糾弾する記事は、ここをいかがわしい腐敗と堕落の巣窟のように描く。そしてオーナーの悪業の証（あかし）だとするわけだが、実際のところ、筆者はここに足を踏み入れたことがないに違いない。どちらかといえば、モンテカルロやニースといった一大リゾート地を彷彿（ほうふつ）とさせる場所だ。

「驚きはしないわ」キャサリンは言った。「子どもだってトランプくらいするもの」おそらく驚くべきは、毎晩ここで動くであろう金額だ。まだ五時にもなっていないのに、テーブルの半分は埋まっている。「夜にはぎゅうぎゅう詰めでしょうね」

「別に、得意客向けのサロンがある」オシェアが言った。「楽に六〇〇人は収容できる」

六〇〇人！「埋まったことがあるの？」

「夕食後にまた来て、自分の目で確かめてみるといい」

彼の口調には自然な自信が感じられた。キャサリンは歯がゆさを感じた。かつては自分も〈エヴァーレイズ・オークションハウス〉に対して同じような自信を持っていた。それがもう、はるか昔のことのように思える。いまでは誠実な職業人として、新しい顧客を受け入れることはできなかった。ピーターが会社の金を横領していることを知りながら、公正なオークションは約束できない。まして、会社の売却計画があるとなると――。

兄の暴走を止めるにはミスター・オシェアに頼るしかない。彼が最後の希望だ。悪魔の手先だろうが、こうして彼と会えたのは神の導きとしか思えない。

「共同経営者はいないの？」キャサリンは尋ねた。

オシェアは彼女の脇で肘を手すりにかけ、目を細めて注意深くフロアを見渡した。所有者然として穏やかな目つきだった。「その必要は感じない」

「でも、ここを建てるのに出資者を募らなかったの？」これほど豪華な施設を建設して飾り立てるには、相当な資金が必要だろう。自分なら、借金を帳消しにしてあげられるかもしれない。

彼は感情の読み取れないまなざしで、キャサリンを一瞥した。「資金はじゅうぶんにあった」

驚きを隠すために、キャサリンは目をそらした。リラから、オシェアは裕福であるとは聞いていたが、これほどとは思わなかった。「黒字になるまでどれくらいかかった？」

オシェアがゆっくりと満足げな笑みを浮かべる。「一年目から、とんとんだったな」

「一年目から！」なんともうらやましい。たいしたものだ。この賭博場は大当たりだったようだ。階下のプレーヤーの中には、〈エヴァーレイズ・オークションハウス〉の顧客もちらほら目についた。イングランド有数の金持ちだ。なんと閣僚までいる。犯罪と汚職の撲滅を標榜(ひょうぼう)する人物だ。

「驚いたわ」キャサリンは言った。「こんなところにいることが世間に知れたら困る人もいるでしょうに」

「だから、通りの往来には目を光らせているのさ」オシェアが言った。「客たちはみな、おれの口のかたさを信用してくれている」

おかしなものだ。犯罪者が、兄の何より切望しているものを持っている――重要人物の信頼を。「犯罪は儲かるようね」

彼は唇をゆがめた。「そのようだな。きみもミスター・テイラーに請求書を送るより、彼を雇って名画の贋作を描かせ、オークションに出したらいい」

思ったとおりの恥知らずだ。「そうするかもしれないわね、わたしがお金にしか興味のない人間だったら。でも、名誉というちょっとした問題もあるのよ」

「なるほど」オシェアは言った。「名誉か、たしかに。暖炉に火をともすという点では、一ペニーのマッチほども役に立たないが」

「暖を取る以上に大切なこともあるの」

「もちろんだ。たとえば力。階下(した)の男たちはみな、おれに……いわば急所をつかまれてると知っている」彼は手を伸ばし、長い指で何かをつかみ取るようなしぐさをした。シャンデリアの光を受けて、指輪がきらめいた。

「そうやって、この賭博場を続けているわけね」キャサリンはゆっくりと言った。「上から見ると、ここはどうしたって社交クラブには見えないもの」

オシェアがウィンクした。「ダイスからたくさんの友情が生まれるのさ。でも、そう……法を定める男たちに貸しを作ることもしばしばだ」彼は手すりを離れ、腕を差し出した。キャサリンが無視すると肩をすくめ、足早にバルコニーをおりていった。

「それでも、わたしはどうかと思うわね」あとに続きながら言う。「いつ閉鎖されるかわからない施設に多大な資金を注ぎ込むなんて」

「言っただろう、常にギアに油を差している」

警察署長が退職する、選挙で議員の顔ぶれが変わる、といったことは起こりうるだろうに。「だけどギアが……変わったら、その新しい機械はあなたの油と相性がよくないかもしれない」

オシェアはにやりとして、何も書かれていないドアを開けた。「いろいろ心配してくれて、ありがとう」

キャサリンは彼の脇をすり抜けて、広々とした部屋に入った。壁紙は暗い色で、床には複製だが美しいペルシャ絨毯が敷かれていた。しかも悪魔の書斎には似合わないながら、ほのかにラベンダーの香りがする。

肘掛け椅子に腰かけると、革がやさしく彼女を包み込んだ。オシェアは机をはさんで向かいの椅子に座った。机もまた見事な逸品だ。くるみ材で凝った装飾が施され、脚は龍の形に彫られている。

キャサリンは机の脚に触れ、驚いて言った。「複製品じゃないのね」少なくとも三〇〇年は経っている。

「そうなのか?」オシェアは満足げに、なめらかなその表面を手でなぞった。「おれにはよくわからない。でも、気に入ってる」

本当かしら。彼なら、もっと安っぽくて派手な品を好みそうだけれど。「これを売ろうと思ったら、八〇ポンドにはなるでしょうね」

オシェアがにやりとした。「じゃあ、いい商売だったな。彼の負けは五〇だった」

キャサリンは手を膝に戻した。この机は借金のかたに取られたものらしい。そう思うと魅力が半減した。「気に入らなかったら、どうしていたの?」

彼は真顔になった。「問題が起きただろうな、彼とおれのあいだに」

キャサリンはためらった。この人と取引をするつもりなら、少なくとも暴力はふるわれないと確信できなくてはいけない。「彼を痛めつけることもありえたということ?」

オシェアが首をかしげてこちらを見た。考え込むようなそのしぐさで、灰色の瞳に黒髪がひと房かかる。キャサリンは思わず、その髪をかきあげたいという衝動に駆られた。

「慈善事業じゃないんでね」彼はこともなげに言った。「だが、借金を払えないからといって人を殺したことはない」

彼女は身震いした。ほかの理由でなら、人を殺したことはあるの?「そう」

オシェアのふっくらとした唇が皮肉っぽい笑みを浮かべた。「気分が悪くなったのか？言っておくが、きみは自分の意思でここに来た。帰るのも自由だ」

「気分が悪くなんかないわ」キャサリンは長々と息を吐いた。「ただ、ひとつきいてもいい？人を殺す正当な理由ってなんなの？」

彼が片方の眉をつりあげた。「殺してみたくなったのか？」

キャサリンは唇を噛んだ。「単なる好奇心よ」

オシェアがじっと彼女を見た。表情は読み取れなかった。値踏みされているような、弱点を探られているような気がする。でも、そんなものは見つからないはずだ。

じゃあ、彼の弱点は？　キャサリンは若い頃から物の欠陥を見定め、評価する訓練を受けてきた。彼は頬骨が突き出すぎていると言う人はいるかもしれない。でも、角張った顎がそのバランスを保っている。ふっくらした唇は肉感的で、いささか下品な印象を与えるものの、そう判断する前にいくぶん曲がった高い鼻に目が行ってしまう。

賭博場に女性はいなかった。そういう方針なのだろう。でなければ、趣味の悪い女性たちが列をなしているに違いない。ただ、オシェアの姿をひと目見るために。

「暴力はことを解決する方法としては悪趣味だ」やがて彼が言った。「しかし、まれに必要な場合もある」

「それで、あなたは必要なときを的確に判断できるという自信があるのね」

彼はキャサリンを見つめた。「先月、きみはおれに提案があると伝えてきた。殺しを頼みたいなら相手を間違ってる」

彼女は顔から血の気が引くのを感じた。「人に危害を加えようなんて、考えてもいなかったわ」

「違うのか？」オシェアは机の上で指を組んだ。指輪がまたきらめいた。「では、どんな内容なんだ？　ピルチャーに関係があるようだな」

キャサリンはためらった。わたし、本気なのかしら？　本気でこの悪党、賭博師、犯罪王と手を組むつもりなの？

「言ってみるといい、ダーリン。殺しではないなら、そう悪いことじゃあるまい」

彼女は顔が熱くなるのを感じた。たぶん、どうしようもなく惹かれてしまうのは顔立ちのせいではないのだろう。人の顔を覚えるのは苦手なほうだが、声は忘れない。オシェアは豊かでなめらかな声をしている。夜の闇を思わせるような。

ふいにキャサリンは心を決めた。いずれにしても失うものはない。オシェアと関わったと知れたら、評判は地に堕ちるだろう。けれどもオークションハウスを失ったら、わたしは生きていけない。「ピルチャーはどうでもいいの。問題は兄のピーター・エヴァーレイよ。こんなことは言いたくないのだけれど、会社経営には向かないの」

「どうりでカードの才能もないわけだ」オシェアがさらりと言う。

キャサリンははっとした。「兄がここに来てるの？」

「一度か二度だがね。ポケットが空になるまで帰らない」

知らなかった。苦々しい気持ちで打ち明ける。「兄が賭けたのは自分のお金じゃないの。オークションハウスの利益を使い込んでいるのよ。横領が発覚したら、会社は信用を失っておしまいだわ」

「それは気の毒に。で、ピルチャーは？　やつのことを知っているようだな。しかも見たところ嫌っている。やつはどう絡んでくるんだ？」

「実は……」キャサリンは口ごもった。言うのがなぜかためらわれた。「兄がわたしと彼を結婚させようとしているの」

オシェアがうなずいた。「だが、きみは結婚したくない」

「当然でしょう。わたしは誰とも結婚するつもりはないの。でもピーターは、従わなければオークションハウスを売ると脅してくる。それにミスター・ピルチャーも妙にしつこいのよ」

オシェアは口元にかすかな笑みを浮かべて椅子の背にもたれた。「彼がしつこいのは不思議でもなんでもない。きみは鏡を見たことがあるか？」

キャサリンは顔を赤らめた。顧客の調子のいいお世辞を受け流すのは簡単だが、ならず者と部屋にふたりきりのときにそんなことを言われると、落ち着かない気持ちになる。

「どうしてしつこいかはどうでもいいわ。ともかく兄にけしかけられているせいか、かなり厄介な存在になっているの」

彼の表情が険しくなった。「どう厄介なんだ？」

「話すほどのことじゃないわ」

「それはおれが判断する」

キャサリンは眉をひそめた。「わかったわ。このあいだの晩……彼はうちで兄を待っていたの」その晩遅くに帰宅してみると、ピルチャーがひとりで客間にいた。「会話する気はなかったんだけれど、しつこくて。部屋を出ようとしたら、手をつかまれたの」その程度のことで騒いでいる自分がふと、ばかみたいに思えた。オシェアはおそらく、多くの女性ともっと進んだ関係を持っているに違いないのに。「それだけなんだけど」とはいえ、執事が通りかからなかったら、どうなっていたかは考えたくもない。

オシェアが目を細めて、じっと彼女を見た。「きみは自分の直感を疑う癖があるのか、ミス・エヴァーレイ？」

「いいえ」

「ならいい」彼は一瞬、鋭く微笑んだ。キャサリンが試験に合格したかのように。

彼女は戸惑って視線を下へ落とした。だが、安全な目のやり場はなかった。いつのまにかオシェアはネクタイをゆるめており、襟が開いて、たくましい首がのぞいていた。体にぴったりした燕尾服が筋肉質な上半身を強調している。上背があるので一見細身に見えるが、屈強な体つきだった。

ピルチャーは相手ではないだろう。

「気にしないで」キャサリンは言った。「あなたを雇いたいの。兄が横領をやめて――」大きく息を吸う。「オークションハウスを売ることを考え直すように」

「そして、ピルチャーが近づいてこないように」

彼女は肩をすくめた。「そうなってくれたらありがたいわ。でも、わたしが関心があるのは〈エヴァーレイズ・オークションハウス〉なの」

オシェアはうなずいた。机を指でトンと叩く。「どうやって横領をやめさせる？」

彼が興味を持ってくれた様子なので、キャサリンはほっとした。門前払いを食らってもおかしくはなかった。「危害を加えてほしいわけではないのよ。ただ……オークションハウスの経営に口を出せないようにしたいだけ」

「はっきり言ったらどうだ。きみは会社から兄貴を追い出したいんだろう」

オシェアの自然でゆったりした所作を見ると、自分が緊張して身をこわばらせていること、それを隠そうと必死なことがよくわかる。「そうとも言えるわね」

彼はにやりとした。「美しい兄妹愛だな、おれみたいな男に兄貴の対処を任せるとは」

「個人的な感情はまた別問題よ。職業婦人は恨みで行動しないの」

オシェアが吹き出した。「なるほど。それはどこかの牧師のせりふか？　それとも自分で考えたのか？」

キャサリンは身を乗り出した。「わたしの信念よ。いま心配なのは会社のことだけ。父は〈エヴァーレイズ・オークションハウス〉をわたしたちふたりに遺した。でも、ピーターは父の遺志などおかまいなしなの。兄は政界に関心がある。いえ、いっそ政治に専念してほしい。そこをあなたに頼みたいの」

オシェアはふたたびうなずいた。彼の視線がキャサリンの顔をさまよい、魅了されたかのように、しばし唇の上にとどまった。「職業婦人か」

「そうよ」視線を浴びて体が熱くなり、肌がざわつくのを感じた。脈が速くなる。「気になるなら、職業人と言い換えるわ。性別は関係ないの」

彼がゆっくりと微笑む。「おや、それは残念だ」

「ねえ」キャサリンはぴしゃりと言った。「力を貸してくれるの、くれないの？」

「訴えたらどうだ？　兄貴はれっきとした犯罪者なんだから、しょっぴいてもらえばいい」

「もちろん、それは考えたわ」この人、わたしのことをばかだと思っているのかしら？「でも、そうしたら世間に知られてしまう。ピーターの悪事を公表せざるをえなくなるでしょう。そんな醜聞が広まったら、会社はやっぱりだめになる。不正がまかり通るオークションハウスで何かを買おうなんて人はいないもの」

「たしかにそうだな」オシェアは考え込んでいるかのように目をそらした。まばたきもない凝視から解放され、キャサリンはようやくまた息ができた気がした。「つまり、警察はだめ、暴力もだめ。となると難しいな。それで、おれは何を得る？」

「お金よ、もちろん」

「そうか」彼は机の上に置いた自分の手を見おろした。指輪のまばゆいきらめきを楽しむかのように、軽く指を伸ばしたり曲げたりする。「ちょっとした問題がある。おれにはこれ以上、金は必要ない」

　本当に彼に必要なのは、いい趣味だろう。「驚いたわ、ミスター・オシェア。本気なの？　これ以上、お金はいらないなんて」

　彼は小さく笑った。「金に執着のある女性は大好きだ」

「そういう意味じゃないのよ」キャサリンにとって大事なのは金ではない。「ただ……」彼が儲かる話を断るとは思わなかった。最近見た風刺画では、彼は〈ハウス・オブ・ダイヤモンズ〉の前で札束の山の上に腰かけていた。姪のリラですら、彼は金で動くと言っていた。

「お金じゃないなら、何がほしいの？」

「そうだな」指輪を見直すように手を傾けながら、彼はまつげを伏せた。「たしか、きみの兄貴は都市事業委員会の委員だったな」

　キャサリンは眉をひそめた。「ええ、そうよ」

「なぜ委員に名を連ねてる？」

「政界に足がかりを作るため」

「だろうな。彼は政治家一家には生まれていない。なんとか這いあがらないといけないわけだ」

「兄はそうするつもりなのよ」それが〈エヴァーレイズ・オークションハウス〉となんの関係があるのだろう？

「だから横領した金で友情を買おうとしてる」オシェアが目をあげた。「政界入りを狙うなら、門を閉ざされないよう人脈を作っておく必要がある」

ようやく彼の言いたいことがわかってきた。「脅迫は効かないわ。兄の評判は〈エヴァーレイズ・オークションハウス〉の成功と結びついている。会社の評判も危険にさらすことになるから、わたしが不正を公にするはずないと、たかをくくっているのよ」

「先を急ぐな」オシェアは唇を少しゆがめて微笑んだ。間違いなく女性の気を引くことを意図した笑みだ。「きみのような美女を前にすると、頭が働かなくなる」

キャサリンは鼻を鳴らした。彼は〝氷の女王〟というあだ名を聞いたことがないらしい。甘い言葉は通用しないのだ。「だったら働かせて。それも急いで。わたし、ほかに予定があるの」

彼の笑みが消えた。「都市事業委員会はおれの街で面倒を起こしてる。西端にあった二軒の建物が、ピルチャーの息がかかった検査官に接収された。ホワイトチャペルではなんの権限もないんだが、どうやら申請に許可を出しているやつがいるらしい」

「申請って――」

「建物を取り壊す申請さ。倒壊の恐れがあるとか言ってね」オシェアは肩をすくめた。「こちらがそれを阻止する申請を出したんで、もう一度採決が行われることになる。味方を増やしたところだが、それでもあと一票足りない。きみの兄貴の票があれば状況は変わる」

事情がのみ込めると、キャサリンは嫌悪感に襲われた。都市事業委員会は安全性の低い建物を取り壊し、貧民のためにちゃんとした住居を提供する運動を展開している。オシェアはそれを妨害しようとしているのだ。なんていやしい男！

だが、ビジネスに個人的感情が入り込む余地はない。彼女はなんとか不快感を抑えつけた。

「兄がわたしの言うことに耳を貸してくれるとは思えないわ。あなたの建物を見逃すよう説得するなんて無理よ」

「だろうな」オシェアはそっけなく言った。「自分の金が取られても何もできないんだから」

キャサリンはむっとした。「思い出させてくれてありがとう。歯に衣（きぬ）着せぬ会話、楽しいわ」

「面白いじゃないか」彼は自分の手首をつかみ、関節を鳴らした。「さて、われわれに必要なのは適切な脅迫だ。きみの兄貴がおれたちふたりに盾つくわけにはいかなくなるような。オークションハウスに関することでは脅しが効かないと言ったな。だったら……」眉をひそめる。「きみが公にするかもしれない、きみにとっては大きな意味を持たないが、彼の政治的野心にとっては致命傷となる情報が必要だ」

「いい案ね。ただ残念ながら、わたしにはそんな秘密はないのよ」

「いいか、これはお互いの利益のためなんだ。こちらも彼の票がいる。いまも、今後も」

「そしてわたしは〈エヴァーレイズ・オークションハウス〉を自分だけのものにしたい」キャサリンは言った。「でも、作り話は通用しないわ。事実でないと」

オシェアは身を乗り出し、肘に体重をかけた。ふっくらとした唇がカーブを描き、彼女をどきりとさせた。「だったら、作り話を事実にすればいい。きみたちは一緒に住んでるんだったな？」

キャサリンはうなずいた。ばかみたいに脈が速くなっている自分への罰として、強く唇を噛みながら。

「それなら探れるだろう。彼が大切なお友だちの前でいい顔をしたければ、隠さざるをえない醜聞の証拠を」

ため息がもれた。「なんの証拠ですって？」ピーターは賭け事に手を出していた——もっとも、それは誰もがしていることだ。兄は女遊びも盛んだ。ただし既婚女性とはつきあわない。「あなたの協力がいるわ」キャサリンの脳は、そういう下劣なことを考えつくようにはできていなかった。

オシェアがため息をつく。「そうだな……採決までまだ一、二週間はあるだろう。少し考える時間をくれ」

「わたしには時間がないのよ！　言ったでしょう、兄は会社を売るつもりなの」

「気の毒に」オシェアは感情のこもらない口調で言った。「姪は、きみはあそこの所有権を半分持っていると言ってたが」

「持っているわ。でも、なんの権限もないの。わたしが——」

結婚しないかぎり。

キャサリンは口を開いた。オシェアが片方の眉をあげていたが、言葉は出てこなかった。ある思いつきが——途方もない、完全にばかげたありえない思いつきが、頭の中で花火のようにはじけた。

いいえ、そんなことは口にできない。

けれどもオークションハウスのためなら……わたしにできないことはない。

どうにでもなれだわ。「方法があるわ」キャサリンは小声で言った。

「どんな？」オシェアがまっすぐに彼女を見た。銃の狙いを定めるときも、きっとこんな目つきをするのだろう。犯罪者。美しく危険な男。

そして、キャサリンの唯一の希望。

「兄は政界を目指している」舌が重く、思うように言葉が出なかった。唇は麻痺し、全身が自分の無鉄砲さに衝撃を受けて凍りついたようだ。「その野望を砕きかねない秘密を作ればいいのよね。ひとつ方法を思いついたわ。あなたの秘密であり、わたしの秘密でもある。わたしたちの口を封じるためには、兄はなんでもするはずよ」

オシェアが目を細める。「あまりうれしくない思いつきのようだな」

「たしかに」キャサリンは言った。「悪夢さながらだもの。結婚よ、ミスター・オシェア」

一瞬、言葉が詰まった。「あなたとわたしの結婚」

「ほう、これはたいそうなごちそうだな」〝赤面〟ことジョンソンは言った。「母ちゃんが死んでから、こんな見事なロースト肉は見たことがない」大きな顔にほとんど畏敬の念を浮かべ、おいしそうな料理がずらりと並んだテーブルを見渡す。

ニックは笑いを嚙み殺し、右隣のパトリック・マロイとちらと視線を交わした。夕食の席につくに当たっては、ひと悶着あった。マロイの妻のペギーが、ニックが上座に座るべきだと主張したのだ。マロイが、主人役は自分なのだからとぶつぶつ言うと、妻は彼の耳をぐいとつねり、悲鳴と同意を引き出した。

いま、ニックは頑丈な樫材のテーブル――七年前マロイの長女の結婚のときに贈った祝いの品――についた一四人を見渡す席にいる。ペギーとパトリック、ジョンソンが脇に座り、そのあとに大きくなったマロイの子どもたちが並んでいる。

テーブルは部屋に入りきらず、吹き抜けの階段部分に突き出ていた。もっとも、ニックのもとで働くようになってからマロイ家は潤い、上階も所有している。だから子どもたちは毎日階段をのぼりおりするときに、テーブルの角をかわすことにかけてはすでに熟練していた。さらに下の世代――孫たちは裸足ではしゃぎまわり、押し合いへし合いしては、競うように料理を皿いっぱいに盛りつけていった。

ペギーがフライドポテトを山盛りにした大皿をまわした。「お母さまは亡くなられたのね、ミスター・ジョンソン」その愛想のいい口調からは、イングランド人を夕食に招いたと聞いて、彼女が癇癪を起こしたとは誰も想像がつかないだろう。とはいえ、女性は大食いの男性に弱い。ペギーも例にもれずで、ジョンソンは彼女を失望させなかった。「長生きされたんでしょう？」

「ええ、まあ」ジョンソンはフライドポテトをどっさりよそった。「七四まで生きましたよ。

最後まで元気だった」

「ごきょうだいは？」

「四人」ジョンソンは答え、料理を口に運び、幸せそうに嚙みながら続けた。「加えて甥っ子がふたり、姪っ子が三人になりました」

「まあ」ペギーが顔を輝かせた。「あなたも負けてはいられないわね。まずはいい人を見つけないと」

「食の細い女性がいいだろうな」マロイが苦い顔でつけ加える。「でないとホワイトチャペルじゅうの食べ物を食い尽くしそうだ。そろそろ皿をまわしてくれ、みんな待ってんだから」

ジョンソンはあわてて従い、その後五分ほど、聞こえてくるのはかすかな食器の音と、満足げなつぶやきだけになった。

「家族ほどありがたいものはないわ」ペギーが言った。彼女の視線を感じ、ニックはいつもの長広舌が始まるものと覚悟を決めた。「いつも言うようだけれど、れっきとした男には奥さんが必要よ。いい女性と一緒になって、身のまわりのことを――」

「どうだかね。そんなの、頭をズドンとやられるのと同じくらい必要ないんじゃないか」マロイが茶化す。

「やめなさい」ペギーは髪こそだいぶ白くなっていたが、緑の瞳は若い頃のままの輝きを保っていた。かつては相当な美人だっただろう。その強烈な眼力で、幾多の男をどぎまぎさせてきたに違いない。
「あんたにはあたしがズドンとやってあげるわ、パトリック・マロイ。容赦しないわよ」
「気をつけろ」マロイがささやいた。「見たかね？　結婚に殺人はつきものなんだ。ステーキと塩みたいなもんだよ」

ジョンソンは嚙むことも忘れ、ぽかんと口を開けた。ニックは安心させるように微笑んだ。知らない人間はつい、マロイ夫婦のことを見誤る。パトリックは手強い老人だ。冷たい黒い目と、平べったい粗野な顔つきをしている。年老いた狂犬のようににらみ、うなり、必要とあらば闘う。白髪としわのせいで非力な老いぼれと勘違いすると、痛い目を見ることになる。でも、パトリックとペギーは仲のいい夫婦だ。一度か二度、ニックが返事を待たずに家に入ってみると、ふたりが恋人同士のように睦み合っているところに出くわしたことがあった。

「だが幸運にも、こうしてみんな顔をそろえられる」ニックはジョッキを掲げた。いつも〈ネディーズ〉のダークエールをひと樽持参で、夕食に訪れることにしている。「健康と幸運に」

いっせいにジョッキがあがった。「そして、結婚に」ペギーがまっすぐにニックを見て言った。「先延ばしにしても無駄よ」

返事代わりに、ニックはジョッキを傾けた。夕食に招かれるたび、ペギーにせっつかれる。もっとも、今日はまさにその結婚を考えているところだ。

人生には何が起こるかわからない。何年も前から、キャサリン・エヴァーレイを見つめてきた。姪がオークションハウスで働きはじめてからだ。キャサリンを見つめずにいるのは難しかった。おとぎばなしから抜け出したような容姿。輝く金髪、すみれ色の瞳。しみひとつない白い肌――。とはいえ、ただ見つめていただけ、漠然と好奇心を感じていただけだった。触れるほど近づくことがあるとは夢にも思わなかった。姪からたまに話は聞いていた。〝氷の女王〟と呼ばれているとか。言い寄ってくるご立派な紳士たちには、まるで興味を示さないらしい。

そういうところも気に入っていた。ロンドン一の美貌を誇りながら、並みいる男たちには目もくれない。珍しく趣味のいい女性だ。そう思っていた。

ところがそうではないらしい。このおれに結婚を申し込んできたところを見ると。

〝本当の結婚でなくてはならないの〟昨日、彼女はそう言った。そのときニックは夢を見ているのではないかと思った。男なら、女性のことを思いながら股間に手をやったまま、眠れぬ夜を過ごしたことは幾度となくあるだろう。しかし、その女性が目の前で、わたしたちはベッドをともにしなくてはならないの、と言ったとなると――自分はまだベッドの中で、目を閉じ、現実とは別の世界をさまよっているとしか考えられない。

だが、結局のところ夢ではなかった。ニックとしては、近いうちに答えを出さなくてはならない。

「ミスター・オシェア、ミスター・オシェア」小さな手が彼の袖を引っ張った。

「邪魔しないの」ペギーが鋭く言った。「マーサ、この子をなんとかして」

　けれどもニックは、すでに下座で席を立とうとしているマーサに向かってかぶりを振った。

「かまわない」フォークを置いて、小さな男の子のほうを向く。たしかギャロッドという名前だったはずだ。マーサとその夫のところは毎年のように子どもが生まれるので、誰が誰だかわからなくなる。「なんだい？」

　みなから注目され、ギャロッドはどうしていいかわからなくなってしまったようだ。大きく息をつきながら、じっとニックを見つめ、眉根を寄せて懸命に自分の考えを口にしようとしていた。「ぼく――ぼく――」

「早く言いなさい」ペギーが言う。「そして彼に食事を続けさせてあげて」

「ぼく、あなたのとこで働きたい！」

　周囲から笑いが起こった。ニックは微笑んで、少年の頭のてっぺんに手を置いた。まだ小さい。おれもこの年の頃は、こんなに小さかったんだろうか？「そう言ってくれるのはとてもうれしいよ」真顔で応える。「でも、もう少し大きくなってからでないとだめだ。あそこにいるジョンソンを見てごらん」赤面のほうを顎でしゃくった。

　少年はジョンソンを認め、目を丸くした。

「そう、でかいだろう？　きみもあれくらいでかくなれると思うか？」

　ギャロッドは唇をなめた。「うん、なれると思う」

　マロイが鼻を鳴らす。「父さんはちびなのに」

「なんてことを」マーサがテーブルの端からむっとした声を出した。

ニックは笑った。「そうだな。少し努力が必要かもな」彼はギャロッドに言った。「体を動かすこと。いっぱい食べること。さあ、食事に戻って、大きくなることに専念したらどうだ?」

ギャロッドはうなずき、皿を取りに走っていった。

ペギーはまだニックを見つめていた。「これ以上は言わないわ」ニックの視線をとらえると、彼女は言った。「ただ、男に必要なのは——」

「もういい」マロイがさえぎる。「口を出すな」

「彼はいい父親になるわ、きっと」

「ありがとう」ニックは会話を切りあげるためにそう言った。だが、ふたたびフォークを手にしてみると、食欲は失せていた。

これまで真剣に結婚を考えたことはなかった。いつか年を取って、髪にも白いものが交じりはじめたら、その頃には自分の子どもが二、三人ほしいと思うようになるかもしれない。とはいえ、自分の子どもが何不自由なく暮らせるという保証ができるまでは作らないだろう。キャサリン・エヴァーレイも、金はいくらあってもいいというようなことを言った。ニックはイングランドに住むアイルランド人の婚外子だ。二〇を超える不動産とささやかな資産では、子どもをこの世に送り出すにはじゅうぶんではない。ほかに——いや、この世界を安全だと思えるには何が必要なのかはわからない。要塞だろうか。自分の王国か。いずれにしてもそれを手にするまでは、決して子どもは作らない。

キャサリンが送りつけてきた契約書には、跡継ぎについても言及があった。ニックは書面にひととおり目を通し、声に出して読んだ。ひとつひとつの単語をはっきりと。〝五年後、この契約はミスター・オシェアの不貞と責任放棄を理由に離婚の申し立てがなされ、解消される。ただし双方の同意があった場合は結婚が継続され、跡継ぎ作りに取りかかる。子どもの数としてはふたりが適当と思われ――〟

恐ろしい危険をはらむ行為に対して、なんともあっさりした表現だ。やはり住む世界が違うのだろう。子どもの数としてはふたりが適当？　このあたりでは最低でもふたりだ。病気、汚染された水、ぐらつく階段での一瞬の不注意――なんとか幼児期を切り抜けたとしても、まだ通りで事故に遭う危険が待っている。狭い路地では馬車が人のすぐ横を走り抜けていくのだ。腕を折ったら仕事ができなくなる。そしてどうなる？　ニックは子どもに満足に食べさせることもできない妻、未亡人をいやというほど見てきた。ましてニックには敵が大勢いる。自分の妻を未亡人にする可能性は低くない。

誰であれ、女性にそんな運命を背負わせたくはなかった。母を見てきたから。父が生きていれば、あれほど切羽詰まっていなければ、母はベルと関係を持ったりはしなかっただろう。いまも生きて、このテーブルで隣に座っていたかもしれない。

やるせなさを押し出すように、ニックは息を吐いた。比べたところで意味はない。キャサリンのような女性は未亡人になったところで無力ではないのだ。自分の会社、自分の財産を持ち、危険から常に一〇ブロック分離れた世界に住んでいる。その地域では、人々は夕日を見に外をぶらつく。物陰を恐れることはない。

「何を考えてる？」マロイがいつのまにかフォークを置いていた。「委員会の件が心配なのか？」

ペギーはふたりを交互に見やり、背を向けて、盗み聞きする気のないことを示した。ジョンソンが椅子を近づけてきた。「どうしてもあと一票、取れないか？」

マロイは都市事業委員会のホワイトチャペル地区委員だった。「このところスコットランド人以上に、イングランド人にせっせとごまをすってるんだがな」彼は言った。「どうにもあと一票がひねり出せない」

「実力行使に出る頃合いかな」

ニックはキャサリン・エヴァーレイのことを考えた。〈ハウス・オブ・ダイヤモンズ〉のバルコニーに立つ彼女。金持ち女性の秘密になど興味はないし、結婚して尻に敷かれることになるのはごめんだ。見下されて黙っている気はない。子どもの頃はひたすら屈辱に耐える日々だった。

だが、思い出すのはキャサリンの小ばかにしたような笑みではなかった。何かにつけてそういう表情を浮かべてみせていたけれど、いま目に浮かぶのは賭博場を見おろしている彼女の顔つきだった。たいがいの女性はニックの懐の豊かさを知って目を輝かせるが、彼女はそうではなかった。いくら借金したかと尋ねてきた。借金はない、とニックは答えた。

そのとき初めて、キャサリンは感心した顔をした。

そう、たしかに彼女は自分で言うとおりの職業婦人だ。レディではない。商売のこととなると、彼女はニックに尊敬のまなざしを向けた。

正気とは言えないかもしれない。だが、相当に危険な賭けをひとつふたつしていなかったら、いまごろ自分は死んでいただろう。でなければ餓死寸前か、路傍で酔いつぶれているかだ。こんなふうにテーブルの上座に座り、教区民に尊敬され、場合によっては恐れられる存在にはなっていない。

ニックは咳払い(せきばら)して、じゃがいもにフォークを突き刺した。突如として食欲が戻ってきた。

「いい知らせだ、みんな」彼は言った。「あと一票、なんとかなったと思う」

4

婚約者は雨の木曜日の午後、五時半早々にやってきた。ドアを開けると、キャサリンが御者に向かってこぶしを振り、走り去る辻馬車を憤慨した顔でにらんでいるのが目に入った。それから彼女ははっとわれに返り、こちらに近づいてきた。

ニックはドアを大きく開けた。キャサリンは中に入り、ひとけのないロビーを見渡した。

「誰もいないの？」

「登記官が全員を家に帰した」ニックは言った。「御者ともめたのか？」

「あの男、ぼろうとしたのよ」キャサリンは雨のしみがついた茶色の紙包みを彼に渡した。それから手早く襟元をゆるめ、コートを脱いだ。その下は飾りのいっさいない、喪服のような黒のドレスだった。

ニックは思わず声をあげた――のだろう。彼女はコートをたたんで腕にかけながら、すみれ色の瞳でこちらを一瞥した。「何がおかしいの？」

「誰か死んだのか？」

キャサリンは自分の服を見おろした。「ああ、わたしの父。葬儀のときに着たドレスよ」

きかなければよかった、とニックは思った。

彼女が包みを返してとばかりに、黒い手袋をはめた手を横柄に差し出した。

「これはなんだ?」返しながら尋ねた。服か何かのようだ。

「あとで必要なの。許可証は持ってる?」

まったく、どうしたって従順な妻になる性質ではなさそうだ。彼女の口から出る言葉は真珠のように冷ややかで、完璧な形と質感を伴っている。目は剣のごとくニックを見据えたままだ。

彼はポケットから結婚許可証を取り出した。キャサリンが受け取って、内容を確かめた。

「本物のようね」

「そう思うだろう?」愛想よく言う。

キャサリンが疑わしげに目を細めて彼を見あげた。髪より色の濃い眉が寄せられ、空を飛ぶ鳥の羽のような形を作る。その表情が、彼女に自然な威厳を与えていた。オークションハウスの上得意を相手にするときにも役に立っているに違いない。「ふざけている場合ではないのよ、ミスター・オシェア。この書類が本物と確信できないなら——」

「本物の許可証だよ」彼は言った。「相当な金を払ったんだ。おれを怒らせないほうがいいとわかっている男にな。ちゃんとしたものさ。見ればわかるだろう」

「たぶん」キャサリンはつぶやき、入口の明かり取りから差し込む淡い光で、じっくりと書類に目を通した。

その肌にニックは見とれた。クリームのようになめらかで、水疱瘡などの幼い頃にかかりがちな病気の跡もいっさいない。どうやったら大人の女性が、こんな生まれたてのような肌を保てるのだろう?

紙がかさかさと音を立てる。キャサリンがきつく握っているからだ。実は不安を隠そうとしているのだろう。彼女にも神経はあるらしい。女性らしさは皆無のようだが。自らの美貌を目立たせないよう最大限の努力をし、決して隙を見せず、常に胸を張り肩をいからせている。手は、一、二度詩的に宙を舞うところを見たことはあるものの、たいていは腰のあたりで組んであった。完璧な小さな唇はめったに微笑まず――たまに微笑むと両脇に小さなえくぼを作るのだが――華奢な顎はいまにも口論を始めそうにつんと上を向いている。

彼女は型をぶち破ったのだ。そして、あとにばらばらの破片をまき散らしながら突き進んだ。その間、息を切らしながらあとを追ってくる気障な紳士どもをかわして。

キャサリンが許可証を返してきた。「本物のようね」驚いたような口調が、いささか侮辱的な響きを帯びている。「その登記官は信頼できるの? 口はかたい?」

「おれのもんだからな」

彼女が目を細めた。「ここはイングランドよ、ミスター・オシェア。誰かが誰かのものってことはありえないわ」

ニックは笑った。「この広くて汚れた世の中によちよち歩きで迷い込んだ赤ん坊ってとこだな、きみは。神のご加護がありますように」

からかうように言うと、キャサリンが身をこわばらせ、渋面を作った。そのほうがいい、とニックは思った。でないと余計なことばかり考えてしまう。あの唇がもっと笑みを浮かべたら、とか、ほっそりとした体を愛でる男がいないとはもったいない、とか。お高くとまった態度すら、挑発とも受け取れるのだ——ニックのように、常に自制を旨としている男から見ても。

とはいえ、こちらを張り倒そうと構えている女性に欲望を覚えるなんて、相当な物好きと言えるだろうが。

ニックはさらに彼女を怒らせることにした。自分のために。「ああ、きみはひよこ並みに世間知らずだ」

「どうやら、わたしが世間を知っているかどうかで意見が一致することはなさそうね」キャサリンが冷ややかに言った。「ただし、あなたの配下だというこの男性がわたしたちの結婚について吹聴したら、元も子もないのよ」

彼女はおれを本物のうすのろと思っているのか？「ああ、二足す二は四だ。おれの知らないことを教えてくれ」

「一生かかっても無理そう。ただ、あなたも計算の基礎はできるのね。安心したわ」

「計算はお手のものさ。大きな数字はいささか苦手だが。五〇を超えると怪しくなる」

キャサリンがまた目を細めてこちらをにらんだ。本気なのか見定めようとするように。相手を混乱させるために、ニックはまたにやりとした。

「まあ、いいわ。さっそく取りかかりましょう」ややあって彼女は言い、階段のほうへ向かった。

ニックはそのあとをのろのろと進んだ。キャサリンのうしろ姿をじっくり鑑賞する。未亡人が着るようなドレスだが、ずた袋ではなく、体の曲線を完全には隠していなかった。ウエストや腕はほっそりとしていながら、出るべきところはちゃんと出ている。女性として理想的な体つきだ。豊かなヒップの線は、たとえば音楽ホールで野次が飛んでもおかしくないほどだ。

キャサリンがふと肩越しに振り返り、見つめられていることに気づいた。そして頬を赤らめ、スカートをつまんで足を速めた。

ニックは微笑み、あとを追った。「どうして顔が赤くなった?」

「あなたが」彼女が押し殺した声で言う。「署名した契約書の内容を理解してくれているといいんだけれど。式のあとの儀式は、たった一度だけなのよ」

「五年間で、ということだったな」ニックは言った。「だが、わからない。おれたちは離婚したくなくなってるかもしれない」

キャサリンは鼻を鳴らした。「豚が空を飛ぶことがあったらね。まあ、少なくとも内容は読んだのね」

「都合のいいところだけ」殺意のこもった目つきでにらまれ、ニックは笑った。「何せ二八ページもあったんでね」彼女の弁護士はすでに別の男性——ニックの姪と結ばれた子爵——

のために契約書を書きあげていた。ほとんどの項目が、キャサリンが仕事をする自由を守ることに焦点が当てられていたが。「パーマーがよく署名したものだ」働く女性に敬意を感じないわけではない。しかし上流階級の紳士というのは、たいてい弱く頼りなげな女性を好む。

ニックの姪にも同じようなことを望んだら、パーマーはとんだ目に遭うだろうけれど。

「子爵は文句ひとつ言わなかったわ」キャサリンが相変わらず冷ややかに言った。「あの結婚もいまと同じ、互いにとって都合のいい、いわば便宜上の結婚だったの」

上流社会の連中がよく使う言いまわしだ。「便宜上の結婚」ニックは繰り返した。「そうかもしれないな。ただし、結婚がその後もずっとお互いにとって都合がよかったという話は聞いたことがない」

キャサリンは踊り場で足を止め、彼を待った。「あなたは愛を信じていないのね」

「どんなことも、頭から信じることはないね」

「よかった。わたしも同じだから」

「それはそれは。おれたちは最高の夫婦になるな」

皮肉の真意を測りかねてか、キャサリンがまた彼をにらんだ。そのとき、ジョンソンとマロイが角を曲がってきた。「ホイットビーは事務室にいる」ジョンソンが短く言った。それからキャサリンのほうに向かってうなずく。「どうも」

軽く会釈して、彼女は証人として出席するふたりの脇をすり抜けた。

どこへ行けばいいかわかっているのかと思いながら、ニックはゆっくりあとに続いた。一〇歩ほど歩いて、キャサリンが振り返った。事務室がどこか知らないことに気づいたようだ。

「行きすぎだ」彼は愛想よく言った。「右からふたつ目のドアだよ」

彼女の顔が引きつったのが遠目でもわかった。大股で戻ってくると、ホイットビーの事務室のドアを、はめ込みの窓ガラスがガタガタいうほどの勢いで押し開けた。

彼女が中に消えてから、マロイが小声で言った。「たいした癇癪持ちだな。アイルランド人じゃないってのは間違いないのか？」

ニックは笑った。「おまえがそんなことを言ってると知ったら、血管を開いて見せてでもイングランド人だと証明するだろうな」

ホイットビーが顔を出し、彼らを手招きした。痩せた貧弱な体に突き出た腹、ひょろりとした脚の男で、神経質に引っ張る癖があるせいだろう、砂色の髪は頭頂部が薄くなっていた。

四人を狭い事務室に押し込むと、登記官はドアを閉め、いかにもほっとしたようにため息をついた。「いいですか、ミスター・オシェア。この建物は人払いし、鍵も閉めました。それから別個に登記簿も作りました。わたしの自宅に鍵をかけて保管しておきます。それでご満足いただけると思うのですが」

「そのために金を払ったんだ」ニックは端的に言った。ホイットビーが厚意で特別扱いをしてくれているというふりをしたところで意味はない。でないと賄賂だけでは飽き足らず、さらなる見返りを求めるようになってくる。

「ええ、たしかに、では……前置きは抜きにして……」ホイットビーは歩いていって、机のうしろに立った。「花嫁と花婿が並んで、その両脇に証人が立ってください」

ニックはキャサリンに少し近づいた。乾いた熱気のこもる事務室の中で、初めて彼女の――妻の香水のかすかな香りが鼻をくすぐった。花を連想させるだけではない、異国の香辛料のような、男性的な芳香が混じった独特の香りだった。

この機会に彼女がそういう香水をつけてきたことには驚かなかった。ふいに先ほどの、ばかげた衝動がよみがえった。

まったく。ニックは上着のボタンをはずした。隣の女性が小さく驚いた声をあげるのは無視して。

「わたしの理解によれば」ホイットビーが言っていた。「花嫁はイングランド人、花婿はアイルランド人なので、式は――」

「しきたりうんぬんは関係ありません」キャサリンがさえぎった。「ここは登記官の事務室ですから。同じく、服を脱ぐ必要もないと思うわ、ミスター・オシェア」

ニックは小さな花束を取り出し、彼女に差し出した。一時間前にはもっときれいだったのだが、と思いながら。キャサリンは驚いた顔をし、やがて包みを床に置くと、花束を親指と人差し指で受け取った。ネズミでもつまみあげるように。

「ありがとう」礼を言い、花束を登記官の机の上に置いた。茶色くなりかけた花びらが数枚、早くも散って床に落ちた。「ミスター・ホイットビー、早く始めましょう」

「あ、はいはい」ホイットビーは上を向いた鼻に眼鏡をかけ、金の縁取りをした革表紙の小さな本を取り出した。「こういう特定の宗派に属さない式を行う場合――」

「余計なせりふはなしでいい」ニックは言った。「丸一日、暇なわけじゃないんだ」

ホイットビーはニックを見やり、それからキャサリンに物問いたげな視線を投げた。

「おふたりとも、本当に――」

「大事な仕事が待ってるのよ」彼女もきびきびと言った。

「なら、いいでしょう」ホイットビーが本を置く。「よろしければ手をつないでください」

「そうしないといけないかしら？」

背筋が急に伸びたかのように、ホイットビーが身をこわばらせた。「正式な結婚とするには――」

「わかったわ」キャサリンがニックのほうを向いた。鮮やかなすみれ色の瞳が、彼の右耳から一〇センチくらい先の空間を見つめた。てのひらを下にして手を突き出す。指は板のようにこわばっていた。

ニックはその手を取った。驚きが体を駆け抜けた。思ったよりもはるかに小さく、はるかにあたたかな手だった。手の甲はやわらかくなめらかで、思わず親指でさすりたくなる。彼女がわずかに指を曲げた。ニックはその手をしっかりと握った。

湿った、小さなてのひら……。

から」

「たこができてる」彼は言った。

頬がさっと赤く染まった。「ええ」かすれた、怒ったような声で応える。「仕事をしている

ジョンソンとマロイが、へえという表情で顔を見合わせているのが視界の隅に映った。だが、ふたりの冷やかしに同調する気にはなれなかった。どうやらニックの中にも、敬虔さというものがいくらか残っていたらしい。この結婚は形だけとはいえ、神の、そして国家の目から見ればほかと変わらない、神聖な結びつきなのだ。

「女性が仕事をするのはけっこうなことだよ」ニックは言った。「ただ、手袋を使ったほうがいいんじゃないかと思っただけだ」

キャサリンがようやく彼と目を合わせ、発言の真意を探るかのように一瞬眉をひそめた。ニックは彼女を見返した。その瞳は汚れのない、純粋なすみれ色だった。不思議な感覚が彼の体を満たしていった。たこのできたてのひらと、一見はかなげな、端麗な顔立ちとの対比を前にして生まれた、何かの予感のようなものが。

この女性のことはろくに知らない。ここ一年ほど、ひそかに見つめてきたとはいえ。ひとり寝の夜、彼女のことを考えてきたとはいえ。遠くからでは瞳の色合いやてのひらの感触まではわからない。けれども間近にいた数秒で、彼女がひとことでは表現できない女性であることがはっきりした。

それがニックは気に入らなかった。読めない相手と取引を結ぶのは賢明ではない。

「ミスター・オシェア」ホイットビーが言った。「あなたはこの女性を妻としますか？」

この瞬間に自分が決まり悪さを覚えるとは思わなかった。人の作った法など、神聖なものではない。だが答えるとき、その言葉は予想以上に重く感じられた。「はい」

「ミス・エヴァーレイ、あなたは——」

「はい」キャサリンが手を引き抜いた。「これでいいんじゃないかしら、ミスター・ホイットビー。ちゃんとした式をしないからといって、追加料金を取るつもりはないでしょう？」

「ひとつ忘れていた」ニックはキャサリンのウエストをつかんだ。その意図に気づいた彼女が目を見開く。だが、彼は抗議の声を唇でふさいだ。

キャサリンが彼の上腕をつかんだ。指を鉄釘のように筋肉に食い込ませ、身を振りほどこうとする。でも、彼は早々に手放すつもりはなかった。自分の結婚式なのだ。気がすむまで、このやわらかくあたたかな唇を味わっていたかった。

ようやく体を離すと、キャサリンは目を大きく見開いたまま荒い息をついた。やがて首を絞められたような声を発するなり、向きを変えてドアに向かった。

「待ってください！」ホイットビーがニックのほうを申し訳なさそうに一瞥して、登記簿を押しやった。約束したとおり、新しく作ったものだ。「帰られる前に、あなたの署名がいります」

キャサリンがくるりと振り返る。彼女は血の気の失せた美しい唇を一文字に引き結び、力任せに書類に署名をした。ペンが折れなかったのは幸運としか言いようがない。

ます」

「それから、ミスター・オシェア」ホイットビーが促す。「証人の方々も、署名をお願いし

「字が書けないんだ」ジョンソンが言った。

「拇印でけっこうです」

キャサリンは小ばかにしたように鼻を鳴らし、包みを取りあげると、敵意のこもったまなざしでニックを一瞥し、頭をドアのほうへ傾けた。「ついてきて」

さっそく尻に敷こうというわけか。たぶん彼女には、アイルランドの血がいくらか混じっているに違いない。

ニックとしては、ホイットビーにもうひとこと言ってやる必要があった。ほかの従業員に休暇を与えたために生じた損失を補塡するという約束だ。ニックが廊下に出たときには、キャサリンはすでに先を歩いていた。ドアの閉まる音で彼女が振り返った。

事務室の中でも彼女は青ざめていると思ったが、いまは完全に血の気がなかった。

「このあとはふたりきりになる必要があるわね」キャサリンが吐き捨てるように言った。

「ホテルかしら？　別々に入りましょう」

「〈ハウス・オブ・ダイヤモンズ〉に部屋を用意してある」ニックは言った。

「賭博場の奥でするわけね？」彼女が唇をゆがめる。「おあつらえ向きだこと」

〈ハウス・オブ・ダイヤモンズ〉の中のオシェアの居室は賭博場と同じように凝った装飾が

なされていたが、ありがたいことに色彩は抑えめで、茶色とブロンズ色を基調としていた。キャサリンは暖炉の火が勢いよく燃える居間で足を止め、濡れたコートを脱いだ。ドレスの黒い袖を見て、一瞬どきりとする。喪服を着てきたことを忘れていたのだ。こんな茶番に喪服を着てくるなんて、父の記憶を冒瀆(ぼうとく)している気がする。とはいえ、ドレスとそろいのベールがホワイトチャペルまで来る途中、人に気づかれないようにするために必要不可欠だったのだ。

コートを置くとき、ふと向かいの鏡に映る自分の姿が目に入った。顔が真っ青だった。まさに喪中の女のようだ。

遠くでドアの閉まる音がした。キャサリンは耳を澄ませて待った。だが、足音は聞こえてこなかった。オシェアは個人的な用事があって部屋を出たのかもしれない。気持ちを落ち着ける間ができたのはありがたかった。怯(おび)えた処女みたいに真っ青になって身を縮めているところを見られ、満足げな顔をされるのはごめんだ。

もっとも、実際に処女なのだけれど。

それでも、怯えまいと自分を叱咤(しった)した。

鏡に近づき、濡れた髪を直す。それから唇を嚙み、頰をつねった。いいわ。少しは血の気が戻った。昨晩はブルームズベリーの自宅のベッドにひとり横たわりながら、本当に必要なことなのだろうかと思い悩んだ。必ずしも婚姻を完全に成立させる必要はないのでは——実際、あと少しでそういう結論に達するところだった。

けれども、このあいだピーターが夕食のあと、またしてもウィリアム・ピルチャーの話を持ち出してきて、こう言ったのだ。〝初夜を怖がるのは女性として当然のことだ。だが、おまえはあまりにも結婚に無関心すぎる。度を超えてるよ。頭のどこかが、どうかなっているんじゃないか〟

婚姻が成立していないのではとピーターが疑ったら、結婚が見せかけだと知ったら、脅迫は通用しなくなる。となると、キャサリンとしては結婚のことを世間に公表せざるをえない。そして経営に参加し、オークションハウス売却を阻止するのだ。

でも、公表することでオシェアが得るものはない。建物はいまも接収される危険がある。彼のほうこそ、結婚を否認したくなるかもしれない。

そうしても、法的になんの問題もない。

キャサリンは背筋を伸ばし、自分の瞳をじっと見つめた。登記所でのキスは——悪くなかった。乱暴で、一方的なキスだったけれど……。

顎が触れ合い、彼の肌が頬をこすった。キャサリンは自分の顎に軽く手を触れた、あの感触は忘れられない。目に見えないくらいわずかに伸びたひげのせいだろう。きれいに剃ってはいたが、男性の肌の感触はやはり違う。

顔が火照るのを感じて、キャサリンは眉をひそめた。一度だけでいいのだ。二度目はない。そう書かれた契約書にオシェアも同意して、署名した。離婚が成立したら、どれだけほっとするだろう。ただし五年間は辛抱しなくてはならない。それだけの時間があれば、ピーターは政界に進出し、オークションハウスへの関心を失っているに違いない。離婚申し立てがなされる頃には、キャサリンが〈エヴァーレイズ・オークションハウス〉の唯一の経営者となっているはずだ。そう願いたい。

ドアが静かに開いた。オシェアが片手にワインの瓶、もう片方の手にグラスをふたつ持って現れた。なんてこと。キャサリンは怯えた笑みを隠すために顔をそむけた。これを楽しいひとときにしようとしてくれるわけ？　彼女は持ち込んだ包みに目を向けた。

「フランス産の赤ワインだ」オシェアの声がした。「飲むかい？」

赤ワイン？「フランスワインはわからないのよ」彼女はそっけなく言った。「いずれにしても、遠慮しておくわ。わたし、もう飲まないことにしているの」オシェアが鼻を鳴らしたが、それは無視した。いまはキャサリンの禁酒の誓いが本物かどうか口論している場合ではない。「さっさと片づけてしまいましょう」包みを取りあげ、続き部屋へ向かう。ドアを開け、寝室が思ったほどはけばけばしくないのを見て、ほっとした。壁紙やシーツは茶色の絹、枕には金色の房飾りがついている。足元の濃い色の絨毯はやわらかく、ふかふかだった。泥のついたブーツで入ったら汚してしまうだろう――けれど、かまうことはない。

たったひとつの燭台で燃えるろうそくが、小さな部屋を照らしていた。気持ちが悪いほど居心地がよかった。

床板がきしむ音がした。オシェアが近づいてきたようだ。ふと、不安に駆られる。深く息を吸い、意を決して包みを開けた。このためにロンドンの半分に当たる距離を歩いたのだ。

ろくにまわりが見えないくらい厚いベールをかぶって。

「それはなんだ？」

キャサリンはびくりとした。声はすぐ耳元で聞こえた。「シーツよ」ぱっと広げると、それは大きくうねってベッドを覆った。雪原のように白かった。

彼女は眉をひそめた。完全な無地だと思っていたけれど、よく見ると白い綿地に白い糸で刺繍（ししゅう）がされている。それだけの装飾も決まりが悪かった。シーツの中央に穴がひとつ開いている。そこから暗い色のベッドカバーがのぞいているのが、やけに目を引いた。

「いったい……」オシェアがシーツを見つめてつぶやいた。表情は読み取れない。

キャサリンの顔がかっと熱くなった。走って逃げ出したいくらいだ。いいえ、だめ。彼に笑われるような真似はできない。妙な怒りに駆られ、ぴしゃりと言った。「手早くすませてくれるわね」

オシェアが鼻を鳴らした。だが、視線はシーツに釘づけのままだ。「それ越しに？　そういうことらしいな。きみが縫ったのか？」

「まさか」彼女はベッドに腰かけ、ブーツの紐（ひも）をほどきはじめた。「わたし、家事は全然だめなの。こういうものを売る教会組織があるのよ」

「うちのところじゃないな」

キャサリンは驚いて顔をあげた。「あなたも教会に通ってるの？」

オシェアが彼女の目を見た。顎の筋肉がぴくりと動く。「何せ悪魔に追われている身なものでね」

彼女は顔をしかめてブーツを脱いだ。「不満は言わないでもらいたいわ。これを手に入れるのにずいぶんと苦労したのよ」

「不満だと言ったらどうする？」

その問いは無視して、キャサリンは長靴下だけになった足で立ちあがると、喉元のボタンをはずしはじめた。手が震えている。

シーツにはひとつ問題があった。ろうそくのやわらかな揺れる明かりは、いやでもロマンティックな雰囲気を醸し出す。暗くしたいところだが、明かりがないと、彼はおそらくシーツの穴を見つけることができない。

キャサリンは歯噛みし、壁についた目盛りをまわした。ぱっとランプがついた。

オシェアがひるみ、片手を目にかざした。「スポットライトの中でおっぱじめるつもりかい？」

聞いたことのない下品な言い方だったものの、意味は想像がついた。「だから何？　さあ、わたしは服を脱いでシーツの下に入るから、部屋を出てもらえる？　用意ができたら声をかけるわ」

彼が口をあんぐりさせた。その表情には、キャサリンの決意を鈍らせる何かがあった。ついどぎまぎしてしまう。「育ちのいい処女は、その前にワインなり、でなければ甘い言葉をほしがるものと思っていたよ」

胃がひっくり返りそうになったが、キャサリンはそれを抑え込んだ。わたしは職業婦人。そしてこれは仕事の一部。感情の入り込む余地はない。「わたしは育ちがいいし、処女よ。だけど夢見る乙女じゃないわ。仕事上の取引に詩は必要ないでしょう」

オシェアが両眉をつりあげた。「仕事上の取引？　ダーリン、これを仕事と言うなら、おれたちはいま、通りの角に立ってるだろうよ」

キャサリンは顔を赤らめた。どうして彼はことをややこしくするの？　彼がわたしの内なる動揺に気づいていないらしいのはうれしいけれど、素直に指示に従ってくれれば、ずっと簡単なのに！「そういう下品なことを言うのはやめて。でも、深い感情があるふりをする必要もないでしょう。避ける方法があればそうしたいけれど、婚姻を成立させれば、その分不安要素は少なくなるわ。兄が結婚に異議を申し立てたとしても、わたしたちは正式に結婚したと胸を張って言えるもの」

「それは否定しない」彼は言った。「ただ、自分のためには……」

「ろうそくの明かりでないとできないってものではないでしょう、ミスター・オシェア？」

オシェアがはっと顔をあげた。彼女の胃がまたひっくり返った。言いすぎたかしら？

「いいだろう」彼はそっと言った。「きみがそのほうがいいなら、おれはかまわない」

キャサリンは短くうなずいた。「じゃあ、外に出ていて。服を脱ぐから」

「いや」彼は肘掛け椅子に座り、からかうように微笑んだ。「法にこだわるなら、徹底的にこだわらないと。こちらとしては、結婚が無効となりかねない欠陥がきみにないことを確かめなくてはならない」

「欠陥？」虚を突かれて彼を見た。「どういう意味？」

「つまり、きみの裸を見て、おかしなごまかしがないこと、きみがあるべきすべてを備えているることを確かめる必要があるということだ。あのシーツ越しではわからない」

キャサリンは言葉を失った。「わたし……」

「もちろん、こちらもお返しはする」オシェアは襟に手をやりながら唇の片端をあげて、いたずらっぽく微笑んでみせた。それからゆっくりとネクタイをほどきはじめた。「さあ」愛想のいい口調で言う。「順番を待つ必要はない。同時に脱げば時間の節約になる」

彼が上着を脱ぎはじめると、キャサリンはあわてて背を向けた。「わたしのほうは見る必要はないわ」壁に向かって吐き捨てるように言った。「あなたが間違いなく、その……あるべきものを備えているのはわかるから」

「そうか？」オシェアはくぐもった声で言い、やがてまた明瞭な声に戻って続けた。「それはお世辞と受け取っておこう」かすかな音がして、キャサリンの視界の端でブーツと上着が床に落ちた。

「手伝おうか？」

したり顔が目に浮かぶような口調だ。彼は面白がっている。おそらくこれまでに一〇〇人を超える女性とベッドをともにしてきたのだろう。わたしの無知や慎み、気おくれを笑いたくなっても不思議はない。

とはいえ、笑い物にされて黙っているつもりはなかった。キャサリンは振り返り、彼の目の前で胴着(ボディス)の最後のボタンをはずした。

心臓が激しく打ち、耳を聾(ろう)するほどの勢いで血液が全身を駆けめぐっていたおかげで、オシェアの口から発せられた言葉が何にせよ、聞き取れなかった。でも、きつい光がその顔に浮かんだ驚きの念をくっきりと照らし出していた。やがてキャサリンがドレスを床に落とすと、彼の表情はかすかにこわばり、唇がかたまって、まぶたが少しだけさがった。やがて視線が彼女の体をなぞっていき、ふっと目つきが気だるげになった。

その目つきが、キャサリンに怪しげな魔法をかけたかのようだった。欲求の波が脳の安全圏から誘い出され、肌をなぞるオシェアの視線を追うように体へ、四肢へとおりていく。肌が粟立(あわだ)った。

キャサリンはごくりと唾をのみ込んだ。彼は美男子だ。そして彼女は、噂とは裏腹に普通の生身の女。見つめられて全身がうずき、熱くなるのは単なる生物学的な反応にすぎない。

何か言わなくては。「もうじゅうぶん見た?」コルセットは胸のふくらみを隠しきれていなかった。

オシェアがかすれた声で笑った。「ダーリン、そう簡単に結論を出すわけにはいかないな。そのペティコートは身体的な欠陥を覆うほど厚手ではない。

「かもしれないわね」まったく、なんて男。これ以上からかわれるのはごめんだわ。キャサリンは腰のうしろに手をやり、ペティコートを留めている結び目をほどいた。肌着が一気に床に落ちた。

いま身につけているのはシュミーズと下ばきだけだ。それとコルセット。手を留め金にかけ、一瞬ためらう。胃が激しく収縮していた。これを取ったら……シュミーズは透けるほど薄地だ。

「手伝うという申し出は」オシェアが言った。「まだ生きているが」

キャサリンは目を細めた。仕事をしているため、コルセットは前で締めるようになっている。「自分でできるわ。ところで、隠すべき欠陥があるのはあなたのほうなんじゃないかしら」上着を脱いだ以外、彼はまだ服を着たままだ。

オシェアが立ちあがった。ゆっくりと笑みが広がる。「それはすまなかった。きみを眺めるのに忙しくて――」

「話はいいわ」

小さく笑って、彼はベストに手を伸ばした。キャサリンは腕を組み――自分だけ急いで脱ぐことはない――オシェアの肩の先の一点をじっと見つめた。

いや、恥ずかしがっていると思われるのは癪だ。キャサリンは彼の長い指に視線を向けることにした。指はボタンの上を無駄なく動いている。ベストが床に落ちた。次に彼はズボンつりを肩からはずし、シャツと肌着をズボンから引っ張りあげて、頭から脱いだ。

キャサリンの口がからからに乾いた。男性はあまり重ね着をしないものらしい。

「どうだい？」オシェアは腕をあげ、むきだしの上体を見せつけるようにゆっくりとひとまわりした。「ご不満な点は？」

あるはずがないわ。彼女は心の中でそう叫び、自分の反応にたじろいだ。けれどもオシェアの体は……すばらしかった。広い肩と上腕は力強く、腹部は引きしまって筋肉が割れている。平らな乳首をまばらな黒い毛が囲み、へその下あたりではひと筋の体毛が下腹部へと続いていた。

「別に」なるべくさらりと言ったつもりだったが、声がわずかに詰まった。ふいに自分の立ち姿が気になりはじめ、いままで足のどこに体重をかけていたのかわからなくなった。体の一部が冷気にさらされているようだ。肌を震えが走り、興奮と呼んでいいようなものがわきあがった。

早くすませてしまいたい。おかしなことになる前に――おかしなことって？　キャサリンは震えながらコルセットをはずした。もうオシェアのほうを見ることはできなかった。彼が息をのむ音が聞こえてきても。ただ早くすませたい一心だった。これは契約の一部。体だけのこと、なんの意味もない。大事なのは心なのだから。彼のいるほうから生地のすれる音がしたが、キャサリンはただ自分のすべきことに集中していた。下ばきの紐をほどき、抵抗するかのように手にまとわりつくシュミーズを落とす……。

全裸になっても、彼女はしばらくじっと絨毯を見つめていた。赤くなったり、もじもじしたりしてはだめ。とにかく怯えた顔を見せたくない。やがて顎をあげ、まっすぐにオシェアを見た。

彼も裸だった。

「完璧だ」オシェアが小声で言った。

キャサリンは咳払いをしたが、何も言わなかった。男性に裸を見られたのは生まれて初めてだ。

そして男性の生まれたままの姿を見るのも初めてだった。

「少し赤いが」彼はからかうような笑みを浮かべた。「不服を申し立てるつもりはない」

ユーモアのつもりなのだろうか？　オシェアの表情から判断しようとしても、かえってわからなくなる。顔には気安い笑みを浮かべつつも、まなざしは謎めいて、むさぼるように体の線を撫でていくのだ。

もうじゅうぶん見たはずだ。キャサリンはシーツの下にもぐり込んでいいはず。でも、そうするといかにも怖がっているように思われてしまう。彼女にも意地があった。

あえて彼の体を上から下まで眺めた。腿も筋肉質で、そのあいだにあるものは……目の前でみるみるうちに太く長くなっていく。

信じられない。この調子で大きくなるようなら、婚姻障害になりかねない。

「どうだ？」オシェアがささやいた。

完璧よ。一瞬そう口にしかけたが、同じお世辞を返すつもりはなかった。こんな恥ずかしい品評会をさせたのは彼だ。褒める義理はない。「なんとも言えないわね。ぐるっとまわってみて。それから判断するわ」

彼は吹き出し、深々と一礼した。なんてこと。知らなかった――男性の腿の筋肉があんなに盛りあがるなんて。

何か欠陥を探したいところだが、彼のうしろ姿も完璧だった。無駄な肉はいっさいなく、ヒップは予想以上に引きしまっていた。女性のヒップとはまるで違う。見た目どおりかたいのだろうか？　触れてみたくて、キャサリンの手がうずいた。

ああ、結局のところ、わたしもただの女なんだわ。男性のヒップに関心を持つなんて。

オシェアが振り返った。「で、結論は？」

「合格よ」彼女はベッドに飛び込み、シーツの下にもぐり込んだ。「早くして」オシェアの皮肉めいた目つきを見て続ける。「今夜、兄が夕食会を開くの」彼が近づいてくると、いっそう早口で言った。「その前に兄に話したほうがいいと思うのよ」彼はシーツをつかみ、キャサリンから引きはがした。「いったい何を――」

オシェアがたくましい腿を片方ベッドの上に置いた。必然的に股間が彼女の視界に飛び込んできた。顔をそむけ、壁をにらみながらシーツの端を探る。「言ったでしょう、これは契約の一部――」

「わかってる」オシェアは熱い手で彼女の顔を包み、耳に唇を押しつけた。「それに時間はかからない」舌が耳に入ってきた。

キャサリンは息をのんだ。彼は何をしているの？　わたしの耳はどこか変かしら？　彼の唇の感触は……。

すてきだった。たとえようもないくらい。耳が快感の源になるとは思いもしなかった。巧みな唇に耳たぶをもてあそばれ、思わず力が抜けてため息がもれる。

オシェアの全体重がかかってきた。かつてない感覚がキャサリンを貫く。なんて大きな体。なんて熱い肌。「つまりだ――」彼が手の甲で喉を撫でた。肩に、腰に、ざらりとしたてのひらを感じる。「契約だろうとなんだろうと、痛みは少ないに越したことはない」

「痛いものなんじゃないの……その、初めは」キャサリンもそれくらいは知っていた。いま体を満たしている妙な感覚は、痛みとはまるで違うけれど。

オシェアが身を引き、眉をひそめた。「必ずしもそうじゃない」

キャサリンは彼の目を見つめた。その虹彩はまたとない色合いをしていた。冬の霜のような色。銀色にかすかな緑色の斑点がある。黒いまつげは長く、女性のように大きくカールしていた。これだけ近くから見ると、鼻のこぶが大きく見えた。

思わず手をあげ、そこに触れた。それくらいかまわないはずだ。彼のほうは、わたしの全身に触れているのだから。「鼻を折ったの?」自分の大胆さに酔いながら、キャサリンは震える声で言った。全裸で男性の下になり、その顔に触っている自分……。

だが、オシェアは気にしていないようだ。「一度ならずね」そう答え、彼女の喉にキスをした。

キャサリンとしては、どうしていいかわからなかった。もっとも、彼の表情に悪意や冷酷さはなかったし、唇の動きはやさしかった。いずれにせよ婚姻は成立させなくてはならない。

彼女は目を閉じ、じっとして、オシェアがすべきことをするに任せた。

彼が顔をあげると、やわらかな息がキャサリンの唇にかかった。「すてきだ。きみの肌は……とろけるような味がする」

甘い言葉は必要ない。「石けんのことかしら」だが、そっけない言葉を切れ切れの熱い吐息が包んでいた。

オシェアが唇をゆがめ、おかしそうに微笑んだ。それからまた頭をおろし、唇にキスをした。舌が唇の合わせ目をなぞる。

キャサリンは事務的でおざなりな行為を想像していた。けれども触れられるたび、思いもかけず喜びをかきたてられるたび、好奇心が刺激され、冷静さを失うまいという決意が揺るがされていく。「こういうこと、必要なの?」

「男はやれと言われて、その場でできるものじゃないのさ、子猫(キティ)ちゃん」

キティですって? 「品のない呼び名はやめ――」

オシェアは白い歯を見せてにやりとし、彼女の口に舌を差し込んだ。

キャサリンは喉を締めつけられたような声を発した。しばし呆然(ぼうぜん)として――気がつくと舌が絡み合っていた。そしてそのときようやく、本当のキスがどういうものか理解した。どうして人がキスをしたがるのかも。

彼は少しも攻撃的ではなかった。無神経でも、下品でもない。その唇はやわらかく、魅惑的だった。魔法にかけられたかのように体が弛緩(しかん)していく。キャサリンはためらいがちにキスを返した。オシェアが促すように低く挑発的にうめく。彼は肘に体重のほとんどをかけて体を支えている。互いの下半身はまだ触れていなかった。

そのささいな気配りはひとつのメッセージだった。こうしていつまでもキスをしているのはかまわないけれど、下にある……いまは横を向いている彼の体の一部がいずれ言うことを聞かなくなってくるかもしれないということ。ただ、さしあたっては心配しなくてもよさそうだ。

何も心配しなくていい。それはキャサリンにとって、めったにできない贅沢だった。目を閉じ、このすてきなキスに身をゆだねる。さまざまなことに気づかされた。メイドが従僕と駆け引きをするわけ、受付嬢が客に媚を売るわけ――。

オシェアの手が胸を覆った。キャサリンは声をあげたのだろう。「しいっ」彼がキスをしたままでささやいた。そして親指で乳首をさすりはじめた。たまに軽くつねったり、はじいたりしながら。

全身が震えた。けれどもキャサリンは、彼にはこうする権利があるのだと自分に言い聞かせた。一度だけ。やむをえないことだ。

そう思うと、ふっと解放されたような気がした。無理して拒絶し、抵抗し、超然としている必要はないのだ。快感に身を任せていい。オシェアのざらついた手がやさしく肌をなぞり、湿った熱い唇が喉に押しつけられている。かつてない欲求が彼女の体の奥を締めあげた。胸と脚のあいだがうずく。

服従したわけではない。欲望は新たに芽生えた野心のようなもの。立ち現れた目標に向かって進むのみ。まずは彼に触れなくてはならない。

おそるおそる、オシェアの髪を手ですいた。なんてやわらかな髪！　頭蓋骨の曲線をなぞるうち、不思議な感覚に襲われた。並外れて筋骨たくましいこの人も、普通の人間なのだ。骨と腱(けん)と肉でできている、自分と変わらない人間。手を、その広い背中からなめらかな筋肉に包まれた上腕へと滑らせていく。彼が二〇〇〇年前に作られた大理石の彫刻だったとしても、同じように触れ、傷を探しただろう。てのひらに感じる職人技に内心で舌を巻きながら。

自然も芸術家だ。端正に彫られた肘の線、上腕に浮き出た血管――その繊細な網目模様が彼の強さを示している。男性の体がこれほどの美術品になりうるとは！

オシェアの唇が鎖骨までおりてくると、キャサリンの芸術に関する考察は吹き飛んだ。手はいまも胸元を愛撫している。唇がついに乳首にたどりついた。そして軽く舌ではじいた。

キャサリンはあっと声をあげた。この世のものとは思えない快感だった。体を開きたい、彼にすべてをゆだねたいという欲求がわき起こる。

すべてをゆだねる。

彼女は目を開けた。見事な金張りの繰形に縁取られた白い天井を見つめる。金張り。金張りの繰形を選ぶなんて。賭博場の奥のけばけばしい寝室ならでは。オシェアは彼女の思いを読んだかのように脚を押し開こうとしていた。一方、キャサリンはようやく頭がはっきりしてくるのを感じた――そしてぞっとした。この男は、犯罪者は、わたしの体を使ってわたしから理性を奪おうと、欲求と意思を切り離そうとしている。

彼女は無理やり腿を閉じた。「こんなこと、する必要ないわ！」

オシェアが胸の先端から濡れた唇を離し、顔をあげた。「きみにとって必要なくても、こちらとしては準備が……」

キャサリンは顔が真っ赤になるのを感じた。「もう準備万端なんじゃないかしら」オシェアの下腹部をちらりと見やる。だが、彼は腰をずらして股間を隠した。

「まだなんだ。準備ができたら知らせるよ」オシェアは小さく微笑み、ふたたび乳首を口に含んだ。彼女の目を見つめたまま。

その光景がキャサリンの中に何かを解き放った。一度、カントリーハウスの書斎で目録を作っていたときに、いわゆる猥雑本に目を通したことがある。自分の好奇心にあきれながらも、そのみだらな挿し絵に刺激を感じたものだった。

いま目の前にある光景はさらにみだらだ。それでも目をそらすことができなかった。すらりとした筋肉質な体が、自分の上に覆いかぶさっている。オシェアは黒髪を乱し、黄金色の脚を無造作に投げ出して、一心に胸を愛撫していた。いつまでもこうしていたいというように。味わい、もてあそび、吸い尽くしたいというように。いつのまにか片手が彼女の白い腹部を下っていき、脚のあいだをまさぐった。

指はキャサリン自身ほとんど触れたことのない襞をかき分けていく。けれど、どうしようもなかった。仕方がない。オシェアの熟練した指を受け入れ、息をのみ、官能的に体をそらし、あえぐしかない。やがて彼はもっとも敏感な場所を探り当てた。触れられて、キャサリンは身をこわばらせた。めくるめく快感が全身を貫く。そこを執拗に撫で、さすられ、彼女の中で緊張が高まり、いまにも破裂しそうになって――。

「すっかり濡れている」オシェアがかすれた声で言った。体が重なり、彼のものが股間を軽く押すのが感じられた。恐怖が快感を押しやり、キャサリンは凍りついた。

オシェアがふたたび唇にキスをした。「痛くないから」耳元でささやく。「さあ、感じて」

ふたりがつながっているところに手をやり、指でまたあの敏感な場所に触れる。

キャサリンはあえぎ声をこらえた。「一気にして」

彼の舌が耳たぶをまさぐる。「ベッドの中でおれに命令するな」低い声で言い、ぐっと腰を突き出した。

焼けつくような感覚が走った。痛みではあるけれど、同時にもっと……そう、これこそ求めていたものだ。深く、原始的な充足感。もっとも、オシェアはまだ完全に入ってきてはいなかった。キャサリンの中に半分だけ身を沈めてこちらを見おろす。快感のさざなみが起こり、彼女の張りつめた腿の裏や震える膝へと広がっていった。「急いで」

「声をあげて」オシェアが言った。「そうしたら最後までいく」

彼女はきつく唇を嚙んだ。声をあげるなんて、わたしの品位に関わる。「そんな……意味がないわ」

「なんでもいい。でないと、これ以上進まない」

「わかったわ、〝ああ〟」

一瞬、オシェアが動きを止めた。そしてさっと体を引いた。驚きと戸惑いから、キャサリンは思わず大きな声をあげた。

彼がにやりとする。「いいだろう、きみがしてほしいなら」ふたたび身を沈めると、キャサリンの腿をつかみ、大きく押し広げた。

「どういうつもり――あっ！」彼の唇がそこに、先ほど指が探り当てた場所に当てられた。

「やめて、やめて――」刺激が強すぎる。体じゅうの筋肉が意思に反して引きつり、全神経が一点に集中した。激しく動く彼の舌の動きだけに。

何かがはじけた。歓喜が砕ける中でキャサリンは腰を浮かせた。遠くから自分のすすり泣く声が聞こえる。身を震わせながら手で彼の背中を引っかき、口で肩を噛んだ。またとない味がした。少ししょっぱくて甘く、官能的な――。

「さあ、本当に声をあげるときだ」オシェアは息を切らしながら言い、ふたたび中に押し入った。今度はすんなりと奥深くまで進み、やがて動きはじめた。

キャサリンは彼に腕をまわし、突かれるたびにしがみついた。踵がオシェアのふくらはぎに当たる。顔を彼の黒髪に押しつけ、においをかいだ。これまでかいだことのない、麝香（じゃこう）のような男っぽい香りがした。

わたしを奪って。一度だけなら、そう願ってもいいはず。オシェアのたくましい手が顔を包み込む。舌が唇を押し開け、彼女の舌を絡め取る。自然の驚異。神々しい、至福の瞬間。

そこにはすべてがあった。理性は口をつぐみ、キャサリンはただの肉体になった。

ついにオシェアがうめいて体を引き、外に精を放った。いまさらながらキャサリンは、シーツを広げる前に自分の計画について話すのを忘れていたことに気づいて慄然とした。自分の不注意にあきれると同時に、彼の思慮深さに感謝した。

オシェアのむきだしの背中は淡い黄金色で、広くなめらかだった。寝返りを打つ彼を見つめ、その美しさを堪能する。胸元に長い傷跡が一本走っていた。腿は優雅な線を描いている。彼が放り出されたままのシーツに手を伸ばすのを見て、キャサリンはどきりとした。礼儀正しく渡してくれるつもりなのだろう。体を隠すようにと。でもわたしは、一緒に使いましょうとは言わない。彼を見ていたいから。いましか見るときはないから。

そう、もう終わったのだ。

動揺が広がった。これっきりなの？　これが最初で最後？

はっとして、キャサリンは目をそらした。わたしはどうしてしまったの？　りんごを食べたイブ。そう、禁断の果実はいつも甘く——毒を持つ。彼女は長い息を吐いて、決意を新たにした。

オシェアが彼女の頬から髪を払った。「きみは自分を安売りしすぎだな、キティ」その声はかすれていた。「月をねだってもいいくらいだ」

その呼び名は、また違った居心地の悪さを呼び起こした。誰も、父でさえ、彼女を愛称では呼ばなかった。「わたしは自分が求める、ただひとつのものしかねだらないわ」

この瞬間まで、自分が求めるただひとつのものだと思っていたもの。

いいえ。キャサリンはそんな考えを打ち消した。もちろん性行為は快感だ。でなければ、売春婦なんてこの世に存在しない。だからといって取りつかれるのはまっぴら。そんなことは自分自身が許せない。

とはいえ、終わったばかりのいまでさえ、今日の経験を忘れるには相当な努力が必要なのはわかる。

もっとも、最悪なのはそれではなかった。最悪なのはオシェアの手が肩に置かれ、やさしくさすられたとき、自分が彼に寄り添いたいという衝動に駆られたことだ。ふたたびキスをしてほしくて。

キャサリンは少し体を離した。これは普通の結婚ではない。わたしも普通の女ではない。ちゃんとした妻になる資質がないのだ。ふたりのあいだに未来がないのは明らかなのだから、自制心を保たなくては。

立ちあがり、シーツを体に巻いた。彼の視線を感じる。期待をはらんだ沈黙が重くのしかかった。けれども終わったのだ。終わりにしなくては。

やりきれない思いを押し隠して、髪を直そうと鏡に近づいた。わたしのしていることは間違っていない。公正で透明性の高い取引をした。

振り返ってオシェアを見る。「あなたも完璧よ」

彼が一瞬、輝くような笑みを浮かべた。キャサリンの胸がまた締めつけられた。またしても切なさに息が詰まった。

鏡のほうを向き直り、自分の姿を見つめる。〝氷の女王〟わたしはそうならなければ。実際には、もっと女らしい女だったとしても……。彼はならず者。ふたつの世界が交わることは決してないのだから。

5

ニックは沈黙を苦痛と感じない男だった。少年時代、波止場で働いていた頃に、口を閉じて他人に不注意に語らせることで得るものは多いと学んだ。場違いな自慢をする者、大金が入る見込みがあると口を滑らせる者——そうした連中の話に耳を傾けることで、彼はまわりに先駆けて幸運をつかんできた。

大人になると、沈黙は武器ともなりうることを知った。沈黙が続けば、勇ましい男も勇気を失い、賢い男は慎重さを失う。守りは崩れ、舌が動きだす。

だがそんなニックにとっても、馬車の中の沈黙は気まずいことこのうえなかった。神経が最後の一本まですり減りそうだ。向かいには新妻が座っている。夜の闇のような黒いマントを喉元までしっかり留めており、そのベルベットの生地からつややかな白い顔が浮き出ているように見える。ランプの揺れる明かりを受けて瞳がきらめいた。

彼女が何事もなかったように平然としていることが腹立たしくてならない。こちらは……もうめちゃくちゃだ。調子が狂い、頭が混乱して爆発寸前だった。今日、あのベッドで何があったというのだろう？　ニックはアイルランド人だけに、ふと魔術という言葉が頭に浮かんだが、さすがにすぐ打ち消した。とはいえ、何か普通でないことが起こったのだという、穏やかならぬ確信は残っている。人の理性を狂わせるような衝撃的なこと。そのせいか、いま、この世に見る価値があるのは彼女の顔だけという気がしている。

こんなことで気持ちを乱されている場合ではない。

次は五年後。契約書の中の一文が、ふいに違った意味合いを帯びてきた。以前は笑いの種だった。上流階級の人間はなんでもかんでも契約書に盛り込まないと気がすまないらしい、それこそ呼吸の仕方まで書面で定めておくんじゃないか、と苦笑いしたものだ。ところが、いまとなっては巧みな拷問方法としか思えない。一度夫婦の契りを結んだあと、ニックは何があろうと誘惑に屈してはならないのだ。もう一度彼女の全身に触れたいと、どれだけ渇望していても。

〝氷の女王〟キャサリンは世間でそう呼ばれているらしい。そういうことにしておこう。これまでニックは愚か者やのろまが逃した好機をつかんで、のしあがってきた。思えば姪が〈エヴァーレイズ・オークションハウス〉で働きはじめたとき、キャサリンに目を留め、それからずっと見守ってきた。そして、本当にすばらしい女性というのは貴重な宝石にも等しいと思うようになった。そんなレディを腕に抱いたら、世間に披露したくなるのが人情というものだ。

しかし、世間がふたりの仲を知ることはない。誰ひとり想像もしないだろう、ニックが〝氷の女王〟とベッドをともにし、彼女が血と肉でできた生身の女性であることを証明したなど。その肌は白くやわらかく、どこまでもなめらかだった。いま一度手を触れたら――頬にかかるおくれ毛をかきあげ、首と肩の境目の甘いくぼみに唇を押し当てたら――弁護士を呼ぶと叫ばれそうだが。

かといって、キャサリンは婚姻を無効にすることはできない。だから叫ばれようとかまわないのだが、ずっと彼女を抱くことができないことに変わりはない。そう思うといらだちが抑えきれず、馬車が速度を落としはじめたときにはほっとした。到着したようだ。

「話をするのはわたしに任せて」ニックが馬車のドアを開けて手を差し出すと、彼女は言った。

「ああ」彼はキャサリンを馬車からおろし、やけどでもしたかのようにぱっと手を離した。マントがあろうとなかろうと、彼女の腰の曲線は知っている。てのひらがうずくような、その形も。いや、うずいたのはニックの自尊心かもしれなかった。手が触れたというのに、彼女のほうはまるで反応がない。たしかに一度は快楽をともにしたが、この落ち着きぶりからすると、彼女はそのことをもうすっかり忘れているらしい。

ニックは人から忘れられることに慣れていない。とはいえ、キャサリンにそれ以外の反応を期待するほど間抜けでもなかった。お高くとまった連中は下層の人間を切り捨てる才能を持っている。以前はそんなことを気に病んだことはなかった。彼らの愚かな俗物根性をあざ笑っただけだった。

しかしキャサリンは、妻となった女性は愚か者ではない。この先、彼女の冷ややかな態度に耐えていけるか、ニックはふと自信がなくなった。

　居間へと向かいながら、キャサリンは対決に備えて心の中で身構えた。本当なら、この瞬間を楽しんでもいいはず。待ちに待った勝利の味を堪能したいところだ。けれどもいま頭にあるのは、隣にいる男性のことばかりだった。

　オシェアはベッドの中でのことを思い出しているかしら？　どきどきして足元がふらついてしまう。近くにいる猟犬に気づいたキツネのように、彼の存在を強烈に、鮮明に感じている。間違って一瞬でも手が触れたら、くずおれてしまいそうだ。

　いいえ、そんなことを考えてはだめ。彼に関しては感覚を麻痺させなくては。

　ドアを押し開ける手に、必要以上に力が入った。ピーターが新聞から顔をあげ、妹の背後にいるオシェアをちらりと見た。

「どうした？」兄が眉をひそめてきいた。

「取引したいの」キャサリンはきびきびと答えた。

「知っているだろう、わたしは晩には業者を迎えない」

「彼は業者じゃないわ」彼女は言った。「あなたのように新聞をじっくり読む人は、ミスター・オシェアのことは知っているんじゃないかと思ったけど」

　ピーターが立ちあがった。「いったいなんの……」

「ニコラス・オシェアだ」夫がキャサリンの隣に立って、穏やかに言った。空気が動き、彼の肌の香りが流れてきた。さっき、この肌を味わった。そして嚙んだ……。

頰を赤らめ、キャサリンはピーターに意識を集中した。兄は彼が何者か気づいたのだろう、ぽかんとした顔になった。「ニコラス……」驚愕の表情でキャサリンを見る。「どういうつもりだ、こんな男を連れてきて――」

「お祝いを言ってもらいたくて来たのよ」われながら辛辣な口調だ。年増の独身女性そのもの。けれど、いまはもう独身じゃない。「わたしたち、結婚したの」

ピーターが椅子の背をつかんだ。それから笑ったような、むせたような、短い声を発した。

「おまえたちがどうしたって？」

オシェアが大きなてのひらをキャサリンのウエストに置いた。彼女は悲鳴をのみ込んだ。ついに彼の手が触れた！　でも、わたしはくずおれなかった！　オシェアは妻を力づけようとしただけなのだろう。でなければピーターを挑発するためか。どちらにせよ、キャサリンの心臓が飛びあがったことには気づいていないようだ。

彼女は少しオシェアから離れた。「聞いたとおりよ」咳払いし、声を落ち着かせてから続ける。「結婚したの。正式に。ホワイトチャペルの登記所で、ふたりだけで手続きをすませたわ。だから業者用の出入り口を使うわけにはいかなかったのよ。なんといっても、あなたの義理の弟になるわけだから」

ピーターがゆっくりとかぶりを振った。「おまえは……これは……」

キャサリンは横目でオシェアを見た。居間の明るい光が彼の美しさを際立たせている。対比の見本のようだ。日に焼けた肌。黒く輝く髪。そして瞳。この瞳で〝氷の王〟とあだ名されてもおかしくない。

ばかなことを！　キャサリンは自分を叱った。オシェアの口元にいたずらっぽい笑みが浮かぶ。彼はひそかにわたしをからかっているのかしら？　激しく動揺していることに気づいている？

オシェアは彼女の視線をとらえ、片目をつぶってみせてから、ピーターに向かって小さくうなずいた。

キャサリンはオシェアの視線を追って、兄のほうに向き直った。ピーターは水からあがった魚のように口をぱくぱくさせていた。たぶん、オシェアは兄のことを笑ったのだ。たしかに見物だった。久しぶりに兄との会話で胸のすく思いがした。

彼女は笑みを嚙み殺した。「ありえないと思ってる？　信じられないと？　実はわたしもここ最近、そう思うことがあったわ――あなたのしたことでね。会社のお金を横領しているのを知ったときよ。しばらくは黙って見てたわ。でもこの会社を、お父さまの会社を売却するなんてこと、わたしが許すと本当に思っていたの？」

ピーターの顔が紫色に変わった。「結婚なんて認めない」

「認めてもらうしかないわね。合法的に許可証を取り、登記簿にも記録された。そして婚姻は」深く息を吸って続ける。「成立したの」ピーターの渋面は見ないようにして一気に言った。「この結婚に異議を唱えることは、どの裁判所にもできないはずよ。いまからわたしも、実際にオークションハウスの経営に携わるということ」

「おまえってやつは――」

ピーターが前に飛び出すのを見て、オシェアがかばうように進み出た。わたしが自分の身を守れないと思っているの？　キャサリンはまわり込んでオシェアの前に立った。

「もうすんだことなのよ」

ピーターは自分のことを屈強だと信じていた。地元の練習場で、趣味でフェンシングをやっている。時間さえあればドーバー海峡も泳いで渡れると豪語する。けれどもオシェアを見て、互角に渡り合えると思うほど愚かではなかった。兄は唇を引きつらせて冷笑らしきものを浮かべてみせ、どさりとソファに腰をおろした。「なるほど。それはおめでとう。おかげでわたしは破滅だな」

「政治家になる夢はあきらめたほうがいいでしょうね」オシェアが驚くのを感じながら、彼の腕に手をかける。

鉄のようにかたい。怖いくらい力強い。けれど、肌を撫でる手はやさしかった……。

キャサリンは頬の裏側を噛んだ。もう少しだけ――心の中でそうつぶやき、目で訴える。勝利の時を引き延ばさせて。ピーターはいま、打ちひしがれている。弱気になったところへ取引を持ちかけたほうが、有利に話を進めることができるだろう。

オシェアが小さくうなずき、彼女は殺気立った顔の兄に視線を戻した。

「後悔するぞ」ピーターが言った。「〈エヴァーレイズ・オークションハウス〉を自分の意のままにできると思ってるのか？　こうなったらわたしだって、絶対に手放さない。いずれにしても身の破滅だ。会社も道連れにしてやる」

キャサリンはかっとなった。「よくわかったわ、あなたが〈エヴァーレイズ・オークションハウス〉に少しも愛着を持っていないってこと」

兄はせせら笑った。「おまえはどうなんだ？　イングランド一悪名高い犯罪者と結婚して、家名に泥を塗ったくせに」

「なんと」オシェアが口をはさんだ。「たいそうな評価をいただいたものだ」

ピーターは一瞬オシェアをにらみ、ソファの背にもたれかかった。片手を額に当て、表情を隠す。「なんてことだ。わたしはもう終わりだ」

予想どおりの展開だ。兄が絶望するのを待っていた。「終わりとはかぎらないわ」

「終わりだよ」ピーターはくぐもった声で言った。「おまえにもわかっているはずだ。それが狙いだったんだろうが」

「でもあなたがさっき言ったように、わたしの狙いはオークションハウスだけなの。だからミスター・オシェアとわたしは、あなたの政治家になる夢を壊さない方法を考えたのよ」

ピーターは鼻を鳴らした。

「単純なこと。あなたは都市事業委員会でミスター・オシェアの利益を守る。そしてわたしに〈エヴァーレイズ・オークションハウス〉の全権を譲る」

ピーターが顔をあげ、太陽に目がくらんだかのように目を細めて妹をじっと見た。

「ミスター・オシェア所有の建物が誤って接収されたの」キャサリンは説明した。「それらはホワイトチャペルにあって、セント・ルークスの検査官には接収する権限はない。だから、接収の許可は無効だと委員会にかけ合ってほしいのよ。〈エヴァーレイズ・オークションハウス〉のほうは、オークションや顧客の接待といった仕事は続けてくれてかまわない。ただし、経理はわたしに任せてもらうわ。会社の経営に関わるどんなことも、わたしに相談してちょうだい。このふたつの条件を満たしているかぎり、ミスター・オシェアとわたしはこの結婚を秘密にしておく。誰も知ることはない。だからあなたは変な噂を心配することなく、政治家を目指せるのよ。ただし、拒否するなら――」

ピーターはまばたきひとつせずに聞いていた。

「こちらの条件をのまないなら結婚は公表され、父の遺言によって、わたしは〈エヴァーレイズ・オークションハウス〉の経営に加わる。当然ながら売却は中止よ。そのうえ、ミスター・オシェアと親戚関係になったと世間に知れることになり、あなたの将来の夢は大きな痛手を受けることになるわ」

しばらくピーターは口ごもっていたが、なんとか言葉を発した。「こんな……こんなのは……最低の、ありえない脅迫だ」

「もっとありえないのは、泥棒が国会議員を目指していることだと思うけど」キャサリンは嫌味たっぷりに言って、言葉を切った。「あら、失礼。その手の腐敗行為は政治家の特技だったわね。ひょっとすると、ミスター・オシェアもホワイトチャペル地区で立候補することを考えたらいいのかもしれないわ」

かたわらでオシェアが小さく笑った。「そうだな、それも悪くない」

かすれた笑い声が指先のようにキャサリンをなぞる。思わず息が止まった。それでも彼女は隣を見ることを自分に許さなかった。ピーターは二頭の狂犬に襲われたかのように、ふたりを交互に見ている。「秘密にすると言うが――」ゆっくりと言った。「本当にそんなことができるのか？　登記簿は誰でも見ることができるし――」

「その点は心配いらない」オシェアが言った。「誰にも見つからないところにしまわれている」

ピーターは顔をしかめた。「だが……まわりの人間は……」

「ミスター・オシェアとわたしは、人前では他人のふりをするわ」

兄は目をしばたたいた。「そ、そんなの、真の結婚とは言えないじゃないか」

キャサリンは冷ややかな表情を保った。婚姻が完全に成立したことに言及しても、オシェアの熱い唇を思い出して頬を赤らめることがないように。「言ったとおり、この結婚はどの点から見ても法的にきちんと成立しているの。今後ふたりがどういう生活を送るかは、あなたには関係のないことよ」

「関係なくはない」ピーターは目を細めて妹をにらんだ。「おまえの条件をのむとしたら、こちらとしてはこの婚姻関係が絶対に世間に知られないという確証がほしい。わたしの目的は単に国会議員になることじゃないんだ。それは始まりにすぎない。こんなおぞましい事実が人々に知れて、失脚するなんてごめんだ」

「わかるわ」淡々と言う。「わたしたちは夫婦として暮らさない」

「ずっと？」

「ずっとよ」離婚する計画については口にしなかった。五年間。なんて長い時間だろう。

ピーターはかぶりを振った。「とことん卑劣だな」

「あなたがそうさせたのよ」キャサリンは言い返した。

ピーターが深く息を吸い、立ちあがった。「いいだろう。わたしとしては同意するしかなさそうだ」

「わかってくれたようね」兄の落ち着いた口調に、キャサリンは一抹の不安を覚えた。口元に浮かんだかすかな笑みにも。だが笑みは、彼女がそれについて何か言う前にすぐ消えた。

「賢明な判断だ」オシェアが言った。「さっそく来週の都市事業委員会の会合について、話をしておきたい」

「もちろん」ピーターが応える。

もちろん、ですって？「ミスター・オシェアはわたしを通して連絡を取るわ」キャサリンはゆっくりと言った。「誰もあなたとの関係には気づかないはず」兄がその点を突いてこなかったのは妙だ。

「それを聞いて安心したよ」ピーターは言った。「さて、そろそろ出ていってもらうと助かるね。彼がここにいることに誰かが気づく前に」

居間を出ていく兄をキャサリンは見送った。オシェアが口を開こうとするのを見て、片手をあげて制し、ドアのほうへ頭を傾ける。

オシェアは目を細めてうなずいた。ふたりはしばらく無言でたたずんでいたが、やがてキャサリンは言った。「もう大丈夫。何？」

「思ったより簡単だった」オシェアが小声で言う。

「たしかに」彼女はためらった。何かが気にはなるものの、はっきりと言葉にはできない。

「ほかに選択肢はないと悟ったんじゃないかしら」

「だろうな。きみはいい弁護士になるよ」

思いがけない賛辞にキャサリンは戸惑った。そこで、小さく感謝の笑みを浮かべることを自分に許した。オシェアも微笑んだ。ふっくらした官能的な唇がカーブを描く。もしいま、彼がキスをしようと身をかがめてきたら――。

その考えにぎょっとして、彼女は体の向きを変えた。「玄関まで送るわ」

「今夜は、万が一のことを考えてほかのところに泊まったほうがいいかもしれない」

キャサリンは片手をドアノブにかけ、振り返った。オシェアはすぐうしろに来ていた。間近にいると、見あげるように背が高い。力強く、いかにも頼もしかった。普通の女性なら、こんな男性に守られることを幸運と思うだろう。その大きなてのひらで、どんな危険も払いのけてくれそうだ。

もっとも、その美しい手は指輪のせいで台なしだった。けばけばしく安っぽいきらめき。

彼は紳士ではない、犯罪者だ。キャサリンはじっと指輪を見つめて言った。

「わたしの部屋にはドアに三つ錠がついてるの。何かあっても――」

「三つ？　なぜ？」

そうしないと、兄が好きなときに突然部屋に入ってきて説教を始めるからだ。

「どうでもいいでしょう」五個だ。五個も指輪をつけている。「万が一、何かあったら……そうね、必要なら〈ハウス・オブ・ダイヤモンズ〉に伝言を送るわ」

「こっちを見ろ」

キャサリンはつんと顎をあげ、彼の渋面を見やった。「〈ハウス・オブ・ダイヤモンズ〉にひと晩泊まればいい。三階には来客用の寝室が――」

「それはだめよ！」彼女はドアを引き開けた。「誰にも知られないことが何より大事なんだから。またあの建物に入るところを人に見られたら――」

オシェアが腕に手をかけて、部屋を出る彼女を止めた。「見られることはない」有無を言わせぬ表情と口調だった。「ともかく、ここにいてはいけない。錠が三つ、ついていようといまいと」

つかまれた腕から、小さな震えが肌に広がっていった。そして下腹部を刺激する。けれども彼のほうは、触れていることに気づいてもいないようだ。

キャサリンは腕を振りほどき、まっすぐに立った。「わたしたち、合意したはずよ。契約によれば、わたしは独立した人間なの」

オシェアは皮肉な笑みを浮かべた。「勘違いしないでほしい、ダーリン。きみがどうなろうとかまわないが、生きていてくれないと脅迫も効力がなくなるんだ」

キャサリンはあきれて笑った。だが、ふと昨春のことが頭をよぎった。あのときはパーマー卿を狙った毒入りチョコレートを口にしてしまったのだ。高熱に苦しみながら、いまオシェアがほのめかした疑念に悩まされたことを思い出す。

けれどもピーターは兄だ。冷静に考えてみれば、彼が自分を殺そうとするとは思えない。

「さすがに命の危険はないわ」キャサリンは言った。

オシェアは長いこと、じっと彼女を見つめていた。「たしかか？　いまとなっては、きみの兄貴には動機があるぞ」

「あなたよりは自分の兄のことをよく知っているつもりよ」こんな話をしていても埒が明かない。「わたしには干渉しないで。理由にかかわらず、お互いに干渉しないと決めたはずよ。そちらが約束を守らないなら、契約自体が無効になるわ」

彼は目を細めて、鋭く息を吐いた。それから帽子を手に取り、わざとらしく一礼してみせた。「いいだろう。では、妻よ、おやすみ」

「一五ポンド、一五ポンド、ほかにはいらっしゃいませんか」ピーターは間を置いた。「ではロット六〇は、一五ポンドでサセックスのミスター・スノーデンが落札と相成りました」

「信じられん」キャサリンの隣の男がつぶやいた。

くこのオークションは完全な失敗だった。

彼女はうしろの壁際までさがった。苦い顔を誰にも見られないように。あの本は、少なくとも二〇ポンドにはなるはずだ。ここまで見るかぎり、クランストン家所蔵の骨董本をさばくこのオークションは完全な失敗だった。

前方の演壇の上に立つピーターはまるで気にしていないようだ。今週、妹の秘密の結婚を知ったあとも、彼は動じた様子は見せなかった。毎日事務室を訪れては、さまざまな決定について相談し、収支を確認していった。弁護士を呼んで、〈エヴァーレイズ・オークションハウス〉の売却はあきらめたとキャサリンの前で宣言することまでした。

けれども今朝ばかりは、その落ち着いた態度が一瞬崩れた。〝わたしはこれまで何もかも、おまえに言われたとおりにしてきた〟朝食の席でキャサリンが、クランストン家のオークションに自分も顔を出そうかと言うと、ピーターは不快感をあらわにした。〝わたしの行くところ行くところ、つきまとうつもりか？〟

兄が軽く受け流していたら、キャサリンはオークションには行かなかっただろう。ただでさえ穏やかならぬ夢に悩まされ、疲れきっている。でも不吉な予感がして、彼女は午後の仕事を棚上げにし、オークションルームに来てみた。

正解だった。何かがおかしい。このオークションは数週間前から予定されていた。さまざまな新聞や定期刊行物に広告を出してある。内覧会を兼ねた夜会は二〇〇人もの蔵書家を集めた。なのになぜ、今日は参加者がこんなに少ないのだろう。席は半分ほどしか埋まっておらず、競りも活気がない。

ピーターはそれに気づいてもいないようだ。競売人なら、会場の人々の興味をかきたてて興奮を誘い、いま出ている競売品にできるかぎりの高値をつけようとするのが当然だ。ところが彼は次の品が運び込まれるのを、ただぼうっと突っ立って見ているだけだ。手を腰に当て、小槌をだらりとさせて。次はニューヨーク市初期の歴史が書かれた稀覯本で、一世紀ものあいだ行き届いた状態で保存されてきた。表紙のオリーブ色のモロッコ革に施されたレース模様の金細工は、年月を経ていまなお明るく輝いている。多色刷りの地図は内覧会で大いに注目を集めた。著名な製図家の手によるものだからだ。ピーターはやる気がなさそうに小槌を打ち、競売の開始を告げた。

地図とみると見過ごせない奇特な収集家のサー・ウィンプルが、さっそく手をあげた。係の者が競売品の状態を淡々と説明する。

「一〇」

「一〇」ピーターが繰り返す。「一五の方は？」

「一五」窓際から声がした。

「一五」ピーターはあくびを嚙み殺しているような口調だ。「二〇では？」

「二〇」サー・ウィンプルが応じる。

一瞬間を置き、ピーターはサー・ウィンプルを見つめた。それからわれに返ったのか、かすかにかぶりを振った。「二五、いらっしゃいませんか？」

続く間は奇妙だった。普通ならありえない。参加者たちは落ち着かなげに視線を交わした。

当然だろう。あの本はとてつもなく希少な品だ。最低でも五〇は行くはずだ。

「二五」ピーターがいくぶん鋭く言った。「二五の方、いらっしゃいませんか?」

永遠に沈黙が続くかと思われた。人々はサー・ウィンプルの競争相手を見た。大きな窓の下に立つ、恰幅(かっぷく)のいい金髪の男だった。注目を浴びたのを感じたのか、上着のポケットから目録を取り出し、何やら書きつけてから当の競売品に目をやった。わずかに眉をひそめ、かぶりを振って目録のページをめくる。どちらかといえば現在の競売品も見劣りするようなお宝の登場を待っているといったふうだ。

周囲の人々も目録を引っ張り出した。彼が知っていて、自分たちが知らないことがあるのか?

そんなものはないはず! キャサリンは男に見覚えがなかった。蔵書家ではない。どうしてピーターは何も言わないの? この本の貴重さを訴え、参加者にその価値を伝えようとしないの? 価値はわかっていながら一抹の疑念を追いやれずにいた収集家が、この男にさらなる疑念をかきたてられているのが見て取れ、彼女は憤慨した。

ピーターが口を開いた。「二五……」ちらりと窓際の男を見やる。キャサリンは背筋がぞくっとするのを感じた。「二五という方……」

金髪男が顔をあげた。「三〇」ためらいがちに言い、さっそく後悔しているかのように顔をしかめた。

「三〇」ピーターはいかにも驚いたように言った。「三五ではどうです?」客席を見渡すものの、サー・ウィンプルを名指しはしない。

何か裏がある。窓際の男と共謀して価格を操作しようとしているの？

まさか。ありえない。あの男はさくら？　このオークションルームで？　キャサリンは客席をひとわたり見やり、知った顔ではなく、知らない顔を探した。さすがのピーターもそんなことはしないだろう。たしかに地方の競売では、残念ながらさくらが紛れ込むことはある。けれど、ちゃんとしたオークションではありえない。自らの評判を傷つけたくなければ、そんなことはできないはずだ。

「三五」サー・ウィンプルが言った。

でも昨年の春……あのときもさくらを疑った。英国絵画のオークションのときだ。一八世紀の英国画家ゲーンズバラの肖像画の競りが、不自然なほど盛りあがりに欠けた。彼らは普通、ひとりの男に競りを任せ、競合しないよう示し合わせる。当日はさまざまな手を使って、ほかの客が価格をつりあげないようにするのだ。競売品の正当性に関して怪しげな噂を流す、目録に売り込み文句を載せない、競売品に無関心なふうを装う、など。そして仲間が破格の値段で競売品を手に入れると、今度は個人的にオークションを開き、妥当な値段で売りさばく。その差額が自分たちの懐に入るという寸法だ。

腐敗したオークションハウスでは、利益の半分は競売人に行く。

まさかここでそんな。〈エヴァーレイズ・オークションハウス〉は誠実さで知られている。さくらを使っている、しかも競売人自身が関わっているとなったら、とんでもないことになる。

「三五、いかがですか？」ピーターが呼びかけている。

「四〇」窓際の男が言った。

それが合図のように、ピーターは早口に言葉を継いだ。「四〇、四〇出ました」

〝オークションや顧客の接待といった仕事は続けてくれてかまわない〟なんてばかだったのかしら。世間知らずにもほどがある。それでピーターが私腹を肥やす算段をしないと思うなんて。

「決まりですね」サー・ウィンプルの抗議の声にかぶせるように、ピーターが言った。「ハバフォードのミスター・グラント、四〇ポンドで落札となりました」

こんなことをしてはいけない。たちまち噂が広まってしまう。次の競売品は不自然な駆け引きなしに売らなくては。ひとつ大きく息を吸い、キャサリンは通路を歩きだした。

係が咳払いして、次の競売品を読みあげた。「ブリタニカ百科事典の第四版。きわめて貴重なものです。装丁は……」

ピーターが演壇に近づいてくるキャサリンに気づいた。「なんだ？」

キャサリンは階段をのぼり、兄の耳元にささやいた。「いかさまはいますぐにやめて」

「何を言ってる？」彼は百科事典全巻を並べている助手から目を離さずに言った。「演壇からおりろ」

「ミスター・グラントには帰っていただいて」低いながら激しい口調で言う。「そしてまっとうな競売をして。お父上の蔵書を適正価格の半分で売って、クランストン卿に損をさせるわけにはいかないわ」

ピーターがいきなりキャサリンのほうを向いた。客席から息をのむ声がした。それが聞こえたらしく、兄は笑みに似た不気味な表情を浮かべた。「おりなさい。騒ぎを起こすな」

「だったら、彼には出ていってもらって。でないとオークションは中止にするわ」

ピーターがばかにしたように笑う。「ほう、そうか？　〈エヴァーレイズ・オークションハウス〉はさぞ噂になるだろうな。さあ、演壇からおりろ、騒ぎになる前に」

騒ぎを起こすしかない。キャサリンは天に祈りを捧げると、悲鳴をあげながら踵に重心をかけ、うしろ向きに倒れた。

6

五カ月ほど前、パーマー卿をつけ狙う男が隣の建物に爆薬を仕掛けた。爆発でオークションルームの窓が割れ、あわてふためいた客が目録や杖をまき散らしながら出口に殺到した。床から起きあがったキャサリンは、その日のことを鮮明に思い出していた。今度もまた目録が絨毯に散らばっている。オークションルームはしんとして、ひとけがなかった。客たちは逃げ帰り、医者が呼ばれたのだろう。

けれども医者は来なかった。ピーターは妹の失神が仮病だと知っている。乱暴に彼女の肩をつかみ、耳元でささやいた。〝このつけは払ってもらうぞ〟それから、残念ながらオークションは中止しますと人々に告げたのだった。

本当なら、感謝してほしいくらいだ。客たちも盲目ではない。キャサリンが競売を中断しなかったら、みな、あれはいかさまじゃないかと噂しながら帰っていっただろう。いま、おそらく人々が噂しているのはキャサリンのことだ。

どちらにせよ、商売にはあまり役立たないけれど。

踵がずきずきと痛む。足を引きずり、椅子の背に手をついて体を支えながら出口に向かった。両開きのドアは重かった。片足に重心をかけ、力いっぱい取っ手を押した。

ふいにドアが開き、キャサリンは前にのめった。見慣れた人影が現れ、彼女のウエストをつかんだ。「ここにいたのか」オシェアだった。

呆然として体の力が抜けた。この一週間、できるだけ彼のことは考えないようにしてきた。なのに、いままた彼に腕をまわされ、ぬくもりに包まれている。彼の香りが深いところにある欲求をかきたて――。

ここで？　キャサリンはぎょっとし、身をひねってオシェアの腕から逃れた。

「ここで何をしているの？」

「たまたま近くを通りかかった」

よく言うわ！　「ピーターに見られたら――」

「火事でもあったのか？」きらめく灰色の瞳が彼女の全身をなぞり、無人のオークションルームに向けられた。「ロンドンの住人の半分くらいが階段を走りおりていったぞ」

ロンドンの住人の半分ですって？　まったく。「あなたはここで姿を見られてはいけないのよ」食いしばった歯のあいだから言う。「ここの従業員は――」

彼は鼻を鳴らした。「そろって怠け者らしいな。ロビーには誰もいなかった。きみの兄貴はどこかの男のあとを追っかけていったよ。市場に向かっているようだった」

グラントだろう。ピーターは妹を絨毯の上に横たえると、急いで男のあとを追っていった。

キャサリンはふうっと息を吐いた。やはり、ふたりは結託していたのだ。

「何があった？」オシェアは側柱に寄りかかり、親指で山高帽をトンと叩いた。「なんだってみんな、いっせいに逃げ出したんだ？」

「わたし、失神したの」

彼の明るい瞳がキャサリンを見つめた。「きみが失神するような女性だとは思わなかった」

「わたしはあなたがウエスト・エンドに出没するような人とは思わなかったわ」

オシェアは肩をすくめた。ここに来た理由を説明するつもりはないようだ。

「頭は打たなかったか？」手を伸ばしてキャサリンの頰に触れる。彼の指先は驚くほどあたたかかった。

彼女は顔をそむけた。粗野な手なのに。長くて、傷だらけで、ごてごてと指輪で飾って。しかも関節の周囲がいびつに太くなっている。喧嘩でしじゅう腫れていたかのように。まさに犯罪者の手だ。

犯罪者の手は、たいがいの紳士よりは器用なのだろう。

全身が熱くなった。わたしたちは結ばれなくてはならなかった。だからといって、彼がここで、公然とわたしに触れていいということにはならない。「本当に誰もいないの？」キャサリンはきいた。「あなたが入ってくるところ、人に見られていない？」

「ああ、人っ子ひとりいなかったね」

彼女はためらった。踵が靴に締めつけられているように感じる。腫れてきているようだ。

「馬車に乗るのに手を貸してもらえる？」

「もちろん」オシェアはふたたびキャサリンのウエストに腕をまわした。「おれに寄りかかれ」

ほかにどうしようもない。彼に支えられてゆっくりと廊下を歩きながら、キャサリンは息を詰め、屈強な肉体の感触を無視しようとしていた。コーヒーの香りがする。コーヒーとかすかな葉巻のにおい、そして……。

彼の肌の、むきだしの素肌の香り。

キャサリンは足を速めようとした。だが、踵がそれに抵抗した。思わずひるんで立ち止まる。「今夜はここに泊まったほうがいいかもしれないわ」

「ここに？」オシェアが少し体を離して彼女の顔をのぞき込んだ。「ベッドはあるのか？」その口調に挑発的な響きはなかったが、キャサリンの胃はひっくり返った。

「事務室に簡易ベッドがあるの」

オシェアが両眉をあげる。「ここで夜を明かすこともあるのか？」

「たまにね。仕事が終わらないときは」

「今夜はその必要はない」彼は身をかがめ、キャサリンを抱きかかえた。彼女は息をのみ、体のバランスを取るためにオシェアの首にしがみついた。

「おろして」低い声で言う。「誰かに見られたら――」

「おれは従僕だと言うさ」オシェアはにやりとした。もうひとつ、欠陥があらわになった。彼の犬歯は欠けていた。

唇はすぐ目の前にある。

キャサリンはあわてて目をそらし、彼の肩越しに遠ざかっていくオークションルームを見やった。「あなたは医者だということにするわ。ピーターは医者を呼ぶと言っていたの」

「きみが失神したから？」オシェアは怖いくらいの早足で階段をおりはじめた。落とされると思い、キャサリンはさらに強くしがみついた。

「落とさないよ」彼が笑う。そして心を読まれたことにキャサリンが気づく前に続けた。「おれは九歳のとき、波止場で荷物を運ぶ仕事を始めた。穀物袋を運べば、バランスの取り方がわかってくる」

彼は波止場で働いていたの？　そんな幼い頃から？

激しい労働をしてきたから、こんな立派な体つきになったのだろう。濃い色のスーツは一見紳士の普段着のようだが、生地は薄手の安物に違いない。上質な毛織のようにやわらかいものの、普通スーツはその下の筋肉の動きをこれほどはっきり伝えはしない。背中や腰はそいだように引きしまり、キャサリンの体を支える腕はかたく盛りあがっている。その感触に、彼女のてのひらがうずいた。手は言うことを聞かない。

階段をおりきったときはほっとした。思いきって、しがみつく手をゆるめた。

「お願いだから急いで」焦って周囲を見渡しながらささやく。「万が一、兄が本物の医者を呼んでいたら――」

「なぜ呼ばなかったんだ？」

「仮病だとわかっていたからよ」

オシェアが思案げに彼女をじっと見た。「失神したふりをしたのか？」

「そう。でも——この話は、いまはいいわ」

彼はわかったというように低くうなり、肩で玄関のドアを押し開けた。外の空気は秋らしくひんやりとしていた。キャサリンは深く息を吸った。秋は一年のうちで、一番好きな季節だ。空気がきりりと締まり、木々の葉が深紅と金のつづれ織りを作って、落ち葉は足元でさくさくと音を立てる。でも、今夜は心がなごまなかった。

たぶんこの先キャサリンは、秋をすべてが終わった季節と記憶することになるだろう。希望、夢、会社を救おうとする常軌を逸した計画。結局、なるようにしかならないのだ。葉もつまるところ、死を前にして色づくのだから。

縁石のところで、オシェアは慎重にキャサリンをおろした。彼女は左右を見てうめいた。馬車は一台しかない。しかも彼女の馬車ではなかった。「ピーターがわたしの馬車を返したんだわ！」兄はそういうちょっとした意地の悪い仕返しをする。

「ずいぶんと親切な兄貴だな。おれが送っていこう」

キャサリンは誘惑と闘った。「それはありがたい申し出ね。ヘントン・コートでは誰も、どうしてわたしがあなたの馬車で帰ってきたのか不思議に思わないでしょうから」

彼が頭を傾けた。「みんな、おれの顔を知ってるのか？」

キャサリンはためらった。たしかにそのとおりだ。イースト・エンドの王がここにいると誰が想像する？　ランプの明かりが、仕立てのいい彼のスーツの輪郭を浮かびあがらせている。野獣のような筋肉はすらりとした線に隠れ、厚みのある肩は平たく、さほど威圧感を与えなかった。

足を引きずって辻馬車乗り場まで行くことはできそうにない。数ブロックは離れている。

「わかったわ」しぶしぶ言った。「あなたは――」バスケットを腕にさげた市場帰りらしい女性たちの一団が近づいてきたのを見て、言葉を切る。もちろん知り合いではなかった。ありがたいことに、彼女たちもキャサリンに関心は示さなかった。視線はオシェアに釘づけで、彼はウィンクと笑みで応えた。

女性たちが通り過ぎると、キャサリンはかたい口調で言った。「わたしといるときは、せめて紳士のふりくらいはしてくれないかしら」

「ふり？」オシェアが両眉をひょいとあげた。「どこが紳士的でなかった？」

「紳士は女性の流し目に応えたりしないものよ」

「流し目だって？」彼は女性たちのうしろ姿に目をやった。「あのレディたちはくすくす笑っているだけだと思ったが」

「レディはくすくす笑ったりしません」

オシェアは悦に入った笑みを浮かべた。「でも、流し目はするのか？」

キャサリンも女性たちを見やり、そのせかせかした歩き方に目を留めた。コルセットもつけていないし、ペティコートも重ねていない。「しないわ。育ちのいいレディなら」

「心の冷たい女だな、きみは」

ほかの男から言われたら、非難と感じるだろう。だが彼の笑みを見るかぎり、からかわれているだけのようだ。

どう応えていいのかわからなかったが、こんな浮ついた気分になってはいけないことはわかった。キャサリンは顔をしかめ、自分で馬車のドアを開けた。

ニックがオークションハウスに立ち寄ったのは、キャサリンにいい知らせを伝えようと思ったからだった。しかし新妻はどう見ても、お祝い気分ではなさそうだ。馬車の隅に身を寄せ、いまにも襲われそうとばかりに背を丸めている。

ニックとしても、誘惑を感じなかったわけではない。キャサリンの体は実に魅力的だ。彼女を抱きかかえて外に出るあいだ、そのことは考えまいとしていた。それでも彼女の腰自身が訴えかけてきた。

彼の考えを読んだかのように、キャサリンが目を細めた。「ところで、どうして〈エヴァーレイズ・オークションハウス〉に来たの？　二度と来ないで。兄に見られたら――」

「話したいことがあっただけだ」ニックは言った。「きみの兄貴は約束を守ったよ。ピルチャーの申請は今日、却下された」

「なんですって？」

ニックは微笑んだ。「そんなに意外か？　彼に角が生えてきたとでも聞いたような顔だが？」

「そんな」キャサリンは口ごもった。「そう聞いてうれしいわ。すべてこちらの思惑どおりということね」

「だが」彼はクッションにゆったりともたれかかった。「だが、今日は何かしでかした。そうなんだろう？」

「オークションにさくらを紛れ込ませていたの」彼女は嫌悪感をむきだしにして言った。

「よりによって骨董本のオークションによ。もっとお金の動くオークションでもやっているみたいだわ。とりあえず、わたしが止めたけれど」

最後のひとことには得意げな響きがあった。「失神して？」

「ええ、まあ、そういうこと」キャサリンはニックの目を見て答えた。「女性が床に倒れているというのに、オークションは続けられないでしょう」

彼は小さく笑った。「さすがだな」

キャサリンは笑いをこらえようとして失敗した。「でしょう？」

ふと空気がなごみ、ふたりは微笑み合った。けれども彼女はすぐに自分の役割を思い出したらしく、苦々しげに唇をゆがめて窓のほうを向いた。「この馬車」澄ました口調で言う。

「売春宿みたい」

ニックは片方の眉をつりあげた。内側は深紅の布張りで、装飾に金の縁飾りや黒の琺瑯（ほうろう）が使われている。なかなか豪華な馬車と自負していた。色の取り合わせが気に入らないのだろうか。彼女は〈ハウス・オブ・ダイヤモンズ〉に来たときも、内装を見て悪魔の色と呼んだ。

「じゃあ、白と青に塗り替えよう。きみのために。ところでピーターは出ていくとき楽しそうな顔じゃなかったが、まだきみをわずらわせるようなことをすると思うか？」

「だとしても、わたしは自分で対処できるわ」

「ドアに三つ、錠がついてるから？」

キャサリンは肩をすくめた。「あなたには関係のないことよ」

たしかにそうだ。だが彼女を見ると、無性にいらだちを覚える。できるだけ離れて座り、他人行儀で冷ややかな態度を崩さない。娃を雇った美しい女性を、遠くからただ眺めていたときのようだ。

もちろん違いはある。いまはすぐそばにいる。結婚すらしている。秘密だろうとなんだろうと、彼女は自分の責任下にある。

「〈ハウス・オブ・ダイヤモンズ〉に泊まればいい」ニックは言った。「錠はいくつもついてるし、警備も万全だ」

キャサリンが笑いと嘲りの混じった低い声をもらした。「それは賢明ね。わたしがあの賭博場で寝泊まりしているという噂が出まわっても、誰もわたしたちの関係には気づかないでしょうから」

「誰もきみの出入りには気づかないさ。大通りの菓子店につながる秘密の通路がある」

「ご親切にありがとう」しばし間を置いてから、彼女は言った。「でも、その必要はないわ。

わたしは自宅でじゅうぶん快適に過ごせますから」

以前も同じような堂々めぐりの会話をした。キャサリンが契約破棄を持ち出す前に、ニックは言った。「条件をつけ加えてもいい、きみは〈ハウス・オブ・ダイヤモンズ〉に滞在する。おれがきみを見守れるように。でなければゲームは終わりだ」

キャサリンが横目で彼を見た。「わたしはあなたに見守ってほしいとは思ってないわ。そもそも、どうしてそんな必要があるの？　お互いを気遣っているふりをしても仕方ないでしょう。あなたはあなたの道を行く。ミスター・オシェア、そしてお願い、わたしにはわたしの道を行かせて」

彼女が食ってかかってきたら、ニックも言い返しただろう。でも静かな威厳を感じさせる口調で説かれると、争う気が失せた。〝お願い〟とまで、彼女は言った。

今日は大変な一日だったのだろう。隠しているが、疲労は見て取れる。目の下にくまができているし、肩もがっくりと落ちている。

今夜、キャサリンは誇らしげに顎をあげていていいはずだ。度胸と機転で、いかさまのオークションを中断させたのだから。兄に対して一勝をあげたのだ。勝利の喜びに浸っていい。だが、その喜びを誰と分かち合う？　彼女は足を痛め、オークションルームにひとり残されていた。使用人すら、彼女の様子を見に来なかった。

自分が何をしようとしているか意識しないまま、ニックは手を伸ばしてキャサリンの手を取った。「きみには友だちが必要なんじゃないか」彼は言った。湿った小さなてのひらはたこだらけだ。彼女のような環境にいる女性なら、普通は一日じゅうキャンディを食べたり、使用人にあれこれ指示を出したりして過ごしているところだろうに。「おれのことを友だちと思ってくれていい」

キャサリンは妙な表情を浮かべて、しばし彼を見つめた。ランプの明かりのいたずらで瞳がひときわ大きく、きらめいて見える。その表情には胸を打つものがあった。「友だち」

「そうだ」

彼女は深くため息をついた。「だけど……どうしてわたしのことを気にかけてくれるの？」

いい質問だ。どうしてこうも世話を焼きたくなるのか——というより、誰もキャサリンの世話を焼こうとしないことが気になるのか。かつて自分もそういう境遇にあった。友だちもなく、孤立して、彼がどこで寝泊まりするか心配する人もいなかった。しかし彼女のような身分の人間が、この種の孤独に悩まされることがあるとは想像もしなかった。

「親切は金がかからない。出し惜しみするまでもないさ」

キャサリンはうつむき、やがてニックの手から手を引き抜いた。「ありがとう」ごく低い声で言う。「でも、友情はことをややこしくするだけだと思うわ」

拒絶されて、なぜか胸が痛んだ。彼の親切に感謝する者は大勢いる。でも、ブルームズベリーの甘やかされた金持ち娘が喜ばなかったとしても不思議はない。

甘やかされた——いや、それは正しくない。誰もこの女性を甘やかしてはいない。おそらく彼女自身、それを許さなかった。

ニックは窓を開け、御者に言った。「ブルームズベリーのヘントン・コートまで」

窓を閉めると、キャサリンがほっとした顔をした。「ありがとう。わたし、あなたがもしかして……」

「なんだ？」おれが何をすると思ったんだ？　彼女に――自分の妻であり、踵を痛めたと聞いて抱きかかえた女性に？　「おれが何をすると思った？」

だが、キャサリンはかぶりを振っただけだった。「なんでもないわ。新聞はあなたを極悪人みたいに書き立てるのね。実際はいい人なのに」

その言葉には、かすかに恩着せがましい響きがあった。ニックが褒め言葉に飛びつき、喜んで尻尾を振ると思っているような。おれがいい人？　それがそんなに意外か？　結婚相手をどんな人間だと思ってたんだ？

夫がいい人だと知って驚くということは、キャサリンは登記所でそれこそ恐怖に震えていたに違いない。ふと、寝室での彼女の緊張ぶりを思い出した。防御を崩し、快感を受け入れさせるのにずいぶんと苦労したものだ。合点がいった。彼女はずっと、最低のくず野郎とベッドをともにすると考えていたのだ。

「そうだな」ニックは言った。「おれとしても、ことをややこしくするのはごめんだ。だが、気が変わったら教えてくれ。こちらとしては、もう一度やるのは全然かまわない」

キャサリンがぴんと背筋を伸ばした。「なんですって？」

ニックは鼻を鳴らした。彼女はあの晩のことはすべて忘れようとしているようだ。肌を重ねたこと、生まれたままの姿をさらしたこと。歓びにあえいだこと。あのあとは汚れた手の跡が残らないよう、体じゅう肌がすりむけるほどこすったに違いない。

「きみの言うとおり、下品な言い方はそぐわない」ニックは言った。「ベッドの中でおれたちがしたこと、あれはただの性交じゃない。育ちのいい潔癖なレディであるきみにはわからないだろうが、なんならもう一度それを証明してやるよ。残念ながら、この馬車は少々手狭だがね」

キャサリンは口をぽかんと開けてこちらを見つめている。言葉が出ないようだ。期待を持たせるような長い間のあと、はっと息をのんで顔をそらした。頬は薔薇色に染まっていた。

「いやな人ね。馬車を止めて、わたしをおろして」

「心配することはない。きみには指一本、触れないさ。ただ、おれの言うことは信じたほうがいい。ふたつの肉体が、おれたちのようにぴったり合うというのはめったにないことなんだ」

「合った。過去形よ」彼女が苦々しげに言う。

「合った、合う、この先もそれは変わらない。ある種の化学反応と同じだ」

「そうと知って、うれしいわ」のみ込みの悪い子どもに話す教師のような口調で、キャサリンは言った。「ほかにも何か教えておきたいことはある？　わたしに衝撃を与える目的で？」

「衝撃を与える？　まさか。ただ、ひとつ約束するよ、もう一度おれと寝たら、きみはさらなる歓びを知る。どんどんよくなるのさ、キティ。五回目か六回目になると、そのすてきな乳首にキスされただけで達するようになる。やさしく、ゆっくりと、それから激しく吸われ、軽く歯を立てられようものなら――」

「やめて！」キャサリンは真っ赤な顔で振り向き、吐き捨てるように言った。「あなたって人は――」

「侮辱するつもりで言ったわけじゃない」少しからかうつもりで始めたのだが、彼自身、気がつくと気持ちが高ぶっていた。「ご褒美のようなものさ。神の恵み、きみは開封されるのを待っている贈り物だ。おれはその包みを開け、きみに歓びを教えてやりたい。どんな一日だろうと、夜になり、ふたりでベッドに横になれば、自然が与える性の歓びを味わえるんだ」

キャサリンの唇が動いたが、声は出てこなかった。ひとつ咳払いして、今度はかすれた声を絞り出した。「でも、契約では――」

「寝室では契約書なんて無意味だ」

「もし、わたしにちょっとでも触れたら――」

「指一本、触れてないはずだが」やんわり言う。「きみはすっかり顔が火照ってる」

「驚いたからよ。あなたの厚かましさに衝撃を受けたから。慎みのかけらもない――」

「こちらは自分の慎み深さに驚いているがね。まあ、何しろいい人だからな。でなかったら、いまごろきみはおれの下になっているよ」

馬車が唐突に速度をゆるめた。キャサリンは日よけに頭をぶつけて声をあげ、ドアの取っ手につかまった。

ニックは彼女の手首をつかんだ。彼女が身をこわばらせる。彼はその手を口元に持っていき、キスをした。脈が速くなっているのが感じられた。

「きみの言うとおり、おれは紳士じゃない」かぐわしい肌に向かってささやく。「だが、きみはそのことを喜ぶはずだ。考えておいてくれ」

キャサリンは手を振りほどき、ドアを開けた。「それくらいなら──会社を売ったほうがましよ！」

けれども飛びおりたあと、彼女は振り返った。捨てぜりふを吐こうとするように唇を開いたが、代わりに無言でニックを見つめた。ランプのやわらかな光が、口を半開きにした彼女の顔を照らしていた。

「本当にひどい人」しばらくして、キャサリンはか細い声でささやいた。

ニックは笑った。「そういうのが好みなんだろう？」そしてドアを閉めた。


キャサリンはなかなか寝つけない性質だった。ほとんど一日じゅう仕事をし、疲労困憊してベッドに入る。それでも頭の中をさまざまな考えがめぐってしまうのだ。その日の出来事を列挙し、あわただしい日常の中で気づかなかったことを心に留める。あの失敗、この失敗──。

次第にこつを学んでいった。羊を数えるわけではない。そんな子どもっぽいことはしない。

ただ呼吸に意識を集中するのだ。吸う、吐くという単純なリズムに身を任せる。そのうち神経は静まり、眠くなってくる。

けれど、今夜は呼吸法も効果はなかった。どこか体が悪いのかもしれない。ひと呼吸ごとに眠りが遠ざかって、意識が研ぎ澄まされていく。なんでもないことが妙に気になる。体を覆うシーツが愛撫のようにやさしく親密に感じられ、肩にかかる結んだ髪が重く、ロープのように体を縛る。暖炉の火は消えかけて空気はひんやりとしているのに、体は熱く、じっとしていられない。

〝もう一度おれと寝たら……〟

てのひらを頬に押しつけた。熱はないようだ。

〝乳首にキスされただけで……やさしく……それから激しく――〟

手が汗で湿った。オシェアのせいだ。ああいう下品な言葉で、わたしの心をかき乱したから。彼は自分のしていることをちゃんと承知している。思いどおりになったと満足させてはいけない。

でも目をぎゅっと閉じると、自分の上になった日に焼けた裸体が脳裏に浮かんだ。頭をさげ、獣のようにキャサリンの胸をむさぼる。まるで睡眠中の女を犯すという夢魔、インクブスのようだ。

自分の胸に手を当てた。けれど、いまうずいているのはそこではなかった。てのひらを下へ、脚のあいだへと滑らせる。

彼はそこにもキスをした。

だから女性は結婚まで純潔を守るよう諭されるのだろう。男性が女性にどんな快感を与えることができるか、キャサリンはまったく知らなかった。知っていたら、堕落の道へ突き進んだに違いない。

〝どんどんよくなるのさ〟

オシェアが触れたところに手を触れてみた。思わずあえぎ声がもれる。あの快感を呼び覚ますのは、彼の力だけではないのだ。必ずしも相手が必要というわけではないらしい。自分でも感じることができる――まったく同じではないけれど。やはり彼の香り、肌の感触、体の重みがないと――。

何を言っているの。そんなものを求めてはだめ。オシェアに教えられたものを、自分なりに制御して使えばいいだけのことだ。彼の誘いに乗ってはいけない。乗ったら、すべてを危険にさらすことになる。

ぎこちなく自分自身に触れた。オシェアの熟練した手を思い浮かべて、もどかしさを感じながら。彼は一〇〇〇人もの女性を快楽に導いてきたに違いない。

そう思うと、なぜだか暗く不快な感情が胸にわきあがる。キャサリンは手を止めた。オシェアと夫婦であるという事実のせいだろうか？　普通の妻は、夫が不特定多数の女性とベッドをともにしていることに不快感を示す。けれど、これは本当の結婚ではない。しかも相手は犯罪者だ。夫としてふさわしい人ではない。それを言うなら自分も、妻としてふさわしい人間ではないけれど。この契約に嫉妬の入り込む余地はない。キャサリンが嫉妬を感じていると知ったら、彼は笑うだろう。

オシェアのことは心から締め出し、さらに激しく脚のあいだをこすった。この体はわたしのもの。彼のものじゃない。腹は立つが、この快楽を教えてくれた彼には感謝しなくては。とはいえ、ひそかに彼のことを考えるくらいかまわないはずよ。二度とふたりきりになるつもりはないのだから。ため息をつき、キャサリンはオシェアの顔を思い浮かべた。それからブロンズ色のかたく引きしまった体、肌を這った唇の感触、熟練した手の動きも……興奮が高まった。爆発寸前だった。

ドアがきいっと鳴った。鍵がまわっている！

キャサリンは上体を起こした。部屋には明かりがないのに、顔が真っ赤になっているのがわかった。「ボドキン？」鍵を持っているのは、そのメイドだけだ。

答えはない。

彼女は上掛けをはねのけ、ベッドからおりた。差し金がまわった。「ボドキン、今夜はもう用はないわ」

また金属がこすれる音がして、ふたつ目の差し金もまわった。

ありえない。メイドもあの鍵は持っていないのだ。

ニックは寝つけず、天井を見つめていた。なかなか巧みにキャサリンを挑発した。彼女はそよ風のように冷ややかに立ち去ったが、ニックのほうは熱い体をもてあましていた。彼女の姿がまぶたの裏にちらつき、下腹部を直撃する。

妻をからかいたいという衝動は抑え、単刀直入に話をするべきだったのかもしれない。〈ハウス・オブ・ダイヤモンズ〉にいたほうが安全だと。本人にさえ、それはわかっている。ニックからしたら、キャサリンは大切な取引材料だ。この先も、いつピーターの一票が必要になるかわからない。だから彼女の身の安全を守る理由がある。一方のピーターにとって、もはや妹は障害物でしかない。

悪態をつき、上掛けをはねのけて立ちあがった。ニックがキャサリンのことを思って眠れずにいると知ったら、彼女はつんと顎をあげ、契約の条項をひとつひとつ列挙して、妄想すら禁ずることだろう。

ならば、ほかのことを考えたほうがいい。階下へ様子を見に行くか。いっそゲームに参加してもいい。ニックはめったに賭けはしない。腕はよく、たいてい勝ってしまうのだが、客はオーナーに大敗するためにここへ来ているわけではない。だが、ポーカーを一ゲームくらいならいいだろう。それと神経を静めるためのウィスキーを二杯ほどなら。

着替えてドアへ向かったところで、ノックの音がした。

予感はあった。純血のアイルランド人らしく、よからぬことが起こる予感はしていた。錠をまわし、勢いよくドアを開ける。

雑用係のカランが困惑顔で立っていた。「失礼します。先週のご婦人が階下に来て、中に入れてくれと言ってるんです。放り出してもよかったんですが、彼女――」

ニックはカランの脇をすり抜け、ランプの明かりに照らされた廊下を抜けて奥の階段へ向かった。そして階段を一段飛ばしでおりた。

彼女は玄関ホールの奥のベンチに腰かけ、馬用の毛布にくるまっていた。カランが貸したのだろう。隅に〝ハウス・オブ・ダイヤモンズ〟と刺繍が入っていた。

キャサリンは立ちあがり、ぴんと背筋を伸ばした。馬のにおいには気づいていないらしい。

「変な格好でごめんなさい。急いで出なくちゃならなかったの」

「ああ」ニックはゆっくりと言った。「そうらしいな」勝利の喜びはない。「何があったんだ？」

「たいしたことじゃないわ」けれども身じろぎをしたせいで毛布が滑り落ち、その下がちらりと見えた。マントの下からのぞいているのは、透けるレースのフリルだった。

寝間着姿で逃げ出してきたようだ。

ニックはカランに手振りでさがるよう合図し、雑用係が見えなくなるのを待って、キャサリンに近づいた。「何があった？」

彼女は深く息を吸った。「今夜、ここに泊まってもいいかしら？　さっきは断ったのに、いまさらと思うでしょうけれど、こんな姿ではホテルでも断られそうで」

着のみ着のままで震えていても、キャサリンは女王のように堂々と話す。「もちろん」ニックは言った。「おいで、ブランデーを一杯あげよう」

「わたし、お酒は飲まないの、ミスター・オシェア」

ニックは鼻を鳴らした。

キャサリンは必死に落ち着きを保とうとした。けれども衝撃と、骨までしみるような寒さのせいで、かろうじて残っていた自制心も揺らぎ、やがて体が震えはじめた。

オシェアもそれに気づいたのだろう、部屋に入ると暖炉のそばに座らせてくれた。そして何やらつぶやいて、顔をそむけた。「ここを動くな」

いずれにせよ、ほかに行く場所があるわけでもない。キャサリンは豪奢なペルシャ絨毯をじっと見つめた。隣の部屋へ向かうオシェアの足音が耳に入った。それにしても、われながら思いきったことをしたものだ。夜の街が危険だという話は、かなり誇張されているのではないだろうか。彼女は難なく辻馬車を止められたし、御者は行き先を聞いても少しも驚かなかった。ちょっかいを出してくる者もいなかった。

オシェアがベッドから上掛けを持って戻ってきた。濃い茶色のサテン地に織り込まれた金糸がきらめいた。「交換しよう」彼は言った。「こっちのほうがあたたかい」

「さ、寒くないわ」すぐそばで暖炉の火が燃えている。その熱を肌で感じることができる。体の芯までは届かないけれど。

「でも、それはにおう」

たしかにそうだ。何かのにおいがする。それでも、これを持ってきてもらったときはまたとなない贅沢品と映ったのだ。いまでも手を離すことができないほどに。「これで大丈夫」

「キャサリン」オシェアが片膝をついた。暖炉の火が彼の無駄な肉のない顔を照らした。はっとするような明るい瞳が、じっと彼女を見つめている。いまこの瞬間は、彼のことを本物の紳士だと――思いやりと気遣いにあふれた紳士だと思ってしまいそうだった。

ひょっとすると、オシェアはいままでキャサリンが出会った男性の中で唯一の、ちゃんとした紳士なのかもしれなかった。〈エヴァーレイズ・オークションハウス〉の顧客層に、こんな騎士道精神を見受けた記憶はない。

「それはこちらに渡して」オシェアがやさしく言った。だが馬用毛布が引っ張られると、キャサリンはかぶりを振って抵抗した。

彼が眉をひそめる。戸惑うのは当然だ。ただ夜ふけに、屈辱的で衝撃的な出来事を経験したせいで、キャサリンの分別は吹き飛んでしまったらしい。口を開いたとき、出てきたのは意味不明なせりふだった。「放せないみたい」

オシェアの手が彼女の手を包み込んだ。大きな熱い手。ほかの男性の手と、そうは変わらないのかもしれない。けれど、いままで誰も、こんなふうにキャサリンに触れたことはなかった。てのひらを、指を、こんなにやさしく撫でてくれたこともない。愛撫のように、なだめるように。「大丈夫だ。放していい。誰も見ていない」

それは本当じゃない。「あなたがいるわ」

彼は微笑んだ。「おれは数に入らないだろう?」

そうかしら？　キャサリンはオシェアをじっと見た。まったくもって、人生には何が起こるかわからない。身の安全のため、賭博場に逃げ込むなんて。けれども後悔はしていなかった。ロンドン一悪名高い犯罪者。だが彼といても、キャサリンが失うものはすでにない。そもそも、この人は本当に評判どおりの男なのだろうか？　冷酷な人間には見えない。それどころか、誰よりも深い思いやりを――。

だめ。こんなことを考えてはいけない。夫婦として結ばれたことで、すでにパンドラの箱が開かれ、奔放な欲望が放たれた。オシェアの人間性にまで幻想を抱いては、さらに面倒なことになる。

しまいにはキャサリンも馬用毛布を放し、代わりにサテン地の上掛けをかけてもらった。上掛けはしっかりとして重みがあり、安心感を与えてくれた。

オシェアの手のように。

彼は踵に体重をかけて農夫のようにしゃがみ込んだ。「錠三つではじゅうぶんじゃなかったわけだ」

「時間は稼いでくれたわ」兄はしばし三つ目の錠と格闘していたらしく、ドア越しに悪態が聞こえてきた。

「なんの時間を稼いだ？」

「ピーターが部屋に押し入ろうとしたのよ」キャサリンの体を震えが走った。「兄は……まだ遅くないと言ったわ。なかったことにすればいい、そうすればわたしはふさわしい相手と結婚できると。ピルチャーもその場にいて——あの、ピーターは彼に、今夜わたしを好きにしていいと——」

これこそ、オシェアが真の敵に対して見せる表情なのだろう。冷酷で険しく、人を寄せつけない顔。「きみの兄貴はおしゃべりだな」彼は静かに言った。「秘密を守れと言う男のわりには」

キャサリンはため息をついた。「ピルチャーも全部は知らないんだと思うわ。ピーターの声がドア越しに聞こえてきたんだけれど、どうやらわたしが駆け落ちしようとしてるという話をしてたみたい」それにしても正気の沙汰ではない。妹に二重結婚をさせるつもりなのだろうか？「何を考えているのかわからないわ。わたしはすでに結婚しているのよ。別の人とまた結婚するなんて、できないのに」

オシェアが大きく息を吐いた。銀色のまなざしが毛布にくるまれた彼女の体をなぞる。

「大丈夫だったようだな。手は出されなかったか？」

「ええ。彼が中に入ってくる前に窓から逃げたわ」

オシェアの両眉がひょいとあがった。「かなり高さのある建物だったはずだが、キティ」

その呼び名はやめてもらわなくては。次のときにはちゃんと抗議しよう。

「格子垣は頑丈なの」

「踵を痛めていたのに？」

はっとして、キャサリンは足を動かした。「あら……だいぶよくなったみたい」気が動転して、痛みを感じている暇がなかった。

オシェアが小さく笑った。「きみには毎回驚かされるよ。日頃から窓から抜け出す練習をしてたのか？」

「まさか」彼女は少し間を置き、苦い思いを押し殺して続けた。「はっきり言ってくれていいのよ。あなたは正しかった。わたしが間違っていたわ。家に戻るなんてばかだった。兄が仕返しをもくろむことくらい、予想してしかるべきだったのよ。オークションを中断させて、彼を困らせたんだもの」

オシェアが顔をしかめる。「そんなことは言うな。相手は兄貴だ。安全と思うのは当然だろう」

いまも彼は、もったいないくらい寛大だった。「あなた自身が言ったのよ、ミスター・オシェア。彼はわたしのことなど気にかけていないって。わたしが今日したこと――なんといっても、兄が嫌うのは顔をつぶされることだから」ピーターが気にするのは常に会社ではなく、自分の印象だった。あのとき、どうしてそれを忘れていたのだろう？「こんなことになるなら、オークションを続けさせるべきだったのかもしれない。兄は結婚に異議を申し立てるつもりなのかも――」

オシェアの顎が引きつった。「だが、もう婚姻は成立しているんだ」

たしかにそうだ。この結婚が法的に認められるものとなるよう、多大な努力を払った。そのときの記憶がよみがえり、体が熱くなる。視線が彼の寝室に向かわないよう、気持ちを引きしめなくてはならなかった。

オシェアが立ちあがった。どうしてこれほど上背のあるたくましい体が、猫のようにしなやかに動くのだろう？　優雅ささえ感じさせる。

キャサリンは顔が火照るのを感じた。目を伏せて、自分の組んだ手を見つめていると、彼が言った。「今夜はここに泊まるといい」

「ええ、あなたさえ、かまわなければ。でも、兄が――」

「おれが話す。彼はいつも朝は何時頃に家を出るんだ？」

「それは……いろいろね」ひとつ深呼吸して、彼女はオシェアを見あげた。彼は兄より頭ひとつ分、背が高い。喧嘩になったら勝負は見えている。「ばかと言うなら言って。でも兄に危害を加えるようなことは、わたし、許せないわ」

オシェアの口元が引きつった。「危害を加えるとは言っていない。もっとも、いまきみが彼の心配をしてやる必要はないさ。あちらだって、きみの心配はしていない。目には目を。受け取る以上のものは与えるな、だ」

荒っぽいが、理にかなった哲学だ。「それがあなたの信念なら」キャサリンは言った。「あなたはわたしから何を受け取るつもりなの？　契約上では、こんな形でわたしを助ける義務はないはずよ」

オシェアがじっと彼女を見つめた。胸の内は読み取れなかった。寝室はほんの七歩分しか離れていないことを思い出す。彼の求めているのがそれだったら――。

「もう遅い」オシェアは言い、手を差し出した。「寝る部屋へ案内してあげよう」

オシェアは予想した以上に礼儀正しかった。朝には既製のドレスを買いに行かせると言い、キャサリンのためにドアを開けてくれた。隣の部屋へ案内するあいだも、指一本触れてこなかった。

彼は徹底的に紳士を演じていた。でも、どうして？　衝撃が薄れ、脳がまた正常に働きだすと、ふと不信感が芽生えてきた。

オシェアには親切にする理由はない。何か目的があるはずだ。そして……わたしは罠にかかろうとしている？　この人は馬車の中では露骨な誘いをかけてきた。そしていま、わたしは彼に対して警戒心を解いている。今晩泊まる寝室を見せてもらいながら、ふたたび彼に触れてほしいと心の底で願っている。

だめ！　オシェアがキャサリンの手に一礼してからドアに向かうと、彼女はうしろから声をかけた。「あなたが何をしているか、わたしにわかっていないと思わないで。あなたの戦略はお見通しよ」

彼がドアの前で振り返った。「戦略だって？」

「わたしを懐柔しようというのでしょう」

オシェアは目を見開き、あきれた顔で戸枠に寄りかかった。「何を言いだすのやら。女性を懐柔するのに戦略なんて必要ない」

「かもしれないわね。あなたはその端整な顔で女性を惹きつけることに慣れている。さぞかし成功をおさめてきたんでしょうね。でも、わたしには通用しないわよ。無駄な努力はしないほうがいいわ」

「端整な顔、か」彼はにやりとした。「お世辞と受け取っていいのかな？」

「ご勝手に。でも、この部屋で端整な顔なのは、あなただけじゃないわよ」

「端整というのはちょっと違うな」オシェアはこともなげに言った。「きみのような顔立ちであれば、娼婦にも王女にもなれる」

意表を突かれたが、キャサリンは平然と返した。「そうね。自分でもわかってるわ」

オシェアが小首をかしげて、じっと彼女を見た。「うれしそうじゃないな」

「何をうれしがればいいの？　単に生まれ持ったものだもの」しかもピルチャーのような男を惹きつけるのだから、不都合きわまりない。「自分が成し遂げたことじゃないわ」

「なるほど」オシェアがゆっくり言う。「そういう表現で自分のことを美人と言う女性は初めてだ」

「だから、わたしたちは違うのよ。わたしは自分の容姿に関心がない。能力で人生を切り開いていきたいの」冷ややかな笑みを浮かべてみせた。「そういう選択肢は本物の知性を持った人にしか許されないと思うけれどね」

彼が笑った。「またまた手厳しいな、キティ。今後は親切にするにも、弁護士を探したほうがよさそうだ」

「ようやく理解し合えたようね」キャサリンは言った。「わたしがここにいるあいだ、誘惑しようなんて考えないで。いずれにしても無駄な努力だから」

「気の毒なキャサリン」からかうような口調だ。「きみに惹かれる男性は多いだろうが、みんな、きみが口を開いたとたん興味を失うだろうな」

キャサリンはたじろいだ。いまの言葉は、彼女ができるだけその存在に気づかないようにしていた、心のやわらかな部分を突き刺した。「そう思う？　これでも大勢の男性に言い寄られた経験があるのよ。何十人と」

「ほんの何十人かい？」オシェアは微笑んだ。「おれとは比べものにならないな」

「比べる必要はないわ。わたしはれっきとしたレディですもの。一方のあなたは……。性的魅力を利用する人間を表す言葉はたくさんあるけれど、残念ながら口にはできないようなものばかりね」

彼が両眉をあげた。「おれの前でも？　おれを好き者と思うなら、そう言えばいい」

キャサリンはひるんだ。「当然あなたは気にしないでしょうね。下品な物言いが母国語みたいなものなんだから」

「違う言語も話せるがね」意味ありげな口調で言う。「記憶によれば、このあいだはきみも同じような言葉を返してきた」

「本当に恥知らず。まあ、驚くことではないわね」

「驚かせてほしければ、ひとことそう言ってくれればいい、ダーリン」

「あら、あなたにできるかしら。そもそも、驚かせてなんて言っていないけれど」

「そうか？」オシェアが戸枠から離れ、キャサリンに近づいてくる。彼女は腕を組み、互いの体が接近しないよう肘を突き出した。彼はふっくらした唇に笑みを浮かべて、キャサリンの首の脇に軽く手を置いた。

「きみを驚かせるのは楽しい」小声で言う。「処女のきみには想像すらできないようなアイディアがたくさんある」

キャサリンの体の中で何かが変化していた。熱いものが溶けだしていく。恐れよりも興奮に似た奔流が。なんてこと、わたしはあえてオシェアを挑発したの？　もう少し彼にそばにいてほしくて？「わたしはもう処女じゃないわ。あなたが差し出したものは受け取った。繰り返したいとは思わない」

「きみは自分に嘘をついている」オシェアがつぶやくように言う。

そうじゃない。彼に嘘をついているだけ。言われるまでもなく、自分でもわかっている。これ以上、無関心を装うのはたぶん無理だろう。あの唇。喉に置かれた長くあたたかな指。キャサリンの胸は熱くうずき、好奇心ではちきれそうになっていた。「今夜ここへ来たのは、ほかにどうしようもなかったから」なんとか自分を抑えて言う。「受け入れてくれて感謝してるわ。でも、ここで終わりよ」

「わかってるさ」オシェアは長いこと探るようにキャサリンを見つめていた。それから彼女の手を取ると、指を一本ずつはがすようにこぶしを開いていった。そして小さくて冷たい、角のとがったものをのせて握らせた。

鍵だった。

「この部屋には鍵はこれしかない。ドアもひとつだけだ。鍵をかければ誰も入れない。わかったな？」

キャサリンは鍵を見つめた。いいえ、何もわからない。オシェアのことは何ひとつ理解できない。彼に向けたきつい言葉が恥ずかしく、いたたまれなくなった。

ドアが閉まったあとも、口の中には苦い味が残っていた。またしてもあの問いが、どうしても払いのけることのできない問いが頭をめぐる。わたしの判断が間違っていたら？　彼が——犯罪者としての悪名やこの賭博場とは裏腹に、実はいい人で、ただ親切心から助けてくれたのだとしたら？

てのひらに鍵が食い込んだ。キャサリンは顔をしかめ、錠に鍵を差し込んだ。思いやり。やさしさ。そんなものはいらない。いいえ、正直になりなさい。心の一部は、彼に奪ってほしいと望んでいた。ふたりだけなら、ただの女になれる。

気を紛らわすために、部屋をひとわたり眺めた。オシェアのところほど広くはないけれど、居間はクリーム色とブロンズ色の淡い色調で統一されている。開いたドアは現代的なタイル張りの洗面所に続いていた。奥の部屋には博物館にあるようなベッドがしつらえてある。入口で、キャサリンは目を丸くした。一七世紀前半、ジェイムズ一世時代に作られたと思われる品だ。彫刻が施された樫材の天蓋——わたしの目がおかしいのかしら？

近づいて、そっと太い支柱に触れた。模造品ではない。オークションに出せば、かなりの値がつくだろう。こんなベッドはめったにない。

ゆっくりと振り返った。隅に置かれた椅子は、おそらくチッペンデールによるものだ。ためらったが、こんなに神経が高ぶっていては眠れるはずもない。それに誘惑に勝てなかった。椅子に近づいて、じっくり観察した。前脚の外側が傷んでいる。傾けると、うしろの脚にも同じように長く使った跡があった。間違いなく年代物だ。

どうしてオシェアがこんな骨董品を持っているのだろう？

好奇心から、また居間に戻った。マントルピースの金時計には見事な象嵌細工が施されている。一七世紀中期、クロムウェル時代のものだろう。近づいて暖炉を囲むマントルピースに触れた。アダム様式だろうか？　壁板の中央には豊穣の女神ケレスが描かれている。

支払いができなくなった客から巻きあげたものに違いない。感嘆していてはいけないのだが……現金の代わりに何を受け取るべきかは、ある程度見る目がなくては判断できない。

鍵のかかったドアを見やった。オシェアの私室の家具にはほとんど注意を払わなかった。緊張して、それどころではなかったのだ。けれどもいまになって、何を見逃したのかが気になってきた。残念ながら、午前二時半では部屋に押しかけるわけにはいかない。

しかも押しかけたりしたらどうなるか、自分に自信が持てない。

相手がニコラス・オシェアでなければ、迷惑も顧みず押しかけていっただろう。それで好奇心が満たされ、炎を消すことができるなら。もう一度ベッドをともにすることで、この熱に浮かされたような状態から解き放たれ、落ち着きを取り戻すことができるなら。

けれども法のもと、彼は夫だ。ふたたび情熱を分かち合えば、ふたりの関係は変わってしまう。キャサリンは本当の意味で彼の妻になるつもりはないし、そもそも妻という役割は自分には無理だ。

火を消す方法はほかにもある。燃料を与えないこと。彼女はベッドに横になり、仕事に意識を集中しようとした。やがて眠りについたものの、悪い夢を見た。どうしても帳簿の金額が合わないという夢だった。

7

ニックは夜明け前に目を覚ました。隣の部屋に聞こえそうな音は立てないよう気をつけながら洗面所を使う。これは素人に口出しされずに片づけてしまいたい仕事だ。素人といっても、じゅうぶん武器となりうる鋭い舌の持ち主ではあるが。

キャサリンは怯えている。間違いない。理由もわかっている。彼女としては感じたくないものを感じてしまったからだ。

ニックは自分に嘘をつく気はなかった。彼女を怯えさせるのは楽しい。自分を賢いと思っている魅力的な女性を動揺させ、意思に反して顔を赤らめさせるのは愉快だ。

服を着ていると、左膝の古傷がうずいた。喧嘩ばかりしていた若い頃の名残り。当時は必然的に強くならざるをえなかった。ひとりで、ナイフを隠し持っただけで出歩けるようになるには何年もかかったものだ。だが、いまはやわな伊達男ひとりを相手にするのにニックが仲間を集めた時点で、その男はすでに片足を棺桶(かんおけ)に突っ込んだようなものだ。殺すまでもない。

ニックはジョンソンを起こして、キャサリンには護衛が必要だと告げ、賭博場を出て大通りへ向かった。空はうっすら明るくなってきているが、路地はまだ闇に沈んでいる。乗り合い馬車では、黒っぽいスーツを着た勤め人や、ウエスト・エンドの職場に向かうこざっぱりとしたなりの女性たちのあいだに詰め込まれた。そこここで視線を感じたものの、彼が気づくとあわててそらす。ニコラス・オシェアを知っている人間もいるのだ。多くはないだろうけれど。

　この半匿名性は悪くなかった。こちら側の人間を見つけるのが簡単になる。彼を知っている者は状況によって恐怖か、敬意を示すのだ。本来なら汚れ仕事はたいてい手下にやらせるのだが、今回は特別だった。腕が鳴るというものだ。

　二度乗り換えて、ブルームズベリーに着いた。道路は掃除が行き届き、太った金持ち連中はまだ家でまどろんでいる。ヘントン・コートに入ると、道路掃除の少年が立ったままほうきの柄に顎をのせて居眠りしていた。ニックが通りかかると片目を開けた。

　ニックにも覚えがある。その種の眠りは浅く、休まらない。子どもの頃、数カ月のあいだ道路掃除をしたことがあった。ふたたびぐっすり眠れるようになったのは自分の家を持ってからだ。〈ネディーズ〉が初めての買い物だった。それまでは違法な手段で手に入れた現金を誰にも見せなかった。銀行はもってのほかだ。だが、隠し場所も尽きてきた。そんなとき、〈ネディーズ〉が売りに出されるという噂を耳にしたのだ。賃貸料が高騰したため、所有者はそのパブを入札に出すらしい。入札前、ニックはとくと考えた。自分のような男が不動産を持つ？　背中に目印をつけるようなものではないか？

しかし、違った。不動産譲渡の証書を手にして、彼は実体のあるものを所有する喜びを味わった。ここはおまえの居場所じゃないと、誰にも言われずにすむところがあるというだけで心地いい。ニックは〈ネディーズ〉をそのまま残し、これまでどおり営業させた。だが、ときどき泊まりに来る。ここだと赤ん坊のようにぐっすり眠れるのだ。

〈ハウス・オブ・ダイヤモンズ〉は誇りだった。けれども〈ネディーズ〉はやはり最初の、そして本当の家だ。いまでも、あそこが一番休まる。

ニックは磨き抜かれたタウンハウスの石壁に響く自分の足音を聞きながら歩いた。あくびをしている警官に礼儀正しく会釈をしてみせる。〈エヴァーレイズ・オークションハウス〉は、まだカーテンが閉まっていた。そのまま進み、数軒離れたところで足を止めて、痩せた樫の木に寄りかかって待った。

昨晩のことがあったため、ピーター・エヴァーレイは早く起き出しているに違いないと踏んだのだ。案の定、一時間もすると近くの路地から馬車が現れ、建物の前の縁石に止まった。玄関のドアが開いて、ピーターが従僕を引き連れて階段を駆けおりてくると、さっそく馬車に乗り込もうとした。ニックは反対側から近づき、向こうのドアが閉まるのを待って手前のドアを開け、馬車に飛び乗った。

「なんだ――」馬車が揺れ、ピーターは背もたれに叩きつけられた。

「長くはかからない」ピーターが天井を叩いて御者の注意を引こうと手をあげると、ニックは言った。

ピーターがゆっくりと手をおろす。「いったいなんの用だ」

妹が夜ふけにいなくなったにしては、よく眠れたようだ。本当に賢い男なら、目の前の相手をもっと警戒するだろうが。「不意を突くのは簡単だった。もう少し身の安全に気を配ったほうがいいぞ」

「ここはまっとうな人間の住む街だ」ピーターはかたい口調で言った。「夜明けにちょくちょくうしろを振り返る必要はない」

ニックは微笑んだ。「それは以前の話だな。おれの妻を困らせる前の」

ようやくピーターは侵入者の意図に気づいたらしい。ドアのほうへ行こうとしたが、ニックはすでに動きを読んでいて、相手の喉に腕を巻きつけて座席に引き戻した。

「抵抗するな。痛い目を見るぞ」

「放せ――」

ニックは腕に力をこめた。「声を出す必要はない。ただ、うなずけ」

ピーターがさらにもがいた。ニックは彼の髪をつかみ、首をねじった。じきに空気を求めてあえぎはじめるだろう。「うなずけ」

ようやくピーターはうなずいた。そして唇を震わせ、苦しげに息を吸い込んだ。

ニックは脚を伸ばし、快適な姿勢を取った。クリスマスのガチョウ並みに詰め物をしたクッションに身を預ける。「おまえが政界に出ようと考えていることは聞いてる」親しげな口調で言った。「何かの間違いじゃないかと思ったね。政治家は深夜に妹の部屋に押し入ったりしない」考えるだけで吐き気がして、床に唾を吐いた。「いいか、その妹は正式に結婚している。そしてたまたまあの晩、ここに、自分の生まれ育った家に泊まった。さて、新聞が喜びそうなねただな。〝政治家が二重結婚をもくろむ〟」

ピーターの顔が蒼白（そうはく）になった。口の端から泡を吹いている。

「ピルチャーにはもう、妹のことは忘れろと言ってやるんだな。やつを近づけるな。不正を行ったかどで都市事業委員会から放り出せ。いいな？」

ピーターはうなずいた――それから激しくかぶりを振った。

予想どおりだ。「なるほど。どんな弱みを握られてる？」

ピーターは口を動かしたが、声は出てこなかった。酸素が足りないらしい。ニックは手を離してやった。

ピーターは馬車の反対隅に引っ込み、身を守るように体を丸めた。顔をゆがめてニックをにらむ。「おまえ、よくも――」

「ピルチャーの話だ」淡々と続けた。「やつとどういう関係がある？」

「このならず者――」

学習が遅い男だ。ニックはふたたび相手の髪をつかみ、今度は会話にナイフを導入することにした。刃を彼の喉元に当てる。

ピーターがはっとして、もごもごと謝罪の言葉をつぶやいた。

返答の代わりに鋭い刃を食い込ませる。喉元にひげ剃りでできたような小さな傷がついた。

ピーターの目が飛び出しそうになった。そしてようやく押し黙った。

「おれは紳士ではない」ニックは言った。「おまえたちのしきたりなんぞ知ったことか。貴族（ブルーブラッド）も、別に青い血（ブルーブラッド）が流れているわけじゃない。どうしてそれを知っているかききたいか？」

ピーターもひとかけら程度の知性は持ち合わせているらしい。きいてはこなかった。ただ小声ですすり泣きはじめた。

「言え、ピルチャーに何を握られてる？」わずかにナイフを離してやった。

「わたしは……だめだ、ピルチャーを委員会から追い出すなんてできない。彼には仲間がいる。それに票がないから――」

「ホワイトチャペルの票を持ってるはずだろう。セント・ジョージズ・イン・ジ・イースト、マイルズ・エンド、それに自分の票」ニックはつけ加えた。「政治活動の格好の第一歩だ」

「違う、おまえはわかってない！　おまえの建物――あの検査官はホワイトチャペルではなんの権限も持ってない。ピルチャーもそれをわかってる。わたしのような野心を持つ男は法を遵守しているように見えなくてはいけないことも承知のうえだ。だが、いまの話――そんなことしたら、彼は一生わたしを許さないだろう。わたしは投資してるんだ。土地、建物、大量の資金を彼の開発に注ぎ込んだ。それをすべて失うことになる。彼を敵にまわすわけにはいかない」

それで説明がついた。ピーターとピルチャーは手を組んで土地投機をしていたのだ。

　ニックは選択肢を秤にかけた。このろくでなしをこらしめてやりたいところだが、自分がいまこの地位にあるのは、一時の感情よりも正確な判断を優先してきたからだ。

「いくら投資した？」

「三――四〇〇〇ポンド」

「じゃあ、ピルチャーとは縁を切れ。おれが穴埋めしてやる」ニックはピーターを床に転がした。

　彼は四つん這いになって、できるだけニックから離れた。「だが……いくらなんでも……どうしてそんなことを言いだす？」

「取引だ」端的に言った。「必要なとき、おれに一票を投じればいい」

「わかった」ピーターは即座に答えた。

「それから、オークションハウスの経理はすべておれの妻に任せること。すべてだぞ」

「で……でも、そういうわけにはいかない。信託の条件で、妹は結婚しないかぎり、経営に携われないことになっている」ピーターの顔は真っ赤だった。「結婚のことは内密にするという約束だったな？」

「そうだ。代表はおまえでいいが、彼女を正式な代理人に指名するんだ」

　ピーターがぽかんと口を開けた。「代理人なんてこと、どうして知ってる？」

　これだから上流階級の人間はかもにされるのだ。たしかにルールを作ったのは彼らだが、誰だってその気になればルールを学ぶことくらいできるというのがわかっていない。「今日じゅうには委任状を作れるな？」

「それは……」ピーターがためらいがちに体を起こした。次の攻撃に備えるように身をかがめながら、足を片方ずつ床に置く。

ニックはこれ見よがしにナイフを鞘（さや）におさめた。

ほっとしたようにピーターが息をつき、まっすぐに座った。「なら、そっちの申し出を受けよう」

ニックはすぐには応えなかった。沈黙がしばらく続いた。「申し出じゃない。おまえの唯一の機会だ。わかったな？」

相手はひるんだ。「わ、わかった、わかった」

ニックはじっとピーターを見つめ、顔の動きを目で追った。「本当だな？」

ピーターは震えながら、いびつな笑みを作った。「よくわかった。約束する。言うとおりにする。もう面倒はかけない」咳払いして、おどおどと尋ねる。「御者にどこかまで送らせようか？」

「必要ない」ニックはドアを開け、軽々と通りに飛びおりた。ドアを閉めるときに目に入ったのは、ピーターの血の気の失せた仰天顔だった。

日差しの明るい秋の朝、〈エヴァーレイズ・オークションハウス〉へ向かいながら、キャサリンは胃がむかむかするのを感じていた。クランストン家のオークションを台なしにしたことで、ピーターと激しい口論になるのは目に見えている。さらにいらだたしいのは、兄が夜中に寝室に押し入ろうとしたというのに、怒りよりも不安のほうが大きいことだ。自分の仕事場に戻るのが怖いだなんて！　こんなことがあっていいのだろうか？

紋章のないオシェアの馬車のドアを開けると、彼の使用人が後方のステップからおりてきた。つるつるの禿げ頭と内気な笑みの大男で、ミスター・ジョンソンと名乗った。「今日は一日、お伴します」彼は言った。「あんたの兄貴が悪さをしないように」

オシェアが気をまわしたのだろう。普段なら怒るところだが、今日はありがたい申し出に思えた。「わかったわ」かたい声で言うと、ひとつ深呼吸し、その巨漢を連れて中に入った。

だが、ピーターの姿はどこにもなかった。事務室にはクランストン卿から怒りの手紙が届いていた。オークションが中断になったことで誇りを傷つけられたらしい。謝罪と補償を求める内容だった。

ドアをノックする音が聞こえたときには、キャサリンは不安を感じていたことなどすっかり忘れ、どうやって憤慨した客をなだめるか思案しているところだった。「どうぞ」うわの空で応える。

ドアが開いた。ジョンソンが入ってきた。そのうしろにいたのは兄だった。

キャサリンの喉が締めつけられた。心臓が早鐘を打ちはじめる。ピーターは唇を引き結び、赤らんだ顔をしていた。いかにもつかみかかってきそうな形相だが、ジョンソンがいると思うと心強かった。

ペンを置いて立ちあがった。「謝りに来てくれたのかしら。それとも説明をしに？　ゆうべは――」

ピーターは彼女の机の上に書類を放り投げ、ぞんざいに言った。「ほら。全部そっちの言うとおりにしたよ。やつにそう言っといてくれ」

「誰に何を言うですって？」

兄が顔をしかめた。「おまえのろくでなし野郎だよ。ほかに誰がいる？」彼は踵を返すと、ジョンソンを押しのけるようにして部屋を出ていった。

わけがわからず、キャサリンは椅子に座り直して書類の封を切った。ざっと見ただけでは英語が読み取れなかった。言葉が意味をなさない。

ピーターがわたしを正式な代理人に指名した？

息をのみ、ページをめくった。間違いない。彼女は〈エヴァーレイズ・オークションハウス〉の経理を任されることになった。全権を手に入れたも同然だ。

「どうかしたかい？」

何か声を出したのかしら？　ドアの前に立っていたジョンソンが心配そうな顔をしている。

「ああ、いえ、大丈夫よ」小声で答えた。注意深く書類を置く。「しばらく外に出ていてもらえるかしら、ミスター・ジョンソン？　集中したいので――」

ドアが閉まると、キャサリンは息を吐いた。震えて息が詰まる。ふいに涙がこみあげた。手に顔をうずめ、泣きたいという衝動と闘った。

このわたしが会社を任されている。

夢じゃない。これは現実だ。

唇の端がゆっくりと持ちあがり、大きな笑みになった。

これで〈エヴァーレイズ・オークションハウス〉は安泰だわ。もう使い込みも横領もなし、売却するという脅しを受けることもなくなる。わたしが実質的なオーナーなのだから。

そんなことがありうるのだろうか？

彼女はもう一度書類をつかんだ。奇跡は起こっていた。〝キャサリン・エヴァーレイを当社の経営に関するあらゆる事項において正式な代理人と定め――〟

笑いがもれた。ピーターがあんな顔をしていたのも不思議はない。もう資本金には手をつけられない。もちろん売り上げにも。一ペニーを動かすにもキャサリンの許可が必要になる。

オシェアのおかげだ。

驚きと感嘆の念に打たれ、彼女はかぶりを振った。どうやったのだろう？ それにどうして？ 弁護士でさえ、彼女がいくらピーターの不正を訴えても本気にしてくれなかった。けれどもオシェアが耳を貸してくれ、〈エヴァーレイズ・オークションハウス〉を救うために行動してくれた。そうする理由などないにもかかわらず。

理由があるとすれば……わたし？

そう思うと、なぜか胸にあたたかなものが広がっていった。立ちあがり、体の前で手を組み合わせて、部屋の窓から通りの向かいにある小さな公園をぼんやりと見つめた。オシェアはわたしの友だちだと言った。友だちにはここまで尽くすの？　だとしたら、彼の友だちはなんて幸運なのだろう。

キャサリンはごくりと唾をのみ込んだ。オシェアには彼女の仕事に首を突っ込む権利はない。

けれども怒ることはできなかった。

振り返って、法的書類の簡素な文字に指を走らせた。これほどすばらしい贈り物は、いままでもらったことがない。胃のあたりで不思議な感覚がうずいた。やわらかくて、たまらなく心地よい感覚。きっと隠れた動機があるに違いない。キャサリンは職業婦人だ。ただほど高いものはないと知っている。オシェアは彼女の信頼を買おうとしている。だけど、なんのために？

先に価格を告げることなく、途方もない贈り物をくれる男性を信用することはできない。でも、先に価格を告げられていたら——それがいくらであろうと、キャサリンは取引に応じていたに違いなかった。

8

またピルチャーからの手紙だった。カランは無表情な顔で手渡してきたが、口を開いたとき、声音には警戒の響きがあった。「今回は本人が来ました」

「そうなのか？」ニックはちらりと手紙を見て、鼻を鳴らした。ピルチャーは、都市事業委員会がニックの所有する建物の接収申請を却下したその晩に手紙を書いてきた。ハイドパークのスピーカーズ・コーナー（誰でも自由に演説できる広場）で、闇に紛れて会おうという申し出だった。追いはぎでもするつもりなのだろうか。

いま、ピルチャーはセント・ジェイムズにある彼のクラブで夕食をとろうと誘ってきた。彼なりに譲歩したつもりなのだろう。だが、目的は書かれていない。たぶん、ピーター・エヴァーレイがニックの側についたことを感づいたのだろう。でなければ、オートン通りの物件にまだこだわっているのか。

いずれにせよ、ニックとしては返事をしたところで得をするわけでもない。彼はトランプのカードに手を伸ばした。「陛下は問題ないか？」カードを切りながら尋ねる。夕方はずっと〈ネディーズ〉で賃貸業者と仕事の話をしていた。戻ってみると、フロアは立錐（りっすい）の余地もないほど混雑していた。聞こえてくる音からして、少し空いてきたようだ。

「ばっちりです」カランは答え、目をこすった。「ルーレットは混んでますが、バカラとポーカーにはもうさほど人はいません」

ニックはじっとカランを見た。顔に新しい痣がある。そのせいで顎の線がゆがみ、頬が丸みを帯びて、二〇代初めという実年齢より若く見えた。この男が最初に自分の前に現れたときのことを思い出す。まだ一七歳、土砂降りの雨の中濡れそぼって、長いこと行方不明になっていたニックのいとこだと自己紹介した。

たしかに背は同じくらい高いし、痩せているが力は強かった。でも、知るかぎり親戚にこんな赤毛はいないし、カランには北部訛りがなかった。おそらくは血縁関係にあると言ったほうが有利と判断し、仕事を求めて〈ハウス・オブ・ダイヤモンズ〉の戸口で待っているあいだに、作り話を考え出したのだろう。

それでも、お互いにとって利益となるなら、ニックは彼をいとこと呼び、そのように扱った。「誰に殴られた？」

「誰にも」カランがむくれ顔で言う。「相手のほうがひどい顔してますよ」

「だろうな」若者は喧嘩が好きだ。それは悪いことではない。フロアの監視員としては役に立つ。いかさまをするやつには、その場で教訓を与えてやらなくてはならないからだ。「それなりの理由があるならいいが。遊びで骨を折る危険を負う必要はない」

カランが顎を引きつらせた。これはいつものやりとりだった。この若者は〈オールド・ジョー〉で金を賭ける客の前で喧嘩をやり、かなりの収入を得ている。「〈オールド・ジョー〉には、ここ何カ月も行ってません」彼は苦い顔で言った。「小遣いがないわけじゃないし」

ニックはじゅうぶんな給金をやっていた。だが、カランはわずかばかりの生活費を残し、ほとんどをベルファストにいるきょうだいに送っている。

だからといって、生意気な口をきいていいということにはならない。「そのほうが金になるというなら、いつでもここから出ていけ」ニックはカードを切りながら言った。

カランが背筋を伸ばす。「そんな気は毛頭ありません」

「よし。ここで働きたいなら、〈オールド・ジョー〉には出入りするな」ニックは間を置き、カランの顔をまっすぐに見つめた。「おまえはもう野良犬じゃない。金持ちどもの楽しみのために、自分の首を危険にさらすな。誇りは金には代えられない。命もだ」

カランの唇がわずかにカーブを描く。「わかりました」

こういう場面でほくそ笑んだりするから、カランはしじゅう痣を作ることになるのだ。ニックにしても、この若者のことをよく知らなかったら、横っ面を張り倒してやりたくなるところだ。しかし、代わりに壁掛けの時計を見やった。「三時半には全員帰せ」教区とそういう取り決めになっている。警官のほうも、いつ路地をぶらついている連中を取りしまったらいいか、いつ目をつぶったらいいか、わかっているほうが都合がいいのだ。

「はい」

カランが出ていくのを、ニックはカードをパラパラやりながら見送った。遠縁か。オシェア一族は、何はなくとも熱い心を持っている。でも、あの若者は芯まで冷たい。

バルコニーの下のかすかな動きがニックの目をとらえた。なんと、愛する妻だ。一泊したあとはホテルに移るのではないかと思っていたが、彼女は意外にもここが気に入ったようだった。このあいだ会話らしいものを交わしたときには、彼女は真っ赤になりながら、委任状のことで礼を言い、ニックが正しかったと認めた。少なくともしばらくのあいだ、ここにいたほうが安全だと思う、と。

勝利を味わう時間を引き延ばしたくて、ニックはきき返した。〝おれが正しかったと?〟だが彼女は急に仕事を思い出し、ニックが悦に入った笑みを浮かべる前に、そそくさと立ち去った。

キャサリンは長時間仕事をしていた。ニックが一〇時半に戻っても、まだ事務所にいることもあった。護衛役のジョンソンが、彼女のびっしり詰まった予定のせいで立ったまま眠りこけそうだとこぼしていた。

夜中に目が覚めたのだろうか。キャサリンは淡いピンクの寝間着に同じ色のショールをまとい、三つ編みにした金髪を背中に垂らしている。そして泥棒のように忍び足でバルコニーを歩いていた。

ニックはカードを落とし、彼女が壁際の花瓶に近づくのを興味深げに見守った。かがんで、てのひらで曲線を描く縁をなぞっている。その冷たい磁器に、彼は少々嫉妬を感じた。あれだけ彼女に見つめられ、手でやさしく撫でられたら、どんな男もその先を期待するだろう。

長々と息を吐いた。だから自分はこんな夜遅くまで眠れずにいるのだ。幾度となく不都合なときに下腹部がこわばってしまうのは、三一歳という精力盛んな年齢のせいではない。

かといって、キャサリンが何かしたわけではなかった。誘うようなそぶりはため息ひとつ、まばたきひとつしなかった。すれ違っても、まっすぐにニックを見て、取り澄ました短い挨拶をするだけだ。「それに興味があるのか?」彼は声をかけた。

キャサリンがびくりとし、こちらを振り向いた。ショールの房飾りが肘のあたりで揺れた。

「あら、いたの!」

「ここはおれの賭場なんでね」愛想よく言う。「まだ開いてるんだよ、見ればわかるだろう」寝間着は顎からつま先までを覆っているが、それでも彼女には恥じらう理由があるらしい。

けれども、しばらくためらったあと、驚いたことにキャサリンは近づいてきた。残念ながらブルームズベリーから彼女の衣類を持ってきてしまったので、ピンク色の寝間着の下にも何か着ているらしく、ヒップの丸みはうかがえなかった。靴下のつま先が——白いレースがちらりと見えただけだ。

つまりキャサリンは寝ているときも、レースの靴下は身につけているわけだ。それを知ったことが、今日一番うれしい出来事とは、おれはいったいどうなっているんだ?

やはり〈ネディーズ〉に寝泊まりしたほうがいいのかもしれない。

彼女が眉をひそめてテーブルに近づいてきた。ニックは椅子を蹴り出し、座るよう促した。

キャサリンは椅子に目をやったが、立ったままで言った。「毎晩あなたはどこに行っているの？　夕方にいたためしがないわね」

気づいていたのか？　レースの靴下のせいで、あと五晩は外で過ごすことになりそうだ。夜の女性を買うのは彼のやり方ではない。子どもの頃、あまりに多くの娼婦を見てきた。高級娼婦でも、仕事を楽しんでいる女性はほとんどいなかった。でもこの調子では、じきに泊まる場所も尽きてしまいそうだ。「ほかで仕事があるのさ。どうして？」

「別に。ただの好奇心よ」キャサリンは間を置き、唇を噛んだ。そのしぐさも、ニックのこのあとの睡眠に役立ちそうにはなかった。「〈ハウス・オブ・ダイヤモンズ〉はほったらかしなの？　第一印象では、熱心な経営者だと思ったのに」

ニックはにやりとした。「きみは侮辱をお世辞で包む才能があるな」

彼女がかすかに顔をしかめる。「そんなつもりでは……ただ、ほかの仕事もずいぶん大変なんだなと思っただけよ」

謝ったのか？　ずいぶんと遠まわしだが、それでもキャサリンが謝ることがあるとは驚きだ。「それで、きみのほうはこんな夜遅くにどうしてうろついてる？」おれを思って眠れなかったわけではないだろう――そう思うと自尊心が痛むが。一度ベッドをともにしたあと、彼女がどう感じているかはまるでわからない。

キャサリンの視線が花瓶に向けられ、また彼に戻った。怪しげな目の動きだった。相手が彼女でなかったら罪悪感の表れと見て、ニックはその理由を探っただろう。「眠れなくて」

彼はうなずき、カードを切りはじめた。

「ほかにはどんな仕事をしているの？」しばらくして、彼女がきいた。

ぎこちない口調だ。会話を続けるのは本意ではないのだろう。「賃貸業だよ」

「ああ、そうだったわね。リラ――その、あなたの姪御さんがあなたはいくつか不動産を所有してると言っていたわ。やり手なんだって」

ニックはキャサリンを見あげた。リリーがこの女性と親友同士だというのは面白い。まったく性質が違う。とはいえ、リリーはホワイトチャペルを出て、紳士と、つまりあのいまいましいパーマー子爵とつきあうようになって変わったのだが。「彼女が新婚旅行に出てから、便りはあったか？」

キャサリンはうなずいた。「短い手紙がときどき。いまはニューヨークにいるんじゃないかしら」

「そうか」彼女の視線がニックの手に落ちた。彼はカードを片手で切ってみせた。「ずいぶん長いな。新婚旅行で六カ月とは」

「パーマー卿は彼女に、何が一番したいかときいたそうよ。それで彼女……」ニックがカードをリッフルシャッフル（両手にひと組のカードを半分ずつ持って、ぱらぱらと重ねていく切り方）をすると、キャサリンは眉根を寄せた。「世界を見たいと答えたの。そういうの、どこで習ったの？」

「何を？　これか？」指先でカードをはじき、ふたたびつかんできちんとした束に戻す。

キャサリンが口をぽかんと開けた。子どものように驚嘆の念が顔に出ている。いつもの冷静な彼女らしくなく、ニックは思わず笑った。

彼女はわれに返り、むっとした顔で立ち去ろうとした。「いえ、いいわ」

「待て」キャサリンが肩越しに振り返ると、ニックは肩をすくめた。「それはきみに、三つ編みのやり方をどこで習ったかときくようなものだ。きれいに編めてる。でも、たぶん気づいたら身についていたんだろう」

彼女は自分の髪に触れた。男性の手首ほどもある太い三つ編みが、磨き抜かれた金貨のように輝いている。「こんなの、簡単だもの」

「だから、これもそうさ」

キャサリンが疑わしげに目を細めた。

「本当だよ。一見難しそうだが、普通にカードを切るのと大差ない」

彼女は椅子の背に手を置いた。小さな手。指も細く、骨などないように見える。薄明かりの中で、肌は乳白色に光っていた。レディの手だ。爪を別にすれば。爪は短く切りそろえられている。だがニックにとっては、たこや短い爪も好ましかった。ロンドンじゅうで、彼女のそんな細部までを知っている男はいないだろう。そういう小さな秘密を集めることが、いまや彼のひそかな楽しみとなりつつあった。触れることはできない。けれども彼女の体の特徴を知ることはできる。

「普通のカードの切り方も知らないわ」キャサリンが言った。

「トランプはやったことがあると言わなかったか？　最初にここへ来た晩のことだが」

白い手に力が入る。「子どもの頃のことよ」

「きみにも子ども時代があったのか？　大人になって生まれてきたんじゃなくて？」

キャサリンが小さく微笑んだ。「アテナのように？」

「その女性のことは知らない」

彼女の笑みが消えた。「天井に描かれている女神よ、ギリシャ神話に出てくる」

「なるほど」肩をすくめる。「学校で古典は習わなかったからな」

「じゃあ、どこで教育を受けたの？」

「受けてない。当時は学校は義務じゃなかった」そして教会学校は、ニックのような少年に席を用意してはくれなかった。その点、時代はいいほうへ変わった。いまでは貴族たちでさえ、貧乏人も読み書きくらいは習うべきだと認めている。

キャサリンは愕然とした顔をした。「まったく学校に行っていないの？」

「読み書きは一応できる」苦労して独学したのだ。すんなり学べる時期は過ぎていた。いまも一ページ読むのにかなり時間がかかる。

彼女が哀れみとも受け取れる表情を浮かべた。

「自分に何が必要かはわかる。知らない、できないと気づいたら、すぐ勉強を始めることにしてる」

「でしょうね」キャサリンはささやいた。「これだけの……」賭博場が見おろせる手すりに目をやる。「立派な学位を持った人でも、これだけの成功をおさめる例はそうないわ」

ニックは小さく口笛を吹いた。「やっと嫌味抜きの褒め言葉をいただいた。具合が悪いわけじゃないだろうな?」

彼女は顔を赤らめ、自分の手を見おろして、椅子の背を親指でなぞった。「褒めたのではないわよ。ただ、ありのままを言っただけ。違法な商売には賛成できないけれど、利益をあげる企業には敬意を表するわ」

気の毒なキティ。人を褒めただけなのに弁解に必死だ。「きみはさぞかし立派な教育を受けたんだろうな。ラテン語だの、ギリシャ語だの」

信じられない奇跡が起きた。キャサリンが椅子を引き出して、座ったのだ。

「そうでもないわ。兄は家庭教師をつけてもらい、当然学校にも行ったけれど。わたしの先生はもっぱら作法や立ち居ふるまい、社交術を教えることに熱心だったの」

ニックは鼻を鳴らした。「ろくでもない教師だ」

一瞬、キャサリンが怒るか笑うか迷っているのが見て取れた。だが、やがて彼女はわずかに唇をカーブさせた。「そうかもしれないわね。彼女、次の仕事を探すとき、照会先としてわたしの名前だけは出さなかったんじゃないかしら」

その辛辣なユーモアに、ニックはなぜか心が安らいだ。キャサリンも笑うことがあるのは知っていた。ただ、これまではたいてい彼のことを笑うだけだった。互いに冗談を言い合える関係になったら、さぞ楽しいだろう。「相当なおてんば娘だったんだな」

「そんなに長いあいだ教えてもらっていたわけじゃないの。あれ以上習っていても、お金の無駄になっていたでしょうね。わたしはほとんど父について、〈エヴァーレイズ・オークションハウス〉に行っていたのよ。そこが本当の学校だったわ。父は自分の知っていることをすべて教えてくれた。少なくとも教えようとしてくれたの」

「珍しいな」ニックは言った。「娘を職場に連れていくという話はあまり聞かない」

彼女の笑みが消えた。「ピーターよりは見込みがあると思ったんでしょうね」

つんと顎があがる。反論されると思ったのだろうか？「きみの父上は先見の明があったな」

「まあ、そうね」キャサリンが少し肩の力を抜いた。「わたしにはとてもよくしてくれたわ。どこにでも連れていってくれたの。顧客との話し合いの場にも。みな、わたしが隅っこに座っているのを見ると、目を丸くしたわ。子どもが同席していることに文句を言う人がいると、父はわたしをしゃべらせてみろと挑発したものよ。わたし、何時間でもじっと黙っていられる子だったの」

子どもにとってはつらいことだろうに。けれども彼女は自慢げだ。「いくつのときだい？」

キャサリンはテーブルに肘をつき、手に顎をのせた。「仕事場に連れていってもらえるようになったのは七歳のときだったわ。でも、打ち合わせに同席するようになったのは九歳か一〇歳からかしら」

「九歳か一〇歳」コルセットはつけていないらしく、自然に身を乗り出している。ニックは見まいとした。素肌をさらし、ベッドに横たわる彼女の姿を思い出すまいと。気を紛らわせるために、カードで複雑なブリッジを作った。キャサリンが目を輝かせる。

ニックは笑みを嚙み殺した。この女性は高価な骨董品を鑑定することに慣れているはずだ。なのに、彼のささいな芸に魔法を見たかのように驚いている。「九歳は、まだじっとしていられる年じゃないだろう」

「あら、九歳にもなれば大丈夫。重労働より勉強のほうがはるかにふさわしい年よ」

ニックの波止場での仕事のことを言っているのだと気づくのに、少しかかった。

「選べたとしても、おれは波止場へ行くね。じっと座っているのは性分じゃない。しゃべりたくなったり、遊びに行きたくなったりしたらどうしてた？」

「そうならないもの。父といるほうが楽しかったから」

「一度も？」

彼女の声が小さくなった。「わたしは得意だったの。つまり、父の手伝いをすることが。面白かったわ」

その言い方からして、〝得意だった〟のほうが〝面白かった〟よりも大事だったのは明らかだ。「じゃあ、トランプで遊ぶ時間もなかったんじゃないか」

「遊ぶ相手がいなかったわ」キャサリンは肩をすくめた。「お客さまが見たら、驚くでしょうね。従業員が子ども相手に賭け事なんてしてたら」

自分の子ども時代とは対照的だ。通りで喧嘩をし、同年代の子たちと悪事をたくらんだり、冗談を言い合ったり。そんな日々だった。そのうちの何人かはいまだに〈ネディーズ〉で顔を合わせる。楽な生活ではなかったが、友だちに困ったことはなかった。「寂しくはなかったのか？」

彼女の表情がうつろになった。「別に」

「そうか」

「父がいたもの。それに仕事があったし」

いまは仕事だけ。だからキャサリンはオークションハウスを失うまいと必死なのだ。自分のような男と結婚してまで守ろうとしているのだ。

「あなたはどうなの？」彼女がきいた。「ごきょうだいはいるの？　やはり波止場で働いていたの？」

「姉がひとりいる」ニックは答えた。「かなり年は離れてるが。ここ、ホワイトチャペルに住んでいるよ。それがリリーの母親なんだ。母が死んでから、彼女と暮らすようになった」

「ということは、あなたはリラと――いえ、リリーとひとつ屋根の下で育ったのね」キャサリンが微笑む。「面白い子だったんでしょうね」

とんでもないはねっかえりだった。けれどもニックは、あえてキャサリンを幻滅させるようなことは口にしなかった。またしてもカードを切りながら、注意深く彼女を見つめる。目にくまができていた。口元にも張りがない。いま、心を許せる相手がそばに誰もいないのだろう。リリーはまだ一、二カ月は新婚旅行から帰ってこないだろうし、メイドは秘密を守れるかどうか信頼しきれないので、ブルームズベリーに残してきた。

本当にひとりきり――おそらくキャサリンに必要なのは、少し楽しむことだ。

ニックはトランプを半分に分け、その一方を彼女の前に置いた。「ゲームをしよう」

キャサリンはため息をついた。「いま言ったでしょう、わたしはできない――」

「これは世界一簡単なゲームだ。ふたり同時に一番上のカードをめくる。数が大きいほうが両方のカードを取り、その二枚を重ねたカードの一番下に差し込む。そしてまた上からカードをめくる」

「それだけ？」

「そうだ。全部のカードを取ったほうが勝ち」

「簡単すぎるわ。何が面白いの？」

彼は笑った。「そこだよ、おれはカードのそういうところが好きなんだ。どんなゲームだろうと、相手のことがわかってくる」

キャサリンが身をこわばらせた。「いいわ。やりましょう」

「いや、せっかくだから、少しお楽しみを加えよう。五回戦。それで敗者は勝者の願いをひとつ聞く」

「願いって？」

「それは勝者次第だ」

「あら、だめよ」彼女はどこで、この魔女のようなまなざしを会得したのだろう？　そしていつ、そのまなざしを大胆に使うことを覚えたんだ？　ホワイトチャペルでさえ、女の子たちはまつげをぱたぱたさせる。けれども職業婦人であるキャサリン・エヴァーレイは、ほとんどまばたきすらせずに、まっすぐこちらを見つめてくるのだ。「条件をはっきりさせてからでないと、契約はしない主義なの」

こういうそっけない男性的なせりふが薔薇色の女性らしい唇から――ニックの間違いでなければ、いまその唇は笑みをこらえている――発せられるのを聞くと、妙に心をそそられる。彼女はふと目を伏せ、フェルトを張ったテーブルの上面をなぞった。「だから、勝ってもあなたの願いはかなえられないかもしれないわよ」

まったく。あのなまめかしいしぐさ。彼女はある程度、自分が男に及ぼす影響力に気づいているのだろう。だから、まつげをぱたぱたさせるまでもないと知っている。

「わかった」ニックは微笑んだ。「いくつか決まり事を――」

「すでに合意済みの契約書の条項に反する願い事はなしとする」頬を染めながら、キャサリンはふたたび彼の目を見た。

ニックはおかしくなり、頬の裏側を噛んだ。本人は気づいていないが、彼女はたったいま、自分の手の内を見せたのだ。ベッドのことを考えていたと告白したようなものだ。

「それでいい」彼は言った。契約では、子どもができる可能性のある性的交渉は禁じられている。ということは、さまざまな可能性が残されているわけだ。「始めよう」

キャサリンが眉をひそめた。「あなたのほうは条件はないの？」

「スウィートハート、人を殺すか友だちを裏切るかでないかぎり、おれはなんだってかまわない」

彼女はさらに眉根を寄せて、手元のカードを見おろした。「そう。言っておくけれど、口頭での約束も契約書同様の拘束力があるのよ。わたしには相当広範囲な選択肢があるということ」

「なんとかするさ」

「お好きなように」キャサリンは一枚目のカードをめくった。

続いてニックもカードをめくる。「ほら、きみには才能がある」そう言って、自分のハートの六とダイヤの一〇を彼女のカードの下に滑らせた。

「おだてないで」彼女はまんざらでもない顔で言った。

「ぐずぐずするな。このゲームは速さが鍵なんだ」

キャサリンは負けず嫌いだった。当然だろう、根性がなくては女性は仕事をやっていけない。カードをめくる速度はどんどんあがり、しまいにはニックがついていけないほど、どちらが勝ちか判断する間がないほどになった。彼女を見ているほうが楽しいということもある。真剣そのものの表情だ。だが、ちらりと目をあげ、彼が結果を見ていないことに気づくと、むっとした顔をした。

「あなた、負けたがっているみたい」キャサリンが最後の二枚のカードを取った。ニックの前にはカードがなくなった。

「まだ一回戦だ。五回勝負だぞ」

彼女が鼻を鳴らす。「負け犬の遠吠えだわ。ともかくわたしが一歩勝利に近づいた。賭博場のオーナーを相手にね」

からかっているのか？「言いたくはないが、スウィートハート、このゲームに技術はいらない。運がすべてだ」

キャサリンは細い眉をあげて、彼にひと組のカードを渡した。「わかってるわ。でも、万が一あなたが勝ったときにはどう言うかしら。楽しみね」

ニックは吹き出した。なかなか辛辣な冗談だ。天使の体に鋭い舌鋒。なんとも魅惑的な組み合わせと言える。「いいところを突いてるな」彼はカードを切りながら言った。「おれにはカードの才能はない。悲しい話さ。勝ったことのない男が、その埋め合わせに賭博場を開くことにしたんだ」

彼女の唇の端がぴくぴく動いた。笑いをこらえているらしい。「今度は同情を買おうというわけ？　それも無駄よ、わたしは負けないから」

「どうかな」ふたたびカードを配りながら、ときおり感嘆のまなざしでキャサリンを見やった。三つ編みに編んだ長い豊かな髪。ゲームに夢中になって、ほんのり赤みが差した頰。落とした明かりの中で、彼女は普段とは別人のようだった。少しくだけた姿が、親しみやすさを感じさせる。

見つめられていることに気づいて、キャサリンがこちらを見返した。「それも無駄よ」

ニックは両眉をあげた。「なんだって？」

彼女が視線をはずし、さらに頬を赤らめる。どうやらここではニックがささやかな勝利をおさめたらしい。自分のカードを取り、一枚めくった。

キャサリンは次の二枚を取ると、露骨に得意げな顔をした。「今夜のあなたのさんざんな結果を見たら、階下のお客さんたちはなんて言うかしらね」

入場料を取ってもいいかもしれない、とニックはひそかに思った。金を払ってでも、彼女がカードと生きのいいユーモアでオーナーを翻弄しているところを見たいという紳士は大勢いるだろう。「こういうことわざがあるのを忘れるなよ、キティ。〝驕(おご)れるものは久しからず〟」

「箴言(しんげん)一六章一八節。悪魔も聖書を引用するなんて。ずいぶんと教養が高いのね」

「ということは、きみは今夜、神のために闘っているわけか」あまりのつきの悪さに、彼自身、これは天の采配かと疑いたくなっていた。これほど悪い手が続くことはめったにない。

「悪魔を打ち負かすために」

微笑みながら、キャサリンは口を開きかけ——次にめくられたカードを見てがっくりした。そして苦い顔で、ハートの九を彼のエースのほうへ押しやった。

「このほうがいい」ニックは次の二枚も取った。さらにその次も。キャサリンはむすっとしていたが、やがて顔をあげ、目を細めて彼をにらんだ。

「いかさまじゃないでしょうね？」

「できるものなら、やり方を教えてほしいもんだね」彼は言った。「運がすべてのゲームでは、いかさまのしようがない」

キャサリンがげんなりした顔をする。「だからわたし、運に頼るのはいやなのよ」

「そうなのか？」次は彼女の勝ちだった。ニックはなぜかほっとした。「すべて前もって計画を立てておくほうか」

「当然でしょう。そうしないなんて、愚かなことよ」キャサリンはためらった。「その点ではわたしたち、まったく共通点がないわけでもないわね。あなただって、入念に計画を立てなかったら、ここまで成功をおさめることはできなかったはずよ」

「必ずしも計画が大事なわけじゃない。好機を見つけ、それをつかみ取る。ためらわない。恐れに負けない。問題が起こりそうになったら、すばやく行動する。自ら出かけていって、正面からぶつかるんだ。それだけのことさ。さあ、ゲームを続けよう」

キャサリンは自分のカードを見おろした。「そうね」一番上のカードをめくる。クラブの二。今回は負けてもあまり気にならないようだった。「男性の特権ね。出かけていって、正面から問題に対処する。女性にはそんな贅沢は許されないの」

「ばかな。おれに結婚を提案したのはなんだ？　まさに自ら行動して、問題に対処したんじゃないか」

キャサリンはうつむき、表情を隠して次のカードをめくった。「あのときは……後先を考えていなかったのよ」低い声で認める。「わたしらしくなかったわ」

ニックは彼女の髪の分け目を見つめた。驚くほどまっすぐできちんとしている。その正確さ、髪のきつい結び方からしても、キャサリンがいつも折り目正しい、自制心の強い女性でありたいと思っているのがわかる。けれどもニックはベッドで、違う一面を見てしまった。その姿はいまでも夢に出てくる。彼女は抵抗したが、しまいには自らを解放した。

そんな自分が、キャサリンは怖くなったのだろう。ニックにも理解はできた。いや、いまのほうが理解できるかもしれない。彼女が子ども時代、不自然に抑圧され、会社に、仕事にすべてを捧げるよう育てられてきたことを知った、いまのほうが。

キャサリンが厳しく生活を律し、計画し、管理しようとするのも不思議はない。ぼんやりしていては何も成し遂げられないと教わってきたのだ。

ニックは最後のカードを放った。彼女もカードをめくる。

「おれの勝ちだ」彼はカードの束を取った。

「そうね」キャサリンは興奮が冷めたようだった。壁掛け時計が鳴ると、椅子の中で身じろぎした。「もう遅いわ。続きは明日にしたほうがいいかもしれないわね」

「偶然かな？　負けたあとにそんなことを言いだしたのは？」

そのひとことが彼女の注意を引いた。顎がぴくりと引きつる。「なら、やりましょう」

次のゲームは無言ですばやく終わらせた。ニックの勝ちだった。最終ゲームになると、キャサリンは身を乗り出し、彼の手元を凝視した。

思わず吹き出す。「本気でおれがいかさまをしてると思っているのか？」

「そうじゃないけど、確かめようと思って」彼女は言葉を切った。「ふと思ったの。あなたないかって」

の指輪、目くらましなんじゃないか、手の動きから目をそらさせるためにつけているんじゃ

「鋭いな」

彼女がはっとして目をあげる。「本当にそういう理由でつけているの?」

ニックはためらい、手をあげた。「違うさ。これは――」過去の名残りだった。まともな食事が三度とれ、それでも余裕があるという事実がまだ嘘のようで、そんな幸運が長く続くはずがないと思っていた頃の名残り。「若い頃は派手なものが好きだった。そして何かに金を使う必要があった」自分には金がある、いまや誰もが一目置かざるをえない人間だと、世間にわからせるためだ。

しかも、状況が変われば売れるものがいい。認めたくはないが、内心そう思っていた。やがて不動産という、もっといい金の使い道を知るまでは。

キャサリンが指輪をじっと見た。彼は手を広げた。「見るといい」

彼女はためらいがちにニックの手を取った。指先が触れただけで、骨の髄まで電流が走る。キャサリンがわずかに唇を噛んだ。同じものを感じたけれど、力で押さえつけようとしているかのように。

ニックは時間を計った。五秒まではいくまい。二秒、三秒――。

キャサリンが手を放した。「宝石には詳しくないの。いずれにしても、ちゃんと鑑定するにはルーペが必要ね」

「人差し指のはダイヤモンドだ」彼は言った。「中指はルビー、薬指はサファイアとガーネットで、小指のはエメラルド」

「同時に全部つけている人を見たのは初めてだわ。信じられない」

ニックは鼻を鳴らした。嫌味にならないよう気を遣ったのはわかるが、この発言の裏にある感情を読み取るのは簡単だ。「しゃれたくて、つけてるわけじゃない」

キャサリンが彼を見た。薄明かりの中、彼女の瞳は深紫色だった。こんな色の宝石は見たことがない。いや、宝石にかぎらず、この瞳に匹敵するものはこの世にない。

だが、もしあったら、身につけていただろう。

「おしゃれじゃないなら、なんのためなの？」彼女が尋ねた。「さっきは派手好きだから買ったみたいに言わなかった？」

「そうだな」小さく微笑んだ。「結局のところ、おれはアイルランド人だ。迷信深いところがある。ダイヤモンドは勇気の象徴だ。かたくて割れない。サファイアは身につけている者に知恵を授けると言われている。ガーネットは健康、ルビーは力だ」

キャサリンが眉根を寄せた。「そんな言い伝えを信じているの？」

「信じているかどうかは自分でもわからない。ただ、指輪をつけることでうまくやってきた。だからこのままにしているだけだ」

彼女はゆっくりとうなずいた。「エメラルドはなんなの？　なんの象徴？」

「特にない。色が好きなだけだ」また一番上のカードをめくる。

キャサリンも同じようにした。「じゃあ、なんの意味もないの？　エメラルドが気の毒ね。きっと寂しがってるわ。お話に入れてもらえずに」

「意外と想像力豊かなんだな」彼女がはにかみがちに微笑むのを見て、ニックは続けた。「エメラルドは愛の象徴なんだ」

彼女の手がカードの上で止まった。視線はニックを離れ、宙をさまよった。

「愛なんて信じていないいんでしょう」

「そうは言ってない」

「言ったわ」キャサリンは彼に視線を戻し、顔をしかめた。「登記所の階段で」

「ああ」ニックも思い出した。「どんなことも、頭から信じることはないと言ったんだ。愛なんて、そう簡単に見つかるもんじゃない。だが、存在しないとは言っていない。きみはどうなんだ？」

「わたしは……」彼女は唇を噛んだ。「愛が見つかることを期待しているなら、あなたはどうしてこんなことをしたの？」

「こんなこととは？」今度のゲームもニックが勝ちつつあったが、キャサリンは気づいていないようだった。視線を彼に向けたまま、見もせずにカードをめくっていく。

「結婚よ。五年間は……」大きく息を吸う。「長い時間だわ」

なぜかわからないが、キャサリンは激しく動揺している。ニックとしては、彼女を安心させるせりふを口にするしかなかった。「愛っていうのは男女の関係とはかぎらない。キティ、きみは父親を愛してただろう？　両親への愛、子どもへの愛、友人への愛……」彼女の表情が明らかにゆるんだ。「エメラルドはそういう、広い意味の愛を授けるんだ」ニックは微笑んだ。

「もちろんそうね」しばらく間を置いてから、キャサリンは言った。「つまらないことをきいたわ」

「そんなことはない。きみは何を心配している？　五年の契約が切れる前に、どこぞの紳士と恋に落ちることか？」

彼女は神経質そうに手で三つ編みをなぞった。「そんなことはありえない」

ニックもそう思いたかった。頭の鈍い気障男を思い浮かべる。彼女がカードをしたことがないという事実を美徳と見なすような愚か者。「人生は何が起こるかわからないぞ。絶対ないとは誰にも言えない」

「ノーなら言ったわ。それも一度ならず」

おやおや、これは自慢か？「これまでに幾度も男を悲しませたことがあるという意味か？」

「結婚を申し込まれたことはあるわ。でもわたしと同じような身分の紳士は、妻が仕事することを好まない。だからイエスと言って、相手をがっかりさせるつもりはないのよ」

「がっかりしているのはきみのほうなんじゃないか」ニックは言った。「いずれにしろ、自分で自分の面倒を見ることのできる女性を認めないなんて、ろくな男じゃない」

キャサリンが不審そうな顔で彼を見やる。「女性らしくないと見なされるのよ」

ニックは肩をすくめた。「飢えるよりましだろうに。そんなだから、男が死ぬと、あとには路頭に迷う未亡人が残されるんだ」

彼女は最後のカードの上に手をやった。「わたしも……」カードをめくりながら続ける。「必要とあらば自分ひとりの力で生きていけるって、大事なことだと思うわ」

思いきって告白したというような口調だ。「必要とあらば？　きみはオークションハウスをほとんどひとりで切り盛りしている。いまでもじゅうぶん自分の力で生きていると思うね。ところで残念ながら、きみの負けだ」

「なんですって？」キャサリンはテーブルを見おろし、カードが一枚もないことに気づいた。

「さて、願いを聞いてもらおう」

彼女は用心深く言った。「願いって？」

警戒心むきだしのキャサリンの表情に、ニックは思わず笑った。「たいしたことじゃない。キスだけだ」

彼女がごくりと唾をのみ込む。「そんなことだと思ったわ」

ニックは立ちあがり、ゆっくりとキャサリンに近づいた。「そうか？　最初から、そう思っていた？　それでもゲームを始めたのか」

彼女も立ちあがり、椅子を押しやった。「もちろん許す気はないわ。契約書の条項に反することはできないと、あらかじめ合意したはずよ」

「だからキスなんだ」彼は言った。「覚えてないのか？　契約では、子どもができる可能性のある性行為を禁じている。楽しむための行為に関しては制限がない」

「そんな……」キャサリンは言葉を失った様子で、口を半開きにしている。「条項の趣旨は……」咳払いして続けた。「明らかなはずよ」

「趣旨では裁判で通用しない」ニックは彼女のウエストに手を滑らせ、ウール地のなめらかさと刺繍のふくらみ、その下の肌のぬくもりを味わった。丸みを帯びた腰の線も。「おりるのか？」

キャサリンが息を詰まらせ、身をかたくした。やがてため息をつくと肩から力を抜き、うつむいた。

「じゃあ、いいわ」小声で言う。「でも、さっさとすませて」

早くすませてほしいなら、やりやすいようにしてもらわないと困る。ニックはキャサリンの顎を持ちあげ、美しい薔薇色の唇がよく見えるようにした。彼女は古典的な美人ではない。たしかに色白で金髪だが、上唇が下に比べていくぶんふっくらし、いくぶん長い。そのせいで意識して常に唇を一文字に結んでいないと、口をとがらせているように見えてしまう。

親指で彼女の頬骨をなぞった。魔法のように、手を触れたところにうっすらと赤みが差す。その肌はかすかに石けんの香りがした。今夜は香水はつけていないようだ。片手をあげて、きっちりとまとめた髪を撫でる。かすかな震えがウエストに置いた手に伝わってきた。

「さっさとすませて」キャサリンがささやいた。

「わかってる」舌で彼女の口を封じた。それから引き結ばれた上唇を解放しようと、舌を差し入れる。ああ、なんともいい香りだ。ふと、ふたりのあいだに電流のようなものが走った。彼女の体の線がはっきりと感じ取れた。

片手を背中に当てて引き寄せる。お互い無言だった。聞こえるのは服のすれ合う音だけ。やがてニックの下腹部の高まりを感じたのか、彼女がかすかな声をもらした。

彼は舌でキャサリンの唇を押し開いた。唇はひんやりとして、新鮮な味わいがした。コルクを開けたばかりの、まだ誰も味わっていない最高級ワインのように。いや、その表現は正しくない。ニックは一度味わった。そして、いままた味わっている。今回はしるしを残そうと決めていた。のしかかるようにして、さらに深く唇を重ねる。キャサリンが体のバランスを取ろうと彼の肩をつかみ、キスを返しながら爪を立てた。

キャサリンが氷なのだとしたら、早春の、表面だけまだ凍っているが、ほんのひと押しで割れそうな薄氷だ。その証拠に、ニックの腕の中でたちまち熱く溶けだした。腰を押しつけ、テーブルに倒れ込む。カードが散らばって床に落ちる音がした。テーブルにキャサリンを横たえる。彼女はすべてを受け入れた。切ないあえぎ声をあげながら、ニックの背中に、ウエストにしがみついてくる。彼はたまらず、手でスカートをめくりあげ、脚のあいだに自分の体を押し込んだ。

キャサリンが背中をそらす。そしてぱっと目を開けた。遠くの山にかかる夕焼けを思わせる、紫がかったブルー。その空の色を見たら、男は道に出てその場にとどまり、やがて光の源を目指して歩きはじめるだろう。今夜は彼女を眠らせたくない。おれのことだけ考えていてほしい。

彼女の内腿はやわらかく、愛らしく震えていた。ゆっくりと上へなぞっていく。下着の割れ目のあいだから秘所に触れた。体がぴくりと反応する。だが、そこは熱く潤っていた。

「ここにキスしてもいいか？」荒い息をつきながら言う。

キャサリンのうめき声はイエスと聞こえた。けれどもニックが指で愛撫を始めると突然、彼女は悲鳴をあげて彼を押し戻した。

ニックは心のどこかで覚悟はしていた。まだ機能している頭の片隅が、彼にさがれと命じた。もっとも、ほかの部分は――本能と動物的な欲望にのみ込まれた全身は、キャサリンから離れようとしなかった。彼女が体を起こして目を見つめてきた。ニックの顔に何を見たのかわからないが、すぐに視線をそらし、唇を湿らせた。

ああ、この唇。「イエスと言ってくれ」声を絞り出すようにして言う。「きみをベッドに連れていきたい」

「だめよ」キャサリンは自分の体を抱えるようにして立ちあがった。「契約が……」自らの言葉に戸惑ったかのように眉をひそめる。それからかぶりを振り、長々と息を吐いて、彼を見つめた。

「だめ」きっぱりと言う。

ニックの肺は何キロも走ったあとのようだった。ゆっくりと息を吐き、心臓が静まるのを待つ。「だったらいい」奇跡的に言葉は自然に出てきた。軽快な響きすらあった。

キャサリンはスカートを直し、誰かに乱れた姿を見られたのではないかとばかりにあたりを見渡した。それから、なんとも解釈のしがたいまなざしでちらりと彼を見た。「ともかく、おめでとう」

不思議とおかしくなり、ニックは微笑んだ。「きみの願いというのは、これとは違っていたんだろうな」

「わたしの……？」彼女は顔を赤らめた。「ええ、もちろんよ」

「でも、これもそう悪くなかっただろう？」

キャサリンの唇が学校の先生のように生真面目に結ばれた。「もうすんだこと。その話はやめて」

「じゃあ、きみはどんなことを頼むつもりだった？」

キャサリンはためらい、振り返って時刻を確かめた。いや、そうではない。彼女が見たのは花瓶だ。さっき彼女が注目していたのはあれだった。「わたしが勝ったら――」肩をすくめる。「あなたが所有する骨董品を見せてもらいたいと思っていたわ」

「倉庫にあるやつのことか？」

彼女がさっとこちらを向いた。「骨董品をしまってある倉庫があるの？」

「ああ、支払いができなくなるやつは大勢いる。代わりに価値があるものを置いていけるなら、それで許してやっているのさ。金ができたときに買い戻しに来ればいいと」

「その花瓶とか、わたしの部屋の家具とか……そういうのも全部倉庫にあったものなの？」

「持っているものを買うのもばからしいんでね」

キャサリンが目を見開いた。「ぜひ倉庫を見てみたいわ」

「それなら」彼女がまたとない機会をくれた。当然ながら利用させてもらう。「明日の晩も勝負しよう。きみが勝ったら願いを聞くよ」

9

「フルセットと言ったかね？」バトンがティーカップを明かりにかざした。

「ええ」キャサリンは答えた。その磁器のカップは小ぶりで優雅だった。鮮やかなブルーで模様が描かれている。はっきりと窯印のあるウースター。一八世紀のドクター・ウォール期のもので、きわめて希少だ。彼女はこれを〈ハウス・オブ・ダイヤモンズ〉の居間から拝借してきたのだった。「新品同様のフルセット。誰も使っていないんじゃないかしら」

バトンはカップを置き、キャサリンが並べたほかの品に目をやった。今日は、セーヴル焼きの人形とエリザベス朝のものと思われる銀の聖杯。ここ一〇日ほど、毎朝くすねた品を運び込んでいる。そして毎晩ジョンソンに付き添われて〈ハウス・オブ・ダイヤモンズ〉に戻り、持ち出したことを気づかれないうちに戻しておくのだ。

「全部ひとりの収集家のものなのか？」バトンが尋ねた。

キャサリンはうなずいた。

「名前は教えられないのだろうが」彼はおもねるような口調で言った。「ヒントぐらいは
……」

「内密にすると約束したのよ」間違っても本当のことは言えなかった。いま賭博場に寝泊まりしていて、案外その生活を楽しんでいる、などとは。

誰にも干渉されずに暮らせるのは最高だった。生まれて初めて、キャサリンは自分の好きなときに出入りができ、執事に夕食の献立の相談を受けることもなく、家のことに無関心だと責められることもない生活を送っていた。あれこれピーターに報告するメイドもいない。今後も二度とメイドは雇うまいと、キャサリンは心に決めた。別に社交界の女王というわけではない。ひとりでは脱ぎ着のできないような複雑なコルセットやドレスを着ているわけでもないのだ。夜になれば自室で食事をとり、勝手に仕事もできる。ピーターがピルチャーのような不愉快な客を連れて押しかけてくる心配もない。たまに退屈したら、バルコニーに出ていって、階下で賭け事に興じている客たちの奇矯なふるまいを観察すればいい。

〈ハウス・オブ・ダイヤモンズ〉の従業員たちも気に入っていた。彼らはキャサリンに関心を示さない。客たちと違って、チップを払わないからだ。厨房は舌の肥えた裕福な客を満足させるため、日々豪華なフランス料理を供している。メイドがふたり、キャサリンの入浴と洗濯の世話をしてくれているが、どちらも明るく、あけっぴろげだ。態度や表情で語るということがない。

そしてミスター・オシェアは……。

急に部屋が暑くなったような気がする。キャサリンはハンカチを額に当てた。またカードで勝負しようという誘いは無視していた。三晩続けて自室にこもり、彼を避けていた。

そして三晩続けて、また負けたら何が起こるだろうと想像していた。

「いやはや、信じがたい！」バトンが叫んだ。銀の聖杯の縁をなぞり、彫られた模様をたどって感嘆の声をあげる。「これほど多岐にわたるコレクションは初めて見た。しかも見る目はたしかだ。尋常ではなく幅の広い教養の持ち主に違いない」

「たしかに尋常じゃないわね」キャサリンは小声で言った。これまで幾多の紳士に誘いをかけられたが、心を惹かれた人はひとりもいなかった。ところがいまは、気がつくと彼のことばかり考えている。賭博師、犯罪者、ならず者。けれど思いがけずやさしく、怖いくらい魅力的で美しい。

今夜もまた、鍵をかけて部屋にこもろう。

「このコレクションを売る気はないのかね？」バトンがきいた。

「ないと思うわ」急いで言った。最初に〈ハウス・オブ・ダイヤモンズ〉から骨董品を持ち出したのは、自分が偽物を見破る能力を失ったのではないかと心配になったからだ。だがバトンが興奮するのを見て、危険な道へ踏み出してしまった。いまは単に見せびらかす楽しみのために盗んでいる――いや、借りている。「ただ、どれくらいの値がするものなのか、関心があるだけみたい」

「きみなら説得できるんじゃないか」バトンが唇を噛んだ。「オークションには客が殺到するぞ」

キャサリンはバトンに憂鬱なまなざしを向けた。彼も自分と同じことを考えているようだ。

そのオークションは、いまの〈エヴァーレイズ・オークションハウス〉に多大な利益をもたらすだろう。クランストン家の一件は、キャサリンが思った以上の損害をもたらしていた。クランストン卿は彼女が謝罪しただけではおさまらず、契約を白紙に戻して、別のところで売ると息巻いていた。

別のところで。〈クリスティーズ〉では、いまごろみな乾杯していることだろう。

そのうえ、クランストン卿は契約を破棄しても、まだ腹の虫がおさまらないようだった。誇りを傷つけられたとして、公然と〈エヴァーレイズ・オークションハウス〉を非難した。いまではほかにも弁護士からの手紙が四通届いている。冬のオークションに出品予定だった顧客から、契約を破棄したいという通達が来たのだ。いずれも〝〈エヴァーレイズ・オークションハウス〉の信頼性の問題〟だと記してあった。

当然ながら、ピーターはキャサリンを責めた。クランストン家のオークションにさくらが紛れ込んでいたなんて、彼女の勘違いにすぎないと一蹴した。〝おまえは妄想癖があるようだ〟兄は言った。〝オークションがいかさまだったとか、わたしがおまえの寝室にピルチャーを連れ込んだとか。そんな頭のどうかした女と結婚したなんて、オシェアが気の毒になるよ。いずれにせよ、わたしはもう無関係だ。おまえは委任状を持っている。全責任を負っているんだ。好きなようにして、好きなところで寝ればいい。あのことだけ秘密にしておいてくれるならな〟

ふたりの事務室は階段半階分離れているだけだが、いま連絡は手紙のみだった。かえって快適だとキャサリンは思っているけれど。

「見せたい置き時計もあるの」借りてきた品をしまいながら、彼女は言った。「明日、できれば持ってくるわ」

「もう帰るのかい？」バトンが驚いた顔をした。「まだ絵を見ていないじゃないか！」

「そうだわ！　修復は終わったの？」すっかり忘れていた。「ごめんなさい、バトン。ちょっとほかのことを考えていて。お願い、すぐに見せてちょうだい」

バトンは顔を輝かせて、隅のイーゼルに近づいた。彼が仰々しく油布を取るしぐさからして、失望することがないのはわかった。

「まあ！」キャサリンは口に手を当てた。バトンは何世紀にも及ぶ虐待から天使を救っていた。巨大な羽を持つ天使が聖テレサを見おろしている。ローブはまばゆいまでに白く、黒い髪は天の風にあおられ、容赦ない使命を帯びた顔をあらわにしている。聖女も、もはやその姿はもはや暗がりに埋もれていなかった。ベッドの上で、苦悶の表情で身をよじり、その手はいまにも天使の槍をつかもうとするかのように――。

キャサリンは目をしばたたいた。信じられない！　どうしていままで気づかなかったのだろう。聖テレサの顔にあるのは苦痛ではない。歓喜だ。天使の槍に突き刺されながら、彼女は官能の歓びに浸っている。

「気に入らないかね？」バトンが不満げな口調できいた。

キャサリンはてのひらを頰に押し当てた。燃えるように熱かった。「まさか」絵にはなんの問題もない。変わったのは自分だ。この絵を見て……興奮を感じた。

そして、悪魔も天使に負けないくらい魅惑的だと知った。

「すばらしいわ」急いで言った。「最高の仕事をしたわね。ミスター・クラークも喜ぶでしょう。わたしもうれしいわ」

バトンが妙な目つきでキャサリンを見た。彼女は骨董品をしっかりと抱きかかえると、低い声で別れの挨拶をし、急ぎ足で部屋を出た。


ドアをノックする音がした。ぎくりとして、キャサリンは書き物机から顔をあげた。四時半。彼女は〈ハウス・オブ・ダイヤモンズ〉の自室で仕事をしていた。ピーターから全権を引き継いだため、いまは経理に関する全書類が手元にある。人の出入りが多い〈エヴァーレイズ・オークションハウス〉の事務室では、じっくりと目を通していられない。

「どなた？」日中、ここに訪ねてくる人間はいないはずだ。

返事はなかった。彼女は眉をひそめ、額をこすりながら机に散らばった書類を見やった。破滅の証明に囲まれて座っているようなものだ。収支報告から始めたが、どう楽観的に予想しても、結果は似たようなものだった。〈エヴァーレイズ・オークションハウス〉は今年、利益は望めない。ピーターの横領による損失と、このところの取引中止があいまって、会社は完全な赤字となる見込みだ。

がっくりして、これからの販売予想を見直した。小規模の遺品競売、比較的最近になって作られた家具類、希少性も深みもない蔵書――いずれをとっても、社交シーズンの目を引く催しとは程遠い。いまの〈エヴァーレイズ・オークションハウス〉に必要なのは奇跡だ。

ふたたびノックの音がした。さっきよりも鋭い音だ。キャサリンは立ちあがった。

「どなた？」

「おれだ」

オシェアの声だった。胃がざわざわするのを無視して、彼女はペンを置き、ドアを開けた。彼は山高帽で腿を軽く叩きながら立っていた。たったいま、外から戻ったところらしい。長い毛織のコートにマフラーというういでたちで、冷気を発散させている。髪は乱れ、いくぶん頬が紅潮していた。キャサリンは心を乱されまいとした。聖テレサの絵は格好の警告だった。好奇心のままに行動していたら、いずれわたしも胸をひと突きされることになるだろう。

「きみの助けがいる」オシェアが言った。「一時間ほどいいか？　損はさせない」

キャサリンは机のほうを振り返った。「仕事中なの」

「わかってる。例のウェントワース通りの倉庫、あの中が見たいんだろう？」

「倉庫？」彼女は息をのんだ。「ここのほかにも倉庫があるの？」

「ああ」オシェアはちらりと廊下に目をやった。それから落ち着きのない、少しかたい口調で続けた。「あそこを自由に見ていい。だが、まずちょっとした頼みを聞いてほしい」

頼み事？　キャサリンは一歩うしろにさがった。「あなたとカードはしないわよ」

「そうじゃない」彼は笑った。「本当の人助けだよ。小さな女の子が姉から引き離されようとしている。そんな必要はないのに。姉のほうはバックチャーチ・レーンの工場でちゃんとした仕事に就いていて、ふたりで暮らしていけるだけの金を稼いでる。だが、ちびが学校をさぼってね。教育委員会がその家に大人はいないと知ったら、救貧院に送られてしまうんだ。保護者が彼らと話をしないかぎり」

キャサリンは眉をひそめた。「保護者って……わたしのことじゃないでしょうね」

「困ってるんだ」オシェアは言った。「このあたりで顔を知られていない女性が必要だ。今日、たったいまこの話を聞いた。でなければきみに頼んだりしない」

「政府の人に嘘はつけないわ！」

「なぜだ？ きみは本名を言う必要もない。なんなら偽名を使えばいい」

キャサリンは鼻を鳴らした。「そう聞いて、わたしが安心するとでも？」

「あの倉庫を見たいんじゃないのか？ きみ次第だ」

彼女はためらった。〈エヴァーレイズ・オークションハウス〉は大規模なオークションを必要としている。オシェアの倉庫、いや、その中身は奇跡を起こしてくれるかもしれない。

「そのお姉さん、ちゃんと妹の世話をしているというのはたしかなの？」

「ああ、間違いない」オシェアは言った。「おれのところで部屋を借りてる。ついさっき管理人と話をしたんだが、部屋は清潔で片づいており、こんろも常に使われているし、家賃の支払いが遅れたこともないそうだ。だが、妹は救貧院ではやっていけない」

だけど、お役人に嘘をつくなんて。偽名を使おうとなんだろうと。

「小さな子どもは家族と一緒にいたほうがいいに決まってる」オシェアは皮肉な笑みを浮かべた。「そして、倉庫の中身はきみの意のままだ」

キャサリンは顔を赤らめた。そんな餌に飛びつくなんて情けないけれど、職業婦人としては好機をみすみす逃すわけにはいかない。「つまり、オークションにかけてもいいのね？」

「おっと」彼は帽子で自分の頭をぴしゃりと叩いた。「きみは常にビジネス優先だな」

顔がさらに赤くなるのがわかった。「あなたが先に――」

「侮辱したわけじゃない」オシェアは片目をつぶった。「おれたちは似た者同士さ。儲けは九〇対一〇で分けるか？」

いま、キャサリンは顔がさくらんぼ並みに真っ赤に違いなかった。「冗談じゃないわ！一般的な比率は六〇対四〇よ」

彼が目を見開く。「それじゃ追いはぎだ。八五はいただく。これ以上はまけない」

「七五、差しあげるわ」キャサリンは言い返した。「修復や輸送、鑑定の費用はこちら持ちなのよ。それに宣伝にもお金がかかる」

「八〇」オシェアは言った。「だが、すべてはきみがちょっとした嘘をついてくれるかどうかにかかってる。スージー・エヴァンスと名乗れ。姉妹のいとこということにしよう」

役人に嘘をつく……けれど、〈エヴァーレイズ・オークションハウス〉のためだ。

「そうしないと、その女の子が救貧院に送られてしまうというのはたしかなのね？」

「ああ、連中、その場で姉から引き離すだろう。いらないところでちょっかいを出すんだよ、役人ってのは」

「わかったわ」キャサリンは向きを変え、肘掛け椅子の背にかけてあったコートを取った。

「真珠のアクセサリーははずしていってくれ」オシェアが言った。「スージー・エヴァンスには買えないはずだ」

キャサリンはオシェアのあとについて迷路のような通りを抜けながら、コートをかき合わせた。冷たい風が雲を追いやり、陽光が轍だらけの路地に鋭く差し込んで、側溝のよどんだ水をきらめかせている。「水道管が腐ってる」悪臭の中を通り過ぎながら、オシェアがつぶやくように言った。「ひとつ直すと別のが壊れる。きみの兄貴になんとかしてもらうかな。水道会社のやつらは、お偉いさんにつつかれないと指一本動かさない」

キャサリンはマフラーで鼻を覆ったが、玄関口に座って学校帰りの子どもたちを待つ男女は、まるでにおいに気づいていないようだ。オシェアは彼ら全員を知っているらしく、通りがかりに挨拶されると、ひとりひとり名前を呼んで応えていた。角を曲がったところで、学校から解放された生徒の集団に出くわした。少年たちは駄菓子店の外に集まって口喧嘩をしているし、少女がふたり、れんが塀に力いっぱいボールをぶつけている。戦場かと思うような騒がしさだった。

けれどもオシェアの姿を認めると、駄菓子店の前の集団は突如しんとなった。そして彼がポケットから硬貨をひとつかみ取り出すのを見て、わっと沸いた。「女の子たちにも分けるんだぞ」硬貨を受け取った一番背の高い少年に、オシェアが釘を刺した。「モリー、メグ」ボール遊びをしていた少女ふたりに声をかける。「こっちへ来て、菓子をもらうといい」

通りの突き当たりは安普請の低い建物だった。アーチ型の門にさびた浮き彫り文字で〝貧民学校〟とある。外に並んだ男女はみな無言で頭を垂れ、疲れきった表情をしていた。先ほどの元気いっぱいの子どもたちとは、あまりにも対照的だ。「教育委員会に呼び出された連中だ」オシェアがうんざりしたように言った。「迷惑な話だよ。仕事を中断させられ、稼ぎは減らされる」

キャサリンは通りがかりに彼らをじっと見ないよう努力した。女性たちの何人かは血の気がなく、ぐったりとして、苦しそうに咳き込んでいる。キャサリンは思わず石けんで全身を洗いたいと思い、ちくりと罪悪感を覚えた。「結核が流行っているの？」

ばかなことをきくなと言うように、オシェアがちらりと彼女に目をやった。「流行り病のひとつだ」

暗い玄関を通って、壁に田園風景が描かれた部屋に入った。中はあたたかく、人であふれている。五つの長テーブルには空席はひとつもない。奥にはほかと垂直になるように置かれたテーブルがあり、身なりのいい紳士としゃれた茶色のスーツを着込んだレディが座っていた。キャサリンはアクセサリーをはずしてきたことを少し後悔した。

「あれがミセス・ホリスターだ」オシェアが彼女の腕に軽く触れ、自分のほうへ引き寄せて言った。「きみが話をする相手だ。さて、お行儀よく、愛想よくしてくれ。あと、少し申し訳なさそうに。いとこが学校をさぼっていたことは知らなかったわけだから」

キャサリンはうなずいた。気が落ち着かなかった。偽証するなんて！「書記がいるわ。何やら書きつけてる。公的記録に残るのよ」

「ミセス・スージー・エヴァンスは気にしないと思うね」彼は言った。「それに名前を証明するものを求められるわけでもない。ホリスターはうるさ型だが、おれたちの側の人間だ」

〝おれたちの側〟？　偽証する側ということ？

ふたりは立ったまま順番を待った。キャサリンは彼らに嫌悪感を覚えた自分が恥ずかしくなってきた。呼び出されたどの親も、前の人より悲惨な話を披露していく。もっとも、さまざまな訛りがあって、聞き取るには集中力を要した。田舎出身だったり、外国人だったり、まだ義務教育がなかった時代に育った人だったりするのだろう。いまでは最貧民の子どもでも、学校教育で文法の基礎は習う。けれども、その両親は文字には印刷されない、仲間内では通じる言葉をしゃべって暮らしてきたのだ。

「夫は工場で脚をなくしたんです」女性が低い声で訴えていた。「歩けないし、稼げない。だからあたしがやるっきゃないんです。子どもがふたりいて、それに……」大きくふくらんだおなかをさする。三人目がいるのは明らかだった。「できるうちはあたしが面倒を見てるんでしょう？　だからあたしが出てるあいだ、ケイティがちびたちの面倒を見てるんです」

「それはきわめて興味深い話だが」紳士のひとりが皮肉な口調で口をはさんだ。「きみには子どもを学校に行かせる法的義務があるという事実は変えようがないんだよ」

「だって……ほかにどうしたらいいんです？」女性は泣き崩れた。「学校に行くのに週三ペニーかかるし——」

「ささいな額じゃないか」紳士が悠然と言う。「それに聞くところによると、ミスター・オシェアが」かたわらの男に視線が集まったので、キャサリンは身をかたくした。「費用を払えないホワイトチャペルの住民には、代わりに払ってやってるそうじゃないか」

オシェアは無表情で、教育委員会の男にうなずいた。そのこわばった姿勢から、強烈な反感が伝わってきた。

「ええ、ミスター・オシェアはあたしたちの救い主です、知ってます」女性は音を立てて唾をのみ込み、格子柄のショールで鼻をぬぐった。「でも、その費用だけじゃないんです。子どもに食べさせなきゃいけないし——」

「それも」男がまたしても口をはさんだ。「ミスター・オシェアは、学校が始まる前に全生徒にパンと牛乳を配っていると聞いた。きみの娘さんを法の定めるとおり学校に行かせても、飢えて死ぬということはないんじゃないかね」

オシェアが静かな、けれども通る声で言った。「そういう慈善行為をするのも、いかがなものかと思えてきましたよ。そのことであなたが彼女を侮辱するなら」

「ミスター・スチュワートはそんなつもりではないんですよ」ミセス・ホリスターが紳士に鋭い目を向けた。彼は顔をしかめて椅子の背にもたれた。キャサリンは落ち着かなげに敵を観察した。白髪交じりの髪、すぼめた唇の両端に走る深いしわ。いかにも政府から派遣されたご婦人というふうだ。ミセス・ホリスターが前かがみになると、部屋が静まり返った。

「ミセス・マックル、法律はきわめて明快です。きょうだいの世話があるからといって、ケイティに学校へ行かなくてもいいとは言えません。けれども、あなたが彼女にちゃんとした仕事を見つけてやれるのなら、時間短縮の許可証はあげられるでしょう」

「どうやって？」ミセス・マックルが小声で言った。「あたし自身の仕事を見つけるのも大変なのに」

ミセス・ホリスターが眉をひそめてオシェアのほうを見た。彼は一度うなずいた。

「ミスター・オシェアに相談してごらんなさい」

ミセス・マックルは息をのみ、くるりとオシェアのほうを向いて手を合わせ、深々とお辞儀をした。それを見て、ミセス・ホリスターは小さく微笑んだ。

信じられない。キャサリンは驚いてオシェアを見やった。たしかに彼はこの地区の王だ。だが、その統治は噂されているよりはるかに情がある。

不快な困惑が全身をうずかせた。これまで自分は彼に、ずいぶんと的はずれな非難を浴びせてきたのかもしれない。

でも、オシェアは弁解しなかった。彼がロビン・フッドを演じているなんて、キャサリンには知る由もなかったのだ。

「彼女が仕事に就いたら、時間短縮を認めます」ミセス・ホリスターが言っていた。「けれどもやはり、きちんと学校に行く必要がありますよ。でないとあなたはまた呼び出され、こちらとしては行政に報告せざるをえなくなる。そうなると罰金を科せられます。わかりましたね？」

ミセス・マックルはうなずいた。

「けっこう」ミセス・ホリスターがきびきびと言う。「次は？」テーブルに視線を落としたが、予定表を持った書記は居眠りをしていたようで、頰杖をつき、小さくいびきまでかいていた。

人々のあいだにくすくす笑いが広がり、隣の男が彼を肘で突いて起こした。

「ああ、はいはい、ちょっとお待ちください」書記は恥ずかしそうにミセス・ホリスターのほうを見てから、予定表を調べた。「ミセス・チューリップ・パトリック」

「おれたちだ」オシェアが小声で言った。ほっそりとした色の浅黒い少女が立ちあがり、人込みをかき分けて委員たちのテーブルに向かった。一六歳にもならないような少女だが、清潔できちんとしており、質素なドレスは痩せた体には大きすぎるものの、しみもほつれもない。

「ミセス・パトリック」ミセス・ホリスターは眼鏡をかけ直し、その縁越しにいぶかしげな目つきで彼女を見た。「結婚してる年には見えませんね。ましてや妹の保護者には見えないわ」

「でも、あたし、もう何年も妹の面倒を見てきたんです」彼女は反抗的な口調で言った。「ちゃんとした仕事に就いてるし、あの子には不自由させてません」

「それは感心ね」ミセス・ホリスターが淡々と言う。「でも残念ながら、メアリーは先月学校に来ていないのよ」

「それはあたしが行かせなかったからじゃありません」

「ミス……いえ、ミセス・パトリック」ミセス・ホリスターの声がやさしくなった。「年齢と結婚していることを証明するものは持っている？　家に大人がいないとなると、子どもを保護して――」

オシェアがキャサリンを鋭く突いた。彼女は少女に近づき、咳払いをした。神よ、許したまえ。「わたしが一緒に住んでいます。この子たちの……いとこなんです」

いかにも真面目そうな少女だったが、彼女は一瞬もためらうことなくキャサリンを見あげ、高い声でつけ加えた。「そうです。この人があたしたちの面倒を見てくれてるんです。年もいってます」

キャサリンは両眉をあげた。「そうね、老人と言っていいくらい」

ミセス・ホリスターがえくぼを作った。「あなた、お名前は？」

ええと、なんだったかしら？「スージー・エヴァンスです。ミセス・スージー・エヴァンス」

「そう……」ミセス・ホリスターは彼らのうしろに立つオシェアをちらりと見た。「わかりました、ミセス・エヴァンス。あなたがこの子たちの保護者代わりというわけね」

「そうです」ああ、わたしもこれでオシェアと同じ犯罪者だわ。お役人に嘘をつくなんて。

ミセス・ホリスターは何か言いたげなまなざしで、じっとキャサリンを見つめた。

「では、ミセス・エヴァンス、幼いメアリーをきちんと学校に行かせることはあなたの責任ですよ。おわかりですね？」

「わかってます」チューリップ・パトリックが熱心に言った。「メアリーはもう学校をさぼりません」

「ならいいわ。ミセス・エヴァンス、わたしが前の人に言ったこと、聞いていましたね。メアリーがまた無断欠席するようなら、あなたは罰金を払うことになります」

キャサリンはうなずいた。

「いいでしょう。もう会うことがないように願っています」ミセス・ホリスターは書記のほうを向いた。「次は？」

チューリップ・パトリックはキャサリンの腕をつかみ、引っ張るようにして人込みの中を出口へ向かった。オシェアがそのあとに続く。無事に通りへ出ると、少女は言った。

「ありがとうございます。オシェアがそのあとに続く。どれだけ感謝しても足りないわ。メアリーを連れていかれたらと思うと、頭がどうかなりそうで」チューリップは大きく息を吸った。「あの人たちにどんな権利があるっていうんですか。姉妹を引き離すなんて、誰にもできっこないわ」

「彼らにはどんな権利もあるんだよ」オシェアが淡々と言う。「それを忘れないことだ。妹にもよく言い聞かせるといい」

「ええ、そうします。まったくばかな子！」チューリップはこぶしを振りあげた。「鼓膜が破れるくらい、こっぴどく叱ってやるわ。二度とあなたをわずらわせるようなことはさせません。ありがとう、サー、ありがとう、マダム！」少女はぱっとキャサリンに微笑みかけると、向きを変えて走り去った。

「彼女、いくつなの？」キャサリンは小声できいた。「一六歳？」

「そんなところだろう」オシェアが肘を差し出し、ふたりは並んで大通りのほうへ戻った。

「父親が昨年亡くなり、姉妹ふたりだけになった」

道すがら、キャサリンは周囲の人々が会釈したり、丁重にお辞儀したりしてくるのに気づいた。また不快なうずきを感じる。オシェアを不当に評価していたという感覚。

「あなたは学校を支援しているのね」彼女は言った。「どうして話してくれなかったの？」

「なぜ知りたいんだ？」

「だって……」結婚相手を最低の犯罪者だと思っていたから。「それは知ったほうがいいわ。あなたがまるっきりの……」

彼は穏やかに微笑んだ。「悪魔ではないと？」

キャサリンは腕を振りほどいた。「そう思ったからって、あなたはわたしを責められないはずよ。慈善活動のことなんて、何も教えてくれないんだもの。どうして記者たちはいつも――」

「知るべき人間が知っていればいいことだ。もったいぶった偽善者どもにどう思われようとかまわない」

彼の中では、キャサリンもその〝もったいぶった偽善者〟のひとりなのだろう。

「だけど、あれこれ書かれるのは仕方ないでしょう」力なく言った。「あなたは日々、堂々と法を破ってる。あの賭博場は――」

「あんなもの、犯罪のうちに入らない」オシェアが言う。「いっときはもっと悪いことをしてきた。いまでこそ表向きはきれいなものだが、ここまで手段を選ばず這いあがってきたんだ。パンと牛乳がその埋め合わせになるのかどうかはわからない。だから安心して、おれを悪魔と思ってくれていい。そのほうが、きみがよく眠れるというなら。まあ、おれを聖者と呼ぶよりは、まだ真実に近いだろうよ」

キャサリンはうつむき、目の前の舗装がはがれた路面に向かって眉をひそめた。本当にオシェアに感じているのが軽蔑だけだったら……。そして本当によく眠れるなら……。実際はその正反対なのだが、それを彼に感づかれるのは屈辱だった。しかも恐ろしく危険だ。彼の愛撫、彼が口にしたみだらな行為、カードゲームの誘い、そういったものを思い出して、夜中に何度も目覚めるなんてことが知れたら――彼はいい機会とばかりに迫ってくるに違いない。

そして、わたしは抵抗し続ける自信がない。

ちらりとオシェアを見た。この結婚はビジネスなのだ。好奇心も欲求と同じく無意味だし、有害なだけ。わかっているけれど……。彼はどうやって這いあがってきたのだろう？　愛のためにエメラルドを身につけていると言ったけれど、彼は誰に愛されたの？　誰の愛を求めているの？

キャサリンは頬を赤らめた。そんなこと、わたしには関係ないはずだ。

でも、この人はわたしの夫。公にしないとはいえ、五年間は結婚生活を続けていかなくてはいけないのだ。

「そこ、気をつけて」オシェアが手を差し伸べ、道路の穴を飛び越えるキャサリンを支えた。さりげなく、あたりまえのように肘に手が添えられる。彼女の心臓が跳ねあがった。

この人は将来を考えたことがあるだろうか？　所有する不動産を守るため、やむなく合意した取引と観念しているの？　わたしのことは冷たい、不感症の女と思っているに違いない。男性から〝氷の女王〟と呼ばれてきたのだ。オシェアだって、同じように思っているに決まってる。

「ミス・パトリックのこと」キャサリンは口ごもりながら言った。「わたし、知っていたら――つまり、彼女の境遇についてすべて説明してくれていたら、見返りなんて求めずにやっていたのに」

「彼女のために嘘をついたと？」オシェアはいたずらっぽく片方の眉をあげた。「政府のお役人に？」

キャサリンは唇を噛んだ。「ええ、そうしたと思うわ」

「そして、あの倉庫に入る機会を逃した？」

嘘だろうと言わんばかりの口調に、彼女は笑った。「それはないわね」おとなしく認める。

「あなたが先にそういう条件を出してきたんだし、しかもその倉庫にはオークションに値するだけの骨董品が埋まっているかもしれない。となると、それを断るのは愚かというものだわ」

「ことに、たんまり利益が望める場合はな」オシェアは小首をかしげた。「収益の四〇パーセント。それが本当に一般的な取り分なのか？」

キャサリンは笑みをこらえようとして失敗した。「まさか。本気で信じてたの？」

彼は目を見開いた。それから首をのけぞらせて笑った。周囲の注意を引くような豊かな声が響き渡る。「キティ。お上品な顔をしているが、きみにも悪魔の資質はありそうだ」

10

「ひどいものね」だだっ広く薄暗い空間の奥から、キャサリンの声がした。外は冷たい雨が降り、通りをぬかるませている。いくつか並んだ小窓から差し込むじっとりした明かりが、乱雑に置かれた骨董品の山をぼんやり浮かびあがらせていた。家具類はきちんとはまっていないジグソーパズルのように押し込まれ、その上に本の山がいまにも崩れ落ちそうにのっかっている。

キャサリンの石油ランプの無機質な明かりを頼りに、ニックは間に合わせの通路を慎重に進んだ。彼女はもう五日も倉庫で仕事をしている。夜明け前に部屋を出るという過酷な日々だ。ジョンソンが付き添っているが、今日、彼は〈ネディーズ〉にニックを訪ねてきて不満をぶちまけた。〝男はときどき、しょんべんしなきゃなんない。ところが隅っこですまそうとすると、彼女、どういうわけかすぐに感づいて、遠くから大声で怒鳴るんですよ。やめて、野蛮人って〟

いま、キャサリンは床にかがみ込んでいた。スカートは無造作に膝までたくしあげられ、レースの長靴下がむきだしだ。ニックはほれぼれと見つめた。護衛役をジョンソンに任せたのは失敗だった。自ら買って出ればよかったのだ。

彼女は難しい顔で、鏡台の引き出しの木製の取っ手をせわしなく引いていた。ニックの足元の床がきしみ、キャサリンがはっと顔をあげた。「あなた、これ見た？ どこかの愚か者が、さびを落とすために紙やすりを使ったのよ！ それに〝フランスの悪徳〟も！」

「〝フランスの悪徳〟？」何かを期待させる響きだ。

キャサリンが片手を胸に当てて振り返った。「あら、ミスター・ジョンソンかと思った。ええ、フランス製のつや出しのことをそう呼ぶの。でも、あれを使うほどばかなフランス人には会ったことがないわね。〝イングランドの悪徳〟と呼んだほうがよさそう」彼女は目から髪を払った。頬に埃の跡がついた。服はしわくちゃで全身が汗まみれ、埃まみれ。雨の中で物乞いをしている連中のほうが、まだしも身ぎれいだ。

ニックは微笑んだ。仕事のためには汚れもいとわない女性が存在するとは思わなかった。

「食事をしないと」彼は言った。「ジョンソンが言ってたぞ、きみはいつも昼食抜きだと」

「時間がないのよ」キャサリンは立ちあがろうとして、ふらりとよろめいた。ニックは肘を取って支え、ふと腕の感触に意表を突かれた。細いながらも、ちゃんと筋肉がついている。肉体労働で得たのだろう。ジョンソンによると、彼女は家具を自分で動かすと言って聞かないらしい。素人にやらせると何か壊すのでは、と心配なのだ。

「ありがとう」彼女は息をはずませて言った。「ずっとこの姿勢でいたから……ええと、たぶんミスター・ジョンソンが出ていってからずっとね。気持ちどおりに体が動いてくれないわ」身を引いてスカートを直す。それから脚を蹴り出してつま先を動かし、肘を引いて無意識に体を伸ばした。

猫のような動きだ。キャサリンがこれほどしなやかに体を動かすことができるとは、ニックは思っていなかった。つい視線が釘づけになる。意に反して声がうわずった。

「いいものはあったか？」

「それはもう――どこから始めたらいいかしら？　まるでアリババの宝の洞窟みたい」彼女は輝くばかりの笑みを浮かべた。ランプの明かりを受けて、髪は白銀色に輝き、目もきらめいている。ニックは手を伸ばし、親指で顔の汚れをぬぐった。興奮しているからだろう、彼女は抗わなかった。「今夜は巻き込み戸のついた書き物机の話をするわね。あれはすばらしい品よ！」

キャサリンの肌には跡は残っていないだろうか？　こちらは彼女に触れた親指が焼きごてのように熱い。ニックは手をポケットに入れた。今週は一緒に夕食をとることにしていた。キャサリンは倉庫の中身について報告するのを、取引相手に対する義務と心得ているらしい。実際はそんな情報は無用なのだが。これらの品はここに放置されていた。彼女がそれを金に換えてくれるというなら大歓迎だ。しかもチューリップ・パトリックのために、見事に保護者を演じてくれたのだから。

その話は当然ながら、近隣の人々の知るところとなった。〝チューリップを救ったのは誰なんです？〟ミセス・シーハンが通りでニックを呼び止めてきいてきた。〝その人、詩人のような話し方をしたって聞きましたけど〟

記憶にあるかぎり、キャサリンはほとんど言葉を発していない。けれども躊躇(ちゅうちょ)していたわりには、きちんと約束は守った。役人相手に嘘をついたのは初めてだろうが、しっかりとした口調でなめらかに話をした。チューリップはキャサリンを驚嘆のまなざしで見ていたし、部屋の半分くらいの人間がぽかんと口を開けていた。彼女にはそういう力があるのだ。もっともありがたいことに、本人は気づいていない。自分が真夜中のランプのように周囲を明るくする力があることに。

ニックはキャサリンと食事をともにするのが楽しみだった。一緒にいるだけで楽しいのだ。話の内容は半分くらいしか理解できなかったが、たとえば彼女が家具について熱く語るのを聞いているだけで、喜びがわきあがった。表情が生き生きとし、声には熱烈な称賛の念がこもる。恋人の話をしているみたいに。ここには〝氷の女王〟はいない。そう、キャサリンは嘘をついていた――他人にだけでなく自分に対しても。ビジネス、と彼女は言う。ビジネスのために毎朝飛び起き、夕食後まで熱意を保ち続けていられるものだろうか？　彼女がビジネスと呼ぶものを、自分なら情熱と呼ぶ。彼女はたしかに燃えるような情熱を持っている。その対象は埃をかぶった過去の遺物であるにせよ。

けれども情熱というのは、ニックに言わせれば、その人が生まれ持っているもの。あるかないかのどちらかなのだ。あるならば、それは対象が変わろうと永遠に消えることのない、ある種の才能だ。頬を薔薇色に染めて樫材のスツールを称(たた)える彼女。そんな姿を見たのは、この世にニックひとりだろう。その情熱を受け止めたことのある男も。

彼がキャサリンのウエストに手を置き、通路のほうへと軽く押しやると、彼女は逆らわずに歩きだした。ランプを脇で揺らしながら、明かりの照らす先にせわしなく目をやっている。狩人の目だ。見逃したものはないか目を光らせている。彼女は腕のいい泥棒になるに違いない。意志の強さと集中力、慎重さを併せ持っている。もちろん彼女に法を破るような危険を冒させるつもりはないけれど。

ふとニックは眉をひそめた。自分自身は危険を冒している。家族も、そして愛する多くの人々も。

それでもキャサリンに法を破らせるようなことはしたくなかった。

「すべて分類し終わるには、あと数日かかると思うわ」彼女が明るい声で言った。「それから箱詰めして、〈エヴァーレイズ・オークションハウス〉まで運ぶのに二日。早くオークションにかけたいの。できたら一二月初旬に開きたいわ。あなたのほうはかまわない?」

「ああ」短く答えた。キャサリンが危険を冒すには上品すぎるというわけではない。自分や身内の人間よりも彼女が上であると考えているわけではなかった。ただ、あれだけ恵まれた育ちをしながら、キャサリンはほとんど楽しむことを知らなかった。本来なら彼女を大切にするはずの人々に、不当な仕打ちを受けてきた。兄しかり。父親しかり。幼い子どもに何時間も黙って座っているよう強要する父親がどこにいる? もちろんニックの父親だって、お手本というわけではない。だが、子どもの収入をあてにしなくていい上流階級なら、もう少し子どもを好きにさせてやるものではないのか？　まるで……サーカスの犬のように仕込むのではなくて。

けれどもキャサリンは文句ひとつ言わず、じっと黙って座っていたという。そう語った口調には誇りが感じられた。彼女は父親の願いとあらば、一流の泥棒になっただろう。いっさい刃向かうことなく言いつけに従ったに違いない。たぶんそこが違うのだ。ニックは姪たちに幼い頃から盗みを教えた。自分にできるたったひとつのやり方で、生きる術を教えてきた。でも姪たちは常に自由に彼に意見することができたし、実際反抗することもあった。そしてひとり立ちできるようになったら離れていった。

キャサリンが彼女たちと同じ立場にあったら、イングランド一の盗人になったかもしれない。しかし、永遠に彼の教えから自由になれなかっただろう。そこが違う。だから彼女には裏社会に足を踏み入れさせるわけにはいかないのだ。

それゆえキャサリンの兄がまたちょっかいを出してきたら、そのときはニックはもう彼女に遠慮するつもりはなかった。今度はピーター・エヴァーレイは血を見ることになる。

「話を聞いてる？」彼女が言った。

「すまない、ちょっと考え事をしていた。なんの話だ？」

「もちろん、一二月では最高の顧客が集まるとは思えないわ。もう少し待てたらいいのだけれど。このコレクションは、本当なら春のオークションに出すべきなのよ。そうすれば社交界の人たちも街に戻って――」

ニックは鼻を鳴らした。「本気で金がほしいなら、社交界の外を見るべきだな。連中のほとんどは首まで借金に埋まってるよ。でなきゃ、おれの手元にオークションができるほどの骨董品が集まるはずがない」

キャサリンはしばし口をつぐんだ。「たしかにそうね。土地の値段が下落して——。じゃあ、いったいお金を持っているのは誰なの？」

「政界の大物、実業家、そして」にやりとした。「犯罪者」

彼女は笑いを嚙み殺した。「犯罪者には郵便が届くものかしら。でも、あなたの言うとおりね。招待状は幅広く——」

「なぜ招待状を出す必要がある？　門戸を開き、誰でも入れるようにすればいい」

キャサリンはかぶりを振った。「顧客を限定するから、〈エヴァーレイズ・オークションハウス〉は特別なの。でなければ〈クリスティーズ〉や〈サザビーズ〉と同じでしょう」

ニックはドアの前で足を止めた。「扱う品がじゅうぶんきみを特別なものにしているさ。一度やってみたらいい」

「でも……」キャサリンは彼にランプを渡し、そばのフックにかけてあったマントに手を伸ばした。それから振り返って笑った。「ひとつたしかなのは、ピーターがかんかんになるってことね。それだけでも考えてみる価値はあるかも」

「だろう？」ニックは言った。やはり彼女には悪魔の資質がある。

「いずれにしても、大々的に宣伝を打つわ。新聞の一面を使って、挿し絵入りにして。中国から人が来てもおかしくないような逸品もいくつかあるもの」キャサリンはマントのボタンを留めた。「どうやって手に入れたの？　借金のかたとはいえ、あれだけの貴重な骨董品を簡単に出してきたとは思えないんだけれど」

「まあ、大体の場合、そう簡単じゃなかったな」ボタンがうまくはまらないようだ。仕事で指が疲れているのだろう。「でも、おれは表情を読むことに長けている。絶対に手放したくないもの、なくてもいいものが相手の顔を見ればわかる」

キャサリンの手が止まった。驚いた様子で小首をかしげる。「つまり、骨董品は見ないで、相手の表情やしぐさを見ていたわけね？」

「そういうことさ」いまのキャサリンの顔には熱意と強い関心が満ちていた。ニックはそっと彼女の手をどけ、マントの残りのボタンを留めてやった。

キャサリンの呼吸が乱れているのがわかる。ごくりと唾をのみ込む音が聞こえ、ピンク色に染まった肌の下で脈が速くなっているのが感じられた。「わたし……は全然だめ。人の表情を読むのは苦手なの」

「そうかな。いい目を持っていると思うが」そう言って、手の甲でキャサリンの髪を撫でた。そう、彼女は実にすばらしい、まれに見る美しい瞳を持っている。「もっとも、きみは人の表情を見る必要もないだろう。相手はたいてい机と書棚だ」

キャサリンがためらいがちに微笑んだ。ニックの手はそのまま頬骨に当てられている。だが彼女は身を引こうとせず、まっすぐにこちらを見つめていた。「兄に以前、言われたわ。

いっそ書棚と寝たほうがいいんじゃないかって。つまり、あの――」

ニックは身を乗り出した。唇が彼女の耳に触れる。「何より書棚のほうがいいんだ？」

「夫より」キャサリンが小声で答えた。

ニックは唇を彼女の首に――耳の下のごくやわらかな肌に押しつけた。

キャサリンが小さく声をあげる。「いけないわ……」

彼は両眉をあげた。〝いけない〟と〝できない〟は違う。口を開け、そのやわらかな肌を存分に味わった。キャサリンの全身に震えが走るのがわかる。けれども彼女は大きくうしろへさがり、彼から離れた。

唇は半開きで、ふっくらと赤い。顔は熱っぽかった。「あなたは……」咳払いをして続ける。「言っておくけれど、あなたは書棚じゃないわ」

ニックは微笑んだ。面白いことを言う。「ありがたいことに」しかしもう一度手を伸ばすと、彼女はその手をよけてドアを開けた。ニックも続いて通りに出る。

雨はやんでいたが、空気は冷たく湿り、針のように鼻を刺した。キャサリンはマントの前をかき合わせ、フードをおろしてから、すたすたと歩きはじめた。「書棚は」肩越しに言う。「女性が事務室に数日寝泊まりしても、夜遅くまで働いても、文句は言わないもの」

ニックは彼女に追いついて言った。「だが、夫は文句を言う？」

キャサリンが鼻を鳴らす。「夫はたいてい、妻には家にいて、レースの敷物でも編みながら自分の帰りをじっと待っていてほしいと思っているわ。帰ったら靴を脱がせ、足をもみ、仕事の愚痴をうんうんと聞いてほしいのよ」

「足をもんでもらえるのはいいな」ニックは言った。「だが、レースの敷物はたいして高く売れない。夢を持ち、それを実現しようとする女性を敬遠するなんて、本当の間抜け野郎だよ」

キャサリンは一本の指でフードを少し持ちあげ、横目で彼を見やった。「紳士は普通、そうは考えないのよ」

ニックは肩をすくめた。「おれは紳士じゃない」

彼女はまた前方に視線を戻したものの、しばらくして言った。「あなたの好みも変わるかもしれないわよ。いまではじゅうぶんな資産も手に入ったわけだし」

「手に入ったわけじゃない。手に入れたんだ。それに好みが変わるとは思えない。実際のところ、ほんの数週間前まで、この手のことはろくに考えたこともなかった」

「数週間前……」

ニックは待った。だが、キャサリンはあとを続ける気がなさそうだった。〈ハウス・オブ・ダイヤモンズ〉の横手のドアの前に来ると、彼は軽くドアをノックした。

「数週間前、つまり、きみと結婚したときだ」

キャサリンがニックを見あげた。戸惑った表情だった。「あれはあくまで――」

彼はキャサリンの手をつかみ、音を立ててキスをした。「嘘をつくな」

彼女は手を引っ込めたが、反論する前にドアが開いた。カランが一礼して、ふたりを招き入れた。

今夜はろうそくの光が普段よりも揺らめいて見える気がする。それにいくぶん暗い。オシエアはサイドボードの前に立ち、厨房から運ばせたさまざまな料理をキャサリンの皿に盛ってくれている。彼女は暖炉のそばのいつもの席に腰かけて待ちながら、どうしてこんなに気持ちが落ち着かないのか、その理由を探ろうとしていた。彼の居間が……普段より狭く感じる。というより、彼が大きく見える。目を離すことができない。

ニスを溶かす溶剤のように、日々の晩餐がキャサリンの警戒心を徐々にゆるめていった。さりげなく触れ合う手、純粋な好奇心に輝く瞳……。

キャサリンは膝に置いた手をぎゅっと握った。〝レディは手を優雅に見せるものよ。あなたはもう少し手をお手入れしないとね、キャサリン。荒れていて、男の人の手みたい〟

不思議と今夜は母の言葉がはっきりとよみがえる。時間をかけて風呂に入り、てのひらを軽石でこすってみた。けれど、たこは取れなかった。

メイドが風呂の湯にラベンダーの小枝を入れてくれていた。香りがまだ肌に残っている。オシエアが気づいたら、自分のために香水をつけたと勘違いするかもしれない。

そう思うと、さらに落ち着かない気持ちになった。彼が山盛りの皿を二枚、運んできた。

「今日も本格的なフランス料理だ」彼女の皿をテーブルに置いて言う。「そのうちカタツムリを食べさせられるぞ、賭けてもいい」

キャサリンは微笑んでみせた。料理人のことは、ふたりのあいだのちょっとした冗談になっている。トーマスという名なのだが、〝ピエール〟と呼ばれることを好み、自分のことを運命のいたずらさえなければフランス人として生まれていたはずと信じている男だった。

「カタツムリは食べたことがある？」

「ありがたいことに、まだないね」オシェアは腰かけながら言った。

「意外においしいのよ」

「リスの肉のときも、食堂でウィルソンのやつがそう言った」彼は顔をしかめた。「次の日、ミンスパイの材料はほかを探したよ」キャサリンが笑うと、オシェアはまた立ちあがった。

「ワインを忘れてた」

　これも毎晩繰り返される会話だった。「わたしは飲まないから」キャサリンは穏やかに告げて、フォークを取りあげた。トーマスの料理はたしかにすばらしかった。ロブスターのサラダ。子羊のロースト、チドリの卵。アーティチョークの芯のバターあえ。彼女はちらりとサイドボードに目をやって、戦略を練った。デザートはチョコレートシュークリーム、クリームカスタード、それに温室でとれたさまざまな果物のようだ。子羊は少なめにしておこう。うれしいことに、毎晩決まってシュークリームは出てくる。

　オシェアがワインの瓶を片手に戻ってきた。もう片方の手にはグラスをふたつ持っている。

「グラスはひとつでいいのに」いつものように、キャサリンは言った。

　オシェアが瓶を持ちあげ、ラベルを見せた。彼女は目を細めて読んだ。〝マデイラ、一七九〇〟

一七九〇年？　思わずロブスターを喉に詰まらせそうになった。「それを開けるつもりじゃないでしょう？」

オシェアは満足げな笑みを浮かべて、ポケットからジャックナイフを取り出した。これ見よがしに片手でナイフをぱちんと開く。キャサリンはぐるりと目をまわした。彼の悪ぶる癖を助長するつもりはない。「いけないか？」

彼女はため息をついた。「倉庫にあったシェラトン様式の鏡台、覚えてる？」

「〝フランスの悪徳〟」オシェアが意味ありげな口調で言う。「忘れるはずがない」

キャサリンは赤面した自分への罰として、頬の裏側を噛んだ。この人が口にすると、どうしてこう何もかも……挑発的な響きを含むのだろう。「オークションとなったら、このひと瓶にあの鏡台よりも高い値がつくわよ」

「そうなのか？」彼は手の中で瓶をひっくり返し、あらためてしげしげと眺めた。「見るかぎり、がっしりした鏡台のほうが実用性は高そうだが。オークションハウスでは、そんな詐欺まがいのことをするのか？」

「詐欺ですって？　ちょっと待って……」オシェアが笑っているので、キャサリンは怒るのをやめた。「詐欺じゃないわ」穏やかに訂正する。「そのマデイラ酒はきわめて希少なの。まだ一〇本も残っているなんて、信じられないくらいよ」

「やっぱり詐欺だな。マデイラ酒なんて、どれも似たようなものだ。そこをきみたちが違うと言い、うまいこと羊たちに信用させ、たった瓶一本にひと財産を払わせる」

いかにも愉快そうに、少しからかうような調子で言われると、憤慨したくてもできなかった。「その羊たちは趣味がいいようね」彼女はさらりと返した。「あなたとは別種だから、理解できないのも当然だわ」

オシェアは笑った。「実際のところ、オークションではこの瓶、最低価格でいくらくらいなんだろう？」

「いままでの実績を見ないとなんとも言えないけれど。予想としては五〇ポンドくらいかしら」

彼が低く口笛を吹く。「で、そのあとは？」

「どういう意味？　七〇で売れるかもしれない。そうしたら、あなたのところには――」すばやく計算する。「五六ポンド入ることになる」

「法外な手数料だ」オシェアはいたずらっぽく笑った。「きみは詐欺師のうえに泥棒なんだな。きれいな顔にだまされちゃいけない。ところで、マデイラ酒を手に入れた男はそれをどうすると思う？」

「自分のコレクションに加えるんでしょうね。ほとんどのマデイラ収集家たちはそうすると思うわ」

「飲まないのか？」

「もちろんよ！　ものすごく貴重なお酒なのよ。開けるとしたら、それこそ特別な機会――

たとえば王族を招いての晩餐会とか――」

「ならいい」オシェアはナイフをコルクに突き刺し、ポンと大きな音を立てて抜いた。「そういういいものを普段からあたりまえのように飲んでる人間のために取っておいたって、意味がない」

キャサリンのフォークが音を立てて皿に落ちた。彼女は椅子の背にもたれ、ぽかんと口を開けて、彼が小麦色のワインをグラスになみなみと注ぐのを見ていた。

オシェアがグラスを差し出す。「今夜は特別な夜ということにしよう」

警戒心と好奇心がせめぎ合った。これは世界的にも希少なワインだ。職業的知識を広げるためにも、ひと口味わったほうが……。

彼はキャサリンの手を取り、グラスを握らせた。そして口元へ持っていった。グラスの縁越しに目が合う。大胆にきらめく灰色の瞳を、長く黒いまつげがくっきりと縁取っていた。

「味わってごらん」オシェアはささやき、彼女の口元に視線を落とした。

キャサリンは胸がざわついた。蝶の羽みたいにかすかな、くすぐったいようなうずきが走る。甘い香りを深く吸い込み、唇を開いた。彼がグラスを傾けると、ワインが少しずつ口に注がれた。

すばらしい。彼女はグラスを押しのけ、目を閉じて液体を舌の上で転がした。まろやかで、ナッツ類の甘さに柑橘(かんきつ)類の皮のぴりっとした刺激が混じっている。飲み込むと、なめらかなキャラメルにも似た味が舌に広がり、あとを引いた。

「ええ、これは……」目を開けると言葉が続かなくなった。オシェアがじっとこちらを見つめている。思いつめたような面持ちで、目を細め、口元をこわばらせて。

彼はすぐわれに返り、小さく微笑むと、座って自分のグラスを一気に飲み干した。日に焼けた喉が上下に動く。悠然と椅子に座り、長い脚は投げ出すようにして、足首のところで軽く交差させていた。ズボンの生地が引っ張られ、筋肉質な腿を強調する。

その腿は見たことがある。骨を包む筋肉の形も知っている。膝に向かって優雅にきゅっと締まった、その形。痛いほどの欲求がわき起こり、キャサリンは息苦しさを覚えた。

「思っていたほど強くないな」オシェアが言った。

キャサリンは彼から視線をはがし、自分のグラスを見つめた。「レインウォーター・マデイラと呼ばれているものね。一般的にほかの種類より、まろやかなのよ」

「なるほど。知らなかった」

彼女は微笑もうとした。オシェアは一メートルほど離れて座り、いたって行儀よくしている。それを喜ばなくては。「当てさせて。これも負けがこんだお客が酒蔵から出してきたもの？」

「たしかに客の酒蔵からだが、彼は負けたわけじゃなかった。ただ、急ぎで現金が必要だったんだ」オシェアはしばらく黙り込み、また続けた。「おれとしてはエールのほうが好きでね。でも、毎年マデイラ酒を一本開けてる。今日は姉の誕生日なんだ。彼女はマデイラ酒が好きだった」彼はグラスを掲げた。「ウーナに」

キャサリンもグラスを掲げた。「彼女も来るの?」

一瞬、オシェアは驚いた顔をした。「ウーナはリリーの母親だよ。いや、リラの、か」苦笑混じりに言い直す。「彼女はリラと呼ばれるほうがいいだろうな。淑女の仲間入りをしたんだから。ところで彼女、きみに母親の話はしなかったのか? ウーナが死んで、もう何年にもなる。コレラだった」

「いいえ」知らなかったことに、キャサリンは愕然とした。「あなたの話はよく出てきたわ。でも……自分の子ども時代の話はあまりしなかった」そして、こちらもきこうともしなかった。どうしてだろう? 仕事に徹することと、友人と思っている相手に対して無関心なのとはまったく違う。自分はいつのまにか会社のことで頭がいっぱいの、冷たい人間になっていたのではないか。「お母さまが亡くなったとき、リラは何歳だったの?」

「八歳」オシェアが答えた。「いや、九歳だった。おれは……ちょうど一六だったな。それまで五年間、ふたりと一緒に暮らしてた。大変だったよ」彼は小さく微笑んだ。「ウーナはよく我慢してくれたものだと思う。結婚生活にも、いい影響はなかっただろうに。リリーの親父には悪魔の子と言われたものだ」

冗談めかした口調だったが、キャサリンは微笑む気にはなれなかった。「居心地よくはなかったでしょうね、義理のお兄さんに疎まれていたら」

「いや、疎まれていたわけでもない。おれをからかっていただけさ。根はいい人だったよ、リリーの親父は」オシェアは遠い目をして、ワイングラスをもてあそんだ。「おれの前に、この一帯を支配していた。ただし、これといった規律もなく、盗人だのいかさま師だのを束ねていただけだった。将来の計画もなく、金を投資することにも関心がなかった。それでも気のいい、親切な人だった。大勢に愛され……のちには惜しまれたよ」

どこか暗い、ざらついた響きが混じり、キャサリンは不幸な出来事を連想した。聞き流すこともできた。シェラトン様式の鏡台や巻き込み戸のついた書き物机といった、軽い話題に変えてもよかった。けれど、自分がリラの過去をほとんど知らないという事実が脳裏にまだ生々しく残っていたこともあり、キャサリンはひとつ深呼吸して、好奇心に、そしてオシェアのことをもっと知りたいという欲求に潔く屈することにした。「どうして亡くなったの？」

「殺された」彼は短く答えた。「対立していた組がホワイトチャペルへの進出をもくろんでいて、ジョナサンはそれを阻止しようとしてた。ある晩、待ち伏せされた。臆病者どもが、背後からナイフで襲ったんだ」

「なんてこと」リラはそんな過去を乗り越えてきたの？　キャサリンはめまいを感じた。リラは育ちのよいレディのようにふるまい、話をした。そんな悲劇を生き抜いてきたようなそぶりは少しも見せなかった。「犯人はどうなったの？　警察がつかまえた？」

オシェアはグラスを持ちあげ、長々とひと口飲んだ。「おれがつかまえた」

キャサリンは口を開いたが、言葉は出てこなかった。

彼が笑みを浮かべた。冷酷な笑みだった。「警察は指一本動かさない。ほかにやることがある。荒くれ者同士の喧嘩なんぞにかまっていられない」

警官の言葉をそのまま引用したような言い方だった。「ひどいわ」キャサリンはつぶやいた。

オシェアは首を横にひと振りしただけだった。「いずれにせよ、落とし前はつけた」キャサリンの目を見つめる。「前に言ったな、暴力は悪趣味だが、必要な場合もあると。おれか、おれの家族が危険にさらされたら、やるべきことをやるしかない。弱さを見せたり、侮辱を許したり、相手に大きな顔をさせたりしてはいけない、それが街の掟だ」

キャサリンはじっとオシェアを見つめた。この瞬間、彼は残忍に見えた。その顔からいっさいのやわらかさがはげ落ち、険しく、鋭くなった。ときおり見せる、あの魅力的な笑顔は仮面だったのかと思えるほどだ。いまはその仮面を置き、素顔をさらしているのだろうか？

キャサリンの心にも隠れた闇があるのかもしれなかった。こうしてオシェアの目を見返しながら、嫌悪も、拒絶反応も感じないのだから。自分のため、身内のために闘う男は尊敬に値する。

尊敬？　本当にそれだけ？　キャサリンはオシェアの身内がうらやましかった。こちらは実の兄からわが身を守らなくてはならないというのに。ピーターの誠意と協力をあてにできたら、いまの自分はまったく違う生活を送っていただろう。

「そうなの」彼女はぞんざいに言い、グラスを掲げてまた乾杯してから、ワインを飲んだ。「あなたが決着をつけたと聞いて安心したわ。それがどういうことにせよ」

オシェアは虚を突かれた様子で、目をしばたたいた。キャサリンの発言に驚いたのだろうか？　グラスにおかわりを注ぎながら、考え深げなまなざしでちらりとこちらを見る。彼女としては、どう反応していいかわからなかった。

ただ、彼のことをもっと知りたいという気持ちは抑えられなかった。頭の中をいくつもの問いがぐるぐるまわっている。「あなたの目的は何？」グラスを受け取りながら尋ねた。

「どういう意味だ？」

「さっき、リラのお父さまには将来の計画がなかったと言ったわ。でも、あなたにはある。そういうことでしょう？」

「まあな」オシェアは椅子の背にもたれて脚を投げ出し、踵をもう片方の腿にのせた。いつのまにか上着のボタンははずされ、前が大きく開いている。引きしまった平らな腹部を覆うぴっちりとしたベストがちらりと見えた。「おれはいまでは金持ちだ、貧乏人ならそう言うだろう。だが、おれはきみたち上流階級を研究してきた。貧乏人が金持ちと呼ぶ連中を、本物の金持ちは中流と呼ぶ。おれの目的は、何もしなくても富が富を生む生活だ」

「投資ね。人を雇っているの？」

「少し前に仲介業者を買い取った」彼は肩をすくめた。「いまはまだ道半ばだ。あと二年はかかるだろう。それまで壁を作り続けるつもりだ」

「壁？　不動産開発もしているの？」

オシェアは微笑んだ。「本物の壁じゃない。まわりの世界との境界線のようなものだ。いまは、いいか――」指を一本あげる。サファイアとガーネットが暖炉の火を受けてきらめいた。「ホワイトチャペル」二本目の指にはダイヤモンドとルビーが光っていた。「ベスナル・グリーン、セント・ジョージズ・イン・ジ・イースト」四本目の指にはエメラルド。「マイルズ・エンド」そして五本の指でこぶしを握った。「じきにライムハウス。波止場はおれの配下だが、教区全体となると、慎重にことを運ぶ必要があってね」

ようやくキャサリンにも彼の話の内容がのみ込めた。「あなたは四つの教区を支配しているということ？」

オシェアは笑った。「いま、そう言わなかったか？」

「でも、それって……」ロンドン東部のかなり広い地域だ。「自治体をほぼ掌握しているなら……」警察よりも力があるのは当然だ。しかも彼には出資者も後援者もいない。誰に遠慮することもない。だからいっそう影響力が強いのだ。「なんのため？　あなたも政治家を目指しているの？」

彼は鼻を鳴らした。「金持ちのゲームだ。おれにはそんな時間はない」

「だったら、どうして支配地域を広げるの？」

「壁になるからさ」オシェアは冷ややかに言った。「この四区では、おれの了解を得なくては警察は動けない。きみがおれを警察に突き出したくても、警視庁が駆けつけてくるのを待つしかないだろう。このあたりのおまわりは、おれを怒らせるようなことはしない。店を開きたいとする。酒場でも、いや、教会でさえ、おれが許可しないかぎり、役所からいい返事はもらえない」

「独裁者なのね」

「だが、住人には公平に接している。賄賂を受け取るのは何年も前にやめたし、みかじめ料を請求することもない。おれが求めているのは敬意だけだ」

耳ざわりのいい言葉だった。キャサリンはうなずきそうになるのをこらえた。法は法だ。この街は、政府の権威を否定する人間によって作られてきたのではない。「あなたが求めているのは敬意ではなくて、忠誠の義務じゃないのかしら」

「そう……かもしれない。ただ、おれとしては……安心できる場所と言いたい」オシェアはためらい、物思わしげなまなざしで彼女を見つめた。「夜に街を歩きながら肩越しにうしろを振り返らなくていい地域を広げたいのさ。みな仲間なら、警戒して周囲をうかがう必要もない。それはありがたいことなんだよ、通りで育った人間にとっては」彼は唇をゆがめた。「金がないときは通りで寝た子どもにとっても」手を伸ばし、グラスの縁を指でなぞる。「その母親は通りで働いてた」オシェアは静かに言った。「ときどきな。金がないときは、おれを食わせるため、母さんは母さんなりにしなきゃいけないことをしたんだと思う」

キャサリンははっと息をのんだ。呼吸音がもれないよう、唇をぎゅっと引き結ぶ。嫌悪や軽蔑の表れと解釈されたくはなかった。

そうではない……われながら少し驚いたことに、キャサリンが感じたのは悲しみだけだった。教育委員会で目にしたもの――あの貧困とみじめな環境を思えば、このあたりの女性の多くが、ときに子どもに食べさせる金にも困ることは容易に想像できた。もちろん、苦境にある母親は、どんなことをしてでも子どもを飢えから守ろうとするだろう。自分の体や魂を売るのだって、たぶんいとわない。

「だからあなたは……守られていたいのね」ためらいがちに言った。「危険や脅威といった問題から離れていたいと思ってる」

オシェアが目をあげて彼女を見た。「違う」ややあって言った。「そんなことは死なないかぎり不可能だよ、キティ」

「じゃあ……どうしたいの？」

オシェアはテーブルにそっとグラスを置き、静かに言った。「好きなように生きる自由がほしいのさ。他人ではなく自分で決めたルールにのっとって生きたい。そういうのを、きみはどう思う？」

彼は椅子から立ちあがったわけではなかった。けれどもその強烈なまなざしのせいで、オシェアが触れそうなほど近づいてきたかのように感じられ、ふいにキャサリンの顔が火照った。自分の反応に戸惑って口ごもる。「そ、そうね……いいことだと思うわ。でも、たいがいの人は好きなように生きる権利を持っているんじゃないかしら」

「きみもか？」彼は視線をはずさなかった。まばたきひとつしない。「たしかに権利は持っているはずだ。ただ、自分が本当にほしいものに気づいていないだけかもしれない」

キャサリンは眉根を寄せた。「どういう意味かわからないわ」それなのに口の中が乾き、急に脈が速くなった。体の一部は彼の言いたいことを理解しているかのようだ。「わたしは自分のほしいものを手に入れた。あ、あなたのおかげでね。〈エヴァーレイズ・オークションハウス〉は安泰よ。わたしが経理を握ったから――」

今度はオシェアは椅子から立ちあがった。そしてゆっくりと近づいてきた。キャサリンの心臓が跳ねあがる。彼は目の高さが同じになるようキャサリンの前で膝をつき、彼女の力ない手からグラスを取ると、てのひらを口元に持っていった。そして激しく脈打つ血管に唇を押しつけた。

「会社の話をしてるんじゃない。きみの話だ。おれを見るんだ」

キャサリンは顔をそむけていた。けれども胸を張り、顎をつんとあげて彼をにらんだ。

「わたしはここに、倉庫の品の話をしに来たの。何も――」

「ビジネス」オシェアが言った。「きみはそのうしろに隠れてしまう。自分自身から隠れている。さっきは何を考えていた？　おれをじっと見つめていたときだ。ビジネスのことで顔を赤らめたわけではないだろう。自分に正直になれ。おれは待ってる。わざわざ口にするまでもないはずだ」

彼女は鼻から鋭く息を吸った。わたし、そんなにわかりやすいかしら？　心の内を読まれていたかもしれないと思うと、恥ずかしくて死にそうになる。手を引き抜こうとしたが、オシェアが指に力をこめた。

「何をそんなに怖がってる？」彼の声は低く、しゃがれていた。「のめり込みそうだから？　だとしたら、その心配は当たってる。おれがそうさせてみせる」

キャサリンはささやくような声を出すのが精一杯だった。「何を言っているのかわからないわ」

「嘘をつくな。誰に対して嘘をついてる？　ドアは閉まっている。誰にもきみの声は聞こえない。ここで何があろうと、誰も知ることはない。批判することもない」

「あなたがいるわ」震える声で言う。

オシェアが彼女の顔を手で包み込み、親指で唇の端を撫でた。「だからどうした？　おれと同じことを求めているからといって、おれがきみを見下すとでも思うか？」

キャサリンは唇を噛んだ。彼はフェアじゃない。「代償を払わなくちゃいけないのはあなたじゃないわ」

「きみが代償を払わなくていいようにすると約束したら？」オシェアは言った。「おれにはそれができるとしたら？　きみはどうする？」

彼女は目を閉じた。そんな質問を自分に投げかけたくはなかった。オシェアは子どもができないようにする方法を知っているに違いない。けれど、ひとたび彼に触れたら、わたしは――。

いずれにせよ代償を払うことになるだろう。ふいに真実がひらめいた。わたしはすでにオシェアに惹かれている。彼のそばにいたいし、彼を笑わせたい。彼に感謝しているし、彼を信じている。その生い立ちや犯してきた罪にもかかわらず、彼は誠実で立派な心を持った人だ。

だからこそ、妊娠以上の危険があるのだ。決して冒すわけにはいかない危険が。わたしはオシェアを愛することはできない。妻にはなれない。

彼がまたしても、不思議とキャサリンの心を読んだかのように話しはじめた。

「きみは自由への確実な切符を持っている。おれはあの契約書に署名した。いずれは離婚になるわけだが、それまでのあいだはどうだろう？　楽しんで何が悪い？　生きるんだ、キティ。いまおれはきみのドレスを引き裂いて、唇から胸元へとキスを浴びせてもいい。脚のあいだに舌を差し入れ、きみが叫ぶまで愛撫してもいい。ただし、きみがそうしてほしいと認めたらの話だ。おれにどこまで許すのか、何をしてほしいのか。すべてきみ次第だ、キャサリン」

目を閉じても、みだらな場面が鮮明に頭に浮かぶ。まぶたを開けると、目の前にオシェアの魅惑的な顔があった。キャサリンの胸にこらえきれない興奮がわき起こる。

「いままで本当に自由を感じたことはあるか？」彼がささやく。「いいか、ここではきみは自由だ。おれの領域は、きみが望めばきみの領域になる」

キャサリンはあえぐような声を出した。それに気づき、彼が危険な笑みを浮かべた。

「それはイエスと受け取っておく」そう言って立ちあがると、静かに彼女に覆いかぶさった。指を髪に差し入れる。髪を留めていたピンが頭皮に当たってちくりとした。

激しい抱擁に備えてキャサリンは身をかたくしたが、彼の唇はやさしかった。彼女の耳たぶに、頬に、首に、そっとキスしていく。ささやきのような軽いキス。手は彼女の髪から巧みにそっとピンを抜いていった。まとめていた髪がはらりと肩に落ちると、オシェアはそっと指で髪をすいた。唇を合わせたままで。

彼の唇の味はもう知っていた。大胆で息をのむような——けれど、もう驚きはなかった。幾度も唇を重ねているので、衝撃のあまり細かなことに注意が向かないということはない。彼の少しざらついた唇の感触。口の中をまさぐる舌の熱さ。喉に当てられた力強い手。でも、なぜか怖いとは思わなかった。親指がやさしく肌を愛撫しているからかもしれない。その指は激しく打つ脈を探り当て、そこを軽く押した。彼女に思い出させるように——きみがこれを望んだんだ、と。

オシェアが顔を傾け、さらに深く唇を重ねた。むさぼるみたいに。ああ、わたしも彼をむさぼりたい。そう、これはわたしが望んだことだ。こうしてほしかった。

喉から、妙なすすり泣きがもれた。オシェアは動きを止め、ゆっくりと体を離した。キャサリンは彼の上腕をつかんで引き止めた。記憶にあったとおりの、たくましく広い肩をてのひらに感じる。彼はただの肉ではなく、もっと強くて上質な熱いものからできているようだ。まるで長く鋭い刃。けがをする心配なく触れることのできる武器。誰も見ていない。誰も批判しない。いま、わたしは自由だ。

オシェアが彼女を椅子の背にもたれさせた。彼は恍惚（こうこつ）とした表情で、キャサリンの体をなぞっていく。彼女が上体をそらせると、オシェアは手を背中にまわし、女性がまとうさまざまな仕掛けをはずしにかかった。ボタン、フック、レース、留め金、そうした邪魔物は彼の指にかかって、次々に陥落していった。

肩からドレスをおろし、シュミーズの前を開く。花びらを取るように何層もの衣類をはいでいき、やがて上半身がむきだしになると、そっと胸を口に含んだ。ドアは閉まっている。誰も見ていない。この人だけ。この人にどう思われるかは気にしなくていい。同じことを望んでいるのだから。

キャサリンは彼の頭をつかみ、自分の胸に押しつけた。欲望が高まり、胸にキスをされるだけではおさまらなくなっている。もっとほしい。手探りで彼の手をつかみ、強く握った。この手はほかのところを愛撫してほしい。

オシェアと目が合った。彼の唇は濡れていた。「好きなところへやるといい」

キャサリンはぎゅっと目をつぶった。できない。恥ずかしくて死んでしまう。

彼が乳首に軽く歯を立てた。それから息を吹きかける。

彼女は小さく叫び、オシェアの手をスカートの中へ押し込んだ。「そこを」消え入るような声だった。とても彼の顔を見ることはできない。

足首に当てられた手の甘い感触に、キャサリンは息を止めた。オシェアの手が脚を這いあがってくるさまが目に浮かぶ。ふくらはぎのゆるやかな曲線をなぞり、膝の裏を通って。指が下着の縁にかかったときには、ふたたび息をのんだ。手の甲がやわらかな内腿に当たり、そして——。

「ここだな」オシェアがささやく。彼女は身もだえした。やがて彼は、キャサリンが一番求めているところを探り当てた。

その欲求の源を指でもてあそぶ。彼女は声をあげた。指はゆっくりと押し広げるようにして体の中に入ってきた。キャサリンは目を閉じることを忘れた。

オシェアがじっと彼女の目を見つめていた。欲望に満ちた気だるげな表情で。あとはわたしが求めれば……。

そう思うと歓びが高まった。彼の指の動きが速くなり、キャサリンはこぶしを口に押しつけて声を抑えた。オシェアがそのこぶしをつかみ、自分の口元へ持っていく。そしてみだらな音を立てながら舌で手の甲をなめ、指先を吸った。「言ってくれ。達したあと、次にどうしてほしいか。どうしたら、もう一度いけるか」

その言葉は電流のようにキャサリンを貫いた。たしかにそうだ。一度では満足できない。二度でも満足できないかもしれない。

女性はそういうことを楽しめるものではないと、母は初夜に経験する痛みについて語ったときに言った。けれどもキャサリンの場合、欲求は野心と同じものなのかもしれなかった。かぎりがなく、女性にあるまじきもの。だとしたら、欲求に身を任せて、待っているのは責め苦だけかもしれない。この歓びを失ったとき――。

彼を失ったとき――。

歓喜の瞬間が近づいていた。奔流が勢いを増し、ダムの縁に向かっていた。いまにも決壊する。あふれる。キャサリンは体をこわばらせた。唇がひとつの言葉を発した。もう一度、そして三度目。なんとか声が出た。「やめて」

オシェアは聞こえないふりはしなかった。手を止めて、低い声で悪態らしきものをついた。キャサリンはまだ震えながら、彼の怒りを受け止めるべく心の中で身構えた。だがしばらくすると、彼はキャサリンの胸に額をうずめ、荒い息をつきながら手を彼女の脚に沿っておろしていった。

キャサリンは空っぽになった気がした。残されたのは満たされないうずきだけ。わたしは救われたのかしら？　それともこんな罰は必要なかった？

突然、オシェアが小さく笑った。吐息が彼女の肌を刺す。「まったく。まだ自制心が残っていたか」

この機会をとらえて、キャサリンは彼の髪をつかみ、顔を自分の胸に押しつけた。無言の謝罪のつもりで頭を撫でる。

しばらくするとオシェアが体を離し、しなやかであると同時に優雅な動きで立ちあがった。「きみはおれを求めている」かすれた声で言う。「おれも同じ気持ちだ。だが、仕方がない。キティ、次は心を決めるんだな」

11

毎週土曜日の三時半になるとサウナに行くのが、ウィリアム・ピルチャーの習慣だった。噂によると、静けさと心地よい熱気の中で頭をすっきりさせ、行政に関する大事な問題をじっくり考えるために行くのだそうだ。

たしかに考えることはいろいろあるだろう。たとえば、しつこく追いまわしている女性のこととか。

ニックは長椅子の、当人の隣に座った。ピルチャーの顔に一発見舞ってやりたいという衝動でこぶしがうずく。「ここはゆっくりできるな」

話しかけると、ピルチャーは眉をひそめ、邪魔されて不愉快とばかりに身を引いた。

「わたしのことを知っているのか？」

育ちのよさそうな顔をしている。だが、この手の輩——恵まれた生まれながら、自分の力でその地位を得たと勘違いしているような男はえてして自信過剰で、まるで世間というものは他人を小ばかにする機会を提供するために存在するとばかり、横柄な態度を取る。

いまもピルチャーは小ばかにしたような笑みを浮かべていた。ニックは言った。

「ミスター・ウィリアム・ピルチャーのことを知らない人間はいないさ」いまのところ、重婚罪で世間を騒がせたわけではない。とはいえ、もう一度ピーター・エヴァーレイにそそのかされてキャサリンに結婚を迫るようなことがあったら、この男はこんな自信たっぷりな態度ではいられないだろう。テムズ川の底で腐っているはずだから。「セント・ルークス教区の副委員長なんだろう？」

ピルチャーはニックの肩越しにドアのほうを見やった。蒸気を逃がさないようドアは閉まっている。「わたしはここでは仕事の話はしない。相談事があるなら、秘書を通じて面会の予約を取ってくれ」

ドアの向こうにはピルチャーの屈強な護衛がいるだろう。別名、セント・ルークスの衛生査察員だ。たっぷりと賄賂を受け取り、ろくな検査はしない。セント・ルークスはとことん腐っている。

「そちらの教区に興味はないが」ニックは言った。相手の頭蓋骨を見ていると、ますますこぶしがうずいた。ほどよく熟れていて、つい叩き割りたくなる。「おれのところの戸口に手紙を置いていっただろう。話がしたいと」こちらが当然興味を持つと信じ込んでいるところが癪に障ったが。「だから話しに来た」

ピルチャーが目を丸くした。なけなしの脳でも、ようやく状況がのみ込めたらしい。彼は居住まいを正した。「きみが――ニコラス・オシェアか？」信じられないという顔でニックを上から下まで眺める。どんな人物を想像していたのだろう？　歯のない、頬に悪魔の刻印が押された男か。

ニックはゆったりと長椅子にもたれた。「そうだ」向かいの男たちはぽかんと口を開けて見守っている。彼らは立場をわきまえ、ひとつの長椅子に一〇人がぎゅうぎゅう詰めで座っていた。もうひとつの長椅子で、教区委員がひとり気持ちよく体を休められるようにという気遣いからだ。「いいサウナだな」窓から差し込む灰色の光が、周囲の驚いた顔をくっきりと照らしていた。ここはセント・ルークスにある唯一のサウナで、税金で建てられたものだ。ニックは入るために外の男に賄賂をはずまなくてはならなかった。「さすがは金持ちの街だ」

ピルチャーは苦い顔で、茶色の髪をこすった。「話は人のいないところでしたい。少々微妙な問題をはらんだ――」

「オートン通りの件だろう」ピルチャーは、彼の申請が却下された直後に最初の手紙を送ってきた。ニックはかすかに微笑んでみせた。「部下には地図を配っておくべきだな。あの教区の境界線は複雑なんだ」

「たしかに」ピルチャーはまばたきもしなかった。「セント・ルークス代表として、手違いがあったことは謝罪する。ロンドンの面白いところだな、ああいうまったく性質の違う区域が隣り合わせている」

要は、セント・ルークスの住人は自分たちのことを、ホワイトチャペルの隣人たちよりははるかに上等な人種だと考えているわけだ。

ピルチャーはまた、向かいの長椅子にひしめく人々をちらりと見やり、大きく息を吸ってタオルを引きあげた。「きみの建物の両隣の空き地だが、あれは間借り人にとっても目障りだろう」

ニックは鼻を鳴らした。間借り人は外の眺めなど気にしない。妥当な家賃と頑丈な屋根があれば、それでいいのだ。「それで?」

「当然……この教区を代表する者として、わたしも気になっている」ピルチャーは考え深げな表情を作った。「きみは職人労働者住居改良法についてどの程度知っている?」

ニックは最近になって勉強した。「ひととおりは知ってる」

「あの法のおかげで、こっちはすっかり面倒なことになっている。建物が接収されると——オートン通りのきみのところに隣接した三軒のように——都市事業委員会がその所有権を持つことになり、鑑定士を雇って物件の査定をさせる。オートン通りの査定をしたのは……」ピルチャーは顔をしかめた。「とんでもない間抜けで、市場価格よりはるかに高く見積もった。結果として、まったく買い手がつかない状態だ」

「気の毒にな」ニックは言った。「だが、それがおれとどう関係ある?」

ピルチャーが唇をゆがめる。「いまから話す。法律によれば、教区は前の持ち主に査定額を満額補償しなくてはならない。もちろん、その土地がいずれ売れることが前提だ。だが、いまのところ、あの空き地に法外な金額を払おうなんて人間はいない。おかげでセント・ルークスは破産寸前に追い込まれている」彼はひとつ咳払いをした。「あの物件はなんとしても売らなくちゃならない。しかも至急、例の補償額を割らない額で。われわれとしては、あえている」

ニックの建物も含めてということか。ようやく話が見えてきた。「残念ながら、あの通りの一画全体、つまり五軒分の土地をいっぺんに売りに出したほうがはるかに売りやすいと考えている」

「知っている」ピルチャーは身を乗り出し、声をひそめた。「ミスター・オシェア、わたしの半分はおれのものだ」

「あれは売りに出していない」

ピルチャーの笑みが引きつった。「適正な額は払う。いや、それ以上だ。隣の建物の査定額と同じだけ払おう」

「なぜそこまでする？ さっき、鑑定士がとんでもない額を出してきたと言ったはずだが」

ピルチャーの笑みが消えた。彼は体を起こし、ニックを見た。思ったほど簡単に言いくるめられる相手ではないと気づいたのだろう。「損失分はわたしが負担する。教区のためだ。仕方がないさ」

これほどひとりよがりの芝居をかぶりつきで見られる機会はめったにあるまい。ニックは歯をむきだしにして、愛想のよい笑みを浮かべてみせた。「見あげた心がけだが、それでもきみはただの副委員長だったな。となると、委員長はどんなことをしてるんだ？ セント・ルークスの貧しい人々に自分の子ども用のパンを配ってやってるのか？」

ピルチャーは長椅子をてのひらで打った。向かいの数人がびくりとした。「からかうのはやめてもらいたい」

「いまのをからかったと言うのか？　じゃあ、先を続けるのはやめておこう」

「さぞかし悪趣味な話なんだろう」ピルチャーがぴしゃりと言う。「きみの建物にひしめいてる連中と同じだ。部屋で鶏を飼い、庭にロバや牛をつないでる。この教区のまっとうな人々はみな、眉をひそめているんだ。わたしとしても、ああいう連中が混じってくるのを許すわけにはいかない。セント・ルークスの女性や子どもたちのためにも――」

「だが音楽ホールを作れば、ぐっと高尚になる。そうだろう？」

ピルチャーはあんぐりと口を開けた。「なんのことだ――」

「酒は口を軽くする」さらりと言う。「きみの甥っ子は酒飲みだ。スピタルフィールズの酒場が好みのようでね。そこで叔父のことを吹聴してたよ。オートン通りに新しい施設を作る計画があって、そこで自分もいい仕事をもらえるんだ、と。なかなか豪勢な施設だそうじゃないか。酒場、劇場、食堂。リトル・ジョーの話では、建設業者はもうあんたに金を投資したとか。ところが残念なことに、あんたはまだ土地を手に入れていない。よく言う、取らぬ狸の皮算用ってやつだった」

　ピルチャーはよろよろと立ちあがった。タオルがずり落ち、向かいから忍び笑いがもれ、すぐにおさまった。副委員長は地元住民に笑われることを好まないようだ。

　ピルチャーはタオルを引っ張りあげたが、それで見栄えがよくなったわけではない。ひょろりとした脚は、通りから鶏も蹴り出せそうになかった。「でたらめだ。そんなくだらない中傷を誰が信じるものか——」

「信じるかどうかは問題じゃない。近いうちに、あんた自身で建築業者に話をせざるをえなくなる。もくろみははずれたな。おれは土地を売らない」

ピルチャーが目をむいた。「わかってるのか。あくまで言い張るなら、どうなるか——」

立ちあがりながら、ニックはチッチッと舌を鳴らした。「おれは、あんたがこのおれと話したがっているものと思ったから、ここに来た。だが、誰か別の人間と間違えているようだな。そんな脅しが効く男が相手だと思ってるなら」

ピルチャーが喉を大きく上下させて、ごくりと唾をのみ込んだ。ちらりとドアに目をやり、じりじりとあとずさりしていく。ニックも同じ歩幅で間を詰めた。「おまえは——本当に自分がなにがしかの力を持っていると思ってるのか？　おまえが住んでる、そのむさくるしい地域以外のところで？　秘密を握ってるのは自分だけだと思うか？　わたしは知ってるぞ、おまえはわたしを都市事業委員会から追い出そうと画策してるんだろう！　ピーター・エヴァーレイがしゃべったのか。ニックは肩をすくめた。「いずれにせよ、おまえは追い出されるさ」

ピルチャーは唾を飛ばして笑った。「エヴァーレイの言うことを真に受けたのか。彼はどっちにつくのが得か、ちゃんとわかってるさ」体がドアに当たると、彼はタオルを持つ手で取っ手を探った。蒸気のせいで手が滑る。ニックは手を伸ばして、代わりに取っ手をつかんだ。

ピルチャーがびくりと身を縮めた。蹴られると思った犬さながらに。

「ああ、たしかにあんたは立派な男だ」ニックは静かに言った。「教区のことを心から心配してる。おれが助け船を出してやろう。両脇の土地を買う。そちらの言い値を払ってやる」

憎々しげに、ピルチャーがニックを見あげた。「やれるものならやってみろ。都市事業委員会がおまえなんぞに売るものか。あの委員会はわたしの言いなりだ。どこの馬の骨とも知れないやつに……」

ニックがぐいとドアを開けたので、ピルチャーは尻もちをついた。タオルが落ち、彼は四つん這いになってあわててタオルを取ると、見物人たちをじろりとにらんだ。

「おまえたち、いまここで見たことを誰かにしゃべったら――」

ニックは鼻を鳴らした。「そもそも話題にするほど立派な持ち物じゃないだろうが。さあ、出ろ」

赤紫に染まった顔で、ピルチャーは出ていった。

ニックはドアを閉め、羊の群れのように身を寄せてこちらを見ている観客のほうを振り返った。「どうなんだ、きみたちは？　この教区はきみたちの生活を守ってくれてるか？　ミスター・ピルチャーに便宜を図っているように」

勇気あるひとりの男が首を横に振った。その勇気はたちまち全員に広がったが、ニックはほかの男たちには関心がなかった。最初の男に向かって話しかけた。

「だったら行動を起こすんだ。男になれ、立ちあがるんだ。この世の中、誰もきみのために動いてはくれない」

返事はなかった。ニックは肩をすくめ、外に出た。

キャサリンはかなてこを置き、てのひらの木くずを払ってから覆い布の隅をつかんだ。興奮から胃が痙攣(けいれん)していた。この瞬間を何日も前から待っていたのだ。「鼻をつまんでいたほうがいいわ。まだ相当埃っぽいから」

フランス製のつや出しが塗られたシェラトン様式の鏡台を点検していたバトンが、悲しげに唇をゆがめた。「なんにせよ、修復しないでくれたらよかったのに」

キャサリンは書き物机を覆う布を払った。「ほら、見て！」三〇〇年の時を経ても、なおシーダー材の香りがあたりに漂った。「頭文字を見てちょうだい！」

バトンは部屋の窓から差し込む光の筋越しに目を細めた。「なんと」ぼそりとつぶやき、彫られた頭文字をそっとなぞる。節のある手が震えていた。〝E．R．一五九〇〟その指先は、引き出しから本立てへと進んだ。中央には象嵌細工で宮殿が巧みに彫り出されていた。

「これは……」

「そうなの！」うれしさのあまり頬がゆるむ。「昨日、大英博物館でそこに描かれている宮殿を調べてみたの。ノンサッチ宮殿よ」エリザベス女王のお気に入りの城のひとつだ。「公文書庫に予約を入れたわ、バトン」キャサリンは声を落とし、ささやくような声で続けた。

何気なく口にするには、すばらしすぎる事実だった。「もし、エリザベス女王が一五九〇年にその城にいたことを証明する文書を見つけたら……」

「すごいな」バトンは錬鉄製の取っ手をさすった。「大騒ぎになるぞ!」

「そうね。それにほかにも……」キャサリンはまた周囲の宝の山に目をやった。ふたりは午前中いっぱいかけて、オシェアの倉庫から運び込んだ荷物を荷ほどきしていた。アン女王時代の戸棚、中国製の皿、シェフィールドの枝付き燭台、ランベスの陶器。倉庫は宮殿よりも価値のあるものであふれていた。それがいまやすべて、〈エヴァーレイズ・オークションハウス〉にある。「どうしたらいいかしら? 皇太子を招待する?」

バトンは笑った。「この書き物机が目玉なら、女王陛下を招待しないとな」

キャサリンが笑い声をあげたちょうどそのとき、近くのドアが音を立てて開いた。兄の悪態が続いた。木箱が危なっかしく揺れ、本人が姿を現した。「このがらくたはなんだ?」彼は上着の裾を引っ張った。「メンデレー家の所蔵品なら、うちはまだ——」

「新しい顧客のものよ」彼女は言った。「秋の最後のオークションにするわ。『タイムズ』に広告を出すつもり。一面を使って、挿し絵入りでね」

「秋の?」ピーターはもどかしげに唇を引きつらせた。「ばかばかしい」

「まわりをよく見て」穏やかに促す。

兄は顔をしかめて、ぐるりと見まわした。彼は鑑定士に必要な勉強はまったくしていない。レンブラントとミスター・テイラーの模写の区別もつかない。

だが、それでも本物のシェラトン様式を見ればそれとわかる。ふたたび妹と目を合わせたとき、ピーターは混乱した顔をしていた。「これは誰の所蔵物だ？　いずれにしても、社交シーズンが始まるまで保管してくれと言われているんだろう」

「いいえ。一二月の第一週にオークションをするということで契約しているわ」

「一二月？」ピーターの視線は、長い時を経て風格を備えたチッペンデール様式の椅子へとさまよった。「これだけのコレクションなら、春まで売るのを待つべきだ」

「バトン、ちょっと席をはずしてもらっていい？」キャサリンは兄から目を離さず、修復師が部屋を出るのを待った。「普通なら、わたしもそう思うわ。このコレクションは春のオークションに値する。ところが、あいにく財政的にそれまで待っていられないの。どうしてかしら？　誰かさんが五〇〇〇ポンドを自分の懐に入れてしまったからよ。しかも、クランストン家のオークションでいかさまがあったせいで——」

「もういい」ピーターがぴしゃりと言った。「聞きたくない」

「だったらけっこうよ」キャサリンは肩をすくめた。胸がすかっとしていた。「わたしは委任状を持っている。だから好きなように采配できるの。あなたが法的手続きを取って委任状を撤回しないかぎり、このオークションをいつ行うか、わたしに指図する権利はないはずよ」

ピーターはシェラトン様式の鏡台に手をやり、そのおぞましいフランス製つや出しを考え深げにこすった。「新しい顧客というのは誰だ？」

「名前は出さないでくれと言われているの」

兄は露骨にいやな顔をした。「そうか。好きなようにしろ。五月なら相当な利益があがるだろうがな。わたしがここに来たのは別の話があったからだ」

「そうなの？」キャサリンはポケットからハンカチを取り出し、書き物机の埃を払った。エリザベス女王が、この机に紙をしまっていたかもしれないと思うと！　かの女王は優秀な職業婦人でもあった。この国のかじ取りを女手ひとつでやってのけたのだ。

「オシェアは手に負えない。オートン通りの物件のことで、ピルチャーとやり合った。知っているか？」

彼の名前を聞くだけで、キャサリンの全身を電流が走った。注意深く錬鉄製の取っ手を拭く。「ミスター・オシェアの私生活については何も知らないわ」嘘ばっかり！　本当は知りたいと思わなかったことまで知っている。たとえば、彼がどんなふうに女性にキスをするか。やさしく、それから激しく――女性への最大の賛美と受け取れるような荒々しいキスをすることまで……。彼女は意志の力をかき集め、思考がその方向へ向かうのを阻止した。頬が熱くなってきてしまう。「そういう話は直接、彼としてちょうだい」

「おまえがあいだに入るということで合意したはずだ」ピーターが鋭く言う。「わたしは約束を守ったぞ。なのに、あいつは何かとわたしの邪魔をする」

キャサリンは目をあげた。兄は顔を真っ赤にして、いまにも震えんばかりだ。「どういう意味？」

「あいつは両脇の土地を買い取ると都市事業委員会に申し出たんだ。セント・ルークスの物件だぞ。しかも提示してきた金額は法外だった。あれは挑戦だ。本当なら、ピルチャーがあの土地を手に入れるはずだったんだ」

彼女は眉をひそめた。「彼の提示価格が特別低かったの?」

「とんでもなく高かったんだよ!」ピーターは吐き捨てるように言った。「だから委員会のばかどもは浮かれている。だが、やつの思いどおりにさせるわけにはいかない。いいか、キャサリン、わたしがつぶしてやる。入札期限は数週間前に終わっているんだ。オシェアの入札を受け入れたのすら、間抜けな事務員の過失なんだよ。あいつは頭がどうかしてる。わたしがそこまでおおっぴらに、ピルチャーに反対の立場を取れるはずがないだろう。そんなことは合意事項になかったはずだ」

キャサリンはためらい、やがてうなずいた。「それだけ?」

「それだけ、だと?」ピーターは怒り狂った声で笑った。「ああ、そうだ。危ういことになっているのは、おまえの兄の将来だけだよ。どうせ家具を磨くのに忙しくて、そんなことはちらとも考えてみないんだろうがな!」言葉を切り、荒い息をつく。「キャサリン、わたしはおまえの悪ふざけを許した。条件をのんだ。だが、警告しておく。これ以上追いつめると、こちらとしても反撃するしかなくなるからな」

「わかったわ」ゆっくりと言った。

ピーターは険悪な表情でひとつうなずいた。それが脅しの言葉以上に、キャサリンの警戒心をあおった。ドアが閉まる音を聞きながら、彼女は胃が縮むような感じを覚えていた。捨てぜりふもなく出ていくなんて、兄らしくない。

キャサリンは賭博場が見おろせる手すりに近づいた。夕食のとき、オシェアは食堂に現れなかった。あのお宝が無事〈エヴァーレイズ・オークションハウス〉に届いたか、気にならないのだろうか。

そして、わたしが心を決めたかどうか、気にはならないの？

〝次は心を決めるんだな〟先週、オシェアは彼女にそう言った。以来毎日、意識下でそのことを考えている。そんな自分に葛藤を覚えてもいた。彼は決心を促すような言動はいっさいしなかった。あれ以来、手を触れてくることもない。もっとも、その必要はなかった。彼のあのまなざし……。今日の木箱を開けるという作業さえ、何かを象徴しているように思えてくる。木の板が割れ、固定具が解かれ――。

キャサリンは身を乗り出して、人込みを見渡した。オシェアはどこにいるのかしら？　夜になって外出したの？　そうかもしれないと思うと、胸を刺されたような痛みが走った。

手すりをぎゅっと握りしめる。いつのまにかわたしの人生は、秩序立った堅実な道筋からはずれてしまった。〈エヴァーレイズ・オークションハウス〉の将来はいまだ不安定だ。いくら期待できるとはいっても、たった一回のオークションにすべてを賭けるわけにはいかない。今年赤字に転落したことが始まりになるかもしれない。芸術の世界では、一度の失敗が負の連鎖を招く。だからキャサリンとしては仕事に集中しなくてはならない。あの翌日、オシェアにそう告げた。彼は納得したのだろう。

ところが、キャサリンのほうが納得していなかったようだ。

ようやくオシェアを見つけた。真下のテーブルについて、自分のカードを見ていた。肩に女性が寄りかかっている。

打たれたかのように頬が痛み、キャサリンは手すりから身を引いた。シャンデリアや見事な絵の描かれた天井がぐるぐるまわって見えた。

女性。どんな女性？

もう一度、手すりに戻った。その種の女性だ。濃い赤毛は本来の色ではない。満開を過ぎた薔薇のような色のその髪からは、雑に染めた鳥の羽根で作られた下品な髪飾りが突き出している。加えて、単なる趣味の悪さというより堕落の証としか思えない、髪と同じ色のドレス——どぎつい銀色のレースの縁取り付き——を着ていた。

同じく堕落した人間なら、彼女をきれいと思うのかもしれない。顔立ちは繊細で、輪郭は美しいハート形だった。広い額に高い頬骨。ほっそりとした小さな顎、少し上を向いた鼻。笑うとふくらむ小さな鼻孔。

彼女の笑い声は二階上のキャサリンのところまで聞こえてきた。よく響く、豊かで太い声だった。淑女は首をのけぞらせて、大声で笑ったりしない。けれども同じテーブルについている紳士たちは誰も、彼女の品のなさを気にしている様子はなかった。むしろ、にやついている。それも当然だ。彼女の襟ぐりは胸元がのぞけるほど、大きく開いているのだから。

キャサリンとしても悔しいながら、目を引かれずにいられなかった。この女性は少なくとも、自分の魅力を最大限に引き出す技巧を身につけている。

〝紳士は女性の内面に惹かれたりしないものよ〟

母から繰り返し、そう聞かされてきた。けれどもそのことで、これほど苦い思いを感じたことはなかった。オシェアがわたしを魅力に欠けると思ったからって、なんだというの？これは本当の結婚じゃない。彼の熱い言葉はもちろん、その場かぎりの嘘。相手が誰でも同じ。ふたりが特別な関係だと思うなんて、ばかだった。

それにしてもオシェアは商売上手だ。あんな……見世物を用意して、客の気を引くとは。もはや彼らはゲームに集中できなくなっている。

わたしはオシェアの注意を引きたくて、こんなところにいるの？キャサリンは一歩うしろにさがった。少なくとも、彼が夕食をともにしなかった理由はわかった。今夜のお相手はすでにいるというわけだ。法律上の妻よりも、はるかに男性を喜ばせるのが上手な女性。

でも、どうしてわざわざそれをわたしに見せつける必要があるの？いくら偽装結婚だといっても、妻の目の前でほかの女性といちゃいちゃしなくたっていいじゃない。

こんなの契約違反よ。公の場では、わたしにそれなりの敬意を払う義務があるはず。憤慨し、キャサリンは彼と対決する決意をした。

12

裏階段を半分ほどおりたところで、自分のしようとしていることは果たして賢明なのだろうかという疑念がキャサリンの胸をよぎった。ちょうどそのとき、オシェアが角を曲がってきて、数段下で足を止めた。「そこにいたのか」片手を手すりにかけ、キャサリンを見あげて微笑む。「きみの部屋へ行くところだった。全部、無事に〈エヴァーレイズ・オークションハウス〉に届いたのか？」

悠然として屈託がない。けれども、その漆黒の髪は誰かに指でいじられたかのように乱れていた。「あら、わざわざ来てくれるなんてご親切に」キャサリンはかたい口調で言った。「階下ではずいぶんお楽しみだったようなのに」

オシェアが階段をのぼって、彼女に近づいた。「なぜそんなに不機嫌なんだ？」

彼女は向きを変え、バルコニーに出た。「そうね。不愉快だし、いらつくし、頭にくるわ。夫が娼婦と戯れている場面を見せられると」

「娼婦？」彼はキャサリンの腕を取り、自分のほうを向かせた。

オシェアの戸惑った様子に、彼女はいっそういらだった。「わからないふりはしないで。

安っぽい赤毛に染めた、テーブルであなたに寄りかかっていた女性よ」

彼が手を離し、目を見開いてキャサリンを上から下まで眺めた。「これは驚いた。なんだかんだいって、おれたち、本物の夫婦みたいだな。おれを教会に引きずっていって、懺悔させるつもりかい？」

彼女は真っ赤になった。「からかわないで」

腹の立つことに、オシェアは悦に入った笑みを浮かべた。「ディアドレ・マホニーは娼婦じゃない。男性に愛敬を振りまいているのは認めるがね。それと、彼女が生まれながらの赤毛じゃないのも事実だ」

キャサリンとしては、ごまかされるつもりはなかった。「じゃあ、彼女と公衆の面前で戯れていたことは認めるわけね」

オシェアが片方の眉をつりあげる。「密室で戯れていたほうがいいというのか？」

彼女は歯を食いしばった。「あなたが自分の部屋で何をしようと、わたしは気にしないわ。あなたのほうも、わたしがひとりのときに何をしようと気にしていないと思うけど。ただ、契約書に明記されていたはずよ。公の場ではお互いに――」

「ちょっと待った」オシェアが鋭い調子で口をはさんだ。「きみがひとりのときにおれ以外の男と何かしていたら、おれは許さないぞ」

「わたしは……」全身を妙に甘い震えが走るのを感じ、きつく腕を組む。「わたしの話はしていないわ」

「いまはしてる」彼は厳しい口調で言った。「おれたちは法のもとに結婚した。ほかの男の子を育てるつもりはない」

キャサリンは息をのんだ。「なんてことを――ともかく、わたしはほかの女性と戯れる男なんてごめんですからね」

「ならいい」

あっさり言われて、彼女は面食らった。「なんですって？」

「ならいい、と言ったんだ。契約は一部修正されたし」

キャサリンはためらった。最後に契約の話をしたときのことを思い出そうとする。

「どういう意味？　修正なんて――」

「口頭の契約も文書同様の拘束力を持つ」オシェアがにやりとする。「きみは離婚まで、おれから離れられないようだぞ」

「わたしはそんな……」キャサリンは唇を噛んだ。いまここで、何が起きたというのだろう？　彼はどうしてこんなに満足げなの？

じっくり考える間もなく、オシェアに腕を取られた。彼はキャサリンの部屋のほうへ歩きだした。「きみの兄貴と話をしなきゃならない。おれが約束を取りつけるか、きみから連絡するか？」

身を引くべきなのだろうが、肘に置かれた彼の手は心地よくあたたかかった。いままで、体が冷えきっていることに気づかなかった。「オートン通りの建物の件？」ドアを開けながら尋ねる。

「ピーターから聞いたのか？」オシェアはキャサリンのあとから居間に入ると、彼女の手を放し、火の消えかけた暖炉のそばの椅子に座った。「ああ、ピルチャーがおれの物件を買いたいと言ってきた。セント・ルークスとの境界にあるやつだ」

キャサリンは向かいに座った。「売るつもりなの？」

「まさか。あいつの金なんぞいらない。それよりおれの両脇の土地、あれを買いたいと都市事業委員会のほうへ申し入れた」

彼女はうなずいた。「どうして？」

オシェアが眉根を寄せた。立ちあがってサイドボードまで歩き、ブランデーの瓶の蓋を開ける。「買えるからだ」

「でも……あの物件はホワイトチャペルじゃないわ」

彼は飲み物を手に椅子へ戻った。「すばらしい。またしても、上流階級に身のほどを知れと言われた。しかも今回は自分の妻からだ」

「そんなつもりで言ったんじゃないわ！　ただ、わからないのよ。そんなことをしてもミスター・ピルチャーを怒らせるだけじゃない」

オシェアは両眉をあげた。「ピルチャーが怒ろうがどうしようが、おれの知ったことじゃない」

「わざわざ恨みを買う必要はないでしょう。あそこを買ってあなたがどう得をするのか、わからないのよ。ただの空き地だもの。あなたは家主でしょう、開発業者じゃなくて」

彼が顎をこわばらせた。「あの最低男に教訓を与えてやるだけで、おれの得になるね。あの大事な教区はおれのような人間には上等すぎると思っているようだが、じきに考えを改めざるをえなくなるだろう」

「それで彼を挑発しているの？」ばかばかしい！「あなたの土地を高値で売ればいいじゃない。それで懐が痛むのは向こうよ」

オシェアが叩きつけるようにグラスを置いた。「それで、あそこに住んでる七〇人以上の人間はどうなる？」

「どうなるって？」

「ピルチャーは彼らを放り出すだろう。まるで――」指をぽきりと鳴らす。

「ほかにも集合住宅はあるわ。別に住むところを探せばいいことよ」

彼は唇をゆがめた。「簡単に言うんだな。きみは生まれてこのかた、住むところの心配なんぞしたことがないんだろう。兄貴が危ないとなったら、まっすぐにおれのところへ来た」

キャサリンはひるんだ。「来ていいと言われていたからよ。それに、この話、わたしとどう関係があるの？　あくまでもビジネスとして――」

「ビジネスがなんだ？　彼らはおれのところの人間だ」オシェアはすごみのある声で言った。

「おれがちゃんと面倒を見る」

彼女は言葉をのみ込んだ。オシェアはグラスをにらんでいる。炎がはじけ、薪が崩れ、火花が散った。

「わかったわ」キャサリンは言った。「好きなだけピルチャーと闘えばいい」

オシェアが射るようなまなざしを彼女に向けた。「ピルチャーがあくまで折れなかったら、闘いになるだろうな。おれがやつの言いなりになったら、おれのところの人間が通りに放り出されるのを黙認したとなったら、まわりの連中はおれがやわになったと思うだろう。そして刃向かってくる。となると、さすがにきみも無関心ではいられなくなるんじゃないか。七六人の、なんの罪もない人間には関心がないとしても」

どうして彼はわたしが敵であるかのような話し方をするの？「そんな言い方、フェアじゃないわ。わたしはあなたの間借り人がどうなってもいいなんて、ひとことも――」

「フェアじゃないというのは、いいか、スウィートハート、どこかの金持ちが教区内で不正を働き、そのせいで住まいを追われるということだ。とはいえ、ああ、きみは正しい。その七六人の心配をしたって仕方がない。貧しい連中だ。工場労働者、港湾労働者。きみは彼らの運命を思って夜眠れないなんてことはないだろう。何せ、まったく別種の人間なんだから」

キャサリンは鋭く息を吸った。「わたしはそんなお高くとまっていない――」

オシェアが辛辣な笑い声をあげ、彼女は言葉を切った。「きみが？　よく言うよ」

「わたしは一度も――」

彼はグラスを握りしめて立ちあがった。「一〇〇もの方法で語ってるさ、キャサリン。貧民学校で人のあいだを縫って歩いたときのきみの表情を、おれが見ていないと思ってるのか？　きみは結核のことをきいた。横目でまわりを見ながら眉をあげた。そういう言語をおれが知らないと思ってるのか？　子どもの頃に学んだよ。通りで学んだ。きみのような人間がスカートを汚さず歩けるよう、通りを掃除してるときに」

彼は道路掃除をしていたの？

「数ペニー」オシェアは音を立てずにグラスをテーブルに置いた。その慎重なしぐさが、彼の怒り以上にキャサリンを落ち着かない気持ちにさせた。「彼らは通りを渡りながら、おれの足元に硬貨を投げてよこした。手を触れたくないからだ。おれが病気持ちかもしれないから。もっとも、連中を責める気はない。当時も恨んだことはなかった。この世にはもっといい世界があることを知ってたからだ。そこでは赤ん坊がゆりかごの中で咳をしない。病気が日曜学校並みに定期的に襲ってくることもない。結核の心配をしたきみのことも責めはしないよ。当然だ。それより、おれにつきあってあの場に行ったことのほうが驚きだ。きみの立場だったら、おれは絶対に行ってないだろう。ウエスト・エンドから一歩も出ないだろうな。子どもの頃、通りにひとけがないとき、窓から屋敷の中をのぞいたことがあった。おれみたいな坊主にとって、目を見張るような光景だったよ。全員分の椅子があり、隅にピアノが置かれて。暖炉にはいつも火が入ってる。本物の木、本物の石炭が燃えている。キャサリン、きみには経験がないだろうな。暖を取るための煙にむせて、ひと晩じゅう眠れなかったなんてことは」

「ないわ」小声で答えた。「でも……どうしてわたしに怒っているの？」

オシェアは顔をこすり、髪をかきあげた。「怒ってはいない」ため息混じりに答える。

「きみのせいじゃないし、きみの兄貴のせいでもない。ピルチャーのせいでもないさ。きみたちのような連中が硬貨を投げてよこしたからって、おれが怒ると思うか？　いいや。誰だって、いま手にしているものを危険にさらしたくはない。自分たちが住む平和な楽園を守りたいと思うのは当然だ」

キャサリンはかぶりを振った。彼は平和な楽園と言ったけれど、現実にはそうじゃない。薪が燃え、じゅうぶんな数の椅子があるからといって、人は幸せになれるわけではないのだ。たしかに彼女は屋根の下で眠ることを当然と思ってきた。けれども、そこに平和はなかった。心の安らぎを得られたのは、〈エヴァーレイズ・オークションハウス〉にいたときだけだ。

彼女の沈黙をオシェアは読み違えたらしい。唇をゆがめ、皮肉な笑みを浮かべた。

「言葉が出ないようだな。その表情は——哀れみ、か」

キャサリンはひるんだ。「違うわ。少なくとも、あなたを哀れんでいるんじゃない」

「おれを哀れんではいない」彼は皮肉たっぷりな口調で言った。「たしかにおれはそこまで貧乏じゃないし、困ってもいない。上流社会の流儀なんだろう。哀れみはそれにふさわしい人間のために取っておくというのは」

キャサリンは胸に怒りがちらつくのを感じた。こんなふうに非難される筋合いはない。

「だとしたら、たしかにそうね。あなたはどちらの面でも、一片の同情にも値しないわ」

「けっこう」オシェアが冷ややかに応じる。「それに、この通りで見た人たちのことを心配する必要はない。彼らはきみの哀れみなどいらないし、きみが手を触れようとしなくても気にしない。きみの敬意を求めてもいない。彼らがほしいのは、きみが持っているものだ。それが一番怖いんだろう？　なぜなら、きみは自分が人より多くのものを持っていることを知っている。それが正しくないことも。

「わたしは自分の食べる分は自分で稼いでいるわ」低い声で言った。「聖書にそう書いてある」

オシェアは鼻で笑った。「そうだろう。きみたちは決まってそう言う。夜に心地よい暖炉を囲んで座り、自分たちがいまの身分に値する理由を列挙する。キャサリン、おれはそれが子ども心にも、いらだたしくて仕方なかった。おれはきみたちの敬意なんて求めてない。哀れみもほしくない。ただわかってほしいのは、おれたちを分けているのは運だということだ。道路掃除をしているとき、おれは彼らへの敬意からやってたわけじゃない。単に金のためだ。金持ち連中にわからせてやりたかったたは、その点さ」

彼は深く息を吸った。それから短い笑い声をあげて、また椅子に座った。「もちろん、あれからおれは成長した」てのひらを合わせ、口元に押しつける。長いこと、そのままでいた。暖炉の火を受けて指輪が光った。「成長し、ことはそう単純じゃないと気づいた。作法だの、家柄だの、貴族社会だの。どこも嘘でかためられている。しかもそれを嘘だと証明することなんぞ不可能だ。まともに立ち向かうには無理がある」

オシェアは手をおろし、キャサリンを揺るぎない、冷ややかなまなざしで見つめた。

「だから、おれはゲームからおりた。そして自分なりのゲームを始めたのさ。そして、そこでは誰にも負けないと誓った。ピルチャーが勝負を挑みたいと？　幸運を祈る。やつが最初の相手じゃない。やつが勝つことはありえない」しばし間を置いて続ける。「それで、きみの兄貴がおれに協力したくないと？　けっこう。別の方法を考えるだけさ。たとえばその気にさせる方法を。わかったか？」

体の前で組んでいたキャサリンの手がいつしか震えていた。震えを止めようと、ぎゅっと力をこめる。

だが、オシェアは気づいていた。視線を彼女の膝に落とし、表情をやわらげる。そして、その手に自分のてのひらを重ねた。「キャサリン、きみはいまではおれの身内だ。震える必要はない」

「震えてなんかいないわ」

彼は無言でじっとキャサリンを見つめた。ゆっくりと椅子から立ちあがり、優雅な動きで彼女の椅子の前に膝をついた。「きみはここでは安全だ」親指で軽く手の甲をなぞる。「それはわかってるな？」

「ええ」答えるのにためらいはなかった。オシェアの過激な発言を聞いたあとだけに、不安を感じても当然なのだろうが、震えているのは恐れからではなかった。

彼の灰色の瞳はまっすぐで、なんとも言えず美しかった。オシェアはキャサリンの手を取り、そっと自分の唇に押しつけた。それから目をあげ、口元をゆるめると、彼女の結いあげた豊かな髪を撫でた。「この色は染めたものじゃない」

「ええ」

ゆっくりと、オシェアはキャサリンを引き寄せた。唇が重なる。彼は膝をついたままだ。心臓が激しく打っているのを感じ、キャサリンは目を閉じた。オシェアの唇はやわらかく、やさしい。背中から緊張が解け、全身の力が抜けていくのがわかる。

だが、彼女は意を決して顔をそむけた。「趣味が悪いわ」小声で言う。「キリスト教精神に反すると責めた女にキスをするなんて」

彼は声を出さずに笑った。「きみにはまだ期待していいと思っているからかもしれないな」

キャサリンはオシェアを見た。「あなたこそ、偽善者なんじゃないかしら。俗物よ」

彼の顔に妙な表情がよぎる。「そう思うのか？」

「ええ。でなければ臆病者。そのどちらなのかはわからないけれど」

オシェアが上体を起こした。表情は読み取れない。「どちらにしても、いままでそう呼ばれたことはない」

「だからって、違うとは言いきれないわ。誰も面と向かって言えなかっただけかもしれない」

彼は低く鋭い声を発した。面白がっていると思わせたかったようだ。「説明してくれないか？」

「もちろんよ。あなたは世の不公平について語った。けれど、それに対して何かしようとするより、自分が法を破っていることを正当化する材料に使っている。そういうのをなんと言うのかしら。勇気がある、と言えないことはたしかよ」

オシェアが目を細める。ついにその顔に、真の怒りが現れた。彼は立ちあがった。

「政治とは、他人のために何かできると思う連中のためのものだ。おれはおれの身内にしか関心がない」

「それは違うと思うわ」きっぱりと言った。「あなたがチューリップ・パトリックやあの生徒たちにしたことを見れば――」

「ホワイトチャペルのためだ」オシェアがさえぎった。「ホワイトチャペルはおれの街だ」

「わかったわ。でも、あなたはあえて自分を過小評価している。野望も、能力も」

「いや。自分にとって大切なものに限定しているだけだ」

「そうかしら」キャサリンは肩をすくめた。「あなたは怖いんでしょう」

まさかというようにオシェアが笑う。「本気で言ってるのか？」

キャサリンは彼の声に含まれる嘲りは無視した。「あなたは高みを目指すのが怖いのよ。金持ちのゲームと言うけれど、それは単なる言い訳。挑戦して、失敗するのが怖いんだわ。本当は子どもの頃、通行人にちゃんと目を見てもらいたかった。でなければ、どうしていま、こんなにわたしに怒るの？」

オシェアはじっと彼女を見つめた。「いい質問だ。やはりおれはばかなんだな。きみとの結婚が何かを意味すると考えていたらしい。たとえば、対等な人間として互いを認め合えるんじゃないかとか。子どもの頃、おれがきみの親父さんの家の前を掃除していたとしても」

キャサリンはもがくようにして立ちあがった。「そうなの？　つまりあなたはわたしのことを、ただのウエスト・エンドの甘やかされたお人形じゃないと思ってくれたということ？　でもここへ連れてくる前、わたしからの手紙を何通無視したかしら？　あの大事な集合住宅の件でわたしを利用できると思わなかったら、ろくに話をしようともしなかったはずよ」

「きみから得るのが」彼は穏やかに訂正した。「あの二軒の集合住宅だけだったら、ずいぶんと割の合わない取引だな」

「どういう……」キャサリンは喉から鋭い笑い声を押し出した。「はっきりさせて。あなたは――ほかにもほしいものがあったと言いたいの？　わたしから？　そうは思えないわ」

オシェアが意味ありげな笑みを浮かべた。「あたりまえだろう？　人は自分にふさわしくないと思われるものを求めるんだ。窓から家の中をのぞき見た少年は薪の火に焦がれる。オークションハウスをのぞき見た男は、そこで働く女性に憧れる」

仰天して、彼女は言葉に詰まった。「あなた……会ったことはないはずよね。ほとんど話をしたことも――」

「おれはきみを見ていた」オシェアが静かに言った。「リリーがきみのところのドアを叩いた日から。ずっときみを見つめてきた」

妙な感覚を抑え込むため、キャサリンは腕を組んだ。体が震えてふらつく。

「それは……姪のことが心配だったからでしょう」

「きみを見ていたんだ」

「嘘よ」激しく動揺し、かぶりを振った。そんなことは聞きたくない。これはただのビジネスだ。この結婚に感情は無縁のはずだった。好奇心も、欲望も無縁の――。けれども違った。オシェアの表情がそう告げていた。告白を喜んでいる顔ではない。致命的な過ちを犯したかのようにこわばっている。

ふいにキャサリンは、彼の〝過ち〟でいることに耐えられなくなった。

「どうしてわたしを見ていたの？」小声で尋ねる。わたしはなんてばかなんだろう。答えにつかのまの、かすかな期待を抱くなんて。男性に見つめられることには慣れている。彼はこの顔に見とれているだけ。〝わたしの美人さん〟父にはよくそう呼ばれた。〝おまえは母親似だ〟けれど、わたしはいつもそれ以上の存在になりたいと願っていた。父にとってだけでなく、ほかの誰かにとっても――。

「わからない」オシェアが低い、ざらついた声で答えた。「きみのような女性に会ったことがなかったから――あの世界では異色の、自立した女性だということに感銘を受けたからかもしれない。あるいは、きみは梯子のひとつ上の段に見えたのかもしれない。あるいは、単にきみの言うとおり、子どもの頃に手に入らなかったものを求めていたのかもしれない。つまり、きみのような女性を。いや、きみだ。キャサリン、おれを見ろ、ペテン師でもなく、這いあがったドブネズミでもなく、ひとりの男として」彼は一歩、キャサリンに近づいた。「オークションハウスよりも、きみに多くを与えることのできる男として。単純なことさ。

ベッドで分かち合ったものと同じくらい単純だ。実は、それがおれの求めるすべてなのかもしれない」

彼はあれを単純と言うの？「わたし……わたしはあなたに何も与えることができないわ。わかっているでしょう。向かないのよ、そういうのは」

オシェアの顔に影がよぎり、唇が引き結ばれた。その変化が鞭のようにキャサリンを打った。でも、このことは最初に言っておいたはず。どうしてそんな失望した顔をするの？

「でたらめだ」彼はにべもなく言った。「何を言いだす？」

「あなたにとって、オークションハウスはなんの価値もないかもしれない。だけど、わたしにはすべて――」

オシェアが彼女の頬に手を当て、小声で言った。「それがでたらめだというんだ。ここではお互い、自分に正直だったはずだぞ。あの晩、きみはおれを求めていた。実際そう口にした。怖いなら、そう言えばいい。だが、見えすいた嘘はつくな」

キャサリンはつんと顎をあげた。彼に命令されるのはごめんだ。「怖いなんて言ってないわ。そもそも、あの晩の話をしているんじゃない」オシェアの唇が皮肉にゆがむのを見て、彼女は警戒心を忘れ、早口で言った。「問題はわたしなのよ。わたしはきっと、あなたを失望させる」そう思うといたたまれなかった。キャサリン・エヴァーレイに失敗は許されない。妥協も許されない。うまくやり遂げる以外の選択肢はないのだ。

「何をばかなことを」キャサリンが首を横に振ると、オシェアは彼女の顔を自分のほうへ向かせた。「おれを見ろ。きみが何に向かないんだ？　そんなこと、誰に吹き込まれた？　あの兄貴か？」

「兄は関係ないわ」苦々しげに言う。「小さな頃からわかっていたことよ。母は……」気の毒に、不幸せな人だった、噂話と陰口、友人同士のいさかいに精力を浪費し、夫とも不仲。キャサリンには、女の運命はいかに男性を喜ばせるかにかかっていると説いた。〝結婚は女にとって最大の賭けよ。慎重に相手を選びなさい。そして、その人を喜ばせ続けるの〟けれど、キャサリンが喜ばせ続けることのできた男性は父親だけだった。鑑定の仕事に長けていたから。そんなことを喜んでくれる男性がほかにいるだろうか？

「わたしはああいう人生は送りたくないの」彼女は激しい口調で言った。「無理とわかっている理想に縛られたくない。ええ、あなたに抱かれるのはすてきだったわ。それは認める。あの夜……いえ、昼間だって、あなたを思うことがある。だけど、それとこれとは別なのよ。あなたも言ったじゃない、あんなの、通りの角でもやってることだって！」

「本当にそう思うのか？」オシェアがうなるような声で言い、彼女のウエストをつかんだ。

抵抗されたら手を離しただろう。だが引き寄せるうち、何かが変わったことにニックは気づいた。内心の葛藤に引きつっていたキャサリンの顔から、ふいに力が抜けた。彼女は目を伏せ、深く息を吸ってニックの首に腕をまわしてきた。高い塀から未知の土地へ飛びおりようとする子どものように。

ウエストをつかんでしっかり抱きしめると、キャサリンはニックの首に顔をうずめた。激しい感情が彼を揺さぶった。安堵とともに、獰猛なほどの欲求がこみあげる。子どもの頃ですら、人に懇願したことはなかった。一度だけしか。道路掃除をし、靴を磨き、波止場ではときおり飛んでくるやくざ者のこぶしをよけたが、懇願はしなかった。そこに厳格な一線を引いていた。だからいまも押しのけられたら、二度と手を出さなかっただろう。ニックは彼女が自ら与えるもの以外は受け取るつもりはなかったし、懇願するつもりもなかった。

しかし、キャサリンは進んで身をゆだねてきた。信じられない。体を押しつけ、不規則な熱い吐息を喉にかけてくる。

頭のてっぺんにキスをした。やわらかい、絹のような髪。そのキスで、キャサリンは忘我の境地から覚めたようだった。離れないで、というようにニックのウエストに腕をまわす。彼は笑いをのみ込んだ。頭に銃を突きつけられたって、彼女を放すつもりはない。

ゆっくりと腕をなぞり、ウエストをつかむ手を取って指を絡ませた。そして激しく脈打つ首筋にキスをした。恥ずかしさからか、キスをしやすくするためか、キャサリンが顔をそむけた。

喉からゆっくりと唇をおろしていき、ハイネックのブルーのドレスの縁にたどりつく。たくさんのボタンが並んでいる。そのことは、彼女のうしろから階段をのぼっていくときに気づいていた。

キャサリンがこのドレスをさほど気に入っていませんように。ニックはポケットに手を入れ、ナイフを取り出した。刃を見た彼女がぎくりとするのがわかった。

「じっとして」

彼女はじっとしているだけでなく、気をきかせてうしろを向き、頭をさげた。

富はニックに、これまで知らなかった無数の楽しみを与えてくれた。だが、こんな喜びは初めてだ——無駄になる金のことは考えず、服を切り裂いて彼女を解放する。

ナイフの刃の下で、キャサリンは身じろぎもしなかった。絶対的な信頼が感じられる。ドレスは簡単に床に落ちた。コルセットの紐を切るのはたやすかった。けれどもコルセットを放り、下着姿の彼女を目にしたとたん、腹の奥がかっと熱くなり、もどかしさに手が震えた。ナイフをおろし、残りは手を使うことにする。欲望という言葉も生やさしく感じるほど激烈な感情が、体の中を渦巻いていた。彼女はこれまで長いこと、ニックが初めて目にしたときからずっと、どこか遠い存在だった。でも、いまはここにいる。

裸で。おれの目の前に。

キャサリンが振り返り、足元に肌着を落とした。輝くばかりの体が現れた。まっすぐな背筋。ろうそくの明かりにきらめく肌。水の流れのようになだらかな肩。引きしまったウエストと豊かな腰。ニックはその曲線に手を這わせ、むきだしの肌をなぞった。

どうして彼女にはわからないのだろう？　どうして一瞬でも疑いを持つんだ？　その答えを探そうと、目をあげてキャサリンの顔を見た。彼女もニックを見つめていた。恥じらいもてらいもなく、敵意もなく。ただ目を見開き、震える唇に笑みを浮かべて。

ふたりは黙ったまま、じっと見つめ合った。壁の向こうから日常生活の音がかすかに聞こえてくる。押し殺した笑い声、賭博場であがるうれしい悲鳴。皿の重なり合う音。しかしここは、この部屋の中は、教会の祈りのように深く心地よい沈黙に包まれている。

キャサリンのウエストに置いた手を、体に沿って上へと滑らせる。重たげな乳房、繊細な鎖骨。優雅な首筋。

そっと顔に触れた。「どうしてそう決めつける？　試してもみないで、向かないとなぜわかる？」

彼女の目に涙が光った。「でも……無理だと思うの」そう言うと、一歩前に出てニックにキスをした。

彼は目を閉じた。女性を抱くのは初めてじゃない。でもキスを返しながら、彼女の腕が蔓（つる）のように体に巻きつくのを感じ、甘いうめき声を聞き、さらに深いキスへと誘われると、何もかもが初めての体験のように思えた。新鮮な喜びに満ちていた。キスだけで、吹き飛ぶような衝撃が体を走り、息が止まりそうになる。その旋風に夢も野心もすべてが巻き込まれ、ひとつの目的に向かっていく。決して彼女を放さない。何より価値があるもの、天国へ届く階段、世界のすべてだから。

ニックはキャサリンを抱きあげ、寝室に運んだ。ベッドに横たえて、立ったままでしばらくシーツに大の字になった彼女を見つめる。すばらしい眺めだった。その姿を残らず頭に焼きつけようとした。もつれた髪にこぼれる陽光。曲げた脚のやわらかな曲線。豊かな乳房。

腿のあいだの誘うような陰……。

キャサリンが体を起こそうとした。ニックは片膝をマットレスにつき、彼女の肩を押しさげた。「おれを見るんだ」

「あなたが服を脱ぐあいだ、見ているわ」

彼の唇からかすかな音がもれた。笑おうとしたのだ——キャサリンの大胆な発言を歓迎して。でも、声にならなかった。彼女がシャツに手を伸ばし、一番上のボタンを探る。

「いや、いい」待っていられない気分だった。立ちあがってすばやく服を脱ぎ、次々と無造作に床に放り投げて、ふたたびベッドにあがる。

キャサリンが腕を広げて迎えた。ニックとしては時間をかけたかった。心の隅に残る理性は、慎重になれと告げていた。彼女をくまなく愛し、満足させ、ふたりは二度と離れないと納得させなくては——。

けれどもこのときばかりは、さすがのニックも日頃の自制心が働かなかった。キャサリンのひんやりした小さな手が裸の胸に触れたとたん、何かが起こった。

唇を重ね、彼女の全身をなぞる。むさぼるように。貪欲に。次はいつ食事にありつけるかわからない少年のように、無我夢中になって。子ども時代に返ったようだ。ニックは飢えと渇望を友として育った。あの頃と同じような切実な欲求が、体の奥からわき出ている。やがて唇を離して胸を吸った。〝味わえるだけ味わうんだ。次はもうないかもしれない〟

ニックの性急さに気づき、キャサリンがてのひらで彼の胸をなぞった。そして下腹部へ。

けれども彼のものに触れる前に、ニックは彼女の手をつかんだ。自分を抑えられる自信がなかったからだ。彼女と結ばれる前に終わってしまいたくはなかった。つかんだ手をキャサリンの頭の脇に置き、押さえつけた。ふと、歯が当たるのを感じた。彼女が顔を横に向けて、ニックの親指を吸っているのだ。彼はうめいた。ふたりの目が合う。キャサリンは気だるげに半ば閉じた目で、恥じらうことなくまっすぐ彼を見つめていた。

ニックも見つめ返した。この表情――これから先も自分は毎晩、彼女のこの表情が見たいと願うのだろう。

五年という期限付きだが。

そんな考えを彼は押しのけた。手を放し、キャサリンの胸を愛撫しながら体を滑らせ、腿をつかんで押し広げる。腿のあいだにそっと触れると、彼女の腰が震えるのがわかった。

頭をさげ、内腿にキスをした。キャサリンは海のような香りがした。さらに脚を広げると、彼女が一度だけ小さくうめいた。

目の前に、もうひとつの脈打つ心臓があった。舌を差し入れると、キャサリンが体を弓なりにした。手を腹部へと滑らせ、サテンのごとくなめらかな肌をやさしく撫でる。次第に彼女の腿から力が抜けていった。

神の贈り物だ――その思いに、ニックはつかのま圧倒された。この肌の感触、におい、味わい、信頼しきった表情で無防備に体を開くキャサリン。

舌で愛撫を続ける。そして彼女がのぼりつめるのを待った。キャサリンはニックの髪をつかみ、とぎれとぎれの声をあげた。だが、まだ足りない。行くところまで行ってから、もう体を震わせることもできなくなってから、初めてそのやわらかな部分に、岩のようにかたい自身をあてがうのだ。そして深く深く身を沈める。ふたたび彼女が叫び声をあげるまで。

キャサリンが息をのみ、全身を震わせた。ニックは襞をまさぐり、指を差し入れた。その指が締めつけられるのを感じ、激烈な快感に満たされる。もう待てなかった。

ニックは彼女に覆いかぶさった。はちきれそうなこわばりの先端が当たると、キャサリンがはっと息をのんだ。頬を染めてささやく。「お願い」

一気に根元まで押し込んだ。彼女が舌をニックの口の中に押し込んできた。動こうとすると腕をつかまれた。こうしていると悠久の時を感じる。遠い昔、夢の中で始まった何かが、いままた避けようのない運命の力で繰り返されている――そんな感じだ。だから急いではいけない。衝動を抑え、キャサリンに深くキスをする。頬を撫で、耳の形をなぞった。腰をまわすと、彼女が声をあげた。もう一度動かすと、肩にしがみついてきた。爪がぐっと肌に食い込む。

勝利の喜びが、かすれた笑い声となってもれた。ニックはふたりのあいだに手を差し込み、彼女の快感の源を探りながら、ふたたび腰をまわした。

「あ……」キャサリンは目を閉じ、腰を浮かせて彼の動きに合わせた。「もう、わたし……」

まだだ。ニックはベッドのヘッドボードをぎゅっと手で握った。そして彫刻の施された角が手に食い込む痛みに意識を集中した。快楽の時を少しでも引き延ばすために。ああ、でも、体の下で身もだえする彼女ほど美しい眺めはほかにない……。

「ああっ」キャサリンの体の奥深くが収縮するのを感じたと同時に声があがった。彼女が達したのがわかった。

キャサリンから離れるのは何よりつらく、甘い罰だった。ニックは自分の手で自らを解放した。そして向き直り、彼女にキスをした。

唇はいつまでも離れなかった。キャサリンの手がニックの顔を撫でる。親指が頬骨をさすった。長いこと、ふたりはそのまま横になっていた。やがて彼は名残り惜しそうに身を起こし、脱ぎ捨てたシャツを探そうと立ちあがった。

体を拭いて振り返ると、キャサリンは雲がかかったような、遠い表情でこちらを見ていた。ニックは息を吸い込み、次に来るものに備えた。拒絶。口論の再開。

けれども彼女が口を開いたとき、その口調は考え深げだった。「あなたがどうすればいいか、わかったわ」

なんの話かわからなかった。「どうすれば、とは?」

「どうやってピルチャーの土地を手に入れるかよ」キャサリンは体を起こし、肩からつややかな髪を払った。「兄はあなたの入札が遅すぎたと文句をつける気よ。だからその前に都市事業委員会に、入札期限は適切に公表されていなかったと主張するの。委員会は公正を期するために、物件を誰もが参加できる形で競売にかけなくてはならない。あなたの入札を蹴ったら委員会が世間にどう映るか、そこを強調するのよ」

ニックはベッドの端に座った。彼女が一瞬にしてビジネスに頭を切り替えたことに、いささか戸惑いながら。「そうなると、彼が高値をつける可能性も出てくる」

「だとしても、わたしたちがそうはさせないわ」キャサリンは手を伸ばし、彼の手に自分の手を重ねた。

そんなささいなことが、いまのニックには大切に思える。目をあげたとき、彼女も重ねた手から視線をあげたところだった。「本気であの土地がほしいなら、わたしたち、根まわしをするのよ。あなたが最高額で入札するように仕組むの」

ニックは彼女に握られた手をひっくり返し、指を絡ませた。「いかさまをしようというのか」キャサリンのせりふには、それ以上に驚く言葉が含まれていた。「おれたちで」

「そうよ」彼女は小声で答えた。「やり方は教えるわ。力になる。でも、まずは競売を行うよう、委員会を説得しなくては」

彼は微笑んだ。だが、キャサリンは笑みを返さなかった。青ざめた真剣な顔をしている。なるほど。協力を申し出るのは、彼女にとって思いきった譲歩なのだろう。これほど気性の激しい、そして誠実なビジネスを理念としている女性が、軽い気持ちでこんな申し出をするはずがない。

それなのに、ニックのためならやるという。償いの気持ちから？　自分には与えることができないと思っているものを埋め合わせるため？

キャサリン——美しく、誇り高く、頑固で、腹立たしい勘違いをしている女性。職業人として、ニックは彼女の申し出を断るつもりはなかった。しかし同時に、彼は差し出されていないものを盗む方法を知っている。

「わかった」ニックは言った。「そのためなら、なんでもするよ」

キャサリンがほっとしたように微笑む。彼も微笑み返した。

彼女の純真さは、こちらに有利に働く。〝きみはいまではおれの身内だ〟ニックはキャサリンにそう言った。彼女はすでに自分のもの。手放す気は毛頭ない。

13

　ニックは目を細めて書類をにらんだ。「よって、この申請書を提出――」遠くの隅で誰か――おそらくはバークじいさんが、エールをもう一杯と叫ぶのが聞こえていらだち、ニックは読むのをやめた。「ここじゃできない。まわりがうるさすぎる」

　キャサリンは向かいに座っていた。エールには手をつけていない。周囲のやかましい泥酔した男たちのことは、まるで気にならないらしい。「〈ネディーズ〉は練習にはもってこいの場所よ。この騒音の中でも冷静でいられるなら、きっと――」

「都市事業委員会っていうのは酔っぱらいの集まりなのか？」

「もちろん違うわ。代わりに、あなたに自分たちの時間を無駄にされていると決めつけてかかる喧嘩腰の気取り屋でいっぱいよ」

　ニックは微笑んだ。「気取り屋？」

「あなたが使った表現だったと思うけど」キャサリンが微笑もうとして思いとどまったのがわかった。居住まいを正し、真面目な顔を作る。そうしていると、まるで女校長だ。

「スピーカーズ・コーナーに行くといいかもしれないわね。腐った果物を投げつけられるとなったら、誰しも集中せざるをえなくなるわ」

「冗談じゃない」ニックは腰をおろし、がっかりしたような声があがるのに気づいて気まずそうな顔をした。

「よくなってきてたのになあ」ネイト・ホーリーが言った。

「意味は半分もわかんないが、いかす感じだ」ネイトのいとこのキップも同調する。

「くそったれ」乾杯の声とグラスのぶつかる音がすると、ニックはつぶやいた。

「ミスター・オシェア」妻が冷ややかに言った。「そんな言葉遣いは――」

「そのうち、おれのことはニックと呼んでくれ」

「そのうち、悪魔（ベルゼブル）と呼ぼうかしら。いい、都市事業委員会は会議に女性を立ち入らせないの。しっかりしてちょうだい。わたしはその場にいて、あなたにあれこれ言うわけにはいかないのよ」

「せりふを耳打ちするわけにもいかないってことだな」彼はつぶやいた。流麗な字で書かれた三枚の原稿を見おろす。「これを覚えないといけない」

「そんな時間はないわ」

彼女はわかっていない。ニックはいらだちを抑えるためにひとつ深呼吸した。だが、ついつっけんどんな口調になった。「そうするしかないんだよ。みっともないところを見せたくなければ――」

キャサリンに手を取られ、彼は驚いて顔をあげた。彼女は気づいたのだ。表情がやわらいでいた。

「あの結婚契約書、二八ページあったわ。あなたは隅から隅までわかっているようだけど」

「ああ」脈が速くなり、胃にいやな感じが広がった。妙だ。恥ずかしいと思ったことは一度もない。子どもの頃に、堂々としていようと心に誓った。そしていままではいつも、うまくいっていた。「内容がわからないまま、契約書に署名することはない」

「誰かに読んでもらったの？」

その声に批判的な響きはなかった。ただ、彼の手を握る手に力がこもっただけだった。

ニックは詰めていた息を吐いた。答えは思ったよりもすんなり口から出てきた。

「カランにおおかた読ませた。でなければ、読むのに数日かかっただろう」

キャサリンがうなずく。「じゃあ、この原稿を読むのはやめておきましょう。ほかの方法を探さないと」彼女はきびきびと言って、手を引っ込めた。だが、ニックは拒絶されたとは感じなかった。キャサリンが眉根を寄せたのは、最速で考えをめぐらせているからだ。それがわかるくらいには、いまでは彼女のことを知っている。

彼女はその難しい顔を、まわりでふたりを見守っている客たちに向けた。「ほかにすることはないの？　あなたたちで話でもしていて」声を高くして言い、一気にがやがやとおしゃべりが始まると、さらに眉根を寄せてニックのほうを向き直った。「あなたは何を笑っているの？」

「きみさ」彼は答えた。「〈ネディーズ〉の女王だな。店の中では帽子を脱ぎ、靴のまま椅子にあがるなと言ってやってくれ。ネディーがありがたがるよ。何年もやかましく言ってるんだが、効果なしでね」

キャサリンが唇を引き結んだ。笑いをこらえるいつもの手だが、目尻がさがっていた。彼女は意外にユーモアの感覚がある。それを抑えつけるよう教え込まれたとは残酷なことだ。もっとも、こんなふうに向かい合わせに座り、気安い会話を交わしているというのも考えてみれば不思議なのだが。今朝、全裸で体を重ねたことが嘘のように思える。当然、夜にも同じことをすることになるだろう。

キャサリンは臆病者ではない。ひとたび自分の中にある欲望を認めたら、もうそれを否定しなかった。朝、ニックが朝食のトレイを持って部屋に戻ると、彼女はまだ下着姿だった。

そしてガウンを落とし、彼を迎えようと立ちあがった。〝時間があるなら……〟

夜までは、まだずいぶんある。なぜ待たなくてはいけない？　ニックは原稿をたたみ、上着のポケットに入れた。「〈ハウス・オブ・ダイヤモンズ〉に戻ろう。頭を……すっきりさせるために」

キャサリンは目を細め、わずかに顔をそむけた。そして疑り深げに横目でこちらを見た。けれども頬がほんのり染まっていることからして、彼の意図に気づいたのは明らかだった。

「いまはだめ。そっちのほうは練習の必要はないしね」

ニックは笑った。「認めてくれてうれしいよ。とはいえ、飲む気もないし、ここの酔っぱらいどもをしつける気もないなら――」

「それよ！」彼女がぴしゃりとテーブルを叩いた。「わたしたち、やり方を間違えていたわ。ここの人たちが言うことを聞くのは、わたしの言葉じゃない。あなたの言葉なのよ。あなたには人を従わせてきた経験がある。原稿のことは忘れて。即興でしゃべればいいのよ。自分の言葉の力を信じて」

「自分の言葉の力なんて……無理だ」きっぱりと言った。「原稿がいる。何もなしで会合には出られない」

「何もなくはないわ。能力と機転。それさえあればいいの。あなたはすばらしい能力を持っているのよ。ここ、〈ネディーズ〉で話すみたいに委員会でも話せばいいじゃない。秩序と公正性の大切さについて」

ニックは鼻で笑った。「まわりを見てみたらどうだ？　おれがこいつらに、秩序の大切さについて演説したことがあると思うか？」

キャサリンは周囲のむさくるしい面々を見まわした。つかのま笑みが揺らいだが、ニックの目を見ると、また顔を輝かせた。信頼と喜びがまっすぐ自分に向けられている。それに対抗できるほど、彼は冷血ではなかった。「証明してみせて。立って、みんなに、帽子を脱いでテーブルに足をのせるなと言って」

「やめておく」

「やるのよ！」彼女は立ちあがり、テーブルをまわってかたわらに来ると、ニックの腕を引っ張った。そして一瞬ののちには、彼を立ちあがらせていた。誰もがこの無料のショーを見られるように。

しかしニックがまわりを見ると、すでにみなの注目は集まっていた。話し声はぴたりとやみ、ショーの始まりを待っていた。

「さあ」キャサリンが小声で促す。「あなたにはおしゃべりの才能があるのよ。アイルランドの祖先から受け継いだ才能でしょう、それを使って！」

ニックは茶化すような目つきでちらりと彼女を見た。「きみはイングランドの祖先から陰謀の才能を受け継いだと見たな」

澄ました顔で、キャサリンは自分の席に戻った。彼をひとり、五〇対もの期待をこめた視線にさらして。

ニックは深く息を吸った。ばかばかしい。〈ネディーズ〉の椅子が靴の踵で傷んだからといって、どうだというんだ？　だが、いまでは彼女も期待のこもったまなざしでこちらを見ている。片手をとがった小さな顎に当て、見開いた目を輝かせて。

いいだろう。これまで手下の男たちに、はるかに危険な仕事を命じてきた。

「みんな――」キャサリンがわずかに眉をひそめたのに気づき、言葉を切る。「紳士諸君」

そう言い直すと、隅のほうから野次が飛んだ。

「いまの、聞いたか？　紳士諸君だってよ、おれらが？」

ニックはむっとした顔をした。

「野次を許してはだめよ」キャサリンがささやいた。「ピルチャーたちもきっと、何かと妨害してくるわ」

ニックはホーリーをじっとにらんだ。まずいと思ったのか、ふいにみな静かになった。

たしかにこれまでも人前で演説をしたことはある。大体がもっと物騒な話だった。たとえばリリーの父親がマクガワンの一味に殺されたあと、命をかけてやつらと戦えと味方の男たちを説得した。舌打ちひとつで、男たちに恐怖を植えつけることもできた。彼らはニックに何を命じられたかひとこともらすことなく、墓場へ入るだろう。

それに比べたら、靴や少しばかりの土地など、どうということはないはずだ。

「紳士諸君」ニックは始めた。「このところ思うことがある。われわれは厳しい時代に生きている、と。このすばらしい街、新聞などによれば世界一豊かな街、そして自分のこのふたつの目で見ても、おそらく有史以来どこより多くの貴族や名士が住む街では、一方でがめつい金持ちどもが、わずかな空間をきみたち愛する家族に週給の半分くらいの金額で貸し出している。多くの人々は貧困のために死にかけているのだ。パンがない、住む場所がない、赤ん坊が母親のおっぱいを求めて泣いてもミルクがない。母親は五日前、工場の床に倒れて死んだからだ」

いまや店内は静まり返っていた。視界の隅にキャサリンの青ざめた顔が映った。ニックとしては本題に入る前に、少々ひねりを入れるつもりだった。

「このパブの外に出てみるといい」彼は言った。「南に向かってクラーケンウェルへ向かうとする。さらに歩いてサザークまで行ってもいい。または西に折れて、セント・ジャイルズに行くか。そこで何を見るだろう？　悲惨な世界だ。物乞いが道端で死んでいる。ごみや汚物があふれ、水はまずくて飲めたものじゃない。それでも彼らは飲む」

「気の毒にな」誰かがぽつりと言った。あちこちから同意のつぶやきが聞こえる。

「その水を飲むしかないからだ」ニックは力をこめて言った。「配水管がだめになっている。死にかけた男、喉が渇いて死にそうな男がポンプを持ちあげても、出てくるのはさびのかけらだけ。一方メイフェアでは、金持ち連中は水など飲まない。シャンパンか高級フランス産ワイン。水は六人は入れるくらいの浴槽にためられている」

キャサリンが落ち着かなげに身じろぎした。小声で言うのが聞こえた。「勘弁して。革命を始めるつもり？」

ニックは頬の内側を噛み、先を続けた。「そう、悲惨な世界はそこらじゅうにある。不幸、苦しみ、不当な差別、ゆりかごで死ぬために生まれたような赤ん坊。飢えと渇き、どこまでも続く貧困。獣のように死んでいく者たち。獣のよう——貴族連中は、おれたちのことをそう言う。黄金で舗装された道を歩きながら」

怒りと不満が人々の顔をゆがめた。ジョージ・フラハティが目をぬぐった。

「だが、ここではそんなことはない」ニックは言った。「ここ、ホワイトチャペルにかぎってはない」

「ここでは、そんなことはない」誰かが言った。

ニックは声を大きくした。「ここ、ホワイトチャペルにはない」

「そうだ！」また別の男が声をあげた。

「ここ、ホワイトチャペルにはない！」ニックは叫んだ。「おれたちは人間らしく暮らしている！」

誰かがテーブルを叩いた。ブーツを踏み鳴らす音、大きな拍手が続いた。ニックはしばらく間を置き、場が静まるのを待った。こういう場所では、男たちは騒ぐ理由を探している。

拍手がおさまりだすと、ニックは演説口調に戻って続けた。「ここでは、通りはきれいに掃除されている。水が止まったら、声をあげればいい。隣人が予備の水差しを持って駆けつけてくれる。ここでは、子どもたちが腹をすかせてパンをねだったら、こう言えばいい。〝学校に行ってごらん。いくつロールパンをもらえるかな〟ここでは、女性が通りで倒れたら、男たちは足を止めて助け起こす」

「ありがたい」

「そのとおりだ！」

「そしてここでは」今度は声をひそめる。「人々には重労働のあと、〈ネディーズ〉に寄ってひと息つく権利がある。真面目に働いてかいた汗を冷やし、仲間と顔を合わせて乾杯する。貴族連中がどう言おうと、おれたちは獣じゃないからだ」

「貴族連中なんぞ、くそくらえ」

「ああ、くそくらえ！」

「おれたちは獣じゃない」ニックはまた声を高くした。「貴族連中よりはるかに、品性ってものがわかってる。そうだろう？　そこでひとつ、みんなにききたいんだが、どうしてまだ帽子をかぶってるんだ？」

突然店内はしんとなり、キャサリンがゆっくりと震える息を吐く音がニックの耳に届いた。

「そう、おれはいま、おまえが聞いたとおりのことを言ったんだ」彼は、戸惑った顔で耳をかいているジョージ・フラハティに向かって言った。「ここはおれたちに安らぎと品性を与えてくれる大切な場所だ。だから椅子にかけた足をどけ、帽子は脱げ、いますぐに！」

ゆっくりと手が頭に向けてあがった。靴はためらいがちに椅子から持ちあげられ、鈍い音とともに床におろされた。

「品性というのは、たまたま得られるものじゃない」ニックは言った。「ただで人の敬意は買えない。だから、ここで得られるものを大切にするといい。隣人に会釈し、誇り高い人間らしく相手の目を見ろ。くそったれの貴族連中に接するときと同じ敬意を持って仲間と接するんだ。〈ネディーズ〉で隣人と飲むときは、ちゃんと座り、帽子は取れ」

成功だった。全員が帽子を取った。ニックは目を細めて店内をざっと見渡し、そここで数人にうなずいてみせてから椅子に座った。

「そうね……」キャサリンが青ざめた顔で言った。「少しばかり言葉遣いに問題はあったけれど……」

ニックは胸をどきどきさせて、彼女の判定を待った。

「とても説得力があったわ」キャサリンは微笑んだ。ニックは心臓がはじけ、空に舞いあがっていくような感覚に陥った。「都市事業委員会が気の毒になるほどよ」

原稿を見て、キャサリンは鼻を鳴らした。「〝麦わら色？〟どうして〝小麦色〟と言わないの？　まったく、なぜもっとこのチェストのうるしのような艶を強調しないの？」

前に並んだ一団は黙りこくったままだった。彼女はため息をついた。オシェアの所蔵品の目録に目を通すために事務室へ入ったときには、窓から陽光がさんさんと降り注いでいた。いまは赤い夕日が通りを見おろす長い窓から鈍く差し込んでくるだけだ。広告書きたちは――そのうちふたりは、まだろくにひげも生えていない若者だった――みなむっつりとした顔で、だらしなく椅子に腰かけている。ペンは机の上に放り出し、インクで汚れた手を恥ずかしげにポケットに突っ込んで。

「あなたたち」キャサリンは原稿を机の上に置き、いくぶん口調をやわらげた。「詩を書けと言っているんじゃないのよ。でも、あなたがチェストを探しているとして、この広告文を見て購買意欲がわく？　豊富な語彙をひけらかすことはないの。〝黄金色〟と〝琥珀色〟でいいじゃない。同じページに二度、出てきたとしても」

衣ずれの音がして、男たちはふいに背筋を伸ばして顎をあげた。キャサリンは一瞬、自分の言葉がついに彼らのやる気を引き出したかと期待したが、続いてドアのほうから咳払いが聞こえた。

赤毛の接客係――ミス・エイムズだった。男性の視線を浴びて、愛らしく頬を染めている。

「ミス・エヴァーレイ」彼女は申し訳なさそうに言った。「お兄さまがお話があるそうです」

キャサリンはため息をついた。オシェアは今日の午後、都市事業委員会に乗り込んでいるはずだ。ピーターは会合が行われたバークレー・ハウスからまっすぐ来たのだろう。オシェアの説得が功をなしたこと——願わくは——に憤慨して。でも、逆の場合もありうる。わたしの失敗をあざ笑うために来たのかもしれない。

「わかったわ」彼女はコートに手を伸ばした。「明日また来るわ。原稿にある田園風の比喩はすべて削ってあることを期待しているから」

ところが廊下に出て歩きだそうとすると、ミス・エイムズに引き止められた。

「聞いていただきたいことがあるんです」接客係はいっそう頰を染めながら、ためらいがちに言った。

赤毛の人間は、よく顔が赤くなる。けれどもミス・エイムズがこれほど真っ赤になり、どぎまぎしているところは見たことがなかった。キャサリンは眉をひそめた。

「どうかしたの？　話して」

「わたしたちが自分に関係のないことに首を突っ込むのを、あなたがよく思わないのはわかっています。でも……」ミス・エイムズは顔をあげ、妖精のような顔にかかった巻き毛を払った。「リラから、その、彼女がいないあいだ、あなたをよろしくと言われていて——」

「リラから？」キャサリンは戸惑った。助手に抜擢（ばってき）される前、リラは接客係として働いていた。そのために、当初キャサリンは彼女の能力を疑問視していたものだ。

　ところが、リラはきわめて優秀だった。先入観のせいで長いあいだ見えるはずのものが見えていなかったと、そのときキャサリンは反省したのだった。彼女は口調をやわらげた。

「はっきり言ってちょうだい、ミス・エイムズ。何を気にしているの？」

「お兄さまはおひとりではありません」彼女は低い声で、早口に言った。「事務所にはほかにふたり男性がいます。顧客には見えませんでした」

　キャサリンはしばし、相手を見つめた。数いる接客係の中でも、ミス・エイムズは優雅な物腰が目を引いた。化粧は濃いものの、接客態度は控えめで品がいい。露骨に媚びたり、嬌声（きょうせい）をあげるほかの娘たちとは、生まれ育ちが違うようだ。いまの状況も、身を落とした末なのかもしれない。何より彼女は勘が鋭く、客が何に関心を持っているか、収集家の言う来歴は信頼できるかといったことについて、しばしば正確な助言をしてくれた。

「ミス・エイムズ」キャサリンは言った。「はっきり言ってほしいわ。何が心配なの？」

「その……わたしも一緒に事務室に入ったほうがいいかもしれません」

　相手の言わんとすることを察し、キャサリンは広い窓まで歩いて通りを見おろした。

　馬車が数台、縁石に止まっていた。一台がやけに目立った。紋章も窓もなく、妙に角張っている。

「あの人たち、あの馬車に乗ってきたんです」ミス・エイムズが窓のない馬車を、窓ガラスに指を押しつけるようにして指さした。

　キャサリンは深く息を吸った。だからといって、自分の身に何か起こるとはかぎらない。

もっとも、ミス・エイムズはただならぬ気配を感じ取ったようだ。キャサリンはもう一度馬車を見おろした。この建物には出入り口が三つある。自分の仕事場から根拠の薄い恐怖に駆られて盗人みたいに抜け出すなんて、腹立たしいことこのうえないけれど。

ミス・エイムズがキャサリンの腕をつかみ、ぎゅっと握った。「振り返らないで」小声で言った。「たったいま、廊下に出てきました。こっちに向かっています」

キャサリンはミス・エイムズの手に自分の手を重ね、ささやき返した。「いい、何か異常事態が生じたら、ホワイトチャペルにある〈ハウス・オブ・ダイヤモンズ〉のミスター・オシェアに伝えて」

ミス・エイムズも、その名前は知っていたようだ。仰天した顔をしたものの、わかったというしるしにこくんとうなずいた。

キャサリンは振り返った。たしかにピーターがこちらに向かって廊下を歩いてくる。両脇に、兄が子どもに見えるくらい図体の大きなふたりの男を連れていた。

ひと目見て、ミス・エイムズが何を心配していたかが理解できた。ふたりの男は同じ生地、同じ仕立ての地味な灰色のスーツを着込み、脇に山高帽をはさんでいる。

三人が足を止めた。階段、つまり出入り口への道はふさがれた。

「キャサリン」ピーターが声をかけてきた。「ここにいたのか。おいで、ちょっと話がしたいんだ。おまえが興味を持ちそうな提案がある」

彼女は肩をいからせ、前に進み出た。「忙しいの」背後のミス・エイムズが気づかれないよう事務室に隠れたことを意識しながら言う。「一二月のオークションの目録が――」

「急ぎなんだ」兄はそう言うと、微笑みながら近づいてきて、キャサリンの腕を取った。そして腕を引き抜こうとしても引き抜けないほど、強く握った。「わたしの事務室に来るんだ。一緒に行こう」

キャサリンは思いきり腕を引いた。「放して」

「急ぎだと言っただろう」ピーターが穏やかに言う。「この紳士たちを見れば――」

キャサリンは彼らを見た。兄が妹の腕を乱暴につかんでいるところを、なんの驚きも不快感も見せずに平然と眺めている。普通の客なら、オーナーが廊下でもみ合っていたら示すであろう感情はいっさいなかった。

もう疑問の余地はない。キャサリンは一気に全体重をピーターにかけた。そして兄が転んで手を離すと、向きを変えて広告書きのいる事務室に向かった。人目のあるところなら安全なはず――。

どこからか別の手が現れ、ウエストをつかまれた。鼻に布を押しつけられる。吐き気をもよおすような甘ったるいにおいが鼻孔に侵入してきた。

息が詰まった。視界の周囲がぼやけ、暗くなって……。

最後に見えたのは、ドアから廊下をのぞくミス・エイムズの恐怖に見開かれた目だった。

14

舌が綿みたいに感じられた。喉が渇き、唾をのみ込むと痛む。

不鮮明な話し声が意識の隅に届いてきた。キャサリンは暗がりに横たわっていた。頭がくらくらし、妙な映像が脳にちらつく。舗装されていない道を走る馬車のがたごという音や、喉に流し込まれた何やら不快な液体も。

恐怖。わたしはどうして恐怖を感じているの？　夢のせい？　思い出せない。

次第にぼそぼそいう声から言葉が聞き取れるようになった。話をしているのは兄だ。

「最近、幻覚がひどくなってるんです。わたしが部屋に押し入ろうとしたとか言いだしたり。しかも、知らないうちに部屋に三つも錠をつけてあった」

「偏執病者か」知らない男が心配そうな口調で言った。

「そうなんでしょうね。わたしが取引先のひとりと共謀して、何かをたくらんでいると思ってる。どうしてなのかはわかりませんが。ただ、わたしにその人と無理やり結婚させられると信じ込んでいるんです」

声をあげるべきだとわかっていた。これは夢じゃない。自分はベッドに横たわり、体を拘束され、目を開けることもできないでいる。手足は反応しなかった。ぐったりと重く、上から押さえつけられているかのようだ。

「典型的な妄想ですね」もうひとりが言った。「ある程度年齢のいった未婚女性に多いんですよ」

「おそらく。それにしても、まったく意味をなさない。わたしがそんな悪党だったら、妹を結婚させようと考えますか？　彼女は独身のままでは会社に対してなんの権利もないんですよ！」

「この手の妄想は意味があるほうが珍しいんです。ヒステリー患者にはそれなりの論理がある。われわれには理解しかねますが」

暗闇を切り裂くように記憶がぱっとよみがえった。廊下でピーターが近づいてきた。怪しげなふたりを引き連れて。顔に布が当てられ、何かの薬が……。

心臓が激しく打ちはじめた。無理やりまぶたを開ける。けれども明るさに目がくらみ、すぐに閉じた。

「できればあなたに手紙を書きたくはなかったんですが」ピーターが小声で言った。「自分でなんとかできると思ったんです。でも、妹は家を抜け出して。いまはどこに住んでいるかもわかりません。言おうとしないんです。心配でならないんですよ。下手すると自傷行為もしかねない」

「心配なさるのは当然です。ところで、お手紙にありましたが、妹さんは健康も害しているようだとか」

「そうなんです。ごく最近のことなんですが、いきなり発作を起こすんです。一度など、よりによってオークションの真っ最中に大勢の人の前で倒れたんですよ。それはもう大変な騒ぎになりました」

「職場で発作が起きても不思議はありませんな。そもそも女性というのは仕事に向いていないものですから」

「わたしもそう言ったんですよ。でも、無理に仕事を続けたせいで一線を越えてしまったのかもしれない。いまでは完全におかしいんです。なんと、勝手に夫を作ってしまって」

「夫を？　あなたの取引相手ではなく、ということですか？」

キャサリンは無理やりまぶたを開けた。天井は太陽のような黄色に塗られていた。なんてこと。ここは〈エヴァーレイズ・オークションハウス〉じゃない。ヘントン・コートでもない。

馬車に揺られたのは夢ではなかった。いったいどこなのだろう？

「いえいえ、違うんです」ピーターが言っていた。「それがとんでもない男でね。卑劣な犯罪者なんですよ、新聞で名前を見たことがあったんでしょうね。イースト・エンドの悪党です。そいつと結婚したと言い張っているんですよ、信じられますか？」

もうひとりの男が笑った。「なかなか独創的ですね」

「もちろん、結婚することで妹がよくなるなら、喜んでふさわしい相手を探しますよ。でも、いまの状態では……」

「いけません、ミスター・エヴァーレイ。お話を聞いたかぎりでは、妹さんはそう簡単に回復するとは思えません。そもそも、そんな結婚が法的に認められるものかどうか。結婚を許可されるには、正常な精神の持ち主でなくてはなりませんからね」

恐怖が薬による麻痺の名残りを焼き尽くした。指を曲げようとしてみる。それから頭を傾けた。

簡易ベッドに寝かされているようだ。小さな部屋で壁はむきだし。スツールがひとつ。どっしりとした書き物机。窓からは、暗くなって星がまたたきはじめた空が見えた。

星は、明るいロンドンの街ではこれほどはっきり見えない。

起きあがろうとしたものの、うしろ向きに倒れた。兄たちに聞かれないよう、叫び声をのみ込む。彼らは開いたドアの外に立っているに違いない。「わたしもそう思っていたんです」ピーターの声だ。「ということは、結婚したとしても、認められませんね？　妹の……精神不安定を理由に？」

凍りつくようなその瞬間に、すべてが明らかになった。兄はキャサリンを精神病院に連れてきたのだ。ついに結婚を無効にする方法を見つけたというわけだ。

「いまの状態では認められないでしょう」この男はおそらく医者だ。「お話からして、彼女を正常と見なす裁判官はいないと思われます。そういう状態でなされた結婚は無効とされますね」

「ああ、それなら安心だ」ピーターがうれしそうに言うのを聞いて、キャサリンの胸に憎悪があふれた。その勢いを借り、彼女はついに立ちあがった。

よろよろとドアまで歩き、ノブにつかまって体を支えた。「兄は嘘をついているの」かすれた声で言う。男たちがぱっと振り返った。ピーターはさりげなく両手をポケットにかけていたが、キャサリンの姿を見ると、笑みをこわばらせた。けれども彼女が話しかけたのは、手入れの行き届いた口ひげに金縁眼鏡の、医者らしい誠実そうな顔立ちの男だった。「兄を信じてはだめ。彼は理由があって、わたしの結婚を無効にしたいの。そのためにあなたをだまそうとしている。わたしは完全に――」息を継ぐために言葉を切り、めまいをこらえて戸枠をつかんだ。「完全に正気よ。兄は――」

ピーターが舌打ちをし、前に出るとキャサリンのウエストをつかんで、やさしい声で言った。「またそんなわけのわからない話を繰り返すのか？」耳のうしろの髪を撫でられ、彼女は顔をそむけた。その急な動きでまたバランスを失い、吐き気がこみあげて、兄の腕に倒れ込んだ。

「おわかりでしょう」頭越しに、ピーターが医者に言うのが聞こえた。「彼女は話を作ってるんですよ」

「よくわかりました」医者が同情するようにキャサリンを見た。「もう少し休まれてはいかがです、ミズ・エヴァーレイ？　明日からは治療が始まります。ぐっすり眠ったほうがいい」

彼女はピーターの手に爪を立て、癇癪を抑えた。「兄は嘘を言っているの！　わたしには治療なんて必要ない。夫に連絡してみて。結婚が事実だと証明する書類を持ってくるはずだから。わたしたちは正式に――」

「そうです」ピーターが彼女の肋骨にまわした手に力をこめた。息が苦しくなるほど。「ミスター・デンバリー、どうぞ彼女の夫が住んでいるという賭博場に連絡を取ってみてください」

「賭博場！」ミスター・デンバリーは、頭がもうひとつ生えてきたとばかりに愕然としてキャサリンを見つめた。

その瞬間、何を言っても無駄なのだと悟った。この医者には、彼女は理性のたががはずれ、正気を失った心の弱い女としか見えないのだろう。何を言っても、その意見を裏づけるだけだ。

それでも反論しないわけにはいかなかった。「お願い、せめて事実を確かめて。医師として――」

ピーターがキャサリンを部屋の中へ引きずっていった。押しのけようとしたが無駄だった。

「このところ、暴力的になっていましてね」兄は早口に言うと、彼女を突き放してドアに向かった。

キャサリンもドアに突進したものの、遅かった。ドアは閉まり、錠がかかった。

「ピーター！」懇願するつもりはなかったが、声がうわずった。「お父さまのために、お願

「もう行きましょう」兄が大声で言う。「こんな状態の妹の声を聞いているのはつらくていーー」

「ーー」

「鎮静剤を打ちますよ」ミスター・デンバリーが応えた。「それまでのあいだ、我慢してください。この病院は電気療法ですばらしい成果をあげています。来月には別人のようになっていますよ」

キャサリンはすすり泣きを片手で抑え込み、遠くなっていくピーターの声に耳を澄ませた。

「治療を急ぐ必要はありません。金は問題じゃない。妹のためです。どれだけ時間をかけていただいてもかまいませんよ」

「聞こえる?」

キャサリンは身じろぎし、あわてて顔から涙をぬぐった。これは手荒い男性看護士のしゃがれ声ではない。女性の快活でやわらかな声だ。錠のかかったドアの向こうから聞こえてくる。「ええ、聞こえるわ」もがくようにして、なんとか起きあがる。「ああ、お願い、助けてくれない?」

「場合によるわ」

彼女は大きく息を吐いた。「場合って、どういう?」

「待って」何かがドアを引っかく音がした。ノブがかたかたと鳴る。ドアが開くのを待ちなながら、キャサリンはふと、向こうにいるのは誰なのか見当もつかないことに気づいた。なんといっても、ここは精神病院なのだ。

ドアが開くと同時に、一歩うしろにさがった。現れたのはブロンドの女性で、白いレースの部屋着を着ているせいで幽霊みたいに見えた。なんとも言いがたい色の陰りのある目をし、ドアのところで立ち止まって、疑わしげにキャサリンを見つめている。「わたしの横をすり抜けて逃げようなんて考えないで。わたしが悲鳴をあげたら、あなたはすぐにつかまるわ」

キャサリンはゆっくりとうなずいた。

「あなたが叫んでいるのが聞こえたの」

正常な文明生活の中だったら、キャサリンは気まずい思いをしただろう。けれども今夜の彼女は巨漢ふたりにベッドに寝かされ、薬をのまされ、体ばかりか脳までが麻痺した状態だった。

呼吸ができない気がして不安だった。ようやく指を動かせるようになったあとも、すすり泣きを押し殺すことなど、考えていられなかった。

女性は同情のこもった一瞥で、そうしたすべてを理解したようだった。「彼らはあなたに治療を受けさせようというのね？」キャサリンがうなずくと、女性はため息をつき、部屋に入ってドアをそっと閉めた。「デンバリーはミスター・コリンズからここを受け継いで以来、ますます横暴になったわ。彼は医者というより兵士なの。彼の言う治療は……かなり不愉快なものよ」

ている。

「あなたには、そう不愉快ではないようだけれど」女性はオレンジとローズ水の香りを漂わせ、平静そのものだ。淡いブロンドはきちんと結いあげられ、乳白色のリボンが編み込まれている。

「彼はわたしを怒らせるようなことはしないわ。多少は分別があるから」

なんと応えていいかわからず、キャサリンは無言で頭をめぐらせていた。この女性は自由に歩きまわることを許されているのだろうか？　それともリラのように錠を開ける方法を知っているの？　いえ、それより、ここから抜け出す方法を知っているのかしら？

こちらの考えを読んだかのように、女性がドアの真ん前に立った。「主なドアには、すべて錠がかかっているわ」静かな口調で言う。「わたしは鍵は持っていない」

キャサリンは唾をのみ込み、口を開こうとした。でも、声が出なかった。しばらくして、また手を目に当てる。もう泣いてはだめ。泣いてもなんにもならない。

「わたしはステラ」女性が続けた。「あなたはキャサリンね。さっき看護婦たちが話しているのを聞いたの。座ってもいい、キャサリン？」

深く息を吸って、キャサリンは手をおろし、スツールに向かってうなずいた。ステラと名乗る女性は踊り手のような優雅さで腰を落とし、背筋をまっすぐにして座った。

「大事なのは、おとなしくしていること。抵抗すると病気の証と見なされる。治療を受けたくなかったら、その理由を与えないことよ」

言うは易しだ。「医者は電気療法を施すと言っていたわ」キャサリンは叫ぶように言った。

「わたしはいまのままでいたいのに！」

「そうなの？　それはけっこうなことね」ステラがキャサリンを見あげた。「座らない？」

座るのは気が進まなかった。デンバリーか看護士がまた入ってきたとき、いつでも戦えるようにしておきたい。ここには武器はなかった。スツールや便器まで、ボルトで床に固定されている。けれども爪ならある。歯も使える。

それでは本物の錯乱者だけれど。

「今夜は男性はもう来ないわ」ステラが言った。「彼らはよく寝るの。看護婦は来るかもしれないけれど、手荒い真似はしないでしょう。言われたら、ただ薬をのめばいいわ」

相手の落ち着き払った口調に、キャサリンはいらだちを感じはじめていた。しぶしぶ簡易ベッドに腰かける。「ここはどこか知っている？」

「ケンハーストという病院よ」

「病院！」キャサリンは唇をゆがめた。「監獄ではなくて？」

ステラはため息をついた。「まあね。かつては病院だったのよ。でも、わたしも同じ意見。ミスター・コリンズがいなくなってから、変わってしまったわ」

キャサリンは過去の黄金時代には興味がなかった。「どのあたりにあるの？」外が恐ろしく静かなことからして、田舎なのは間違いなさそうだった。

「ケズトンの駅から八キロほど離れたところ」

八キロ。徒歩では行けない。

「門まで行けたとしても、その先は無理ね」ステラが穏やかに言った。

つまり絶望的な状況ということだ。「あなたはどうしてここに？　当てさせて。わたしと同じで、あなたを嫌う男性にはめられた？」

ステラはかすかに微笑んだ。「というより、わたしが彼を嫌いだったの。彼を殺したかどで、ここに送り込まれたのよ」

恐怖がキャサリンの胸を突き刺した。強風に窓ガラスがかたかた鳴り、気づくと彼女は毛布を握りしめ、自分の膝に引き寄せていた。まるでそれが殺人者から自分を守る盾であるかのように。

「あなたを怖がらせてしまったようね」ステラは悲しそうな、それでいて半分面白がっているような口調で言った。「大丈夫よ。少なくともわたしは危険人物じゃないわ。夫はね、わたしにこぶしを使うのが好きだったの。それである日、彼が手を振りあげたとき、わたしは階段で彼を思いきり押した」身を乗り出し、顔を月明かりにさらす。「意図的ではなかったのよ」

ステラは第一印象より若そうだった。三〇になるかならないかだろう。目は生き生きとした明るいブルーで、重たげなまぶたが官能的な雰囲気を与えている。対照的に、唇はキューピッドの弓のような繊細な形をしていた。正統派の美人ではないけれど、印象的な女性だった。

しかも、どことなく見覚えがある。「あなたはどなた？」小声できいた。

ステラが眉をひそめた。「どうでもいいわ。あなたはここにいたくないと思ってる。でしょう？　それが気にかかるの」

「こんなところにいたい人がいる？」

「居住者のほとんどよ。でも言ったとおり、時代が変わったの。最近連れてこられてひどい扱いを受けた女性は、あなたが初めてではないわ」

「わたしは正気なのよ」キャサリンは語気を強めた。「なのにデンバリーは強引に治療しようとしている。朝には電気ショックを与えるつもりなのよ」

ステラはじっとキャサリンを見た。「あなたをここに送り込んだのは裁判所ではなさそうね」

「兄なの。わたしの会社を自分のものにしようとしているのよ」

「なんてこと」ステラが両手を唇に押し当てる。「夫にというのはたまに聞くけれど、兄だなんて。ひどい話だわ」

会話がおかしなことになってきた。誰に病人の烙印を押されたかについて、丁重に哀れみ合うなんて。「聞いて」キャサリンは食いしばった歯のあいだから言った。「あなたはここで自由を与えられているようね」リラに錠の開け方を教わっておけばよかった！　いまはこの人に望みをかけるしかない。「手紙を投函してもらえないかしら？　いまの状況を人に知らせたいの」

ステラはかぶりを振った。「以前ならできたのだけれど。デンバリーは投函する前に、わたしの手紙を読んでいるようなの」

キャサリンはごくりと唾をのみ込んだ。「それなら、わたしはおしまいね」

彼女が涙をこらえているのを感じ取ったのか、ステラはスツールからおり、近づいてきた。花の香りが漂ってくる。ステラに手を取られながら、キャサリンはその洗練された香りを深々と吸い込んだ。「気をしっかり持って」ステラが言った。「わたしにも兄がいるの。あなたのお兄さまと違って、やさしい人よ。彼に手紙を書いて、訪ねてきてと頼むわ。デンバリーもそれは許すはず。ジェイムズは手紙を受け取ったら、たぶん数時間で来てくれる。兄にあなたの手紙を託すわ。誰と連絡を取りたいの?」

キャサリンは口を開きかけ、ふと記憶の断片がぴたりと合ってためらった。ステラとジェイムズ。ジェイムズ・サンバーン侯爵。ステラ――レディ・ボーランド。当時かなり世間を騒がせた殺人だった。モアランド伯爵の娘が夫を殺した。裁判の経緯はあらゆる新聞の一面を飾った。

キャサリンは彼女を見つめた。ステラは冷酷な殺人者にも、正気を失っているようにも見えなかった。

「教えてくれないと」ステラが促すように軽く手を握る。「電気療法がどういう影響を及ぼすかは見てきたわ。そのあとでは、名前や住所すらわからなくなってしまうかもしれない」

恐怖が氷の矢のようにキャサリンの骨に突き刺さった。生まれて初めて経験する種類の恐怖だった。頭がどうかなったら、わたしはどうなるの? 記憶も知識も、すべて失ってしまったら？

「ニコラス」涙があふれるのを感じながら答えた。彼の名前が唇からこぼれる感触に体が熱くなる。名前を口にしたのは初めてだ。ああ、いままでどうして彼のやさしさを当然と思っていたのだろう？　どうして愛撫の巧みさを彼の最大の魅力と思ったの？　彼はわたしの話を聞いてくれた。意見を尊重してくれた。対等に相談に乗ってくれた。仕事をしていることを批判しなかった。労働が精神の均衡を乱しているなんて、考えもしないはずだ。彼と出会えたことは奇跡だ。なのに……わたしは彼に冷たく当たってばかりだった。

「ニコラス・オシェア。ロンドンのホワイトチャペルにある〈ハウス・オブ・ダイヤモンズ〉にいる彼に手紙を渡して」

「直接渡すよう、ジェイムズに頼むわ」ステラの手に力がこもった。「いい、あなたは自分が思っているより強い女性よ。耐えられるわ」

廊下から足音が聞こえた。木靴の重たい足音だ。ステラは立ちあがり、部屋着の前をしっかりとかき合わせた。「できるかぎりのことはするから」早口でささやく。「明日はデンバリーの注意を引きつけておく。電気療法は彼の指示がないと――」

ドアが開いた。「レディ・ボーランド！」白い上っ張りを着た看護婦が驚いた顔で叫んだ。「こんな人たちと関わってはいけませんよ。危険ですから」

「彼女はとても落ち着いているように見えるけれど」ステラは言った。「今夜はお薬、いらないんじゃないかしら」

「ミスター・デンバリーの指示ですので、奥さま。従わないわけにはいきません。おわかりでしょう」

ステラは申し訳なさそうにちらりとキャサリンを見ると、看護婦の脇をすり抜けて部屋を出ていった。

キャサリンは立ちあがった。「レディ・ボーランドの言うとおりよ。薬はいらない――」ステラがいなくなったとたん、看護婦の態度は豹変した。「選択肢はふたつ」憎々しげに唇をゆがめて言う。「薬をのむか、わたしが男性職員を呼んで、押さえつけて喉に流し込んでもらうか」ひょいと両眉をあげた。「言っておくけど、後者だと痛い目に遭うことになりますよ」

キャサリンは看護婦の手にある瓶を見やった。アヘンかクロロホルムか。いずれにしても死ぬことはないだろう。

二度ほど失敗してから、なんとか返事を絞り出した。「のむわ。誰も呼ぶ必要はないわよ」

門を抜けるのはたやすかった。先端のとがった錬鉄製だが、見かけ倒しだ。ドアも同じで、ジョンソンが怪力でかなてこをひとまわししただけで、難なく開いた。

しかし中に入ってみると、キャサリンを探すのはそう簡単にはいかないとわかった。ここは普通の精神病院ではない。御影石でできた三階建ての屋敷で、部屋は六〇近くある。さっき馬をつなぎながら作戦を練るあいだ、窓の数を数えたのだ。暗い廊下を、ニックはジョンソンを従えて進んだ。近くの柱時計の時を刻む音が、焦る気持ちを募らせる。月はすでに沈んでいた。夜明けまで、従業員たちが起き出すまで三時間もない。

ここへ来るまでに時間がかかりすぎた。ジョンソンは頭にひどい切り傷を負って、〈ハウス・オブ・ダイヤモンズ〉に転がり込んできた。なぜそんな傷を負ったのか記憶にないらしい。リラが働きはじめてから〈エヴァーレイズ・オークションハウス〉の様子を知るために金を渡していたメイドは先月結婚し、いまはニックの雇い人ではない。頼みは赤毛の接客係だけだが、彼女はすっかりうろたえた様子で〈ハウス・オブ・ダイヤモンズ〉に駆け込んできたかと思うと、巨漢だの、誘拐だのと一気にしゃべりだした。〝ケンハーストです。ケンハーストって場所が話に出てきました〟

ニックは臆病者ではない。ナイフを突きつけられても、銃口を向けられても、鼓動が乱れたこともない。けれども赤毛の娘の話を聞いて、彼は足元が揺らぐと同時に視界が暗くなっていくのを感じた。

体のバランスを取るために壁に手を当てた。これが恐怖というものなのだ、と悟った。だが、自分の恐怖などどうでもいい。大事なのはキャサリンの身の安全だ。一瞬だけ弱さをさらけ出したものの、ニックはすぐさま行動に移った。

ケンハースト。そんな場所は聞いたことがなかった。鉄道の駅ではない。〈ネディーズ〉にいる誰にきいても知らなかった。そこでマロイの家で会合を開き、こちらも誘拐の計画を練った。ピーター・エヴァーレイを待ち伏せし、吐かせるのだ。そのあとで、二度と口をきけないようにしてやる。

エヴァーレイは報復を予想しているだろう。避けようと思うなら、家には帰るまい。いまごろはロンドンから遠く離れたところで、ネズミのように息をひそめているはずだ。

しかし、土地の競売は二日後に予定されている。ニックは乗り込んだ都市事業委員会で投票により競売が認められたとき、エヴァーレイの顔が真っ青になるのを見た。そしてあわててピルチャーに駆け寄り、何やら熱心にささやいてから辞去するのを見た。エヴァーレイはピルチャーに借りがある。競売には顔を出すだろう。ピルチャーはエヴァーレイの協力を必要としているはずだ。

ペギー・マロイが厨房を通ったとき、彼らはそれぞれの役割を決めているところだった。ふと会話が耳に入ったのか、彼女が足を止めた。「ケンハーストって言った？」ペギーはいつも殺人事件には興味津々だ。ことに犯人が女性の場合は。ケンハーストはこの一〇年間に起きた、もっとも名高い殺人事件に関わる場所だった。「彼女、ケンハーストに幽閉されているのよ。ケズトンにある精神病院。馬で四時間くらいかかるかしらね――」

三時間で着いた。廊下には誰もいなかった。一度だけ遠くのほうで足音がして、ふたりは廊下が交差するところで足を止めた。ジョンソンがナイフを取り出し、ニックは絞殺具を握りしめた。

けれども足音は遠ざかり、階段をのぼっていった。

ふたりはまた進みはじめた。快適な空間に見せようという努力はうかがえ、壁にはタペストリーがかかり、絨毯はふかふかだ。だが、どのドアにも南京錠がつけられ、羽目板が差し込まれている。それをあげれば、中の様子が見えるようになっているのだ。ちょうどそのとき、妙なうめき声が廊下にもれてきた。ジョンソンがびくりとし、ニックは歯を食いしばって足を速めた。

その並びには男性患者しかいなかった。みな簡易ベッドで眠っている。次の棟はもう少し期待できそうだった。女性患者用らしい。ニックはすばやく羽目板をあげていった。だが、ある部屋でふと彼の目を見返す女性がいたので、驚いてのけぞった。

警告しようとジョンソンのほうを振り返ったが、その必要はなかった、ドアが開きはじめたのだ。

しまった。うっかり見逃していた。このドアには錠がついていない。ここは病室ではないのだ。

ニックはジョンソンの視線をとらえ、指を一本唇に当てた。そして脇に寄った。

女性が廊下の外に顔を出す。ニックは彼女の喉に腕をかけ、体ごと自分のほうに引き寄せた。そして悲鳴をてのひらでふさいだ。

「静かにしろ。そうすれば危害は加えない」

「わかったわ」ニックの手でくぐもった女性の声は、驚くほど落ち着いていた。「あなた方を困らせるつもりはないから」

ジョンソンが目を見開いた。女性の冷静さは、状況を考えれば不自然だった。おそらくここの職員で、こうして驚かされることに慣れているのだろう。

もっとも、彼女の約束は信じられなかった。ニックはしっかりと首に腕を巻きつけたままで言った。「人を探している。キャサリン――」キャサリン・オシェア。それがいまの彼女の正式な名前だ。ニックは自分たちが演じていた茶番を呪った。「キャサリン・エヴァーレイ」

「ああ」女性が緊張を解いたのがわかった。ニックは初めて、彼女が見た目ほど落ち着いていたわけではないことに気づいた。「あなたはニコラス・オシェアね」

ニックはジョンソンと疑り深げに目配せをした。ピーター・エヴァーレイが妹の結婚をもみ消そうとしているのなら、わざわざニックの名前を出すはずがない。

「おれのことはどうでもいい」にべもなく言った。「彼女のところに案内しろ。わかったらうなずけ」

女性はすぐにうなずいた。「そこの角を曲がると……受け入れ病棟と呼ばれるところがあるわ。言っておくけれど、女性病棟ほど快適ではないのよ」

ニックに前へ押し出され、彼女は体を押さえつけられたまま、足を引きずるようにして半歩ずつ進んだ。しかし角まで来ると急に足を止め、身をよじって彼から逃れようとした。

「放して！」

突然暴れだした相手に戸惑い、ニックは今度は手加減することなく腕に力をこめた。

「静かに――」

「力ずくでさせられるのはいや！」

ニックは視界の隅で、ジョンソンがナイフを持ちあげるのを見た。汚れ仕事は引き受けるという無言の申し出だ。けれども一瞬考えて、ニックは首を横に振った。

「声をあげたら」女性の耳元で言う。「後悔することになるぞ」ゆっくりと手を離した。

彼女は長々と震える息を吐いて、ニックに向き合った。背が高く、色白でキャサリンよりわずかに濃いブロンドをしている。上等なレースの寝間着からして、患者には見えなかった。かといって薄給の看護婦にも見えない。

「あなたがミスター・オシェアね。キャサリンが連絡を取りたがっていたわ。協力すると約束したの」

「本当か？」事実かどうかはどうでもよかった。彼女を見つけることが先決だ。「なら、話が早い。彼女のところへ連れていってくれ」

「目を覚まさないと思うわ。また薬をのまされたの」

怒りで目の前が真っ赤になった。ニックは歯を食いしばり、まばたきして視界がはっきりするのを待った。この女性が何者だろうとかまわない。看護婦だろうが、患者だろうが、一般人だろうが。これまで女性に危害を加えたことはないが、本来良心のあるはずのところに、いまは何もなかった。何も感じない。「連れていけ」低い声で言い、話は終わりと彼女が理解したのを見て取った。

女性の視線が、ニックのこぶしに巻かれた針金に落ちた。「わかったわ」彼女は小声で応え、寝間着の裾を持ちあげて足早に廊下を進んだ。

角を曲がると、石造りの廊下が、きしむ木製の床に変わった。こぎれいに壁紙が張られていた壁が、むきだしのしっくいになる。女性は三つ目のドアで足を止めると、一瞬南京錠をつかみ、振り返って申し訳なさそうに唇をゆがめた。「開けられないわ。看護婦に合い鍵を取りあげられてしまったの。この部屋に入っていたところを見つかってしまって」

ニックは羽目板を開けて、中をのぞいた。うずくまっている人影がキャサリンかどうかはわからなかった。小柄すぎるような気もする。子どものように横向きになって――。

はっとした。毛布の下にブロンドの三つ編みがちらりと見えた。

ジョンソンのほうを振り返る。彼は近づいて、かなてこを思いきり叩きつけた。

女性が飛びあがった。「静かに！　彼らに聞かれ――」

「おれによこせ」ニックはかなてこをつかむとドアに当て、一気に全体重をかけた。ドアにひびが入りはじめた。いったん力を抜き、しばし荒い息をついてから、もう一度体重をかける。

ドアはきしんだが、割れなかった。

「やめて」ニックがかなてこを頭上に振りあげると、女性は言った。「ここの警備員は武装しているのよ」

「おれたちもだ」ジョンソンが言い、銃を取り出した。

ニックはかなてこを振りおろした。一度、そして二度。一瞬、錠がピーター・エヴァーレイの頭蓋骨に思えた。

彼らが来る。電気ショックを与えるために。精神を破壊し、記憶を一掃するために。押しのけようとしたが、手は濡れた雑巾さながらにぺたりとベッドに落ちた。

「いや、やめて――」

「キャサリン、静かに、おれだ」

夢を見ているらしい。オシェアの声が聞こえた。ひょっとすると、何もかも夢なのかもしれない。わたしは〈ハウス・オブ・ダイヤモンズ〉のベッドで静かに眠っているのかも――。

無理やりまぶたを開こうとした。おぞましいむきだしの壁と、床に固定された椅子が見えた。

現実だ。オシェアの声が聞こえた気がしたのが空耳だったらしい。

目を閉じた。たやすく涙が出てきた。疲れきっていた。体は空っぽになったみたいで、それでいて重たく、頭がくらくらした。世界が崩れ落ちていくようだ。

体が持ちあげられた。キャサリンは意志と残っている力を総動員して肌に爪を立てた。今回は力いっぱい引っかいた。

「くそっ、キティ」耳元で彼の低い声がした。「ここから連れ出そうとしてるんだ、静かにしてろ」

目の前に輪郭のぼんやりとした顔が泳いでいた。目が細かく揺れ、鼻と唇が重なる。キャサリンは浅く息を吸い、まばたきした。顔がひとつにまとまった。

オシェアだ。

彼がここにいる。

「来てくれたの」彼女はささやいた。

オシェアはキャサリンをしっかりと抱きしめ、手を頭に当てて自分の肩に押しつけた。上質でやわらかなウールの感触。彼は馬のにおいがした。煙草と冷たい夜のにおいも。

「静かに」だが髪を撫でられたとたん安堵の波に包まれ、彼女はオシェアの肩ですすり泣いた。

彼がわたしをこの監獄から連れ出してくれる。きっともう大丈夫。そう思うとめまいがした。

つかのま意識を失ったのだろう。一分か、数分経っていたかもしれない。気づくとオシェアは足を止めていた。しっかりとキャサリンを抱きしめ、誰かと話をしている。

「わかった」オシェアが言った。「玄関ホールには警備員がいるんだな。ほかの出口は知らないか？」

「裏口があるわ」凛(りん)とした女性の声。ステラだ。「だけど警備室を通るの。正面から出るのが、わたしたちにとって最善の策だと思うわ」

「〝わたしたち〟？」

「そうよ。わたしも行く。この病院も、以前は外の世界より安全だったの。でも、明らかに変わってしまったわ」

　オシェアは小声で毒づいた。「きみはおれを別の誰かと混同してるようだな。おれにはそんな時間は――」

「待って」キャサリンにとって言葉を発するのは難しかった。よだれが垂れたものの、かまってはいられない。「彼女の……言うとおりに」

　オシェアがはっとしたのがわかった。キャサリンを抱え直し、顔をのぞき込む。彼女はまぶたがおりてしまい、目を合わせることはできなかったが、なんとかもう一度言った。「彼女も、一緒に……」ステラは親切だった。これくらいの恩返しはしなくては。

　彼がキャサリンの頬に手を当て、軽く押した。それから言った。「いいだろう。音は立てるな。ジョンソン、おまえ――」

「了解です。一発で仕留めます」

「彼を殺さないで」ステラが言う。「まず、わたしに話をさせて」

「そんな――」オシェアはきつくキャサリンを抱きしめた。彼女は徐々に意識がはっきりしてきていた。そして彼の腕が鉄のようにかたくこわばっているのを感じた。「冗談じゃない」

「彼の血で手を汚したいの？」ステラがきいた。「これまでにも人を殺したことがあるの？」

「ある」オシェアがこともなげに言う。「きみがおれたちを裏切ったら、ためらわずにきみを撃つ」

　キャサリンは目を開けた。ステラがじっとオシェアを見つめている。背後の壁掛けの燭台が彼女の濃いブロンドを輝かせ、青白い決然とした顔を光輪のように包んでいた。

「撃つなら撃てばいいわ。わたしはかまわない。でもそのあと、わたしの兄と渡り合わなくてはならなくなるでしょうね」彼女は向きを変えて、玄関ホールに向かった。

「待て」オシェアがぴしゃりと言った。ステラにではない。ジョンソンが怒りで口元をゆがめ、銃をおろすのが見えた。

「彼女は……約束を守るわ」キャサリンはささやいた。

オシェアが彼女を見おろした。つかのま表情をやわらげ、かすかな笑みを浮かべる。

「いいから」親指でそっと頬をなぞり、やさしく言った。「目を閉じてろ、キティ」それからまた玄関ホールへ視線を向けた。ひとつ深呼吸して、キャサリンを抱え直す。彼女は背中にオシェアのこぶしが当たるのを感じた。

彼は武器を持っている。いま、それを使うつもりなのだ。

奇妙な感覚が体に広がった。キャサリンは目を閉じ、この不思議な平安に身をゆだねた。何もかもうまくいく――ふいにそんな確信が生まれた。

耳に彼の鼓動が聞こえる。たしかな、しっかりとした音。自分は彼の腕に包まれている。守られている。キャサリンはそう感じた。

生まれて初めてのことだ。ここで、こんな恐ろしい場所で、彼女は安心感に満たされていた。

「大丈夫よ」ステラが息を切らして言った。「警備員は洗面所に行っているわ。五分ある。

「急いで」

キャサリンはオシェアに、夫にしっかりとしがみついた。彼は片手に武器を持ち、もう片方の手でしっかりとキャサリンを抱きしめ、大股で進んでいく。やがて玄関ホールを出て、ひんやりとした夜気の中に出た。

馬のいななきが聞こえ、キャサリンは彼の肩に頭を預けたまま微笑んだ。

15

物音がして、キャサリンは浅い眠りから覚めた。目を開ける。オシェアがベッドの脇に置かれた椅子に座っていた。深刻な表情で、美しい目の下にはくまができている。彼はじっとキャサリンを見つめていた。微笑みかけると、身を乗り出して彼女の顔を包み込んだ。

「具合はどうだ？」

キャサリンは頭の上で手を組んで長い伸びをしてから、あくびをした。「だいぶよくなったわ。気分もすっきりしてる」閉じたカーテンのほうをちらりと見る。「いま何時？」

「七時半、いや、八時だな」

「夜の？」オシェアがうなずくと、彼女は体を起こした。ふたりは夜明け直後に〈ハウス・オブ・ダイヤモンズ〉に戻っていた。ほぼ半日以上、寝ていたことになる。「ステラはどこ？」

「彼女の兄が迎えに来た」

キャサリンは心配になった。「病院に送り返されないかしら？」

オシェアが笑った。「彼の話しぶりだと、あの病院を吹き飛ばしかねない勢いだった。なかなか気骨があるな、貴族にしては」

「そうなの」オシェアの手が背筋に沿って三つ編みをなぞっていく。彼の指がうなじあたりをいじっていたような漠然とした記憶があり、キャサリンは背中に手を伸ばした。不ぞろいな三つ編みに気づいて笑う。「あなたはカードを切るほうが上手ね」

「髪を結うのはカードよりはるかに面倒くさい」オシェアは微笑んだ。「いいかげん、おれに愛想が尽きたんじゃないか。今朝なんて、本気でぶん殴られるかと思ったぞ」

キャサリンは申し訳なさそうな顔をした。「何しろ疲れていたのよ。ごめんなさい。そんなつもりは――」

「キャサリン」オシェアは彼女に自分のほうを向かせ、目を合わせた。「やめてくれ。謝らなくてはならないのはおれのほうだ。エヴァーレイがああいう行動に出ることくらい、予想すべき――」

「謝らないで」キャサリンは彼の手をつかみ、自分の頰に強く押し当てた。そして、大胆にも指にキスをした。「助けに来てくれたじゃない。ありがとう」

オシェアはゆっくりと座り直し、手を引き抜いた。キャサリンはちくりと胸が痛むのを感じ、視線を落としてベッドカバーの絹地を撫でた。なぜか気恥ずかしい。あのとき、例の精神病院で、ある確信が芽生えた。何かをはっきりと悟ったのだ。それがどういう性質のものだったかはよく覚えていない。けれど、彼に関することだったのは間違いなかった。

「外に医者がいる」オシェアが静かに言った。「医者が言うには……」咳払いをして続ける。

「目が覚めたら、もう大丈夫だという話だった。ただ念のため、診てもらったほうがいいと思う」

キャサリンはうなずき、彼が立ちあがってドアまで歩くのを見守った。彼は……旅の疲れが取れていないようだ。ズボンの折り返しには埃がついている。ケンハーストから猛烈に馬を飛ばしてきて、そのあと着替えもしていないのだ。ずっと付き添っていてくれたのだろうか？

医者が入ってきた。上品な物腰の痩せた男で、かすかに吃音があった。キャサリンの肺の音を聞き、目をのぞき込み、目の前で指を動かして視線がそれを追えるかと尋ねた。反射神経を確かめ、異常なしと判断した。頭は痛みますか？　いいえ。ただ、ひどく喉が渇いています。

「水分補給をして」医者は鞄を閉じながら言った。「休息を取ることです。言ったとおり、奥さまは危険は脱しました、ミスター・オシェア。まだ多少混乱することもあるかもしれませんが——薬によっては、鎮静剤の影響が数日残る場合もあるので。ですが、奥さまは健康体であると断言できますよ」

キャサリンとしては、もう頭も正常に働いていると言いたいところだったが、枕に寄りかかって気がつくと、ぼんやりと天井の模様を眺めていた。しかも実際のところ模様ではなく、ろうそくの影が躍っているだけだった。

それでも見ているのは面白かった。オシェアが戻るまでの暇つぶしになった。彼は今度はボウルがいくつかのったトレイを持ってきた。

「水分だ」ふたたびベッドのそばの椅子に座り、げんなりした口調で言った。「トーマスに妻は水分をとる必要があると言ったら、何を作ってきたと思う？　フランス風スープだ」

キャサリンは深々と息をついた。いまのいままで、まるで食欲は感じなかったが、さすがトーマスは稀有な才能の持ち主だ。その風味豊かな香りは、彼女の胃の中で眠っていた獣を目覚めさせたようだった。その獣はオシェアが気づくほどの大声でうなった。

「おや」彼は片方の眉をあげて言った。「妻はフランス風スープがお気に召したようだ」

「ええ、そうみたい」キャサリンはスプーンに手を伸ばしたが、オシェアが軽く舌打ちして先に柄を取った。

「横になって」そう言いながら、注意深くスープをすくう。

わたしはまた夢を見ているのかしら？　「飲ませてくれるの？」

きっと夢だ。現実世界で、オシェアが頬を赤らめるなんてことがあるはずがない。

「これは上等なベッドカバーだから」もごもごと言う。「いまのきみの状態では、スープをこぼしかねない」

「まあ」たしかにそうだ。キャサリンは枕に身を沈め、唇を開いた。彼がスプーンを口元に運び、注意深く傾ける。ああ、またしてもトーマスはすばらしい仕事をした。チキンをベースにしてさまざまな野菜を煮込んだスープはあっさりしていて、味つけも完璧だった。

「トーマスを昇給させてあげるべきね」ひと口飲んで、彼女は言った。

「またか」オシェアが笑う。

キャサリンはうなずいた。彼がふたたびスープをすくうのを見ながら、またしても妙な気恥ずかしさを覚えた。こんなふうに人に食べさせてもらったことなんてあったかしら？　赤ん坊の頃以来だ。スプーンを口に運んでもらうというのは、とても無防備な感じがする。彼がじっと見つめる前で、スープを飲み込んで――。なんだか、ひどくか弱い女性みたい。自分らしくない。

でも……愛されていると感じる。

いいえ、オシェアがわたしを愛するはずがない。やはり頭が混乱しているんだわ。これは妄想の産物。さらに悪いことに、それを信じたがっている自分がいる。

彼がまたスプーンを口元に運んできた。キャサリンは思わず彼の手首をつかんだ。助けは必要ないと言わなくては。自分でできる。いつだって、自分の面倒は自分で見てきたのだから。

「どうした？」オシェアがやさしくきいた。

キャサリンは彼の目を見つめた。浅黒く美しい顔。以前は、女性をとりこにするために送り込まれた悪魔の創造物だと思った。部分的には正しかった。実際に自分は彼のとりことなってしまった。

彼は小首をかしげた。「もういらないのか？」

「いいえ」小声で答える。「まだ飲むわ」

　この愚かな満足感は鎮静剤のせいということにしよう。ありがたいことに、まだ数日は頭がちゃんと働かないらしい。医者がそう言っていたではないか。

「なんてことだ、外出する気か？」

　ドアのほうから、とがめるような声がした。キャサリンはかまわず手袋のボタンをはめ続けた。オシェアは隣で眠っていたはずだが、今朝目覚めたときはいなかった。明らかに、何も言わずに行くつもりなのだ。「だいぶ気分もよくなったわ」彼女は静かに言った。「もう大丈夫。それに今日は競売の日でしょう。例の土地の」

　オシェアは部屋に入ってくると、ばたんとドアを閉めた。「断じてきみには行かせない。あの兄貴には絶対に近づかせない。一週間くれ。きみはこの街をどこでも自由に歩きまわれるようになる。おれがそうしてみせる。だが、それまでは――」

「あなたの命令は受けないわ」静かに言う。

　彼はドアに寄りかかり、猛々しいまなざしでキャサリンをにらんだ。昨日見せたやさしい気遣いとは対照的な態度。競売の日時をかぎつけた彼女にいらだっているのだろう。おあいにくさま。ジョンソンに口止めしておくのを忘れたからだ。あの大男は部屋に立ち寄って、キャサリンに競売のときの合図の出し方について何気なく尋ねてきた。

「わたしは行くわよ」彼女は落ち着いた、理性的な口調を心がけた。「もともとわたしの計画だもの。勝利を味わう権利はあるはずよ。それに」オシェアが顔をしかめ、口を開こうとするのを見てつけ加える。「ええ、兄も来るでしょう。それが参加したい理由のひとつだって、わからない?」意外にも、ピーターに対しては妙に心穏やかだった。兄はついに本性をむきだしにした。真の狙いが明らかになるような行動に出た。おかげでキャサリンのほうも、家族としての義理から解放された。ピーターはただの〝敵〟になった。「わたしの姿を目にしたときの兄の顔が見たいわ。わたしを怯えさせて手を引かせるなんて無理だと、はっきりわからせたい。それにあなたがいれば安全だと信じているもの」キャサリンは口調をやわらげた。「あなたがそばにいたら、少しも不安は感じないわ」

オシェアは顔をしかめ、少しうつむいて帽子を丸めた。それを指輪をはめた手でぎゅっとつかむ。「これはきみの闘いじゃない」

キャサリンは無言でまっすぐに彼を見つめた。沈黙が続く。「そうなの?」

彼が長々と息を吐いた。「キャサリン、今日のおれには集中力が必要なんだ。きみがいると――」

「やめて」手袋を放り投げ、歩いていってオシェアの顔を手ではさみ込んだ。「たしかにわたしの魅力に気を取られないよう、自制心を働かせなくちゃならないかもしれないわね」つま先立ちになって、唇にキスをする。彼が驚いて一瞬身をかたくするのがわかった。

けれどもすぐにキャサリンのウエストをつかんで向きを変え、彼女をドアに押しつけた。唇を開いてキスを深め、舌を差し込んでくる。

まるで導火線に火をつけたかのようだ。唇がキャサリンの唇をむさぼり、手は狂ったように体をなぞっている。彼女が無事にここにいることを確かめたいというように。

愛撫のあまりの激しさに、キャサリンは少し怖くなった。ドレスの上から胸をまさぐる手には、慎みもためらいもいっさいない。しばらくすると、唐突に許可を得ることもなくスカートをめくりあげ、その中に手を入れてきた。脚のあいだを這い、肌着の割れ目から正確に敏感な部分を探り当てる。まさに捕食動物だ。抵抗することはできなかった。彼女は息を継ごうともがいた。キャサリンの混乱を感じ取ったのだろう、オシェアが彼女の顎をつかみ、自分のほうを向かせて目をじっとのぞき込んだ。彼のまなざしは明るく、強烈だった。

キャサリンも彼の瞳を見返しながら、片手をあげて頬を撫でた。オシェアのもう一方の手は脚のあいだを愛撫し続けている。思わず、切なげなあえぎ声がもれた。

オシェアが前かがみになり、彼女の唇をなめた。「入っていいか」性急な低い声できく。

ええ。キャサリンはうなずくのが精一杯だった。彼は満足げにうめき、スカートをまとめてめくりあげながら、もう片方の手で自分のズボンのボタンをはずした。

熱いものが体を貫き、キャサリンは息をのんだ。オシェアはしっかりと彼女のウエストをつかみ、奥深くに押し入ってきた。

キャサリンをドアに押しつけたまま、無言でゆっくりと大きく動く。彼女は首をのけぞらせた。きつく目を閉じる。あらゆる感覚が、この高まる欲望に注ぎ込まれていく。ドアのかたい感触や、むきだしの上腕の肌寒さすら、官能的だ。互いの服がこすれる音、喉に当てられた彼の唇の熱さ、下半身のリズミカルな動き――。

オシェアが耳元で何かささやいた。内容は聞き取れなかった。やがて彼はキャサリンの腰を押しさげ、少し膝を曲げさせて新たな角度から突いた。

彼女はうめいた。これまでにない場所を攻められ、体がさらに熱く濡れるのを感じる。オシェアがいっそう深く激しく突いてきた。力が抜けていく。でも、彼がしっかりと体を支えてくれていた。強烈な快感が全身を駆け抜け、体の芯の筋肉が彼を締めあげた。

オシェアが声をあげる。ぐったりとなった体の重みをドアを背にした彼女に預け、しばらくそのままでいてから、一歩さがった。

彼が体を離すと、キャサリンはくずおれた。支えられなかったら倒れていたに違いない。オシェアは彼女を抱えあげると、近くの椅子に座らせた。

ほんの数分のことだったのだろう。ひょっとすると、一分くらいしか経っていないのかもしれない。時間の感覚がなかった。ただ、体に力が入らなかった。オシェアはドアに寄りかかり、暗い顔でこちらを見ている。その表情とこわばった肩に、キャサリンは眉をひそめた。ふと、あることに思い当たって息をのむ。

「あなた……抜かなかったわね」

「ああ」

「まさか……」ごくりと唾をのみ込み、座り直した。「そんなことにはならないわよね。普通に夫婦として何年も一緒に暮らしても、子どもを授からない場合もあるわけだし――」

「新婚初夜に授かる場合もある」オシェアが言う。

キャサリンは身をかたくした。彼の声にあるのは怒りだろうか？「わたしを責めるのはお門違いよ」

彼はため息をついた。「そんなつもりじゃない」近づいてきて膝をつき、キャサリンの顔を見あげる。「責めてなどいない」口調がやわらいだ。「おれの不注意だ。自分に怒ってるのさ。きみにじゃない」

オシェアに手を取られながら、彼女は自らの反応に戸惑っていた。いまのこの状況で子どもができたとしたら、身の破滅だ。恐慌をきたしていいはずだった。憤慨してもいいはずだ。彼にだけでなく、危険を冒して無謀なことを続けた自分に対しても。

けれども、本来感じるはずの焦りは、なぜかなかった。それどころか、自分の手を包む彼の大きな手を見つめながら、またしてもかすかな興奮を覚えていた。

オシェアは自分とはまったく別種の人間だ。貧しさの中で生まれ、ナイフとともに育った。怒ったり驚いたりすると、文法がおかしくなり、やくざ者のような話し方になる。いまではほぼ違法行為から足を洗っているとはいえ、犯罪者だ。賭博場を経営しており、堅気の人間とは見なされていない。

でも……きわめて知的で、彼なりにではあるが高潔な人だ。キャサリンにはない賢さがあり、野心的で自制心が強く――彼女の前ではときに、奔放になる。

かっと顔が熱くなった。わたしだけがオシェアの自制心を乱す力を持っている。そう思うと、なぜか喜びがこみあげた。彼に表情を見られないよう、下を向く。

だからなんだというの？　この結婚は暗い秘密。目的を果たすための武器。ふたりの子どもはどんなだろうなんて、一瞬でも考えてはだめ。どんな才能が開花するだろう。キャサリンの慎重さ、勤勉さ、分別、彼の大胆さ、抜け目なさが組み合わさったら……。

「なぜ顔が赤い？」オシェアが小声で尋ねた。「そうなったら、そのときだ。大物になるぞ、おれたちの子どもは。王冠を狙うようになるかもしれない」

意外にも笑みがこぼれた。キャサリンは妙に無防備に感じ、唇を引き結んで、しっかりと立った。「行かないと」

「きみは残るんだ」

「行くわ」

「言っただろう、キャサリン。きみを行かせることはできない。こうなったらなおさらだ」

そう言うと、オシェアは向きを変えてズボンの前を閉めた。

彼女は言葉を失って、その広い背中を見つめた。「どういうこと？　こうなったらっていうのは――」

「そうだ」彼が肩越しに言う。

キャサリンは歯を食いしばった。わたしが自分の子どもを宿したかもしれないいま、あれこれ指図しようというの？「いやよ。あなたに指図されるのはごめんだわ。行きたければ、わたしは行くから」

オシェアが彼女のほうへ向き直った。上から見おろすその顔は冷ややかで、無表情だった。

こうして対峙（たいじ）すると、体格の差を思い知らされる。そして彼が自分とドアのあいだに立ちはだかっていることも。

「きみを危険にさらすよりは、怒りを買うほうがまだいい」

「あなたが決めることじゃないわ」ドアに向かおうとすると、彼が横に足を踏み出して行く手をふさいだ。

「こんなこと、させないでくれ」オシェアは言った。「ここに残れ。おれが――」

「こんなことって、何をするつもりなの？　意思に反して、わたしをここに閉じ込めるつもり？」笑いがもれた。「わからない？　これこそ、わたしが許さないって言ったことよ。わたしはあなたの所有物じゃない。上司でもない。本当の意味で妻でもないのよ、オシェア！」

「いや、妻だ」彼は苦い顔で言い、ドアのノブに手を伸ばした。

「だめ！」キャサリンはドアに突進したが、遅かった。オシェアはすでに廊下へ出ていた。錠がかけられた。

鍵は彼が持っていってしまった。


怒り狂っていいはずだった。オシェアは昨日、キャサリンを監獄から救い出してくれたが、結局のところ、また別の監獄に閉じ込めたのだ。けれども激しい怒りが去ると、あとは涙も出ないような、鈍い悲しみだけが残った。

オシェアは自分のしたことがわかっているのだろうか？　キャサリンは、心の中でかすかにひらめいた光が無残に靴の踵で踏みつぶされたような気がしていた。オシェアは欲情を利用して彼女をだましたのだ。口では調子のいいことを言いながら、妻の判断は無視し、自分の判断を優先すると身をもって示した。

こうしてキャサリンをここに閉じ込めたということは、実は彼も家で刺繍をする妻を望んでいると認めたようなものだ。愛玩犬よろしく、暖炉のそばで主人の帰る足音を待つような妻を。

二時間後、ふたたび足音が聞こえた頃には、キャサリンは荷物をまとめていた。そして肘掛け椅子に座って膝の上で手を組み、背筋をぴんと伸ばして待っていた。泣くつもりはなかった。声を荒らげるつもりもない。ただ出ていく。彼がドアを開けた瞬間に通り抜けていく。もう止めようとしても無駄だ。

ドアのノブがかたかた鳴った。だが、すぐにはまわらなかった。キャサリンは眉をひそめた。今度は鍵穴を引っかく音がした。

「まったく」聞き慣れた女性の声がした。「キャサリン?」

あの声は! 彼女は息をのみ、ドアに駆け寄った。いらだたしげにノブをつかむ。

「リラ?」膝をついて鍵穴をのぞき込んだ。「本当にあなたなの? てっきり……」

鍵穴は真っ暗だった。リラも膝をついているのだ。「じゃあ、カランの言ったことは嘘じゃなかったのね」リラが驚いた口調で言った。「中に入れて!」

「鍵は彼が持っているの」

「なんですって？」短い間があった。「わかったわ。さがっていて。わたしがこじ開けるから」

「そのあとボストンを訪れたの。あそこって、北半球一、冷たい街ね。あなたはロンドンを気取った俗物だらけと思うでしょうけれど――」

「あら、あなたに無礼な態度を取る人間がいるなんて、信じられないわ」キャサリンはささやいた。ふたりはパーマー子爵のタウンハウスの居間にいた。暖炉のそばに椅子を引き寄せ、お茶のトレイは脇に押しやり、膝を突き合わせるようにして座っている。居間は広々として豪華絢爛（けんらん）だった。アーチ型の天井には天空で飛びまわる天使たちがロココ調で描かれている。家具は淡い青と白に統一され、絨毯は生まれたての赤ん坊の頬のようにしみひとつない。その色調は、とてつもない富を意味している。泥や煤（すす）、日々の生活でたまる埃などがつくと取り替えにいくらかかるかといった計算とは無縁ということだからだ。だが、リラはその壮麗な部屋で完全にくつろいで見えた。本人も体の線にぴたりと合ったブロンズ色の絹のドレスをまとっている。フランスのデザイナー、ピンガットの最新デザインだろう。キャサリン自身は、そんな高価でしゃれたドレスは着たことがなかった。

「あなたはもう立派なレディね」キャサリンは言った。それに異議を唱える人はいないだろう。喉元にはエメラルドのネックレス。襟と袖口にはフランス製のレース。ブロンズ色のドレスは薔薇色の肌によく似合い、頭のてっぺんで優雅にまとめられたつややかな黒髪を引き立てている。「ボストンの人たちも頭をさげたでしょう」

「まあね」リラが微笑むと、ふっくらした頬に押されて青い目が半月形になる。「だからといって、お辞儀を返したい気分にはならなかったけど。ほとんどの人が陰気くさいのよ。ともかく次はフィラデルフィアに向かう予定だったの。でも、じきに雪が降るってまわりの人が言いはじめたものだから、わたし、クリスチャンに言ったのよ。夏は旅をするのにいい季節だけれど、秋にはおいしいスコーンが食べたいって。それで彼、探しに行ってね。パン屋に押しつけられたのが、さえないビスケット。ひと口食べて、帰りの船便を予約したわ」

キャサリンは微笑んだ。リラは結婚しても変わらなかった。あえて言うなら、茶目っ気のある陽気な魅力が増しただろうか。以前よりも自然で、くつろいでいるようだ。いつも何かに警戒しているような感じはまったくなくなった。

たぶん、愛のなせる業なのだろう。愛されているから、自然で満ち足りた心持ちでいられるのだ。

ベルベット張りの肘掛け椅子は快適だった。すでに競売は終わっているだろう。オシェアは妻がいないことに気づくはずだ。手紙を残していくべきだっただろうか？　またピーターに誘拐されたと勘違いするかしら？　いえ、そんなことはない。カランからリラが訪ねてきたことを聞くだろうから。

キャサリンは眉をひそめた。どうして彼の感情を気にするの？　彼はわたしの感情をないがしろにしたというのに。

沈黙が続いていることに気づいて顔をあげると、じっとこちらを観察している視線にぶつかった。

「話があるのはわたしだけじゃないわね」リラが言った。

キャサリンは咳払いした。「でも、あなたからよ。最後まで聞かせて。帰りの船旅はどうだった？　順調だったならいいけれど」

リラは顔をしかめた。「快適だったわ。最速記録で帰ってきたわよ。もう新婚旅行の話はたくさん。どうして叔父の賭博場からあなたを救い出さなくちゃいけなかったのか、聞かせてちょうだい」黒い眉をつりあげる。「カランから、あなたがあそこにいるって聞いたの。さあ、わけを話して」

「その、わたし……」キャサリンは大きく息を吐き、膝の上で手を組み合わせて、どうすれば手短にこれまでの経緯をまとめられるか考えた。無理な相談だ。リラが一日早く帰ってきてくれていたら、話は簡単だったのに。ちくりと胸が痛んだ。垣間見えた単純かつ甘い結末――このあとふたりはずっと幸せに暮らしました――は、永久に手の届かないものとなった。

鎮静剤のせいで、あんな無謀な夢を思い描いたのだろうか？　自分らしくもなく楽天的に、突飛で愚かな夢を見た。だけど昨日だったら、わたしはリラに――。

人生で生まれて初めて、正気とは思えないようなことをしたけれど、後悔はひとつもしていないと言っただろう。

「実はわたし、〈エヴァーレイズ・オークションハウス〉を救うために、あなたの叔父さまと結婚したの」ともかくそこから始めるしかない。

「結婚ですって！」この驚くべき知らせから距離を置こうとするかのように、リラは椅子の上で思いきりのけぞった。「あなたが、彼と結婚したの？」

「そうよ、そう言ったでしょう」いささかとげとげしい口調で続ける。「ピーターはオークションハウスを売ろうとしていたわ。そしてわたしは結婚するまでは、それを阻止する権限がなかった」

「それでニックを選んだわけ？」リラはほっそりとした手を口に当て、冗談でしょうとばかりに笑った。

キャサリンは真面目な顔で続けた。薬指に結婚指輪が光っている。「悪くない選択肢だと思ったのよ。彼はわたしに干渉しないと約束したわ。契約書に署名して――」口にしづらい項目もあることに気づいて言葉を切る。

例によって、リラは単刀直入に言った。「わたしの夫も同じような契約書に署名したもの、キャサリン。見当はつくわ」

「そうだったわね」キャサリンは微笑んだ。「ともかく、その取り決めは願ってもないと思えたの。わたしたちが結婚したことが世間に知れたら、ピーターはすべてを失うでしょう。結婚は公表しないから、その代わり――心を改めてって」

「脅迫したの？」リラが両眉をあげる。つかのま、叔父にそっくりな表情になった。キャサリンは激しい感情の波がこみあげるのを感じ、カップに手を伸ばした。

もう生ぬるくなっているだろうけれど、飲む前に息を吹きかける。「できたら……」ひと口飲んで、ひるんだ。ウーロン茶は冷まして飲むものではないようだ。「できたら、友だちでいたかったのだけど」

「なんですって？」リラが身を乗り出し、キャサリンの腕に手を置いた。「どういうこと？友だちでいたかったって、誰と？」

キャサリンは手の中でカップをまわした。取っ手はなく、白地に青の花模様がついている。深めの受け皿も同様だ。一八世紀のマイセン。カップだけで、オークションでは五ポンドはつく。

リラが返事を待っていた。キャサリンはカップを受け皿に戻した。「彼は、常に姪のあなたのためを思っていたというわけでもないわね」実際、オシェアはリラが〈エヴァーレイズ・オークションハウス〉に勤めているあいだ、彼女の地位を危うくするような頼み事をしていたのだった。どうして忘れていたのだろう？　キャサリンはわれながら驚いた。やはり彼の魔力にとらわれていたとしか思えない。けれどもいま、〈ハウス・オブ・ダイヤモンズ〉の人を惑わす雰囲気から離れてみると、はっきり思い出した。そして、その事実にキャサリンはしがみついた。「彼、あなたに盗みを強要したのよね。見つかっていたら――わたし、あなたを解雇していたわ」考えたくもないけれど。「前もって知っていたら、わたしはあなたを雇っていない。あなたはパーマー卿と出会うこともなく……」

リラの表情が陰った。「そんなこと、考えたくないわ」ゆっくりと言う。「もちろん、そもそもわたしが〈エヴァーレイズ・オークションハウス〉に勤めることになったのは、ニックに言われたからよ。彼はわたしの教育資金を出してくれた。父が亡くなったあと、引き取ってくれた。なんといっても、たったひとりの身内だし」彼女は目をしばたたき、手を組み合わせた。「でも、いまはそうじゃないわね。あなたが叔父と結婚したということは、あなたも身内のひとりだわ」

キャサリンは微笑んだ。「子爵夫人の叔母？　大出世ね」彼女は壮麗な居間を手で示した。

リラが吹き出した。「おかしいでしょう？　クリーム色の絨毯よ。クリスチャンったら、どこでこんなものを見つけたのやら」

ふたりはしばらく声を合わせて笑ったが、やがてキャサリンは真顔になって言った。

「結婚契約書を覚えているわね。但し書きがあるの。あなたとわたしは永遠に家族ではいられないのよ。あなたの叔父さまも、その条件を覚えていると思うわ」

「それはそれとして」リラも深刻な表情になった。「彼は何をしたの？」椅子をさらに引き寄せる。「あなたはどうしてあの部屋に閉じ込められていたの？」

キャサリンはためらった。「暴力を受けたわけではないのよ」

「あたりまえよ。ニックは女性に暴力をふるうような人ではないわ」リラは即座に言った。

「でも、女性を監禁するのも彼らしくない」

キャサリンはため息をついた。「初めから全部話さないとだめみたいね」

何もかも包み隠さず話した。ベッドをともにしたことまで。婉曲に言葉を選んだが、リラはわずかに目を見開いて理解したことを示した。話が終わる頃には、通り越しに公園を見おろす長い窓から差し込む日差しはだいぶ陰っていた。リラは無言で耳を傾けていたものの、明らかに驚いている様子で、キャサリンとしては目を合わせるのが気まずかった。

「こんなことになると思わなかったの」彼女は小声で認めた。「そんな……深い関わりを持つことになるとは想像もしなかった」

「キャサリン」リラはかぶりを振った。「あなたの話しぶりからして、どうしても……。本当に問題は契約条項だけなの？」

深く息を吸って、勇気をかき集める。「たぶん……そうではないんだと思うわ。でも、契約条項も意味がないわけではないのよ、リラ。わたしは自分の意思を支配されたり、自由を奪われたりするのはごめんなの。けれど彼はそういう態度に出た。必要とあらばわたしの判断は無視すると、はっきり示した」キャサリンは唇を噛んだ。口にしてみると、いまひとつ説得力に欠けた。客観的に考えたら、彼女の身の安全を優先させたことでオシェアを非難するのは不当というものだろう。

でも……。「あなたはわたしを知っているでしょう、リラ。そんなことをする男性を信用できると思う？　そもそもわたしの生活は普通の男性から見たら、安全じゃないわ。仕事ではしじゅう赤の他人とやりとりするし、男性とふたりきりで会うこともあるし、付き添いなしで通りも歩く。ほかに大切にしているものはすべて、わたしの自立にかかっている――」

「ほかに？」リラが小声できき返した。「何のほかに？」

キャサリンはむっとした。「言葉の綾（あや）よ」

本心が出たのかもしれないが。

「キャサリン」リラが共感に満ちたまなざしで見つめてきた。「叔父が契約を守るかどうかはなんとも言えないわ。彼は自分なりの掟を持っている。だけど、それが法と一致するとはかぎらないの」

「わかっているわ」静かに言った。

「それにロバみたいに頑固よ。これはこうするべきと決めたら——そしてそのとおりにする方法を見つけたら、その場で実行するわ。立ち止まって、あなたの気持ちをきいたりはしない」

「そのとおりね」腹立たしいけれど。

「でも、結局はあなたのためになるのよ」リラはつけ加えた。「たしかに彼は厳しいことを言うけど、たとえばわたしの腕をねじりあげても、最後には悪いようにしなかった。それに……いざとなったら、クリスチャンのことだって助けてくれたのよ。犬猿の仲だったのに。わたしのために、そうしてくれたのね。愛する人のためならなんでもするのよ、彼は」

キャサリンは腕を組んだ。部屋が急に寒く感じられた。「わたしにその言葉を言ってくれたことはないわ。彼の語彙にはないんだと思う」

「あなたの語彙には？」

キャサリンは目を閉じた。そこにある。喉元に、のみ込めないかたいしこりのように居座っている。もはや口にすることはできそうにない。彼女の育った家では、その言葉は劇薬のように、どうしても必要なときだけ量を量って与えられていた。父といるときは別にして。どうすれば父の愛を得られるかはわかっていた。その資質は備えていた。見返りは求めなかった。子どもには、そんな権利はない。

けれど、自尊心を持つ大人の女性なら、見返りを求めて当然だ。

「疲れているみたいね」リラが言った。「ここに泊まったら？　好きなだけいていいのよ。ここなら安全だし。お兄さんも想像もしないでしょう」

「〈エヴァーレイズ・オークションハウス〉に戻って、オークションの準備をしなくてはいけないの」キャサリンは目を開けた。「オシェアが罰として品物を引きあげていなければ、だけれど」

リラが表情をやわらげる。「叔父はそんなことはしないわ。キャサリン、あなたもそう思うでしょう」

「そうね」しばらく間を置いて続けた。「わたしもそう思うわ」

「クリスチャンに話して、あなたに護衛をつけてもらうわ」リラは立ちあがり、手を取ってキャサリンを立たせた。「ニックが訪ねてきたら、なんて言ったらいいかしら？」

そうきかれて、キャサリンの胃がざわめいた。「来ると思う？」

リラはぐるりと目をまわした。「あなたの話からするとね。せいぜい、あと二時間ってところじゃない？」

胃のざわめき、喉のしこり。それを消化する時間が必要だった。「心の準備ができたら、彼と話すわ。でも、いつにするかはわたしが決める。彼ではなくて。少なくとも今夜じゃないことはたしかよ」

16

五日続けて、ニックはグロブナー・スクエアにあるパーマー子爵のタウンハウスの玄関をノックした。五日続けて帽子を脇にはさみ、服にブラシをかけ、シャツは襟に糊をきかせてボタンをすべて留め、玄関前の階段をあがっては、いまいましいリリーの執事にくずのように追い返された。

六日目はホワイトチャペルから出なかった。さすがに男の自尊心というものがある。手紙は送らなかった。幾度となく書こうとしたのだが——ミミズがのたくったような字が一行ごとにさらに読みづらくなっていくだけなので、あきらめた。

自分のしたことを謝るつもりはなかった。じゅうぶん気持ちは示したはずだ。精神病院から救い出し、キャサリンが立っていられなくなるまで愛し、その前日はひと晩じゅう、欲求を抑えてひたすらそばに付き添った。

そのうえ、彼女の兄を殺さずにいる。手下たちに交代で〈エヴァーレイズ・オークションハウス〉の出入りを監視させているが、みなピーターはオークションハウスに近づいてもいないと請け合った。とはいえ、落とし前はつけなくてはならない。ニックが銃の引き金を引かずにいるのは、ひとえにキャサリンのためだった。数時間部屋に閉じ込めただけで、家を出た彼女のことだ。その兄を墓場行きにしたら、永久に去っていってしまうだろう。

気を紛らわせるものが必要だった。もう一度、ウィリアム・ピルチャーと会うことにした。場所は、今度はセント・ジェイムズにある紳士クラブだ。ピンが落ちる音も——それを言うなら抑えたげっぷの音も響きそうな、気取ったクラブだった。

ニックは最終的にピルチャーより五〇〇ポンド高い値をつけた。彼が街頭デモでも始めるのではないかと覚悟していたが、意外にも翌日ニックのもとに手紙が届いた。

〝きみの情けを請うつもりはない。事実を述べるにとどめる。わたしはある建設業者の一団といささか軽率な約束をし、事前に金を受け取った。いまとなっては、その金を返すことはできない。連中はあの土地が開発可能になることを望んでいる。わたしはもう破滅だ。それはいい。だが、今度は家族が脅されている。もはやわたしの手には負えない事態になってしまった。

連中はきみと取引したいと言っている。したがってきみの承諾があれば、わたしはきみを連中に紹介する。彼らの提案を聞いてみないか。おそらくは計画変更を考えていると思う。オートン通りにある、いまきみが賃貸に出しているふたつの建物を残す形で。きみにとっては莫大な利益になる話だろう。儲けにあずかろうなどとはまったく考えていないが、いま家族がさらされている危険が軽減されれば、わたしにとってもありがたい〟

　要するに、ピルチャーは保護を求めているのだ。

　クラブでは、ニックの料理人ならごみ箱行きにしそうな焼きすぎの肉を食べた。ピルチャーは当初、ふたりが紳士で、ごく普通に食事をしているふりをしたがった。

　ニックにはそんな必要はなかった。「まずいくつか、はっきりさせておきたいことがある」ぴしゃりと言う。「まずはキャサリン・エヴァーレイ」

「キャサリン……」ピルチャーが目をぱちくりさせた。「ピーターの妹のことか？」

「そうだ。きみは彼女を狙ってたな。きれいさっぱりあきらめろ」

「狙ってた？」ピルチャーのフォークがさがった。本当に当惑しているようだ。「ピーターが言ったのか……ああ、まあ、たしかに一時期結婚を申し込むことも考えた。彼女の兄が有望な仕事仲間と思えたときのことだ。もちろん、彼がオークションハウスの売却を進めて、金が入れば――」

「そうはならない」ニックは言った。「売却の話はなくなった」

「そうなのか？」ピルチャーが目を細めた。「知らなかった。あの男らしいな。それなら――」肩をすくめる。「もう彼女に用はない。大事なのは金だ」

　その冷淡さに、かえってニックは安心した。本音なのだろう。上流階級の男たちは女性を、家畜並みに金に換算して評価する。「よし。で、その建設業者だが、何者だ？」

　ふたりは徐々に話をまとめていった。ニックはその建設業者を知っていた。セント・ジャイルズの男たちで、セブンダイヤルズに大きな音楽堂を建てた実績がある。ピルチャーが深みにはまったと感じるのは当然だが、ニックはああいう手合いに慣れていた。ピルチャーに手を出さないよう彼らにかけ合い、借りた金を立て替えて払ってやるとまで約束した。もっとも金利の利率を聞いて、ピルチャーは喉を詰まらせたが。いや、喉を詰まらせたのは焼きすぎの肉のせいかもしれない。

代わりにニックが望むことはひとつだけだった。「ピーター・エヴァーレイを都市事業委員会から追い出せ」

ピルチャーはしばし考え込み、ブランデーのグラスを手に取った。「できると思う」グラスをまわしながら、ゆっくりと言う。「彼は人望もないし、票を集めるのは難しくない。だが、当然ながらやつは抵抗するだろう。あの地位にしがみつこうとするはずだ。何せ政治家になろうという野心がある」

それはニックにも予想できた。ふと、ある解決策が浮かんだ。「なら、やつにひとつ提案をしよう。紙とペンはあるか？」

ピルチャーが通りがかった給仕に向かって指を鳴らすと、彼はすぐに紙を持ってきた。ニックはゆっくり入念に、セント・ジャイルズの連中にこれ以上脅しをかけられたくなければ何をするべきか、ピルチャーに説明した。

ニックは常日頃から流血よりも戦略を好んだ。普段なら、納得のいく解決策が見つかったことに喜びを感じただろう。しかし、今日は〈ハウス・オブ・ダイヤモンズ〉に戻ってもなぜか殺伐とした気分だった。いまのところは机上の空論。勝利を祝うのはまだ早い。
それに、勝利を祝ったところでむなしいだけかもしれない。

手すりに寄りかかって夕食を待った。贅沢できらびやかな内装を見ても、フロアを埋める客を見ても、いつものような満足感はなかった。理由は考えるまでもない。自分はばかだ。だが、自分以前にも無数の男たちが同じ過ちを犯してきたのだ。ニックはひと晩じゅうでも虚空を見つめ、そこに立っていただろう――カランから声をかけられなければ。

「手紙が来ました」カランが言った。

「机の上に置いておいてくれ」

「メイフェアからです」

ニックは振り返った。「誰からだ？」

カランは封筒を渡した。しゃれた封蠟が押されている。「リリーの従僕が届けに来ました。お仕着せを着た従僕ですよ。まあ、彼女も偉くなったもんだ。まさか――」

だが、ニックはあとを聞いていなかった。すでに出口へ向かっていた。

ニックは、パーマー子爵のタウンハウスの玄関ホールより奥には足を踏み入れたことがなかった。興味もなかった。リリーは叔父に会いたいと思えば、〈ハウス・オブ・ダイヤモンズ〉か〈ネディーズ〉に来ればいい。メイフェアは肌に合わなかった。場違いと感じるわけではない。ニックはどんな場所でも気圧されることはない。ただ、この家には生命が感じられないのだ。大理石が多用され、絨毯はすり切れている。このあたりの金持ちは、長い年月受け継がれてきた富を誇示することを好む。新しいもの、鮮やかなものはひとつもない。ニックには、この建物がすでに死んでいるように感じられた。ぬくもりも喜びもない、快適さを無視した、ただの権力の証だ。

けれどもリリーは、そうは感じていないようだった。先に立って廊下を歩きながら、肖像画のひとつを指さした。「あれがクリスチャンのおじいさま」しゃちこばって馬に乗った、小さな丸い目の男だった。「偉大な騎手だったのよ。アスコット競馬場で六度優勝しているの」

ニックはうなった。「またパーマーの自慢話か」

リリーは肩越しに振り返り、唇を突き出した。「会話と言ってちょうだい。家族の話をあけっぴろげに話す人たちもいるのよ。隠すことが何もないから」

「そうかい」あとについているような感覚がいやで、曲がり角で姪の横に並んだ。「それで、パーマーの立派なご友人たちに家族のことをきかれたら、おまえはなんと答えてるんだ?」

彼女は折り戸の前で足を止めた。「話すほどの家族はいないと言っているわ。でも叔父がひとりいて、彼なりに最善を尽くしてわたしを育ててくれたと。そのあと絶望的な独身貴族について、ちょっとした冗談を飛ばすの。みんな笑って話題は移るわ」

ニックはかすかな笑みを自分に許した。思いもよらないうれしい返答だった。「おれは絶望的か?」

「最近まではね」リリーはためらい、叔父の顔をのぞき込んだ。「でも、叔父さんには驚かされることになりそう。以前こう言ったわね、ニック。好機から目をそらす理由はいくらでも考え出せる。でも勇気というのは、状況はどうあれそれをつかみ取ることだって。わたしは昨日のことのように覚えてるわ。叔父さんは覚えてる？」

覚えている。以前、リリーが姉を亡くして悲しみに沈んでいたときのことだ。ニックも悲しかった。もう少し何かできなかったかと後悔に苦しんだ。フィオナの痛みにもっと早く気づいていたら、手術でなんとかなったかもしれない——。

どうリリーを慰めていいか、途方に暮れた。結局、タイピング学校に再入学することを勧めた。だが、彼女はしぶった。フィオナがいなくなったいま、上を目指す意味もなくなった、と。

「おまえはおれの忠告を受け入れた」ニックは言った。「そして、想像を超えたはるか上まで行ってしまった」リリーの背後の大理石の壁や彫刻に目をやる。どこか遠くで噴水がリズミカルな音を立てていた。「この建物はおまえに似合う。おまえにふさわしい」

リリーが微笑んだ。やわらかで秘密めいた、満足げな笑み——とがった角がどこにもない、レディの笑みだった。昔はあんなにとがっていたのに。パーマーが角をなめらかにしたのだろうか？　だとしたら、ニックも彼とやっていけないことはなさそうだ。

「建物なんてどうでもいいわ」リリーが言った。「大切なのはクリスチャンだけ。キャサリンも叔父さんのことをそう思うようになってくれたら、と願ってる」彼女はニックが応える前にドアを開けると、向きを変え、靴音を響かせて廊下を歩き去った。

妻は部屋の奥で毛布にくるまって座っていた。立ちあがると毛布がずり落ちた。

「おめでとう、例の土地、勝ち取ったわね」手にしていた新聞を放る。紙面がはためき、チェストの上に落ちた。

ニックはキャサリンをまっすぐに見つめながら近づいた。髪を引っつめ、しっかりとボタンを留めて、冷ややかで感情の読み取れない表情を浮かべている。いわば鎧(よろい)をまとっているのだ。和解の意思はないらしい。

新聞に視線を落とした。オートン通りの物件に関する小さな記事が目に留まる。だが、はみ出した紙面のほうが興味深かった。彼は紙面をめくった。「広告を出したのか」一面に、〈ハウス・オブ・ダイヤモンズ〉で夕食をとりながらキャサリンが熱狂的に語ったさまざまな品の挿し絵が掲載されている。書き物机、時計、椅子等々。

「ええ。今度の金曜日に宣伝の効果のほどがわかるわ」

ニックは眉をひそめた。キャサリンの判断は信じている。彼女が価値があると言うなら、おそらくそのとおりなのだろう。出品される品々が自分の目には平凡に見えてしまうのは、描き手の落ち度ではないに違いない。けれども、こうした実用的な品を見て、彼女が〈ハウス・オブ・ダイヤモンズ〉で見せたような興奮を感じることはできなかった。話を聞いて、目がくらむような宝物を想像したものだ。あの声、あの言葉、あの熱意で語られたものとただの家具類が、頭の中でどうにも一致しなかった。

要は、キャサリンはニックの想像力をかきたてたのだ。それは正式な教育を受けていない男にとっては特別なことだった。読むことが苦痛で本に親しめない者は、ほとんどの知識を直接の体験から得るしかない。試練と失敗から学ぶのだ。まわりにあるもの、目に見え、触れることのできる現実に意識を集中することになる。

しかし、キャサリンはニックに夢見ることを教えた。見たことのないものを想像すること、いまだ知らないものを望むことを教えた。

それはたぶん知り合う前からのことだ。初めて彼女を目にしたときから、夢を見てきた――もちろん当時は実現不可能だと思っていたが。でもどこかでふと、希望が頭をもたげた。ひとたび手を触れたときから、夢のような幸せな結末もありうるかもしれないと思いはじめた。

心の中で葛藤しながら、ニックはまだ広告を見つめていた。紙面は見ていなかった。許しを請うつもりはない。人に頭をさげるのはごめんだ。その行為に値するものなどない。

空気が動き、かすかにベルガモットの香りがした。気がつくとキャサリンが脇に立っていた。また男性がつけるような香りをつけている。結婚式の日もそう思ったのを思い出した。

鎧が戻った。

「見て」彼女は紙面の下の太字で書かれた文字を指さした。

〝公開オークション――

当社初の試み――

この歴史的オークションには、どなたでもご参加いただけます〟

「なるほど」ばかみたいに、うれしさで胸がいっぱいになった。「おれの忠告を聞いたわけだな」

「ええ」キャサリンは深く息を吸った。「賢明な意見だと思ったから。常連のお客さまは、この時期少なくなるし。〈クリスティーズ〉はあらゆる人に門戸を開いているわけだしね。それに……この機会にピーターをやり込めてやろうと思って。唯一の機会かもしれないから」

口調に非難めいたものを感じ、ニックは横目で彼女を見た。「あの日、きみを置いていったことを謝る気はないぞ」

「謝れとは言っていないわ」キャサリンはまだ広告を見つめていたが、おそらく別のものを見ているのだろう。どこかうわの空で、両手をしっかりと握り合わせている。「ただ……連れていけたらそのほうがよかった、と認めてくれてもいいんじゃない？」

まわりくどい言い方にいらだち、ニックは彼女のほうへ向き直った。「いいか。彼はきみを精神病院に放り込んで――」

「わかってる」

「やつがまだ生きてるというだけで、おれとしては譲歩なんだ。きみが罪の意識に苦しむだろうと思わなければ、とっくに喉を掻き切ってる」

キャサリンが顎をあげ、まっすぐにニックの目を見た。「たしかにそうなったら、わたしは罪の意識に苦しむでしょうね。もうピーターを兄とは思っていないけれど、殺人には一線を引かざるをえないわ」

「なら、それでいい」

「ピーターは委任状を取り消そうとしているの」

一瞬、なんのことかわからなかった。「くそっ、あいつ——」

「自分がオークションハウスの唯一の所有者だと主張してる。わたしは精神状態に問題があるそうよ。あの病院のドクター・デンバリーが、ピーターの申し立てを裏づける報告書を書いたのね。兄はさらに、わたしに雇われたやくざ者に脅されて身を隠さざるをえないと訴えているらしいんだけど、それは本当?」

ニックは慎重に考えて答えた。「たしかに彼の動きを見張らせているが」

「その人たち、ピーターを脅したの?」

「さあ。ただ、やつはヘントン・コートには戻っていない」

「答えになってないわ」

「キャサリン」ニックとしては、確実だと思えるまで口にする気はなかったのだが。「彼に二度ときみの邪魔をさせないことはできると思う。でも、まだたしかでは——」

「契約書では」彼女がさえぎった。「あなたとわたしは対等のはずよ。ふたりで話し合って物事を決めていくはずだった。あなたは何度も境界線を踏み越えて——」

「踏み越えただって？」キャサリンは弁護士ではないし、ニックも彼女に説教される生徒ではない。

しかし、言葉はキャサリンの武器だった。その領域で闘うのは避けたほうが無難だ。ニックは代わりに彼女の顔を両手で包んだ。肌が触れ合う感触に、彼女がびくりとする。頬が染まり、息が荒くなってきた。けれどもやがて気を取り直し、ニックの目を見た。

「きみは、契約がおれたちをあの瞬間に導いたと思いたいのか？　自分に正直になるなら、結婚初夜にベッドから出た瞬間、契約のことは頭から消えてなくなったはずだ。顔を見て、わかったよ。きみは、現実はそう単純なものじゃない、もう理性ではどうしようもないと悟ったんだ」

キャサリンは唇を湿らせ、やがて早口に言った。「もし兄に〈エヴァーレイズ・オークションハウス〉を取られたら——」

「なんだって？」結局、一番恐れているのはそれなのか。彼女はいつも〈エヴァーレイズ・オークションハウス〉に戻ってしまう。それを炎の剣のごとく体の前で構えている。必要以上にニックを近づけまいとするかのように。「取られたら、どうなる？　キャサリン、想像してみるといい。闘うのをやめ、あっさり手放してみたらどうだ？」

つかのま、彼女はぽかんと口を開けてニックを見ていた。言葉が出ないようだ。やがて怒った猫のように身をよじり、彼から離れた。「どうしてそんな――」

「きいてるんだ。ちゃんと答えろ。〈エヴァーレイズ・オークションハウス〉を失ったら、きみはどうする？」

「あなた――あなたにはわからないのよ」彼女はささやいた。「わかってくれていると思ったけど。〈エヴァーレイズ・オークションハウス〉はただの会社じゃないの。わたし……そのものなのよ」

少なくとも口にした。言葉に置き換えた。キャサリンは視線をそらし、脇を向いた。われながらばかなことを言ったと思っているのがわかる。

ニックの怒りは消えた。同情が取って代わった。「きみがそう感じていることは知ってる。〈エヴァーレイズ・オークションハウス〉を通してきみは世界とつながり、自分の居場所を確保している。だから失ったら、自分が自分でいられる自信がないんだ」

彼女はうなずき、うつむいた。「わかっているなら、どうしてきくの？」

「それは間違っていると言いたいからだ。きみは自分で思っている以上に強い人間だ」

キャサリンはくぐもった声で応えた。「自分の強さはわかっているわ」

「だったら、自分は会社よりも大きいということに気づかなくては。〈エヴァーレイズ・オークションハウス〉はきみじゃない。きみが〈エヴァーレイズ・オークションハウス〉なんだ。しかもはるかに大きい。失ったら、また作ればいい。新しい〈エヴァーレイズ・オークションハウス〉、さらに規模の大きな立派な会社を作るんだ」ニックはためらった。「おれが協力する。そのための資金もある」

キャサリンは面食らった。思ってもみなかった申し出だ。激しく動揺しながらも、たちまち脳裏に浮かんでくる――真に価値のあるものだけを扱う特別なオークションハウス。選ばれた知識豊富な顧客のため、美術工芸品の収集と修復を行い――。

だが、次の瞬間にはめまいと当惑、そして絶望感が襲ってきた。まるで果てしなく続く崖を前にして、地図も持たずによじのぼれと言われたような気持ちだった。

「でも、できないわ。同じようにはいかない。わたしには無理よ」

オシェアが長いため息をついた。「きみが自分の能力を疑うとは思わなかったな」

キャサリンはびくりとした。「そういうわけじゃないわ」疑っているのは世間だ。「わからない？〈エヴァーレイズ・オークションハウス〉という名前がなければ……わたしなんて、何者でもないのよ」名刺に名の知れた会社名がなければ、その長年の実績が鑑定士としての能力を保証してくれなければ、彼女はただの女にすぎない。男性優位の世界にあってはなおさらだ。

「きみはおれにとって特別な人だ」彼が言った。

その声のやさしさ、濃いまつげに縁取られた灰色の瞳の真剣さが、矢のようにキャサリンの心臓を貫いた。胸がいっぱいになり、息が詰まる。「妻だから、でしょう」

オシェアは一歩、彼女に近づいた。「そうだ」熱っぽい口調で言う。「キャサリン・オシェア」

彼女は椅子の背に手を置き、絹地に爪を食い込ませて意志の力をかき集めた。

「妻だから、自分の言うことを聞かせる。妻だから、あくまで反抗するなら監禁するというわけ？」

「いいかげんにしないか」オシェアがうなった。「きみに危険が及ぶとなったら、ああ、そうする。誰だってそうだろう。妻、友人、誰にせよ自分の愛する者を守るためなら、なんだってするさ。こうして今夜きみが無事ここにいるなら、怒ろうと何しようとかまいやしない」

キャサリンは最後のほうは聞いていなかった。あの言葉以降は。愛。彼女は目をしばたたいた。それでもオシェアの顔がぼんやりとしか見えなかった。視界が曇ってしまったようだ。これまで彼は自分の気持ちについて、何も言ってくれなかった。そのひとことにキャサリンはよろめくような衝撃を受け、怒りの鎧がはがれ落ちるのを感じ……。

「約束したはずよ」小声で言った。「わたしに敬意を払うって」

オシェアが彼女を見つめた。「払っていないというのか」

「わたし……」そういう態度だったじゃない――頭の中で叫ぶ声がしたが、心は、本能はまったく別のことを欲していた。ただ手を伸ばし、オシェアの頬にかかるひと房の黒い巻き毛を払ってあげたい。そのまま指で、少し曲がった鼻の輪郭をなぞりたい。激しく葛藤し、キャサリンは先を続けられなかった。身じろぎひとつしなかった。

〝結婚は女にとって最大の賭けよ〟

オシェアは唇を引き結ぶと向きを変え、マントルピースを見つめながら指で髪をかきあげた。「結局、おれがばかなんだろうな」つぶやくように言い、また振り返る。顔つきは険しかった。「きみの無意味な屁理屈を大真面目に受け取った。だが、もううんざりだ。おれにとって大事なのは、この目で見たものだけ。そしていま見えているのは、嘘に隠れた臆病者だ」

キャサリンは息をのんだ。「わたしのことを言っているなら――」

「そうだ。職業婦人と自称していたな」オシェアの声は鉄のように冷ややかだった。「だが本当に職業婦人なら、好機をふいにはしないだろう。危険に怖じ気づくこともない。おれを信用できない？　自分に敬意を払ってくれるとは思えない？　新しい会社を立ちあげるなんて無理？　ばかばかしい。どれも言い訳だ。前に一度、おれに言ったな、挑戦して失敗するのが怖いんだろう、と。きみのほうこそだ。おれとは関係ない。きみが信用できないでいるのはおれではなく、自分自身だ。それが問題なんだ。結局のところ自信がないんだよ。自分の能力、自分の判断力に。そして結局は逃げてるんだ」

キャサリンは口を開いたが、言葉は出てこなかった。彼はわたしが逃げていると言う。ばかげたことを……。でも心臓が激しく打っているのは、弁解できずにいるのはどうして？

オシェアが小声で何か言った。軽蔑の響きがあった。やがて彼は向きを変えてドアに向かった。

ふいにキャサリンは駆け寄り、オシェアの肘をつかんだ。「逃げているというなら」彼の無表情な顔をにらみつける。「教えて。ホワイトチャペルの事業委員は誰？　あなた？」

オシェアは彼女の手を振りほどいた。「きみが口出すことじゃない——」

「口を出しているわけじゃないわ。事実を述べているの。あなたは委員会で話をした。自分の意見を通し、競売を認めさせた。それができるなら、ほかに何ができるかしら？　下水道を直させることもできるかもしれない。わたしの兄が何もしないと言ったわね。でも、ブルームズベリーの人間がどうしてあなたの街のことを気にかけなくちゃならないの？　あなたはどうして自分の闘いなのに、人に闘わせるの？　自分のほうが力があるのに、なぜ表に出ないの？　怖いからじゃないの？　わたしが逃げているというなら、あなたも同じよ。わたしが臆病者なら、あなたもそう」

彼の顎が引きつった。「いいだろう。似合いの夫婦ということか。そうかもしれない」

その答えにキャサリンはいらだった。それ以上、踏み込む余地がなくなってしまった。

オシェアが足を踏み替え、ちらりとドアのほうを見た。まもなく彼は出ていくだろう。

キャサリンは勇気をかき集め、かすれた声で言った。「あなたを信じられたらと思うわ。自分がそうする……勇気のある女だったら、あなたが信頼に値する人だったらと思う。いえ、もうわかっているの。頭の中でも、心の中でも、あなたを信じていいんだって。それが賢明だって」

彼の口元がゆるんだ。笑みまではいかなかったものの。「ばかだな、きみは」口調はやさしかった。「この、おれたちのあいだのことに……賢明なんて言葉はそぐわない。ロマンティストと言われたことのないおれにだって、それくらいわかる」だが、彼はキャサリンの唇をオシェアが身をかがめた。軽く、ごく軽く唇が触れ合った。キャサリンが彼の肩に手をまわし、ぎゅっと抱きしめても何もしなかった。

そして身を引いた。彼女はなんと言っていいかわからなかった。結局のところ、オシェアのもとを去ったのは自分のほうだ。

言葉を探すうち、ふたりの距離が徐々に埋められないものになっていく気がした。少しずつ離れていく気さえする。口を開いたとき、出てきたのはまるで見当違いな、そっけないせりふだった。「あなたもオークションには来るでしょう」

彼の顔が一瞬、暗くなった。やはり自分は恋愛の技巧とは無縁らしい。キャサリンは内心でため息をついた。顔や体で言葉とは裏腹の胸の内を伝える術も知らない。

そのことをいまほど悔やんだことはなかった。

「おれがいたほうがいいのか？」

キャサリンはまごついた。「ええ、だって……成功するかどうか、〈エヴァーレイズ・オークションハウス〉にとってはとても大事だから」

オシェアが面白くもなさそうに短く笑う。「きみにとって、だろう」

「まあ、そうね。自分の能力を証明することになるもの」ためらいがちに答えた。「一から企画した、このオークションが成功すれば」

彼はぽんと頭に帽子をのせた。「だったら行くよ」

キャサリンは立ったまま、部屋を出るオシェアを見送った。なんともあっさりとした別れの挨拶だった。

17

わたしは逃げているの——彼の言うとおりに？　オークションの朝、事務室の小さな鏡の前に立って、キャサリンは自問した。分厚いドアは、普段なら廊下の雑音を遮断している。バークシャー産のくるみ材で作られた父自慢のドアだ。くるみ材ならバークシャーが世界一だというのが父の口癖だった。けれども今日は喧騒がもれてくる。創業以来初めて、階下のドアというドアが開け放たれ、従僕員たちも顧客の名前を、選ばれた特別な人々のみに絞られたリストと照合することがない。キャサリンはすでに一度窓の外を見て気分が悪くなったが、いても立ってもいられなくなり、ふたたび通りを見おろした。しかし、あまりの混雑ぶりにまた気分が悪くなった。

宣伝の効果は絶大だった。ロンドンじゅうの人がオークションに参加しようと詰めかけたかのようだ。彼らが金を持ち、その金を使う気があるかどうかは、また別問題だけれど。

鏡に映る、青ざめて引きつった自分の顔を見つめる。公開オークションにするなんて、気はたしかだったのだろうか？　失敗したら、利益がわずかしか出なかったら、ピーターはそれを攻撃材料にしてくるだろう。兄がどこかに隠れて策を練っていることは間違いない。どちらかが〈エヴァーレイズ・オークションハウス〉の完全な経営権を手に入れるまで、闘いは終わらないだろう。

手放してみろ、とオシェアは言った。

そして、手本を示すかのようにキャサリンのもとを去っていった。振り返ることもなく。以来、訪ねてくることもなく。リラがキャサリンの落ち込みぶりに気づいて、叔父の様子を見に行ってみようかと言ってくれた。

けれどもキャサリンは断った。彼が元気でいることはわかっている。安否が心配なのではない。自分の面倒は自分で見ることのできる人だ。

ただ、キャサリンはいつもオシェアのことを考えていた。起きている時間はすべて。

父のことも考えた。ニコラス・オシェアのことをどう思うだろう？　真っ先に浮かぶのは、父の愕然とした顔だ。平然と法を破る男。違法な賭博場を経営し、それを隠そうともしない男を前にして。

でも……別の展開も想像できる。父はオシェアの野心を、これまで成し遂げてきたことを見て取る。忘れもしない、父はかつてこう言った。〝もののよさがわかる男を見つければいい。価値のあるものを見ればそれとわかり、大切にする男を〟

男。父は〝紳士〟とは言わなかった。

ドアをノックする音がした。開けると、競売人補佐の地位にあるヘイスティングズが正装して立っていた。今日の競売を取り仕切るのは彼だ。「準備はできております」

キャサリンは息を吐いた。「お客さまを見た?」

彼は足を踏み替えた。革靴が鳴る。「そうですね……さまざまと言ったところでしょうか。ただ、常連の方もいらっしゃいます。ハンブリー卿やモンテフォード卿もいらしてますし、サー・ウィンプルのお顔も拝見いたしました。ほかにも初めてですが、見込みのありそうなお客さまもちらほらと。どうぞ、ご自分の目でお確かめください」

キャサリンはヘイスティングズのあとから階段をおりた。一段ごとに鼓動が激しくなった。父が横を歩いているような気がする。〝オークションハウスのことを忘れないでおくれ〟この新たな試みに、父は賛成してくれるだろうか。〝芸術こそが、われわれの使命なのだ〟〝おまえはここの魂となるのだ〟

主催者用のドアから会場に入る。中を埋め尽くす人込みに思わず息をのんだ。廊下にまで人があふれている。日頃使われないバルコニーも開放され、垂れ幕は巻きあげられていた。助手がふたりがかりで、ひとつ目の競売品である巻き込み戸付きの書き物机を壇上に運んだ。それをぼんやりと眺めている者あり、身を乗り出してとっくり見ている者あり、だった。

キャサリンの席は演壇の向かいに用意されていた。だが、彼女は椅子の背をきつく握って立ったまま、会場を見渡した。

いた。奥の壁際に、リラとパーマー卿と並んで立っている。キャサリンはオシェアの目を見た。

彼がうなずいた。

「おはようございます」書見台のうしろに立ったヘイスティングズが言った。「みなさま、本日はこの歴史的なオークションにご参加いただきましてありがとうございます。今回は弊社始まって以来の公開オークションとなります。売りに出されるのはきわめて希少で価値のあるコレクションであり、何世紀ものあいだ――」

オシェアの顔を見つめるうち、声は遠のいていった。彼は目をそらさなかった。人々も音も、存在しないかのようだ。

やがてオシェアはかすかに微笑んだ。キャサリンもぎこちない笑みを返した。心にのしかかるものが、いくらか軽くなったような気がした。ヘイスティングズが競りを始める。

最低落札価格を超える値はすぐについた。ざわめきが起こった。高値に興奮する声も混じっていた。普段ならありえない。客の中には、金持ちを間近に見たいという理由だけでここに来ている者も少なからずいるのだろう。しばし競りが止まった。ざわめきが不満げで皮肉な調子を帯びはじめた。

「五〇」ヘイスティングズが淡々と繰り返した。「一八世紀に作られた、この巻き込み戸付きの書き物机、上質なマホガニー材、極上の仕上がり。なかなかない逸品です。いかがでしょう――」

最低でも八〇は行く品だ。キャサリンは不安でいっぱいになって椅子の背を握りしめた。最初の競売品が低い価格で落札されると、たいていその後も同じ展開となる。出だしが肝心と思い、この書き物机を一番目に持ってきたのに――。

「六〇」男性のしゃがれ声がした。なぜか聞き覚えのある声だ。眉をひそめて人込みを見渡すと、ジョンソンが堂々と手をあげているのが見えた。驚いて声をあげそうになった。

「六〇」ヘイスティングズが言った。「六〇、ありがとうございます。ほかに――」

「六五」マロイの声だ。

「七〇」ジョンソンがしかめっ面で吠える。

キャサリンは表情が見えないようにうつむき、額をさすった。オシェアがオークションにさくらを紛れ込ませたのだ。値段をつりあげるためのさくらを。

許されないことだ。

一方で、だからどうしたと思う自分がいる。

「七五」落ち着き払った女性の声。リラだ。これも創業以来だ。元接客係が競りに参加しているなんて。

「八〇」誰かが声をあげた。キャサリンの知らない男だった。ついに！

「八五」リラがすぐに返す。

そこからは目もくらむような速さで額があがっていった。どよめきが大きくなり、もはや誰が競りをしているのかわからなかった。ただ、聞き覚えのある声はひとつもなかった。一段高いところから会場を見ているヘイスティングズは指さし、うなずき、手を振っている。

「一二五」彼が言った。「一二五、ほかにいらっしゃいませんか――では、あちらのモンテフォード卿が落札されました」

拍手がわき起こった。キャサリンは膝からくずおれそうだった。もう大丈夫だろう。客はみな興奮している。競りは順調に進むはずだ。

次の品が運び込まれた。シェラトン様式の鏡台だ。バトンのおかげで、オシェアの倉庫で初めて見たときよりもはるかに優雅なたたずまいになっていた。ヘイスティングズが説明を終える前に最初のかけ声があがった。たちまち値がつりあげられていく。

ようやくキャサリンは椅子に腰をおろす気になった。ふたたびうつむいたのは、笑みを隠すためだった。

「成功だったな」

びくりとして、キャサリンは振り返った。オシェアが事務室の入口に立っていた。小脇に包みを抱えている。長居する格好ではなかった。帽子と手袋はつけたまま、首にはマフラーを巻いている。灰色のマフラーは、彼の瞳をきらめく銀色に見せていた。

キャサリンは咳払いした。「大成功よ。想像もしなかったほどの」どうしても堅苦しい口調になってしまう。本当なら、笑顔を見せたいところなのに。「おめでとう。相当な売り上げになったはずよ」

オシェアはかぶりを振った。「今度ばかりはおれが稼いだわけじゃない。紳士よろしく、労せず入ってきたんだ」

やはり笑顔を作ることはできなかった。「お金の稼ぎ方と紳士かどうかは関係がないと思うけれど」キャサリンは静かに言った。「いずれにしても、あなたには当てはまるわ」

オシェアが妙な顔をした。褒められたのかどうかわからないというように。その反応を見て、彼女はますますみじめな気持ちになり、舌がもつれた。

わたしは怖かったの。そう言いたかった。あなたの言うとおりよ。

けれどもキャサリンが言葉を発する前に、オシェアが脇に抱えた包みを差し出した。

「これをきみに持ってきた」

ためらいがちに受け取った。本のようだ。かなり重い。茶色の包み紙の下に背表紙らしきものが感じ取れる。「これ……いま開けていいかしら？」

「その必要はない。きみは前にも見てる。署名入りというだけだ」

理解するのに少し時間がかかった。ふたりの署名がある本といえば一冊しかない。

「登記簿？」

「原本だ。中に証明書も入っている」彼はキャサリンの目を見つめた。「ほかに証拠はない。それは保証する」

「でも……どうしてこれをわたしに？」

オシェアは深く息を吸うと、一歩あとずさりした。「つまりだ、キャサリン。以前、おれの鼻は折れてるのかときいたことがあったな？　覚えてるか？」

戸惑って、彼女は記憶を探った。あの熱を帯びためくるめくようなひとときに、そんな話をした気がする。

結婚初夜に。彼のベッドで。

初めて彼に触れた夜に。

自分の手にある包みに視線を落とした。誰かが丁寧に包んだのだろう、包装紙はしわひとつなく、角もきちんと折りたたまれている。そして何重にも麻紐で巻かれていた。

「ええ、覚えているわ」

「よかった」オシェアの声には笑みが含まれていた。けれども笑顔が見たくてキャサリンが目をあげたとき、その表情は意外なほど真剣だった。「何があったかは話していなかったと思う。いや、実は誰にも話したことがないんだ。思い出そうともしなかった。長いこと——今日まで、これを包んでいるときまで」

キャサリンは包みをぎゅっとつかんだ。彼が自ら包んだのだ。慎重に、時間をかけて包み、紐で縛った。

ふいに包みが何十キロもの重さがあるように感じられた。何かに寄りかかるか、座らなければ持っていられないような気がした。嵐を予感させる重苦しい沈黙が続く。

だが、彼女はあえて背筋を伸ばした。オシェアは珍しく緊張した面持ちをしている。何にせよ、いまから話すことは彼にとって大きな苦痛を伴うらしい。ならば、わたしも覚悟して聞かなくては。

「話して」キャサリンは言った。

オシェアは指で鼻梁(びりょう)をこすった。それから手を脇におろし、こぶしに握ったらしい手を隠した。「この鼻を折った男がいた」彼は淡々と話しはじめた。「家主だった。だが、そんな呼び名は上等すぎる。貧民街で法外な家賃を取る悪党だった。当時、スピタルフィールズのほとんどの建物を所有していた。母さんがおれを育てたのもそこだった。母さんは結婚していなかったが、親父とのあいだに愛情はあったんだろう。親父はときおり顔を見せ、おれたちが生活に困らないよう、余裕があれば金をくれた。母さんも精一杯頑張ってた。おれたちが借りた部屋は床板は腐って、屋根は雨もりがした。それでも一歩前進だった。家賃が格安なのよ、と母さんは言った。親父の助けも借りてだが、なんとか払えたし、ときには日曜日に肉を食うことだってできた」

オシエアの話すリズムが変わってきた。喉が詰まり、声がしゃがれてきた。本人は気づいているのだろうか？　視線はキャサリンから離れ、空の一点を見つめている。

「親父が死ぬと、家賃を払うのは難しくなった。たぶん母さんはベル――それが家主の名前だが、彼と親しくしてたんだと思う。家賃代わりに自分にできることをしていた。そのうち、その、できたことに気づいた。赤ん坊を身ごもったんだ。気づいたときには途方に暮れただろう。おれひとり食わせるのもやっとなのに、もうひとり養わなくてはならなくなったんだから」彼はまっすぐに、今度はまばたきひとつせずにキャサリンの目を見た。「気持ちはよくわかる。そうなって泣くのはいつも女性だ」

キャサリンは息をのんだ。なんと言っていいかわからなかった。

だが、オシエアは返事を求めているわけではないようだ。肩をすくめて続けた。

「ある日、ベルがやってきて家賃を要求した。そのとき母さんには金がなかった。それでふたりは言い争いを始めた。たまたまおれは具合が悪くて、カーテンの奥で寝ていた。そして会話の内容から母さんが妊娠していること、父親はベルであることを知ったんだ。まだ若くて血気盛んだったから、おれはベルと対決しようと決めた」彼は唇をゆがめて苦笑した。「母さんの名誉を守ろうとしたんだ。ばかだったよ。若かった」

その自嘲気味の口調を聞いて、キャサリンは悲しくなった。少年は軽蔑に値するようなことは何もしていない。「そんなこと言わないで。お母さまの名誉を守りたいと思うのは当然だわ」

オシェアがため息をついた。「きみの育った世界なら、立派な心がけかもしれない。だが、おれの世界ではただのばかだ。腹が減っているとき、名誉なんてなんの意味もない。母さんはそれを知っていた。おれに好機をつぶされると思った。母さんはベルから、体の関係と引き換えに面倒を見てやると約束されていたんだ。住む場所を与えてやると。何も知らなかったおれは、ベルに向かっていった。やつは逃げようとして尻もちをつき、怒り狂って、おれに自分の靴をなめろと言った。そうしたら、約束のことをもう一度考えてやってもいい、と」

なんてこと。キャサリンはゆっくりと包みを机の上に置いた。「あなたはどうしたの?」

オシェアはうつろな表情になった。だが、相変わらず淡々とした口調で続けた。

「言われたとおりにしたよ。母さんに説得され、泣かれた末だが。母さんのために膝をつき、あのくそったれの靴をなめた」彼の唇がカーブを描いた。「やつは一瞬のためらいもなく、おれの顔をまともに蹴りつけてきたよ。鼻が折れ、歯が欠けた」

彼女は口に手を当てた。そんな結末とは思いもしなかった。息が苦しくなり、ひんやりとした部屋が突然、耐えられないほど暑くなった。

オシェアが肩をすくめる。「それでやつは母さんを部屋に置いた。まあ、同じことだった。赤ん坊は早産で、出産後に母さんは死んだ」

あまりにむごい話だ。キャサリンは気がつくと、彼に近づいて手を伸ばしていた。そしてやわらかなウールに包まれた彼の腕に手を置いた。「ミスター・オシェア――」違う。もうその呼び名はふさわしくない。「ニコラス、わたし――」

「気の毒に、なんて言うな」彼が小声でさえぎった。「さっきも言ったが、もう長いこと忘れてた話だ。だが、そのときに得た教訓はずっと忘れない。人にすがるな。ろくなことにはならない。それだけの価値があるものなんて、この世にはない。誇りや名誉を守れというんじゃない。自分の価値を知れということだ。黙ってたら世間に押しつぶされる。だから、しっかり立ってることだ。頭を垂れるな。人にひれ伏してまで守らなくてはならないものなど、この世にはない」

つかのま、オシェアはキャサリンの頬に手袋をはめた手を当てた。けれどもやがて身を引き、気がつくと彼女の手は空をつかんでいた。彼は登記簿の置いてある机に向かってうなずいた。

「きみを五年間も縛りつけておくつもりはない」オシェアは言った。「それは焼いてしまえばいい。結婚のことは誰にも知られない。きみは自由だ、キティ。おれはきみに戻ってきてくれとすがったりはしない。たとえ心の中でそう願っていても」大きく息を吐いて続ける。「いや、事実そう願っている。すがりたいところだが、それはしない。ただ、はっきり言っておく。きみがほしい。愛している。だが、戻るなら自由意志で戻ってほしい。そうでないなら、永遠にさよならだ」

「わたし……」ほら、言うのよ。「戻るわ」かすれた声しか出ない。「戻ると思うわ」

オシェアがぴくりと動いた。彼女を抱きしめようとするかのように——が、思いとどまった。

代わりにこぶしを脇に置いたまま、さらにあと一歩あとずさりした。「〝思う〟ではだめだ。確信が持ててからにしてほしい。もうあいまいにはしたくない。秘密にもしたくない。世間に公表し、きみにはおれの隣で堂々と頭をあげていてもらいたい。でなければ、一緒にいる意味はない」

オシェアは向きを変えた。心臓が喉から飛び出しそうになり、キャサリンは息が詰まった。口を開いたとき、彼が振り返った。

「もうひとつ」ぶっきらぼうに言う。「おれは都市事業委員会のホワイトチャペルの議席を引き継ぐことにした。きみの言ったことは正しい。そろそろそういう時期だ」

肺から空気が抜けていく。「あなたの言ったことも正しかったわ」

ささやくような声で言ったが、オシェアには聞こえなかった。聞こえないふりをしたのかもしれない。ひとこともなく、彼は部屋を出ていった。

本来なら一〇月なのに、なぜか間違って一二月にひょっこり混じってしまったような、珍しいほど晴れやかな朝だった。太陽はむきだしの枝越しにさんさんと降り注ぎ、公園は糊のきいた上着にきっちりアイロンのかかったズボンといういでたちで遊ぶ子どもたちと、それを見守る黒いマント姿の子守りでいっぱいだった。

キャサリンは足を止めて、その光景を眺めた。そしてすがすがしい空気を思いきり吸い込んだ。本格的な冬も間近だ。じき凍えずに外を歩けた日々が恋しくなるだろう。けれど、いまこのときのことはずっと忘れない。彼女が衝動的に、結果を考えることなく行動した数少ない――おそらくは一生のうち数えるほどしかない瞬間だから。

これまでには二度だけ。あの公開オークションと、ニコラスとの結婚を決めた日。

短い階段をのぼる。子どもの笑い声があとを追ってきた。お仕着せを着た使用人がドアを開け、粋に一礼した。

ロビーはほとんどひとけがなかった。ふたつある机のひとつは空いており、もう片方では紳士が事務員を待っていた。キャサリンは戸惑った。長い列ができているものと思っていたのだ。少なくとも、もう少し時間があると思った。

思わずドアのほうを振り返った。外は太陽が――冬もまもなくなのに、まやかしの秋の日差しが降り注いでいる。

片手をドアにかけようとして思いとどまり、ドアマンに手を振って、また部屋のほうへ向き直った。結果がどうなるかはわからない。待つのはさぞ苦痛だろう。結果に打ちのめされるかもしれない。遅すぎたのかもしれない。

けれども、こうするしかないのだ。

「マダム？」

新たにロビーに入ってきた事務員が席についた。「ご用ですか？」

ずいぶんと若く見える男だった。それでも近づいてみると、手には指輪が光っていた。結婚指輪だろうか。最近は男性でもつけるようになった。それにしても、彼は夫となるには若すぎる。ひげも生えていないようだし、頬も丸く、まだ毎日母親と食卓を囲んで、もっと食べなさいとせっつかれている姿のほうが想像しやすい。

いえ、せっついているのは妻なのかもしれない。彼は年のわりに賢く、すばらしい女性と出会い、ほかの男に取られる前に結婚したのかもしれない。これと思える女性に出会える機会はそうそうないことを知っていて。

「マダム？」事務員が砂色の眉をひそめてキャサリンを見あげた。「大丈夫ですか？」

「ええ、もちろん」キャサリンは答えた。堂々と。決然と。好機をつかむことを知っている女性らしく。「おたくの新聞に告知を出したいのですが」

「どんな告知です？」

彼女は微笑んだ。「結婚の告知です。わたしと、ミスター・ニコラス・オシェアの」

「その調子では絨毯がすり切れるわ」リラがのんびりとした口調で言った。「わたしはかまわないけど。この色、実用的とは言いかねるんだもの」

部屋の中を行ったり来たりしていたキャサリンは振り返った。リラは腹が立つほど悠然と長椅子に横たわっている。本を片手に、カシミアの毛布を体にかけて。八時間ほど前に発売された新聞に結婚の告知が載った――『タイムズ』の最終ページに小さいながら黒い文字ではっきりと印刷された――ことを気にしている様子はない。だが、いずれにせよ、結婚は世間に公表された。多くの人が告知を目にしたはずだ。

でも、訪ねてくる人はひとりもない。ドアを叩く音もしない。

ニコラス・オシェアも姿を見せなかった。

「彼は来ないかもしれないわね」何時間も、その恐ろしい疑念と闘ってきた。いま口にしてしまうと、舌に胆汁のような苦い味が残った。恐怖のような味。キャサリンがこれまで知らなかった種類の恐怖だ。「心変わりしたのよ。あの登記簿は本当に燃やしてほしくて、わたしに渡したんだわ」

「それはどうかしら」リラが本を脇に放り、人目もはばからず伸びをして腕を頭の上にあげた。「コルセットもつけていないの？　その様子を見て、キャサリンはふとそう思った。「たしかに叔父は何を考えているかわからないところがあるわね。それは認めるけど、燃やしたかったら、自分で燃やすんじゃない?」

「あなたはどうしてそんなに落ち着いていられるの?」

リラが片肘をついて体を起こす。「男の人って、やたら意固地になるときがあるの」彼女は言った。「あなたのほうから訪ねていくべきかもしれないわ」

「なんですって? そんなことできないわ!」キャサリンは唖然とした。「わからない? 彼はわたしから去っていったのよ。そのとき、どうするかはわたしの自由意志で決めてほしいと言った。そして、堂々と世間に公表してほしいと言った。だからこうしたのよ。これ以上、何をしろというの?」

リラはため息をついて、完全に体を起こした。「キャサリン、あなたは〈ハウス・オブ・ダイヤモンズ〉に寝泊まりしていたのよね。〈ネディーズ〉にも行ってる。そこの人たちが『タイムズ』を熟読しているところ、見たことがある?」

あらためて言われると、たしかにばかげた思いつきだった。キャサリンは口をぽかんと開けたまま、首を横に振った。「つまり……彼が見ていないかもしれないというの?」

「あなたが何をしたか、まったく知らないという可能性はあると思うわ。だから会いに行って、はっきりさせるべきじゃないかしら」

決心がつきかねて、キャサリンはしばらく立ち尽くしていた。彼に会いに行くことは想定していなかった。会いに行くというのは……彼からじかに拒絶されるかもしれないということだ。告知だけではじゅうぶんでないなら、彼が納得していなかったら、すでに心変わりしていたら——そう告げるときの彼の表情を目の当たりにするのは、とうてい耐えられそうにない。

「こう考えて」リラが言う。「あなたはまだここにいたいの？　もう一日待ちたい？　ひょっとするとあと五日？　あと一〇日待つことになるかもしれないのよ」

「あなたが彼に手紙を書いてくれるとか？」キャサリンは小声で言った。

「だめよ」リラはやさしく拒否した。「それはよくないと思う。あなたにもわかっているでしょう？」

押し出すように息を吐き、うなずいた。「馬車を借りてもいい？」

「もちろん」リラはまた長椅子の背にもたれ、微笑んだ。「そうそう、出るときに廊下でクリスチャンに会ったら伝えてほしいの。ちょっと……見せたいものがあるって」

キャサリンは鼻を鳴らした。そういうことね。だからリラはコルセットをつけていないんだわ。

ジョンソンの鍵がないとなると、秘密の通路を使うことはできなかった。もっとも、いまさら人目を気にしたところで仕方がない。ロンドンじゅうの人が、キャサリンが結婚したことを知っているというのに。いえ、いまだに知らない人もいる——そう思いたい。いずれにせよ、〈ハウス・オブ・ダイヤモンズ〉へ正面玄関から入るというのは妙な気分だった。入場を待っている若い紳士ふたりが不思議そうな顔をした。そしてカランがドアを開け、すぐに彼女を招き入れたのを見て、目を丸くした。賭博場が開くのは三時半からなので、彼らは寒い中、外で待たされているのだ。

「あの人は二階？」カランのあとについて人のいない賭博台を通り過ぎながら、キャサリンはかたい口調できいた。

「事務室にいます」彼が答えた。「あなたが来るとは思ってないでしょうね」

その言葉はぐさりと胸を刺した。唇をきつく嚙み、勇気をかき集める。「かまわないわ。直接事務室に行くから」

ドアは少し開いていた。キャサリンはあえてノックをしなかった。ドアを押し開け、同時に言う。「あなた、新聞は読まないの？」

ニックは机につき、厚い書類の束に目を通していた。キャサリンの声を聞いてペンを置いたが、肩がこわばるのが見て取れた。やがて彼はおもむろに顔をあげた。

「ああ」平然と答える。「毎日読むわけじゃない」

キャサリンの喉が詰まった。のみ込めないしこりができたように。不安、希望、恐怖、期待といったすべてが絡み合い、大きな塊となって喉につかえている。彼はなんてすてきなのかしら。正装しているわけではない。上着もなく、ベストのボタンも留めていないけれど、かえってシャツに包まれた広い肩が引き立っている。「読んだほうがいいかもしれないわよ」

ニックの顎がこわばった。「字を読むのは得意じゃないんだ」

彼女は片手を口に当てた。リラの言うとおりだ。わたしはなんてばかだったんだろう。

「ここの人は誰も新聞を読まないの？　国の状況が気にならない？　株価とか、流行とか、人の噂話とか――」

ニックが両眉をあげた。「そんなこと、なぜ気にしなきゃならないんだ？」

その口調は期待をあおるものではなかった。妙に丁寧で、よそよそしい。キャサリンとしては、彼が駆け寄ってきて自分を腕に抱き、いつかのようにドアに体を押しつけて、言葉よりもはるかに深い表現で喜びを示してくれることを期待していたのだけれど。夢と現実のあまりの落差に彼女は混乱し、めまいがしてまっすぐ立っていられなくなった。お粗末な道化芝居に紛れ込んだみたい――ニックが落ち着き払って関係のない書類を目で追うのを見ながら、キャサリンは思った。「たとえば、お客さんが話題に出すかもしれないじゃない」そう言ってみた。とはいえ、もちろん開店は三時半だ。彼は、今日はまだ客にはひとりも会っていない。

ニックが眉をひそめて立ちあがった。「オークションの記事でも載っているのか？　あのコレクションがおれのものだということがもれたのか？」

キャサリンは信じられないというように笑った。「まさか――いえ、そうよ。新聞はあのオークションのことを取りあげているわ。でも、こういう記事もある」自分が持っていた新聞を机に放る。そして胸元で腕を組んだ。そうでもしないと、心臓が飛び出しそうだったからだ。

彼は机に着地した新聞を見やった。それからふたたびキャサリンを見あげる。

「どういう記事か、話してくれればいい」

「そうはいかないわ」ふいに腹が立ってきた。ニックはいたって穏やかで静かな朝を過ごしていたようだ。こちらは悶々としながら家の中を行ったり来たりし、ノックの音に耳を澄ませていたのに。

キャサリンは大きく息を吐いた。「自分で探して。どれだけかかってもかまわないわ。待っているから」椅子に腰かける。「どうぞ、一日じゅうでもここで待つわ」

「一日じゅう?」ニックは机をまわって彼女に近づきながら、片方の眉をあげた。「仕事はいいのか」

「オークションハウスのことは忘れて」ぴしゃりと言う。「読んで」

「忘れてって……」彼は驚いた顔をしたあと、いぶかしげに目を細めて新聞に手を伸ばした。机に寄りかかり、一面に目を通す。

「そのページじゃないわ」彼女はぶっきらぼうに言った。「ずっとあとのほうよ」

ニックがページをめくった。目を細め、苦労して文字を追っているのがわかる。ぎっしり行が詰まり、読み慣れない小さな活字で埋まった紙面から、内容もわからない記事を探すのは楽ではないだろう。

だが、彼が結婚の告知に目を留めた瞬間を、キャサリンは見て取った。新聞をぎゅっとつかみ、驚いた顔で彼女を見る。次の瞬間、さまざまな感情がその顔をよぎった。キャサリンは幸せな結末がすぐそこに見えた気がした。

やがてニックは手で髪をかきあげ、笑いだした。「やれやれ」笑いにむせながら言う。「やつもこれで終わりだな。この一行でさようならだ」

「なんですって?」キャサリンははじかれたように立ちあがった。「誰の話をしているの?」

「きみの兄貴さ。ついにやつの息の根を止めたな」

この期に及んでピーターの話?「あなた、言うことはそれしかないの?」ふいに怒りがふつふつとわいてきた。わたしは勇気を示した。自分の気持ちを明らかにした。彼と結婚したことを世間に堂々と宣言したのだ。なのに、彼はわたしを笑うの?

ニックは笑いを止めようとしながら、かぶりを振った。口にこぶしを当て、音を立てて息を吸い込む。「きみに伝言を送るつもりだった。きみの兄貴のことだ。おれはピルチャーに取引をまとめさせた。ピーターはオークションハウスの権利半分を売る代わりに、都市事業委員会にとどまる。まあ、委員会のほうはピルチャーとおれで彼を名ばかりの委員にしておくつもりだが。これで全部すんだよ、キャサリン」彼はキャサリンから目を離さないまま、うしろに手をやって机の上を探り、さっきまで読んでいた書類の束をつかんで差し出した。「〈エヴァーレイズ・オークションハウス〉はきみのものだ。いま、弁護士に正式な書類を作らせてる」

キャサリンはニックを見つめた。それから書類を見た。わたしのもの?〈エヴァーレイズ・オークションハウス〉がわたしだけのものになったの?

違う。よりによっていま、そんな贈り物はいらないのに。オークションハウスも今日自分がしたこと、新聞で告知したことに比べたらかすんでしまう。

「そのことはいいわ」小声で言った。「〈エヴァーレイズ・オークションハウス〉のことは忘れて」

ニックはしばらく無言で彼女を見つめた。驚きで顔が引きつっている。やがて彼はこぶしを開いた。書類が床に落ちた。

「なんて言った？」

キャサリンは咳払いした。少し声を大きくして繰り返す。「〈エヴァーレイズ・オークションハウス〉は忘れて」

「きみは……」今度は彼が咳払いした。「あの告知はおれのために出したのか？」

彼女の胃がひっくり返った。「ええ、もちろんよ。それに以外に理由なんてある？」

「あの兄貴に……対抗するため」ニックは目をしばたたき、やがて机から離れてまっすぐに立った。「おれのために告知を出したのか」今度は質問ではなかった。ただ、信じられないという響きがあった。そしてついに、キャサリンが彼の顔に見たいと思っていたもの――思い描き、願い、祈ったもの――が現れた。ニックは慎重に近づいてくると彼女の両手をつかみ、片方ずつ口元に持っていって、交互に唇をつけた。「おれのために」

「ええ、そう、そうよ！」手を引き抜き、その手で彼の顔を包み込む。「わたしが出したの。世界じゅうに知ってほしくて」

「おれたちが結婚したことを」ニックはかすれた声であとを続けた。そして顔を横に向け、彼女のてのひらにキスをした。

「わたしたちが結婚したことを」キャサリンも繰り返した。「あなたがわたしの夫であること、わたしが……あなたを愛しているに違いないことを」

「違いない?」ニックが目を細めてにらむ。

「愛していることを」彼女はささやいた。「でも、ひょっとすると……いま、それを確かめてみたほうがいいかもしれないわ。ここで……」頬が熱くなるのを意識しながら、ごくりと唾をのみ込む。ニックの視線が口元に落ちた。そのまなざしの熱さが、次のひとことを解き放った。「このドアを背にして」

「ドアを……」彼の顔にゆっくりと笑みが広がる。「あれが気に入ったのか?」

「わたしって――」息をはずませて答えた。「自分で思っていたよりも大胆みたい」

「何を言う、まだまださ」ニックは両脇から彼女を抱え、運んでいってドアに押しつけると、うなじに顔をうずめた。「これから学ぶことがたくさんある」唇でそっと肌をなぞる。「ありがたいことに、時間もたっぷりできたことだし」

「そうよ」キャサリンは言った。「永遠に時間はあるわ」でもそのあと長いこと、ニックはただ彼女をきつく抱きしめたままでいた。こうしているだけで満足だというように。「わたしとしては、さっそくレッスンを始めてもかまわないのよ」

ニックが顔をあげて笑った。その浅黒い顔はこれまでになく美しかった。暗い陰が一掃され、そこにあるのは率直な驚嘆の念と深い愛情だった――キャサリンが夢でしか見たことがなかった、現実に目にするとは思いもしなかった表情。

「妻をがっかりさせたくはないが」彼がもごもごと言う。「今回は急ぐつもりはない」

キャサリンは抗議しそうになった。けれどもニックにキスを、気だるげな深いキスをされ、喜びが小川のせせらぎのごとく背筋を流れていくと、気を変えて彼の髪に指を絡めた。結局のところ、急ぐ必要はまったくない。わたしはここに、自分の望んだ場所にいるんだもの。好きなだけ時間をかけていい……。

訳者あとがき

お待たせいたしました。メレディス・デュランによる〈Rules for the Reckless〉シリーズの第四弾、『危険な取引は愛のきざし』をお贈りいたします。

前作の『夜霧に包まれて二人』でも存在感が際立っていた人物、有能ながらいささか高慢なビジネスウーマンであるキャサリン・エヴァーレイと、冷徹な裏社会のボス、ニコラス・オシェア。今回はこのふたりを主人公に物語が進みます。

キャサリンの生きがいとも言うべき〈エヴァーレイズ・オークションハウス〉は、かつてない危機にさらされていました。もともと骨董品に興味がなく政治家を目指す兄、ピーターが会社の金を横領しているばかりか、会社自体を売却しようともくろんでいるのです。キャサリンは会社をほとんどひとりで切り盛りしているとはいえ、父の遺言上、結婚しないかぎり実質的な経営には携われません。でも自分と同じような階級の紳士と結婚したら、おそらく自由に仕事はできなくなる。八方ふさがりの中、キャサリンの頭にふと、ある男性の名前が浮かびます。あの人なら、お金さえ払えば、なんとかしてくれるかもしれない……。

本文中にもありますが、当時のロンドンは栄華を極めた半面、貧富の差は激しく、貧民街の環境は劣悪でした。そんな中、貧しい人々のために清潔で現代的な住宅を建設しようという取り組みが起こります。そのため、まずは不衛生で危険な建物は取り壊されることになりました。ニコラスは独自に貧民街の改革を進めていたのですが、所有する建物を不当に接収されてしまいます。接収を許可した都市事業委員会に取り消しを求めたものの、いまひとつ賛成票が集まらず、こちらも難航していました。キャサリンから協力を求められたニコラスは、ピーターが委員会に名を連ねているのを知り、金はいらないが票はいる、と応じます。が、どうすればピーターにこちらの要求をのませられるか？　彼の弱みは？　あれこれ考えたあげくにふたりの出した結論は、誰もが思いもしないことで――。

ちなみに原題〝Luck be A Lady〟は一九五〇年『ガイズ・アンド・ドールズ』というミュージカルのために書かれ、のちにフランク・シナトラの代表曲のひとつとなった歌の題名です。直訳すると〝幸運よ、淑女たれ〟。期待を裏切らないでくれ、いたずら心を起こさず、人の人生を狂わせないでくれ、といった意味でしょうか。それぞれにわが道を突き進んできたふたりが、幸運の女神の気まぐれで思わぬ恋に落ちていく過程はドキドキの連続です。たっぷりとご堪能ください。

この〈Rules for the Reckless〉シリーズですが、今年初めに第五作が発表され、好評を博しているようです。創作意欲旺盛なメレディス・デュラン、今後も活躍が楽しみですね。

二〇一七年一〇月

ライムブックス

危険(きけん)な取引(とりひき)は愛(あい)のきざし

著　者　メレディス・デュラン
訳　者　井上絵里奈(いのうええりな)

2017年11月20日　初版第一刷発行

発行人　成瀬雅人
発行所　株式会社原書房
〒160-0022東京都新宿区新宿1-25-13
電話・代表03-3354-0685　http://www.harashobo.co.jp
振替・00150-6-151594
カバーデザイン　松山はるみ
印刷所　図書印刷株式会社

落丁・乱丁本はお取替えいたします。
定価は、カバーに表示してあります。
 ISBN978-4-562-06504-2　Printed in Japan